BVT

Die Heldinnen dieser Geschichten sind Frauen jeden Alters, die mit der Gewissheit leben, dass alles vergänglich ist, dass der Tod wie der Mond das ganze Leben begleitet.
Alice Munro beschreibt mit Melancholie und Ironie alltägliche Erfahrungen: den trügerischen Wert der Erinnerungen, die Geheimnisse von Familien, die Wunden der Liebe. Die Titelgeschichte erzählt vom Sterben eines Mannes, dessen Tochter um die Contenance ringt und die Schatten der Vergangenheit loswerden möchte. Sie zieht sich ins Planetarium zurück und wird durch die erhabene Ruhe, mit der die Planeten und Monde ihre Bahnen ziehen, getröstet.

Alice Munro, geboren 1931, stammt aus Ontario. In Kanada gehört sie neben Margaret Atwood und Michael Ondaatje zu den prominentesten Autoren und wurde mit zahlreichen Preisen geehrt.

Alice Munro

Die Jupitermonde

Erzählungen

Aus dem Englischen
von Manfred Ohl und Hans Sartorius

Berliner Taschenbuch Verlag

Für Bob Weaver

August 2002
BvT Berliner Taschenbuch Verlags GmbH, Berlin,
ein Unternehmen der Verlagsgruppe Random House GmbH
Die Originalausgabe erschien unter dem Titel *The Moons of Jupiter*
bei Alfred A. Knopf, New York

Umschlaggestaltung: Nina Rothfos und Patrick Gabler, Hamburg,
unter Verwendung eines Details des Gemäldes »Civita Castellana«,
um 1827, von Jean-Baptiste-Camille Corot,
Nationalmuseum, Stockholm
Gesetzt aus der Sabon durch psb, Berlin
Druck und Bindung: Elsnerdruck, Berlin
Printed in Germany · ISBN 3-442-76049-6

Inhalt

Die Chaddeleys und die Flemings

I. Verwandtschaft

Cousine Iris kam aus Philadelphia. Sie war Krankenschwester. Cousine Isabel aus Des Moines. Ihr gehörte ein Blumenladen. Cousine Flora aus Winnipeg war Lehrerin; Cousine Winifred aus Edmonton Buchhalterin. Man nannte sie die Fräuleins. Alte Jungfern war ein zu enger Begriff; er wäre ihnen nicht gerecht geworden. Sie hatten schwere und gebieterische Busen – ein gepanzertes Paket; Bäuche und Hintern waren üppig und drall und korsettiert wie bei verheirateten Frauen. Damals schien es für den Körper einer Frau das Wahre zu sein, auf eine satte Größe zwanzig anzuschwellen und zu reifen, wenn ihnen das Leben überhaupt etwas zu bieten hatte; je nach Klasse und Ambitionen gingen sie entweder auseinander und erschlafften, wurden wabbelig wie Pudding unter ihren blassen, bedruckten Kleidern und feuchten Schürzen oder schnürten sich zu Formen, deren feste Rundungen und stolze Hügel nichts mit Sex, sondern nur etwas mit Rechten und Macht zu tun hatten.

Meine Mutter und ihre Cousinen gehörten zur zweiten Kategorie Frauen. Sie trugen Korsagen, die an der Seite mit Dutzenden von Haken und Ösen geschlossen wurden, Strümpfe, die knisterten und schabten, wenn man die Beine übereinander legte, nachmittags Kleider aus Seidenjersey (meine Mutter trug die abgelegten einer Cousine), Gesichtspuder (Marke Rachel), Rouge, Eau de Cologne und in den Haaren Kämme aus Schildpatt oder Schildpattimitation. Ohne diese Aufmachung waren sie unvorstellbar; es sei denn, bis zum Kinn in gesteppte Satinmorgenmäntel gehüllt. Meiner Mutter fiel es schwer, diesen Stil beizubehalten; er erforderte Geschicklichkeit, Hingabe und wilde Entschlossenheit. Und wer würdigte das Ergebnis? Sie selbst!

Eines Sommers besuchten sie uns alle. Sie kamen zu uns, weil meine Mutter als Einzige verheiratet und das Haus groß genug war, um alle unterzubringen, und weil meine Mutter es sich nicht leisten konnte, die anderen zu besuchen. Wir lebten in Dalgleish in Huron County, Western Ontario. Ein Schild an der Ortseinfahrt verkündete die Einwohnerzahl: 2000. »Jetzt sind es zweitausendvier«, rief Cousine Iris und wälzte sich hinter dem Steuer hervor. Sie besaß ein Oldsmobile Jahrgang 1939. Sie hatte zuerst Flora in Winnipeg abgeholt und Winifred, die von Edmonton mit der Bahn gekommen war. Danach fuhren sie nach Toronto, um Isabel mitzunehmen.

»Und wir vier schaffen mit Sicherheit mehr Unruhe als die zweitausend zusammen«, sagte Isabel, »wo war das noch ... Orangeville ... wir lachten so, dass Iris anhalten musste. Sie befürchtete, sie würde sonst in den Straßengraben fahren!«

Die Treppenstufen knarrten unter ihren Schritten.

»Ah, diese Luft! Es geht doch nichts über Landluft. Holt ihr an dieser Pumpe euer Trinkwasser? Wäre das jetzt nicht schön, ein Schluck Wasser aus dem Brunnen?«

Meine Mutter trug mir auf, ein Glas zu holen; doch sie bestanden darauf, aus dem Blechbecher zu trinken.

Sie erzählten, wie Iris auf ein Feld gegangen war, um ein dringendes Bedürfnis zu erledigen. Als sie aufblickte, stellte sie fest, dass ein Kreis interessierter Kühe sie umringte.

»Was heißt hier Kühe«, sagte Iris. »Es waren Ochsen!«

»Stiere, das konnte man doch sehen«, sagte Winifred und ließ sich in einen Korbsessel nieder. Sie war die dickste.

»Stiere! Das hätte ich gesehen«, sagte Iris. »Ich hoffe, die Möbel halten dein Gewicht aus, Winifred. Es war hinten eine ganz schöne Last für mein armes Auto. Stiere! Was für ein Schock! Ein Wunder, dass ich meine Hose noch hoch bekam.«

Sie berichteten von der gefährlich wirkenden Stadt in Nordontario, wo Iris sich weigerte anzuhalten und die anderen noch nicht einmal eine Cola kaufen durften. Iris warf einen Blick auf die Holzfäller und rief: »Die würden uns alle vergewaltigen.«

»Was ist das, vergewaltigen?«, fragte meine kleine Schwester. »Oh – oh«, flötete Iris, »es heißt, dass dir die Brieftasche gestohlen wird.«

Brieftasche, ein amerikanisches Wort. Meine Schwester und ich kannten es jedenfalls nicht, trauten uns aber nicht, zwei Fragen hintereinander zu stellen. Außerdem wusste ich, dass Vergewaltigung etwas anderes bedeutete – nämlich etwas Schmutziges.

»Geldbeutel. Den Geldbeutel gestohlen«, erklärte meine Mutter fröhlich, aber warnend. In unserem Haus herrschte ein gesitteter Ton.

Es ging jetzt an das Auspacken der Geschenke: Dosen mit Kaffee, Nüssen und Datteln, Austern, Oliven, Zigaretten für meinen Vater. Außer Flora, der Lehrerin aus Winnipeg, rauchten alle – damals ein Zeichen der Frau von

Welt, in Dalgleish ein möglicher Hinweis auf lockere Sitten. Die drei machten das Rauchen zu einem ehrbaren Luxus.

Auch Strümpfe und Schals tauchten auf, eine Voilebluse für meine Mutter, ärmellose weiße, gestärkte Organdykleidchen für mich und meine Schwester (in Des Moines oder Philadelphia vielleicht der letzte Schrei, aber in Dalgleish fehl am Platz; die Leute fragten uns, warum wir unsere Schürzen nicht ausgezogen hätten) und schließlich eine Fünf-Pfund-Dose Pralinen. Lange nachdem die Pralinen alle gegessen und die Cousinen abgereist waren, bewahrten wir die Dose immer noch in der Wäscheschublade der Anrichte auf, in der Hoffnung auf eine feierliche Gelegenheit, die sich nie bot, um sie wieder zu benutzen.

In der Dose lagen immer noch die leeren, gekräuselten Papierchen. Im Winter ging ich manchmal in das kalte Esszimmer und roch an den dunklen Papierchen, atmete ihren Duft von Künstlichkeit und Luxus. Ich las wieder die Beschreibung unter den Abbildungen auf der Innenseite des Deckels: Haselnuss, Nougatcreme, türkische Früchte, Toffee, Pfefferminztaler.

Die Cousinen schliefen im Schlafzimmer unten und auf der Klappcouch im Wohnzimmer. In den heißen Nächten schleppten sie unbekümmert ihre Matratzen auf die Veranda oder sogar in den Hof. Die Hängematte wurde verlost. Winifred durfte an der Verlosung nicht teilnehmen. Bis spät in die Nacht hörte man sie kichern, sich gegenseitig ermahnen, ruhig zu sein, und immer wieder rufen: »Was war das?« Die Straßenlaternen von Dalgleish gingen nicht bis an unser Haus, und die Cousinen staunten über die Dunkelheit und über die vielen Sterne.

Einmal beschlossen sie, gemeinsam zu singen.

Lauf, lauf ringsherum
Um den alten Baum,
Tanz, tanz rundherum,
Das Leben ist nur ein Traum.

Für sie war Dalgleish etwas Unwirkliches. Sie fuhren in den Ort und sprachen hinterher von den merkwürdigen Ladenbesitzern; sie wiederholten Dinge, die sie auf der Straße gehört hatten. Der mitgebrachte Kaffee erfüllte jeden Morgen das Haus mit seinem unvertrauten amerikanischen Duft. Sie saßen beisammen und fragten, wer einen Einfall für diesen Tag habe. Ein Einfall bestand darin, hinauszufahren und Beeren zu sammeln. Sie zerkratzten sich Arme und Beine, schwitzten, und einmal verfing sich Winifred so im Gestrüpp, dass sie sich nicht mehr rühren konnte und um Hilfe schrie. Trotzdem behaupteten sie, sich gut amüsiert zu haben. Ein anderer Einfall war es, mit dem Angelzeug meines Vaters an den Fluss zu gehen. Sie kamen mit Rotaugen zurück – Fische, die wir normalerweise wieder ins Wasser warfen. Sie veranstalteten Picknicks. Sie kostümierten sich, zogen alte Kleider an, setzten alte Strohhüte auf, holten sich Latzhosen meines Vaters und fotografierten sich gegenseitig. Sie backten Schichttorten und kreierten wunderbare Sülzen, die wie Tempel aussahen und wie Edelsteine leuchteten.

Eines Nachmittags gaben sie ein Konzert. Iris war eine Opernsängerin. Sie nahm die Tischdecke vom Esstisch und drapierte sie um sich. Dann schickte sie mich hinaus, um Hühnerfedern zu holen, die sie sich in die Haare steckte. Sie sang *The Indian Love Call* und *Women Are Fickle*, Winifred spielte einen Bankräuber mit einer Wasserpistole, die sie im Penny-Markt gekauft hatte. Jeder musste etwas beitragen. Meine Schwester und ich sangen zwei Lieder, *Yellow Rose of Texas* und *Doxology.* Meine Mutter zog erstaunlicherweise eine Hose meines Vaters an und machte einen Kopfstand.

In jedem wachen Moment und manchmal auch im Schlaf waren die Cousinen füreinander Zuschauer und Darsteller. Flora redete im Schlaf. Sie war die damenhafteste und zurückhaltendste, und deshalb blieben die anderen wach, um ihr Fragen zu stellen. Sie versuchten, ihr etwas zu entlocken, was ihr hinterher peinlich sein würde. Sie behaupteten, Flora fluchte, sie richtete sich kerzengerade im Bett auf und schimpfte: »Verdammt noch mal, wo ist die Kreide?«

Flora mochte ich am wenigsten, denn sie versuchte, unsere Intelligenz – die meiner Schwester und meine – zu schärfen, indem sie uns Denksportaufgaben stellte: »Wenn man sieben Minuten braucht, um sieben Häuserblocks weit zu laufen, und fünf Blocks haben die gleiche Länge, während die beiden anderen doppelt so lang sind …«

»Ach, halt die Luft an, Flora«, sagte Iris, die nie ein Blatt vor den Mund nahm.

Wenn ihnen nichts einfiel oder es zu heiß war, um etwas zu unternehmen, saßen sie auf der Veranda, tranken Limonade, Obstbowle, Ginger Ale, Eistee mit Maraschinokirschen und Eisstücken vom Block aus dem Eiskasten. Manchmal dekorierte meine Mutter die Gläser, indem sie die Ränder vorher in Eischnee tauchte und dann in Zucker. Die Cousinen erklärten, sie seien völlig erschöpft und zu nichts zu gebrauchen. Doch in ihren Klagen lag etwas Zufriedenes, als sei die Sommerhitze eigens dazu da, ihrem Leben mehr Dramatik zu verleihen.

Dramen gab es bereits genug.

In der großen Welt war ihnen alles Mögliche widerfahren: Unfälle, Heiratsanträge, Begegnungen mit Verrückten und Feinden. Iris hätte reich sein können. Eines Tages schob man die Witwe eines Millionärs, eine verrückte alte Frau mit einer Perücke wie ein Heuhaufen, im Rollstuhl ins Krankenhaus. Mit beiden Händen umklammerte sie eine Reisetasche. Und in der Tasche waren nur Juwelen, echte Juwelen: Smaragde, Diamanten und Perlen so groß wie Taubeneier. Niemand außer Iris konnte mit ihr umgehen. Iris überredete sie schließlich, die Perücke in den Müll zu werfen (sie wimmelte von Flöhen) und die Juwelen in ein Banksafe zu geben. Die alte Frau wurde so anhänglich, dass sie ihr Testament ändern und Iris die Juwelen, die Wertpapiere, das Geld und die Mietshäuser vermachen wollte. Iris ließ es nicht zu. Das Berufsethos verbot es.

»Man hat schließlich eine Vertrauensstellung. Eine Krankenschwester hat eine Vertrauensstellung.«

Dann erzählte sie von dem Heiratsantrag, den ein Schauspieler ihr gemacht hatte, der an den Folgen seines liederlichen Lebenswandels dahinsiechte. Sie erlaubte ihm, aus der Listerinflasche zu trinken, denn sie sagte sich, es würde ihm auch nicht mehr schaden. Er war Bühnenschauspieler; wir würden ihn nicht kennen, selbst wenn sie uns seinen Namen verriet – was sie aber nicht tat.

Sie hatte andere Größen gesehen, Berühmtheiten, die Spitzen der Gesellschaft von Philadelphia und nicht in bester Verfassung.

Winifred erzählte, auch sie habe so einiges erlebt. Die wirkliche Wahrheit, die traurige Wahrheit über manche der hohen Tiere und gesellschaftlichen Größen kam ans Licht, wenn man ihre Finanzen unter die Lupe nahm.

Wir wohnten am Ende einer Straße im Westen von Dalgleish, die durch spärlich bewachsenes Land führte, mit kleinen Holzhäusern und Scharen von Hühnern und Kindern. Unser Haus stand auf einem ansehnlichen Hügel; bis zur Flussbiegung auf der anderen Seite zogen sich große Felder und Weiden hin, auf denen Ulmen standen. Unser Haus war auch ganz ansehnlich: ein alter Backsteinbau von einiger Größe. Doch es war zugig, hatte unpraktisch angeordnete Zimmer, und das Holzwerk musste neu gestrichen werden. Meine Mutter wollte es in Ordnung bringen und umbauen, sobald wir etwas Geld hätten.

Meine Mutter hielt nicht viel von Dalgleish. Sie erinnerte sich oft an Fork Mills im Ottawa Valley, wo sie und ihre Cousinen die High-School besucht hatten. Dort hatte sich ihr Großvater aus England niedergelassen. Sie sprach auch oft von England, das sie natürlich nie gesehen hatte. Sie pries Fork Mills wegen seiner Steinhäuser, der hübschen, geschmackvollen öffentlichen Gebäude (sie sind ganz anders, erzählte sie, als hier in Huron County, wo man irgendeine Backsteinmonstrosität baute und einen Turm darauf setzte). Sie schwärmte von den gepflasterten Straßen, der Bedienung in den Geschäften, der besseren Qualität der Waren und von den besseren Leuten. Die Leute von Dalgleish, die so viel von sich hielten, waren im Vergleich zu den besten Familien von Fork Mills geradezu lächerlich. Aber schließlich waren die besten Familien von Fork Mills auch nichts Besonderes, wenn sie mit gewissen Familien in England in Berührung gekommen wären, mit denen meine Mutter verwandt war.

Verwandtschaft, Verbindungen. Nur darum ging es. Die Cousinen waren ein Erlebnis für sich, aber sie schufen auch eine Verbindung. Eine Verbindung mit der wirklichen, großen und gefährlichen Welt. Sie fanden sich in der Welt zurecht; sie hatten sich in ihr behauptet. Sie setzten sich in einem Klassenzimmer, auf einer Krankenstation, in der Öffentlichkeit durch. Sie wussten, wie man mit Taxifahrern und Bahnschaffnern umging.

Die Cousinen und meine Mutter schufen noch eine andere Verbindung – mit England und der Geschichte. Es ist eine Tatsache, dass Kanadier schottischer und irischer Abstammung offen erzählen, ihre Vorfahren seien während der großen Hungersnot nur mit Lumpen am Leib hierher gekommen; sie waren Schafhirten, Landarbeiter, arme Leute ohne Land. Aber jeder, dessen Vorfahren aus England kommen, erzählt eine Geschichte vom schwarzen Schaf der Familie, von jüngeren Söhnen, finanziellen Katastrophen, Enterbungen oder der Flucht mit unstandesgemäßen Partnern. Darin mag ein Körnchen Wahrheit liegen; die Lebensumstände in Schottland und Irland zwangen zur Massenemigration; Engländer entschlossen sich vielleicht aus farbigeren, persönlicheren Gründen, die Heimat zu verlassen.

Das galt auch für die Familie Chaddeley, die Familie meiner Mutter. Isabel und Iris waren dem Namen nach keine Chaddeleys, aber ihre Mutter war eine Chaddeley gewesen. Auch meine Mutter war eine Chaddeley, obwohl sie jetzt Fleming hieß; Flora und Winifred waren immer noch Chaddeleys. Sie stammten alle von einem Großvater, der England als junger Mann verlassen hatte, und zwar aus Gründen, über die sie sich nicht einigen konnten. Meine Mutter glaubte, er habe in Oxford studiert, aber alles Geld durchgebracht, das die Familie ihm schickte, und sich dann geschämt, nach Hause zurückzugehen. Er hatte das Geld beim Spielen verloren. Nein, widersprach Isabel, das sei nur eine Geschichte. In Wirklichkeit habe er ein Dienstmädchen in Schwierigkeiten gebracht und sei gezwungen gewesen, sie zu heiraten und mit ihr nach Kanada zu gehen. Der Familienbesitz befinde sich in der Nähe von Canterbury, erklärte meine Mutter. (Die Pilger von Canterbury, die Glocken von Canterbury.) Die anderen waren sich da nicht so sicher. Flora meinte, er liege im Westen von England, und der Name Chaddeley gehe auf Cholmondeley zurück. Es gab einen Lord Cholmondeley; die Chaddeleys mochten ein Zweig dieser Familie sein. Aber, so erzählten sie, es bestehe auch die Möglichkeit, dass er aus dem Französischen kam, und ursprünglich *Champ de laiche* bedeute, was soviel wie Seggenfeld heißt. In diesem Fall sei die Familie vermutlich mit William dem Eroberer nach England gekommen.

Isabel erklärte, sie sei keine Intellektuelle, und aus der englischen Geschichte sei ihr nur Maria Stuart bekannt. Jemand solle ihr sagen, ob William der Eroberer vor oder nach Maria Stuart gelebt habe.

»Seggenfelder«, erklärte mein Vater freundlich, »davon wird man nicht gerade reich.«

»Also, ich könnte Segge nicht von Hafer unterscheiden«, sagte Iris. »Aber wie Großvater erzählte, waren sie in England ziemlich wohlhabend. Sie gehörten zum Landadel.«

»Davor«, sagte Flora, »und Maria Stuart war nicht einmal Engländerin.«

»Das weiß ich selbst«, erwiderte Isabel.

Unabhängig von den Einzelheiten glaubten alle an einen großen Niedergang, an eine unheilvolle Katastrophe; davor, hinter ihnen, in England lagen Ländereien, Häuser, Wohlleben und Ehren. Wie konnten sie etwas anderes glauben, wenn sie an ihren Großvater dachten?

Er hatte als Postangestellter in Fork Mills gearbeitet. Seine Frau, ob sie nun das verführte Dienstmädchen gewesen war oder nicht, gebar ihm acht Kinder und starb. Als die älteren Kinder anfingen zu arbeiten und Geld nach Haus brachten – es stand nicht zur Debatte, ihnen eine höhere Schulbildung zu ermöglichen –, gab der Vater seine Stellung auf. Anlass bot ihm ein Streit mit dem Postmeister, aber in Wirklichkeit wollte er einfach nicht länger arbeiten. Er hatte beschlossen, zu Hause zu bleiben und sich von seinen Kindern ernähren zu lassen. Er benahm sich wie ein Gentleman, war sehr belesen, redegewandt und eitel. Seine Kinder versorgten ihn ohne Murren; sie fanden sich mit ihrer einfachen Arbeit ab, drängten die eigenen Kinder jedoch – sie begnügten sich mit einem oder zwei, meist waren es Töchter –, die Handelsschule, das Lehrerseminar zu besuchen oder eine Ausbildung als Krankenschwester zu machen. Meine Mutter und ihre Cousinen waren diese Kinder. Sie sprachen oft von ihrem egoistischen, halsstarrigen Großvater und nur selten von ihren anständigen, schwer arbeitenden Eltern. Was war er doch für ein Snob, sagten sie, aber wie gut sah er selbst als alter Mann noch aus. Was für eine Haltung er besaß. Wie schlagfertig und treffend er Leute beleidigen, welch bissige Bemerkungen er machen konnte. Einmal sprach ihn im fernen Toronto, genau gesagt im Kaufhaus Eaton, die Frau des Sattlers aus Fork Mills an, eine harmlose, einfache Frau: »Also, ist das nicht nett, so weit von daheim einen Freund zu treffen?«

»Madam«, erklärte Großvater, »wir sind nicht befreundet.«

War das nicht der Gipfel, entrüsteten sie sich. *Madam, wir sind nicht befreundet!* Dieser alte Snob. Er stolzierte mit hocherhobenem Kopf umher wie ein Hahn. Eine andere einfache Frau – einfach im Vergleich zu ihm – war so freundlich, ihm Suppe zu bringen, als er sich einmal erkältet hatte. Der Großvater saß in der Küche seiner Tochter, hatte nicht einmal ein eigenes Dach über dem Kopf und nahm ein Fußbad. Er war ein kranker, sogar sterbender Mann und besaß trotzdem die Biestigkeit, der Frau den Rücken zuzudrehen und es seiner Tochter zu überlassen, sich bei ihr zu bedanken. Er verachtete die Frau, die die Grammatik nicht beherrschte und keine Zähne mehr besaß.

»Aber er doch auch nicht! Damals hatte er keinen einzigen Zahn mehr!«

»Aufgeblasener alter Gockel.«

»Und ein Schmarotzer.«

»Nur Stolz und Eitelkeit. Das war aber auch alles.«

Wenn sie lachend diese Geschichten erzählten, blähten sie sich selbst vor Stolz und krähten. Sie waren stolz darauf, einen solchen Großvater zu haben. Sie empfanden es als unerhört und gemein, sich zu weigern, mit einfachen Leuten zu sprechen, als lächerlich, sich für etwas Besseres zu halten, besonders wenn man keine Zähne mehr besaß. Aber in gewisser Weise bewunderten sie ihn immer noch. Jawohl! Sie bewunderten seine Unverschämtheit, die seinen Vorgesetzten, den pedantischen Postmeister, nicht beeindruckte, und sein stolzes Gehabe, das seine Nachbarn, die demokratischen Bürger Kanadas nicht beeindruckte. (»Welch ein Jammer«, sagte die zahnlose Nachbarin, »der arme alte Kerl hat mich noch nicht einmal gekennt.«) Sie bewunderten vielleicht sogar seinen Entschluss, andere für sich arbeiten zu lassen. »Er war ein Gentleman«, sagten sie. Sie sagten es ironisch, doch einen solchen Großvater zu haben, bereitete ihnen immer wieder aufs Neue Entzücken.

Damals und auch später konnte ich das nicht verstehen. In mir floss zu viel schottisches Blut, zu viel Blut meines Vaters. Mein Vater hätte niemals gelten lassen, dass es einfache Leute oder bessere Leute gab. Er war ein Verfechter der Gleichheit aller Menschen und achtete sehr darauf, über niemanden »die Nase zu rümpfen«, wie er es ausdrückte, vor niemandem zu dienern, aber auch nicht hochnäsig zu sein und sich so zu verhalten, als gäbe es keine Unterschiede. Ich folgte seinem Beispiel. Später gab es Zeiten, in denen ich mich fragte, ob ihn zu seinem Standpunkt nicht ebenso sehr lähmende Vernunft wie edlere Gefühle trieben, und überlegte, ob mein Vater und ich nicht im tiefsten Inneren ein intaktes und unanfechtbares Gefühl der Überlegenheit hegten, mit dem sich der unschuldige Snobismus meiner Mutter und ihrer Cousinen nicht messen konnte.

Es bedeutete nicht sehr viel für mich, als ich Jahre später einen Brief von der Familie Chaddeley in England erhielt. Geschrieben hatte ihn eine ältere Dame, die an einem Familienstammbaum arbeitete. Also gab es die Familie in England doch, und sie überging die Verwandten in Übersee keineswegs; sie spürten uns auf. Man kannte meinen Urgroßvater. Im Stammbaum tauchte sein Name auf: Joseph Ellington Chaddeley. In der Heiratsurkunde wurde seine Tätigkeit als Metzgerlehrling angegeben. Er hatte 1859 das Dienstmädchen Helena Rose Armour geheiratet. Es stimmte also, er hatte ein Dienstmädchen geheiratet. Aber vermutlich stimmte die Sache mit den Spielschulden in Oxford nicht. Arbeiteten junge Herren, die in Oxford in Schwierigkeiten geraten waren, als Lehrlinge bei Metzgern?

Ich dachte daran, dass seine Kinder vielleicht die High-

School besucht hätten, wenn er beim Metzgerhandwerk geblieben wäre. Vielleicht wäre er in Fork Mills ein wohlhabender Mann geworden. Die Briefschreiberin erwähnte nichts von einer Verbindung mit den Cholmondeleys, nichts von Seggenfeldern oder William dem Eroberer. Wir gehörten zu einer ehrbaren Familie von Dienstboten, Handwerkern, gelegentlich auch einem Kaufmann oder einem Farmer. Es gab eine Zeit, da hätte mich diese Entdeckung entsetzt, und ich hätte sie kaum akzeptieren wollen. Zu einer anderen Zeit, später, als ich entschlossen war, mit allen falschen Vorstellungen und Illusionen aufzuräumen, hätte ich triumphiert. Als die Enthüllung mich schließlich erreichte, war sie mir so oder so gleichgültig. Ich hatte Canterbury, Oxford und Cholmondeley beinahe vergessen und auch das England, von dem meine Mutter mir erzählt hatte, das alte Land des Friedens und der Ritterlichkeit, der Menschen hoch zu Pferd und des guten Benehmens (das mein Großvater unter der Last eines raueren Lebens wohl vergessen hatte); das Land von Simon de Montfort und Lorna Doone; das Land der Hunde, der Schlösser, des New Forest, wo alles so frisch und ländlich gesittet, kultiviert und so erstrebenswert war.

Der Besuch von Cousine Iris hatte mir bereits die Augen geöffnet.

Damals lebten wir in Vancouver, und ich war mit Richard verheiratet. Ich hatte zwei kleine Kinder. An einem Samstagabend klingelte das Telefon. Richard nahm ab und holte mich an den Apparat.

»Sei vorsichtig«, sagte er, »es klingt nach Dalgleish.«

Richard sprach den Namen meiner Geburtsstadt immer aus, als klebe etwas Unangenehmes daran, das er so schnell wie möglich ausspucken müsse.

Ich ging zum Telefon und stellte erleichtert fest, dass niemand aus Dalgleish anrief. Es war Cousine Iris. Ihre Aussprache verriet immer noch eine Spur des Ottawa Valley; es lag etwas Ländliches darin – sie selbst ahnte nichts davon und wäre auch keineswegs erfreut darüber gewesen – und etwas Lautes und Fröhliches, und das hatte Richard an die Stimmen von Dalgleish erinnert. Cousine Iris erzählte, sie sei in Vancouver; sie sei pensioniert, unternehme gerade eine Reise und sehne sich danach, mich zu sehen. Ich lud sie für den nächsten Tag zum Dinner ein.

»Mit Dinner meinst du doch das Abendessen, nicht wahr?«

»Ja.«

»Ich wollte es nur klarstellen. Denn damals, als wir euch besucht haben, weißt du noch ... da war das Dinner immer das Mittagessen. Ihr habt das Mittagessen als Dinner bezeichnet. Ich konnte mir zwar nicht vorstellen, dass du es immer noch so hältst, aber ich wollte es einfach klären.«

Ich sagte Richard, eine Cousine meiner Mutter komme am nächsten Tag zum Abendessen. Ich erzählte, sie sei Krankenschwester, oder sei es zumindest gewesen, und lebe in Philadelphia.

»Sie ist in Ordnung«, sagte ich. Ich meinte damit einigermaßen gebildet, ganz manierlich und in der Lage, sich zu benehmen. »Sie reist viel. Eigentlich ist sie ganz interessant. Als Krankenschwester hat sie alle möglichen Leute kennen gelernt ...« Ich berichtete von der Millionärswitwe und den Juwelen in der Reisetasche. Und je mehr ich redete, desto deutlicher spürte Richard meine Zweifel und mein Bedürfnis nach Verständnis, und desto unverbindlicher und weniger verständnisbereit wurde er. Er wusste, er befand sich im Vorteil, und wir hatten in unserer Ehe einen Punkt erreicht, an dem man Vorteile nicht so leicht aufgab.

Ich wollte unbedingt, dass der Besuch gut verlief. Ich wollte es meinetwegen. Meine Motive sprachen nicht sehr zu meinen Gunsten. Cousine Iris sollte als Verwandte dastehen, deren sich niemand zu schämen brauchte. Richard, sein Geld und unser Haus sollten mich ein für alle Mal in den Augen von Cousine Iris aus der Kategorie der armen Verwandten herausheben. All das sollte natürlich mit Takt und Zurückhaltung geschehen, und dann, so dachte ich, würden beide Seiten meinen persönlichen Wert erkennen und anerkennen ...

Ich glaubte, wenn es mir gelingen würde, eine reiche, wohlerzogene und wichtige Verwandte vorzuweisen, würde Richards Haltung mir gegenüber sich ändern. Ein Richter, ein Chirurg hätte sich sehr gut dazu geeignet. Wie Iris als Ersatz ankommen würde, wusste ich nicht recht. Ich machte mir Gedanken darüber, wie Richard das Wort *Dalgleish* ausgesprochen hatte, und über diesen Anklang an das Ottawa Valley – Richard urteilte sehr streng über ländliche Dialekte, da er sich mit meiner Aussprache so große Mühe gegeben hatte. Und da hatte noch etwas in Iris' Stimme gelegen, das ich nicht identifizieren konnte. War sie zu eifrig? Erhob sie einen Anspruch auf Familienbande, den ich nicht länger für berechtigt hielt?

Wie auch immer. Ich holte eine Lammkeule aus der Gefriertruhe, machte ein Zitronenbaiser. Meine Mutter hatte Zitronenbaiser gebacken, als die Cousinen uns besuchten. Sie putzte die Kuchengabeln und bügelte die Servietten. Denn wir besaßen Kuchengabeln (wollte ich Richard sagen), ja, und wir besaßen Servietten, obwohl sich die Toilette im Keller befand und wir erst nach dem Krieg fließendes Wasser hatten. Morgens trug ich heißes Wasser in das vordere Schlafzimmer, damit die Tanten sich waschen konnten. Ich goss das Wasser in einen Krug, wie man sie jetzt in den Antiquitätengeschäften oder als Vasen für Schmuckgräser auf den Tischen vieler Dielen sieht.

Aber das alles bedeutete mir doch wohl nichts ... dieser ganze Unsinn mit Kuchengabeln? Gehörte ich zu den Leuten, die glauben, Gegenstände mit Kultiviertheit gleichsetzen zu können? Nein, keineswegs; nicht ganz; ja und nein. Ja und nein. Herkunft nannte Richard das. *Deine Herkunft.* Dabei senkte er warnend die Stimme. Oder hörte ich das nur, während er es gar nicht so meinte? Wenn er das Wort Dalgleish aussprach, selbst wenn er mir schweigend einen Brief von zu Hause übergab, schämte ich mich, als überziehe etwas wie Schimmel meinen ganzen Körper, etwas Ekelerregendes, Unangenehmes, Unerbittliches. In Richards Familie bedeutete Armut etwas wie schlechter Atem oder offene Geschwüre, ein Leiden, für das sich der Betroffene wenigstens zum Teil selbst die Schuld geben musste. Aber es galt als unhöflich, davon Notiz zu nehmen. Wenn ich in ihrer Gegenwart über meine Kindheit oder meine Familie erzählte, bemerkte ich ein gewisses Zurückweichen wie angesichts einer Obszönität. Aber möglicherweise war ich ein bisschen zu hartnäckig und zu gehemmt wie die schlecht erzogene Gestalt bei Virginia Woolf, die sich darüber beklagt, dass man sie nicht mit in den Zirkus genommen hat. Vielleicht brachte sie das in Verlegenheit. Sie benahmen sich mir gegenüber sehr taktvoll. Richard konnte es sich nicht leisten, so taktvoll zu sein; er hatte sich in eine schwierige Position begeben, indem er mich heiratete. Er wollte mich von meiner Vergangenheit trennen, die in seinen Augen eine schäbige Last darstellte. Er suchte ständig nach Anzeichen dafür, dass diese Loslösung nicht vollständig war. Und natürlich war sie das nicht.

Die Cousinen meiner Mutter haben uns nie wieder gemeinsam besucht. Winifred starb überraschend im Winter drei oder vier Jahre nach diesem denkwürdigen Sommer. Iris schrieb meiner Mutter, der Kreis sei jetzt zerbrochen; sie hat geahnt, dass Winifred Diabetikerin war. Doch Winifred wollte sich darüber nie Gewissheit verschaffen, weil sie zu gerne aß. Auch meiner Mutter ging es nicht gut. Die anderen Cousinen besuchten sie, aber einzeln und wegen der großen Entfernungen natürlich nicht oft. Beinahe in jedem Brief gedachten sie der schönen Zeit, die sie in jenem Sommer alle gehabt hatten. Ziemlich am Ende ihres Lebens sagte meine Mutter einmal: »Ach Gott, weißt du, woran ich gerade denken musste? An die Wasserpistole. Erinnerst du dich noch an das Konzert? Winifred mit der Wasserpistole! Jeder hatte seinen Auftritt. Was habe ich denn gemacht?«

»Einen Kopfstand.«

»Ach ja.«

Cousine Iris war korpulenter als je und hatte rosige Wangen unter dem Puder. Der Weg nach oben zu unserem Haus hatte sie atemlos gemacht. Ich wollte Richard nicht darum bitten, sie vom Hotel abzuholen. Ich will damit nicht sagen, ich hätte mich gefürchtet, ihn zu bitten; ich wollte einfach verhindern, dass die ganze Sache von Anfang an falsch lief, indem ich ihn zu etwas aufforderte, was er nicht selbst angeboten hatte. Ich redete mir ein, sie würde ein Taxi nehmen. Aber sie kam mit dem Bus.

»Richard hatte noch zu tun«, log ich. »Eigentlich ist es meine Schuld. Ich habe keinen Führerschein.«

»Macht überhaupt nichts«, erklärte Iris munter, »im Augenblick bin ich nur außer Puste, aber das ist gleich vorbei. Es liegt an dem vielen Speck, den ich mit mir herumschleppe. Geschieht mir ganz recht.«

Sobald sie *Puste* und *Speck* sagte, wusste ich, wie bei Richard alles laufen würde. Aber nicht einmal das wäre nötig gewesen. Ich hatte es schon gewusst, als ich sie an der Haustür sah: Ihre Haare – ich hatte sie als graubraun in Erinnerung – glänzten goldgelb und türmten sich, von Haarspray gehalten, zu einer wattigen Hochfrisur. Ihr auffälliges pfauenblaues Kleid schmückte an der Schulter eine Art goldene Fontäne. Wenn ich jetzt zurückdenke, finde ich, sie sah großartig aus. Ich wünsche mir, dass ich sie damals woanders getroffen hätte. Ich wünsche, ich hätte sie so bewundert, wie sie es verdiente. Ich wünsche, alles wäre anders gelaufen.

»Na also«, rief sie jubilierend, »hast du es aber gut getroffen!« Sie sah mich an; ihr Blick schweifte über den Steingarten, die Ziersträucher und die großen Fenster. Unser Haus stand in Capilano Heights am Grouse Mountain. »Also wirklich! Ein phantastisches Haus, Liebes.«

Ich bat sie herein, stellte ihr Richard vor, und sie sagte: »Aha, Sie sind also der Mann. Ich will Sie nicht fragen, wie die Geschäfte gehen, denn wie ich sehe, gehen sie gut.«

Richard war Anwalt. Die Männer seiner Familie waren entweder Anwälte oder Börsenmakler. Für sie hatte ihr Beruf nie etwas mit Geschäften zu tun; und sie bezeichneten das, was sie taten, niemals als Arbeit. Über die Arbeit zu sprechen, galt fast schon als vulgär; über die finanziellen Verhältnisse zu sprechen, war unverzeihlich vulgär. Wäre ich Richard gegenüber nicht immer noch so verletzlich gewesen, hätte es mir Vergnügen bereiten können zu sehen, wie er mit dieser Situation fertig wurde.

Ich bot sofort etwas zu trinken an und hoffte, mich dadurch besser wappnen zu können. Ich hatte eine Flasche Sherry herausgeholt, weil ich dachte, es sei das Richtige für ältere Damen oder Leute, die üblicherweise nichts tranken. Doch Iris erklärte lachend: »Ach, ich genehmige mir auch einen Gin mit Tonic wie ihr jungen Leute.«

»Weißt du noch, wie wir euch zusammen in Dalgleish besucht haben?«, fragte sie. »Deine Mutter war immer noch das Kleinstadtmädchen, und bei ihr gab es nichts Alkoholisches im Haus. Obwohl ich damals dachte, dein Vater würde schon mal einen trinken, wenn sich die Gelegenheit dazu bieten würde. Auch Flora gehörte zu den Abstinenzlern. Aber diese Winifred war ein richtiger Teufel. Weißt du, dass sie eine Flasche im Koffer versteckt hatte? Wir schlichen uns ins Schlafzimmer, nahmen einen Schluck und gurgelten hinterher mit Eau de Cologne. Sie nannte euer Haus die Sahara. ›Wir wandern durch die Sahara‹, sagte sie. Natürlich bekamen wir genug Limonade und Eistee, dass ein Schlachtschiff darin hätte schwimmen können.«

Vielleicht hatte sie etwas bemerkt, als ich die Tür öffnete – Überraschung oder gedämpfte Willkommensfreude. Vielleicht war sie eingeschüchtert, gleichzeitig aber auch sehr beeindruckt von dem Haus und den eleganten, langweiligen Möbeln, die Richard nicht einmal alle selbst ausgesucht hatte. Auf jeden Fall sprach sie in einem herablassenden Ton über Dalgleish und meine Eltern. Ich glaube nicht, dass sie mich an mein Zuhause erinnern und mich auf meinen Platz verweisen wollte. Ich glaube, sie wollte sich ins rechte Licht rücken, mich wissen lassen, dass sie mehr hierher als dorthin gehörte.

»Oh, was ist das für ein Genuss, hier zu sitzen und euren phantastischen Blick zu genießen. Ist das Vancouver Island?«

»Point Grey«, erklärte Richard wenig aufmunternd.

»Ich hätte es wissen müssen. Wir waren gestern mit dem Bus dort. Wir haben die Universität besichtigt. Ich bin mit einer Reisegesellschaft hier. Liebes, hab ich es dir schon erzählt? Neun alte Jungfern, sieben Witwen und drei Witwer. Kein einziges Ehepaar. Aber ich sage immer, man kann nie wissen ... die Reise ist noch nicht vorüber.«

Ich lächelte, und Richard erklärte, er müsse den Rasensprenger verrücken.

»Morgen fahren wir nach Vancouver Island, und dann mit dem Schiff nach Alaska. Bei mir zu Hause haben alle gefragt, warum willst du denn nach Alaska? Und ich hab geantwortet: Weil ich noch nicht dort gewesen bin, ist das etwa kein Grund? Keine Junggesellen sind in der Gruppe. Weißt du warum? Sie werden nicht so alt. Das ist eine medizinische Tatsache. Sag das deinem Mann. Sag ihm, er hat es richtig gemacht. Aber ich will nicht fachsimpeln. Wenn ich eine Reise mache, bekommen sie jedes Mal heraus, dass ich Krankenschwester bin. Und dann zeigen sie mir ihren Rücken, ihre Mandeln und weiß Gott was sonst noch. Ich soll ihnen die Leber drücken. Kostenlose Diagnose. Ich sage, ich hab genug davon. Ich bin pensioniert und will das Leben genießen. Das ist besser als Eistee, nicht wahr? Aber sie hat sich solche Mühe gegeben. Die Arme. Sie hat die Ränder der Gläser in Eischnee und Zucker getaucht, weißt du noch?«

Ich versuchte das Gespräch auf die Krankheiten meiner Mutter zu bringen, auf neue Behandlungsmethoden und ihre Erfahrungen im Krankenhaus. Ich tat es nicht nur, weil es mich interessierte, sondern weil ich hoffte, sie würde sich dadurch etwas beruhigen und vernünftiger reden. Ich wusste sehr wohl, Richard war keineswegs in den Garten gegangen, sondern trieb sich in der Küche herum.

Aber Iris wollte davon nichts wissen.

»Eischnee und dann Zucker. Meine Güte. Wir mussten mit Strohhalmen trinken. Aber den Spaß, den wir miteinander hatten. Das Klo im Keller und so. Wir hatten schon unseren Spaß.«

Ihr Lippenstift, die gefärbten, toupierten Haare, das schillernde Kleid und die riesige Brosche, die Stimme und die Art der Konversation gehörten alle zu einer Strategie – keineswegs einer schlechten. Sie liebte Bewegung, Lärm, Veränderungen, das Grelle, Gelächter und Mut. Spaß. Iris glaubte, auch andere sollten diese Dinge lieben, und sprach von ihren Bemühungen während der Reise.

»Ich bin jemand, der die Sache in Schwung bringt. Manche Leute werden auf einer Reise ängstlich. Sie haben Verdauungsbeschwerden. Sie reden von ihrer Verstopfung. Ich lenke sie ab. Man kann immer einen Spaß machen. Man kann anfangen zu singen. Ich höre praktisch jeden Morgen, wie sie denken, was wird diese Verrückte, die Chaddeley sich heute wieder ausdenken?«

»Mich bringt nichts aus der Ruhe«, sagte sie. Sie erzählte von anderen Reisen. Von Irland. Die anderen Frauen fürchteten sich niederzuknien und den Stein von Blarney zu küssen. Aber Iris erklärte: »Ich bin so weit gereist, und jetzt werde ich das verdammte Ding auch küssen!« Und das tat sie, während ein gotteslästerlicher Ire ihr nicht von den Fersen wich.

Wir tranken. Wir aßen, die Kinder kamen herein und wurden bewundert. Richard kam und ging. Es stimmte, nichts brachte sie aus der Fassung. Nichts konnte sie von ihren Geschichten über sich selbst ablenken. Sie konnte nur begrenzte Zeit schweigen. Sie erzählte die Geschichte von der Millionärswitwe und der Reisetasche noch einmal. Sie erzählte von dem todkranken Schauspieler. Wie viele Gespräche musste sie so bestritten haben – lachend, insistierend, abschweifend, sich erinnernd. Ich überlegte, ob sie diesen Abend als lustig bezeichnen würde. Sie würde darüber sprechen. Über das Haus, die Teppiche, das Porzellan, Zeichen von Geld. Vielleicht machte es ihr nichts aus, dass Richard die kalte Schulter zeigte. Vielleicht war es ihr lieber, ein reicher Verwandter zeigte ihr die kalte Schulter, als dass ein armer sie willkommen hieß. Aber war sie schon immer so gewesen, so forsch, so gefräßig und verängstigt; anständig, vielleicht bewunderungswürdig, aber trotzdem jemand, von dem man hofft, dass man im Bus oder auf einer Party nicht lange neben ihm sitzen muss? Ich war aufrichtig, als ich sagte, ich hätte mir gewünscht, sie an einem anderen Ort zu treffen; ich hätte mir gewünscht, sie bewundert zu haben, als ich andeutete, dass mir nur Richards Vorurteile im Weg standen. Vielleicht hätte ich sie mehr bewundern, aber ich hätte nicht länger mit ihr zusammen sein können.

Ich musste mich fragen, ob die Fröhlichkeit, an die ich mich erinnerte, die Fröhlichkeit und Warmherzigkeit, die Weltgewandtheit nichts anderes gewesen waren als das, was ich nun erlebte. Es wäre besser, sich vorzustellen, dass die Zeit einen Trank, der einmal sprudelte, hatte schal, dünn, sauer und gewöhnlich werden lassen, dass die Schwierigkeiten uns beide verändert hatten, und nicht zum Besseren. Wenig mitfühlende Orte und Menschen hatten uns in unseren Absichten und Meinungen vielleicht hart werden lassen. Früher sah ich mir gerne die Zeitschriftenwerbungen an, auf denen Damen in Chiffonkleidern, Rüschen und Capes den Ellbogen auf die Schiffsreling stützen oder Tee neben einer eingetopften Palme trinken. Sie vermittelten mir etwas von einem Leben voll Eleganz und Feingefühl. Sie waren für mich ein Fenster zur Welt; und die Cousinen waren ein anderes. Die geblümten Kleider der Cousinen erinnerten mich an diese Damen, obwohl die Cousinen viel behäbiger und keineswegs hübsch waren. Während ich darüber nachdenke, versuche ich mich zu erinnern, worüber die Damen in den Sprechblasen über ihren Köpfen sich unterhielten. Sie beschäftigten sich mit Achselgeruch oder priesen das Glück, sich nicht länger rasieren zu müssen, weil sie Kotex benutzten.

Iris raffte sich schließlich auf und fragte nach dem letzten Bus. Richard war wieder verschwunden, aber ich erklärte, ich würde sie im Taxi zum Hotel zurückbringen. Sie wehrte ab, sie fände Busfahren schön. Sie traf immer jemanden, mit dem sie sich unterhalten konnte. Ich holte den Fahrplan und brachte sie zur Bushaltestelle. Sie hoffte, Richard und mir nicht die Ohren voll geredet zu haben, und erkundigte sich, ob Richard immer so scheu sei. Zum Schluss sagte sie: »Du hast ein wunderbares Haus und eine wunderbare Familie. Es erfüllt mich mit Stolz zu sehen, dass du es im Leben so weit gebracht hast.« Als sie mich zum Abschied umarmte, stiegen ihr die Tränen in die Augen.

»Was für eine rührselige alte Schachtel«, verkündete Richard, als er ins Wohnzimmer kam, wo ich gerade das Kaffeegeschirr abräumte. Er folgte mir in die Küche, wiederholte Dinge, die sie gesagt hatte, Übertreibungen und kleine Prahlereien. Er wies auf grammatische Fehler hin, auf ihre Pseudokultiviertheit. Er spielte Ungläubigkeit – vielleicht war sie sogar echt. Vielleicht hielt er es auch für gut, sofort zum Angriff überzugehen, ehe ich ihn dafür zur Rede stellte, dass er das Zimmer verlassen hatte, unhöflich gewesen war und Iris nicht angeboten hatte, sie im Wagen ins Hotel zu bringen.

Er redete noch, als ich ihm die Glasschüssel an den Kopf warf. Es befand sich immer noch etwas Zitronenbaiser darin. Die Form verfehlte ihn und traf den Kühlschrank. Doch das Baiser flog heraus und landete auf seiner Wange wie in alten Filmen oder einer *I Love Lucy*-Folge. Er erlebte diesen Moment des Staunens und der Naivität: Er verstummte und stand mit offenem Mund da. Auch ich staunte, weil das, was Leute auf der Leinwand immer so komisch finden, sich im Leben als ein so erschreckendes Urteil erweist.

Lauf, lauf ringsherum
Um den alten Baum,
Tanz, tanz rundherum,
Das Leben ist nur ein Traum.

Ich liege mit meiner kleinen Schwester im Bett und lausche dem Singen im Hof. Diese Stimmen, diese Menschen, ihre gute Laune und ihre Hochachtung vor sich und den anderen verwandeln das Leben. Meine Eltern, wir alle haben Ferien. Das Ineinanderfließen von Stimmen und Worten ist so vielfältig und verschlungen, dass es scheint, dieser Lärm, diese fröhliche Rivalität würde immer so weitergehen; und dann zu meiner Überraschung – ich bin überrascht, obwohl ich den Refrain kenne – klingt das Lied dünner: Nur noch zwei Stimmen singen gegeneinander an.

Tanz, tanz rundherum,
Das Leben ist nur ein Traum.

Dann singt eine Stimme tapfer allein bis zum Ende weiter. Eine Stimme, und in ihr liegt ein unerwartet flehender, warnender Ton, als sie die sechs Worte nacheinander in der Luft hängen lässt. *Das Leben ist.* Moment. *Nur ein.* Moment noch. *Traum.*

Die Chaddeleys und die Flemings

II. Der Stein im Feld

Meine Mutter gehörte nicht zu den Leuten, die ihre Zeit mit dem Verzuckern von Trinkglasrändern verbringen und sich einbilden, adliger Abstammung zu sein. Eigentlich war sie eine Geschäftsfrau, eine Händlerin. In unserem Haus häuften sich Dinge, die nicht mit Geld bezahlt, sondern durch einen komplizierten Handel erworben worden waren, und die wir vielleicht gar nicht behalten durften. Eine Zeit lang konnten wir Klavier spielen, eine Encyclopaedia Britannica zu Rat ziehen oder an einem Eichentisch essen. Aber wenn ich eines Tages von der Schule nach Hause kam, stellte ich vielleicht fest, dass alle diese Dinge weitergewandert waren. Ein Spiegel verschwand ebenso schnell wie ein Essig- und Ölständer vom Tisch, oder ein Rosshaarsofa ersetzte eine Couch, die eine Chaiselongue abgelöst hatte. Wir lebten in einem Lagerhaus.

Meine Mutter arbeitete für oder mit einem Mann, der Poppy Cullender hieß. Er war Antiquitätenhändler. Er hatte keinen Laden. Auch sein Haus stand voller Möbel. Wir bekamen nur, was er nicht unterbringen konnte. Bei ihm standen Frisierkommoden Rücken an Rücken, und an den Wänden lehnten Sprungfederrahmen. Er kaufte alles Mögliche – Möbel, Porzellan, Bettdecken, Türknöpfe, Pumpenschwengel, Milchkannen, Bügeleisen, alles – von Leuten, die auf Farmen oder in den kleinen Dörfern auf dem Land lebten, und verkaufte sie weiter an die Antiquitätengeschäfte in Toronto. Der Sturm auf die Antiquitäten hatte noch nicht eingesetzt. Damals übermalten die Leute altes Holz so schnell sie konnten mit Ölfarbe in Weiß oder Pastelltönen, warfen die Eisenbetten heraus und ersetzten sie durch blonde Ahornschlafzimmer und legten über die Patchworkquilts Tagesdecken aus Chenille. Es war nicht schwer etwas zu kaufen, die Sachen beinahe umsonst zu bekommen; doch sie zu verkaufen war langwierig. Deshalb gehörten sie vielleicht für ein paar Monate zu unserem Leben. Trotzdem, Poppy und meine Mutter verfolgten den richtigen Kurs; wenn sie durchgehalten hätten, wären sie vielleicht reich geworden, und sie hätten Recht gehabt. Doch Poppy hielt sich gerade über Wasser; meine Mutter verdiente praktisch nichts, und alle betrachteten die beiden als Spinner.

Sie hielten nicht durch. Meine Mutter wurde krank, und Poppy kam ins Gefängnis, weil er in der Bahn Annäherungsversuche gemacht hatte.

Auf manchen Farmen war Poppy nicht gern gesehen. Die Kinder johlten, und die Frauen verriegelten die Tür, wenn er in seinem schmierigen schwarzen Anzug schwerfällig über den Hof kam, unwillkürlich lüstern oder dümmlich mit den Augen rollte und mit leiser, bittender Stimme rief: »Ischt jemand d-da?« Zu seinen anderen Problemen kam noch, dass er einen S-Fehler hatte und stotterte. Mein Vater konnte ihn sehr gut nachahmen. Manchmal stand Poppy vor verschlossenen Türen; in anderen – üblicherweise weniger ehrbaren Häusern – wurde er herzlich begrüßt und beköstigt, als sei er ein harmloser, seltsamer Vogel, der vom Himmel gefallen ist und den man wegen seiner Merkwürdigkeit schätzte. Wo er nicht eingelassen wurde, ließ er sich nicht wieder blicken. Er schickte stattdessen meine Mutter. Er muss in seinem Kopf eine Landkarte mit jedem Haus der Umgebung gehabt haben. Und wie auf manchen Karten Punkte auf Bodenschätze oder historisch interessante Plätze verweisen, musste auf Poppys Karte der Standort jedes bekannten und vermuteten Schaukelstuhls, jeder Weichholzanrichte, jedes Milchglases und jeder Barttasse verzeichnet sein. »Warum gehst du nicht hin und siehst es dir einmal an?«, hörte ich ihn zu meiner Mutter sagen, wenn sie nebeneinander im Esszimmer standen und den Herstellerstempel auf einem alten Steinguttopf studierten. Er stotterte nicht, wenn er mit ihr sprach, wenn er über Geschäfte sprach; seine Stimme klang zwar sanft, aber nicht unterwürfig und ließ erkennen, dass er seine Genugtuung hatte, vielleicht sogar seine Rache. Wenn ich eine Freundin von der Schule mit nach Hause brachte, fragte sie: »Ist das Poppy *Cullender*?« Sie staunte, ihn wie einen normalen Menschen reden zu hören, und staunte, ihn als Besucher in einem Haus anzutreffen. Mir missfiel seine Verbindung zu uns so sehr, dass ich am liebsten »nein« gesagt hätte.

Um Poppys sexuelle Neigungen wurde eigentlich kein großes Aufhebens gemacht. Die Leute dachten vielleicht, er habe überhaupt keine. Wenn sie sagten, er sei anders, meinten sie einfach anders, merkwürdig, komisch, beunruhigend. Das Stottern, das Augenrollen, sein dicker Hintern und sein Haus voller Trödel waren in diesem Wort zusammengefasst. Ich weiß nicht, ob er sehr mutig versuchte, sich ein Leben in einem Ort wie Dalgleish aufzubauen, wo er nur mit wahllosen Beschimpfungen und unangebrachtem Mitleid rechnen musste, oder ob er einfach nicht sehr realistisch war. Es war eindeutig nicht realistisch, im Zug von Stratford Baseballspielern Anträge zu machen.

Ich erfuhr nie, wie meine Mutter die endgültige Katastrophe aufnahm, oder was sie von ihm wusste. Jahre später las sie in der Zeitung, dass ein Lehrer meines Colleges in einer Bar nach einem Streit wegen seines Begleiters festgenommen worden war. Sie fragte mich, ob das bedeute, er habe einen Freund verteidigt, und wenn ja, warum man das nicht so sagte? *Wegen seines Begleiters?*

Dann sagte sie: »Der arme Poppy. Es gab immer Leute, die ihn reinlegen wollten. Auf seine Weise war er sehr geschickt. Es gibt Menschen, die an einem solchen Ort nicht überleben können. Es ist nicht erlaubt. Nein.«

Meine Mutter konnte Poppys Wagen für Geschäftsfahrten benutzen – manchmal auch am Wochenende, wenn Poppy nach Toronto fuhr. Wenn er nicht gerade eine Ladung Möbel dorthin bringen musste, nahm er – unglücklicherweise, wie ich bereits gesagt habe – die Bahn. Unser Wagen befand sich inzwischen in einem Zustand, in dem man ihn nicht mehr reparieren konnte; und deshalb fuhren wir ihn nur noch in der Stadt – nach Dalgleish und zurück. Wie viele andere Leute besaßen meine Eltern zu Beginn der Depression etwas Wertvolles (wie zum Beispiel ein Auto oder eine Zentralheizung), das sich allmählich abnutzte und nicht mehr repariert werden konnte. Solange es noch ging, fuhren wir ein- oder zweimal im Sommer an den See nach Goderich. Gelegentlich besuchten wir auch die Schwestern meines Vaters, die auf dem Land lebten.

Meine Mutter behauptete immer, die Familie meines Vaters sei merkwürdig, weil es hintereinander sieben Mädchen und dann einen Jungen gab; und es war merkwürdig, weil sechs der acht Kinder immer noch zusammen in ihrem Geburtshaus lebten. Eine Schwester starb jung an Typhus, und mein Vater lief von zu Hause weg. Die sechs Schwestern für sich genommen waren damals, zumindest in den Augen vieler Leute, merkwürdig. Sie waren übrig geblieben, sagte meine Mutter, sie gehörten eigentlich in eine andere Generation.

Ich erinnere mich nicht, dass sie uns besucht hätten. Sie kamen nicht gern in eine Stadt von der Größe Dalgleishs, noch entfernten sie sich gern so weit von zu Hause. Sie hätten vierzehn oder fünfzehn Meilen fahren müssen, und sie besaßen kein Auto. Sie benutzten Pferd und Wagen und im Winter Pferd und Schlitten, als es schon lange niemand mehr tat. Manchmal müssen sie in die Stadt gekommen sein, denn einmal sah ich eine der Schwestern in Dalgleish mit dem Pferdewagen. Das Gefährt hatte ein hohes Verdeck wie eine schwarze Haube; und die Tante, welche es auch sein mochte, saß seitlich auf dem Sitz und blickte nur selten auf – nur so oft, wie es beim Fahren mit Pferd und Wagen unbedingt erforderlich ist. Sie schien unter den Augen der Öffentlichkeit Qualen zu leiden; doch sie war hartnäckig; sie saß zusammengekauert und verbissen auf ihrem Sitz und bot auf ihre Weise einen ebenso merkwürdigen Anblick wie Poppy Cullender. Ich konnte mir nicht vorstellen, dass dies meine Tante sein sollte; dieses Band erschien mir unmöglich. Ich konnte mich aber daran erinnern, früher auf der Farm gewesen zu sein – vielleicht sogar mehr als einmal; denn ich war noch zu klein gewesen, um es genau zu wissen. Damals habe ich diese Unmöglichkeit nicht empfunden, hatte die Merkwürdigkeit der Verwandten nicht begriffen. Ich weiß noch, dass mein Großvater krank im Bett lag, vermutlich starb. Über ihm hing ein großer Fächer aus braunem Papier. Schnüre setzten ihn in Bewegung, und ich durfte daran ziehen. Eine der Tanten zeigte es mir gerade, als meine Mutter mich von unten rief. Die Tante und ich sahen uns so an, wie Kinder sich ansehen, wenn ein Erwachsener ruft. Es muss mir ungewöhnlich vorgekommen sein; ich muss etwas vom Fehlen des erwarteten oder notwendigen Unterschieds bzw. der Barriere zwischen uns gespürt haben, sonst wäre es mir nicht im Gedächtnis geblieben.

Ein anderes Erlebnis mit einer Tante: Ich glaube, dieselbe – vielleicht aber auch eine andere – saß mit mir auf der rückwärtigen Treppe des Farmhauses; auf der Stufe neben uns stand ein Zehn-Pfund-Korb mit Wäscheklammern. Sie machte Puppen, Männchen, für mich aus den rundköpfigen Klammern. Sie malte mit einem schwarzen und einem roten Strich Münder und Augen; und aus der Schürzentasche zog sie Garnreste, die sie als Haare und Kleider um das Holz wickelte. Sie redete mit mir; ich bin sicher, sie redete.

»Hier haben wir eine Dame. Sie kommt gerade aus der Kirche und hat ihre Perücke auf. Sie ist sehr stolz. Und wenn jetzt ein Wind kommt? Er weht ihr die Perücke vom Kopf. Siehst du? Nun blas mal.«

»Hier ist ein Soldat. Siehst du, er hat nur ein Bein! Das andere hat in der Schlacht von Waterloo eine Kanonenkugel abgerissen. Weißt du überhaupt, was eine Kanonenkugel ist? Sie fliegt aus einer großen Kanone heraus, wenn es eine Schlacht gibt. Bumm!«

Jetzt fuhren wir in Poppys Auto auf die Farm, um die Tanten zu besuchen. Mein Vater erklärte, nein, er werde den Wagen eines anderen nicht fahren – und meinte damit, er würde Poppys Wagen nicht fahren; er wollte nicht auf einem Platz sitzen, auf dem Poppy gesessen hatte. Also fuhr meine Mutter. Dadurch wurde der ganze Ausflug zu einer unsicheren Sache. Die Gewichte waren falsch verteilt. Es war ein heißer Sonntag im Spätsommer.

Meine Mutter kannte den Weg nicht genau, und mein Vater wartete bis zum letzten Moment, ehe er ihr die richtige Richtung bestätigte. Es galt als eine Art Necken, und doch schwangen dabei auch Vorbehalte und Vorwürfe mit.

»Biegen wir hier ab oder erst an der nächsten Kreuzung? Wenn ich die Brücke sehe, weiß ich es wieder.«

Der Weg war schwierig. In der Gegend von Dalgleish verliefen die meisten Straßen gerade, aber hier wanden sie sich um Hügel oder verschwanden im Moor. Manche waren plötzlich nur noch zwei Reifenspuren mit einer Reihe Löwenzahn und Wegerich dazwischen. Stellenweise lagen die Ranken von wilden Brombeeren auf der Straße. Die hohen, dichten Büsche, das dornige Gestrüpp mit glänzend grünen Blättern, die beinahe schwarz wirkten, erinnerten mich an die Wogen des Meeres, die sich vor Moses teilten.

Wir erreichten die Brücke. Sie sah aus wie das Gerippe zweier ausgeschlachteter, aneinander gekoppelter Güterwagen, und sie hatte nur eine Fahrspur. Ein Verkehrsschild verkündete, sie sei für Lkws zu unsicher.

»Das schaffen wir nie«, erklärte mein Vater, als der Wagen auf den Brückenbohlen aufschlug. »Hier haben wir ihn, den alten Vater Maitland.«

Meine Schwester erkundigte sich: »Wo? Wer? Wo ist er?«

»Der Maitland ist der Fluss unter uns«, antwortete meine Mutter.

An manchen Stellen fehlten die Planken der Brüstung, und wir sahen unter uns das klare, braune Wasser, das zwischen den Zypressen und über dunkle, große Steine floss und weiter unten sich zu sonnigen kleinen Wellen kräuselte. Meine Haut sehnte sich nach dem Wasser.

»Gehen sie eigentlich schwimmen?«, fragte ich und meinte die Tanten. Ich dachte daran, dass sie uns vielleicht mitnehmen würden.

»Schwimmen?«, überlegte meine Mutter. »Das kann ich mir nicht vorstellen. Gehen sie schwimmen?«, fragte sie meinen Vater.

»Ich kann es mir auch nicht vorstellen.«

Die Straße stieg an und tauchte aus den düsteren Zypressen am Flussufer auf. Ich zählte die Namen der Tanten auf.

»Susan. Clara. Lizzie. Maggie. Jennet ist gestorben.«

»Annie«, ergänzte mein Vater, »vergiss Annie nicht.«

»Annie. Lizzie … hab ich doch gesagt. Und weiter?«

»Dorothy«, sagte meine Mutter und wechselte mit einem ärgerlichen kleinen Ruck den Gang. Wir erreichten die Hügelkuppe, und die dunkle, baumbestandene Senke verschwand hinter uns. Hier oben gab es Weiden, auf denen Teppiche von violetten Gänsedisteln, wilde Wicken und Sonnenhut blühten. Hier wuchsen kaum Bäume, aber am Straßenrand unzählige Holunderbüsche. Sie sahen aus, als seien sie mit Schnee bestäubt. Ein kahler Hügel ragte höher auf als alle anderen.

»Der Mount Hebron«, erklärte mein Vater, »der höchste Punkt im ganzen Huron County … zumindest hat man das immer gesagt.«

»Jetzt weiß ich wieder, wo ich bin«, sagte meine Mutter, »gleich sehen wir es, nicht wahr?«

Und da stand es auch schon: das große Holzhaus, in dessen Umgebung keine Bäume wuchsen, mit der Scheune und dahinter die blühenden braunen Hügel. Die ursprüngliche Scheune aus Holzstämmen war jetzt der Wagenschuppen. Das Haus war nicht weiß gestrichen, wie ich felsenfest geglaubt hatte, und an vielen Stellen blätterte die Farbe ab.

Vor dem Haus in einem Schattenrechteck – zu dieser Zeit war es ziemlich schmal – saßen mehrere Gestalten auf Stühlen. An der Hauswand hinter ihnen hingen die gescheuerten Milcheimer und Teile der Zentrifuge.

Sie erwarteten uns nicht. Sie hatten kein Telefon, und deshalb konnten wir unseren Besuch nicht ankündigen. Sie saßen einfach dort im Schatten und blickten auf die Straße, auf der den ganzen Nachmittag lang kein Auto fuhr.

Eine Gestalt erhob sich und verschwand hinter dem Haus.

»Das wird Susan sein«, bemerkte mein Vater, »sie kann keine Fremden ertragen.«

»Sie kommt schon zurück, wenn sie merkt, dass wir es sind«, sagte meine Mutter, »sie kennt das fremde Auto nicht.«

»Vielleicht, aber ich bin nicht so sicher.«

Die anderen standen auf, bereiteten sich hölzern auf den Besuch vor und falteten die Hände vor den Schürzen. Als wir aus dem Wagen stiegen, erkannten sie uns. Eine oder zwei machten einen Schritt vorwärts, blieben aber stehen und warteten dann auf uns.

»Kommt«, sagte mein Vater, führte uns von einer zur anderen und sagte zur Begrüßung nur den Namen. Es gab keine Umarmung, keinen Händedruck und keinen Kuss auf die Wange.

»Lizzie. Dorothy. Clara.«

Es half nichts. Ich konnte sie einfach nicht auseinander halten. Sie sahen sich zu ähnlich. Es muss zwischen ihnen ein Altersunterschied von zwölf oder fünfzehn Jahren bestanden haben, doch für mich sahen sie alle um fünfzig aus – älter als meine Eltern, aber nicht wirklich alt. Sie waren alle mager und hatten zarte Knochen. Sie mochten vielleicht einmal groß gewesen sein, doch Demut und harte Arbeit hatten sie gebeugt. Ein paar trugen die Haare kindlich kurz geschnitten, andere hatten sie geflochten und in einem Knoten auf dem Kopf zusammengesteckt. Keine besaß völlig schwarze oder völlig graue Haare. Sie hatten blasse Gesichter, dicke, buschige Augenbrauen, tief liegende, klare Augen von blau-grauer, grün-grauer oder grauer Farbe. Sie ähnelten sehr meinem Vater, obwohl er sich gerade hielt und sein Gesicht sich im Gegensatz zu den Tanten dem Leben geöffnet hatte und ihn zu einem gut aussehenden Mann machte.

Sie ähnelten mir sehr. Damals wusste ich das nicht und hätte es auch nicht wissen wollen. Aber angenommen, ich würde jetzt aufhören, etwas aus meinen Haaren zu machen, kein Make-up mehr auflegen, mir die Augenbrauen nicht mehr zupfen, würde mir ein schlichtes, bedrucktes Kleid und eine Schürze anziehen, den Kopf hängen lassen und die Hände um die Ellbogen legen? Ja. Als meine Mutter und ihre Cousinen mich unter die Lupe nahmen, mich ängstlich ans Licht zogen und fragten: »Ist sie eine Chaddeley? Was glaubst du?«, sahen sie ein Fleming-Gesicht. Und um die Wahrheit zu sagen, ein Gesicht, das sich besser hielt als das ihre. (Sie behaupteten nicht, hübsch zu sein. Es genügte, wie eine Chaddeley auszusehen.)

Eine der Tanten hatte Hände, die so rot waren wie ein

enthäutetes Kaninchen. Später in der Küche schob sie sich einen Stuhl an die Holzkiste, saß dort halb verborgen vom Ofen, und ich sah, wie sie sich die Hände rieb, in der Schürze wand und drehte. Ich erinnerte mich, dass ich vor langer Zeit, bei einem früheren Besuch solche Hände schon einmal gesehen und meine Mutter mir gesagt hatte, es käme davon, dass diese Tante – war es immer nur die eine? – den Fußboden, Tisch und Stühle mit Lauge schrubbe, um sie weiß zu halten. Das war die Wirkung der Lauge auf die Hände. Auch nach diesem Besuch, auf dem Rückweg, sollte meine Mutter anklagend, bekümmert und voll Entsetzen sagen: »Hast du diese Hände gesehen? Der presbyterianische Pfaffe muss ihnen Dispens erteilt haben, damit sie auch sonntags scheuern dürfen.«

Der Fußboden aus Kiefernholz schimmerte weiß, wirkte aber so weich wie Samt, die Stühle und der Tisch ebenfalls. Wir saßen alle in der Küche, die wie ein kleines Haus an das große Haus angebaut war. Es hatte zwei einander gegenüberliegende Türen und Fenster an drei Seiten. Auch der schwarze Herd, in dem kein Feuer brannte, glänzte vom vielen Polieren. Im Chrom konnte man sich spiegeln. Ich bin nie wieder in einem so kahlen und sauberen Raum gewesen. Nichts deutete auf Leichtfertigkeit hin; es fehlte jeder Hinweis darauf, dass die Bewohner in diesem Haus jemals Unterhaltung suchten. Es gab kein Radio, keine Zeitungen oder Illustrierten und ganz bestimmt keine Bücher. Es muss eine Bibel im Haus gegeben haben und einen Kalender. Aber sie waren nirgends zu sehen. Es fiel mir sogar schwer, an die Puppen aus Wäscheklammern, an die Farbstifte und das Garn zu glauben. Ich wollte fragen, wer von ihnen die Puppen gemacht, ob es wirklich eine Dame mit einer Perücke und einen einbeinigen Soldaten gegeben hatte.

Üblicherweise war ich nicht schüchtern. Aber in diesem Raum überfiel mich eine merkwürdige Lähmung, als begriffe ich zum ersten Mal, wie vermessen eine Frage, wie riskant eine Meinung sein konnte.

Arbeit, nicht Gespräche erfüllte ihr Leben; Arbeit gestaltete ihre Tage. Jetzt weiß ich das. Stumm und vielleicht auch zufrieden drückten sie die Milch aus den rauen Zitzen, fuhren klatschend mit dem Bügeleisen auf dem verbrannt riechenden Bügelbrett hin und her und wischten das Putzwasser in weißen Bögen über den Kiefernfußboden. Hier wurde nicht gearbeitet wie in unserem Haus, wo man so schnell wie möglich fertig werden wollte. Hier war die Arbeit etwas, das immer weitergehen konnte ... musste.

Was gab es zu sagen? Wie Leute im Gespräch mit königlichen Hoheiten wagten die Tanten nicht, eigene Bemerkungen zu machen, konnten aber auf Fragen antworten. Sie boten keine Erfrischungen an. Es wurde deutlich, nur eine große Willensanstrengung hinderte sie alle daran, davonzurennen und sich zu verstecken wie Tante Susan, die nicht wieder auftauchte, solange wir dort waren. In diesem Raum wurde die Qual des menschlichen Kontakts spürbar. Sie hypnotisierte mich; die faszinierende Qual; die demütigende Notwendigkeit.

Mein Vater wusste, wie er vorgehen musste. Er sprach über das Wetter, vom jetzt notwendigen Regen, vom Regen im Juli, der das Heu verdorben hatte, vom nassen Frühling im letzten Jahr, von lange zurückliegenden Überschwemmungen, über die Wahrscheinlichkeit oder Unwahrscheinlichkeit eines regnerischen Herbstes. Dieses Gespräch verlieh ihnen Sicherheit. Er erkundigte sich nach den Kühen, dem Kutschpferd, das Nelly hieß, und nach den Arbeitspferden Prince und Queen, nach dem Garten; hatte die Fäule auch ihre Tomaten befallen?

»Nein, nicht.«

»Wie viel Pfund habt ihr geerntet?«

»Fünfundfünfzig.«

»Habt ihr Chilisauce gemacht? Habt ihr auch Saft gemacht?«

»Ja, Saft und Chilisauce.«

»Also werdet ihr im nächsten Winter nicht verhungern. Vielleicht werdet ihr noch dick.«

Ein paar kicherten, und mein Vater nahm sich ein Herz und neckte sie weiter. Er wollte wissen, ob sie in letzter Zeit viel zum Tanzen gegangen waren. Kopfschüttelnd gab er vor, sich daran zu erinnern, früher hätten sie in dem Ruf gestanden, kein Tanzfest im Bezirk auszulassen, zu rauchen, ausgelassen und fröhlich zu sein. Er sagte, sie seien ein schlimmer Haufen. Sie würden nicht heiraten, weil sie lieber flirteten, und er müsse sich ihretwegen schämen.

Meine Mutter mischte sich ein. Sie wollte ihnen wohl zu Hilfe kommen, weil sie es grausam fand, sie so aufzuziehen, darüber zu reden, was sie nie erlebt hatten und nie gewesen waren.

»Das ist ein hübsches Stück«, erklärte sie, »diese Anrichte bewundere ich jedes Mal.«

»Sie wollten in ihrer Jugend auffallen«, sagte mein Vater.

Meine Mutter ging zur Küchenanrichte, ein sehr schweres, hohes Möbelstück aus Kiefernholz. Die Knöpfe an den Türen und Schubladen waren nicht ganz rund, sondern leicht unregelmäßig – entweder von Anfang an oder von all den Händen, die an ihnen gezogen hatten.

»Es könnte gut sein, dass ein Antiquitätenhändler hierher kommt und euch hundert Dollar dafür bietet«, sagte meine Mutter, »aber lasst euch nicht darauf ein. Das gilt auch für den Tisch und die Stühle. Lasst euch von niemandem beschwatzen, sie zu verkaufen, ehe ihr herausgefunden habt, was sie wirklich wert sind.« Ohne um Erlaubnis zu fragen, untersuchte sie die Anrichte. Meine Mutter betastete die Knöpfe und besah sich die Rückseite. »Ich kann euch nicht sagen, was sie wert ist. Aber wenn ihr sie je verkaufen wollt, lasse ich sie von dem besten Mann schätzen, den ich finden kann. Es geht nicht nur um das«, erklärte sie und strich anerkennend über das Holz. »Die Möbel hier sind ein Vermögen wert. Gebt nichts her. Ihr habt alte Möbel, die hier in der Gegend gemacht worden sind, und davon ist kaum noch etwas übrig. Die Leute haben sie um die Jahrhundertwende weggeworfen. Sie kauften viktorianische Sachen, als es ihnen finanziell besser ging. Alles, was nicht weggeworfen wurde, ist Geld wert, und es wird noch im Wert steigen!«

So war meine Mutter. Aber sie konnten nichts damit anfangen. Sie verstanden sie nicht besser als eine Verrückte, die große Reden schwang. Möglicherweise kannten sie das Wort »Antiquitäten« überhaupt nicht. Meine Mutter redete von ihrer Anrichte, aber in Begriffen, die ihnen fremd waren. Wenn ein Händler ins Haus kam und ihnen Geld bot? Niemand kam in ihr Haus. Vermutlich fiel es ihnen ebenso schwer sich vorzustellen, die Anrichte zu verkaufen wie die Wand in der Küche. Keine der Tanten hob den Blick von den Händen, die in den Schürzen auf dem Schoß lagen.

»Ich nehme an, das ist ein Glück für alle, die nie reich geworden sind«, sagte mein Vater, um die Situation aufzulockern. Aber sie konnten auch ihm keine Antwort geben. Die Bedeutung von »reich« kannten sie wohl; doch sie hätten nie ein solches Wort benutzt; es wäre ihnen nie über die Lippen gekommen. Ebenso wenig konnten ihre Gedanken um solche Fragen kreisen. Sie mussten bemerkt haben, dass manche Leute – sogar ihre Nachbarn – ebenso Geld für Traktoren, Mähdrescher und Melkmaschinen ausgaben wie für Autos und Häuser. Und ich glaube, in ihren Augen musste das ein Zeichen eines alarmierenden, keineswegs beneidenswerten Mangels an Schicklichkeit und Selbstbeherrschung gewesen sein. Sie bedauerten die Leute gewissermaßen, wie sie vielleicht Mädchen bedauerten, die sich auf dem Tanzboden herumtrieben, rauchten, flirteten und heirateten. Vielleicht bedauerten sie auch meine Mutter. Meine Mutter betrachtete das Leben dieser Tanten und überlegte, wie man ihr Leben bereichern und verschönern könnte. Angenommen, sie würden ihre Möbel verkaufen, sich Wasser ins Haus legen lassen, eine Waschmaschine kaufen, den Boden mit Linoleum auslegen, sich ein Auto kaufen und lernen, es zu fahren? Warum nicht?, fragte meine Mutter, da sie das Leben nur unter dem Aspekt von Veränderungen und Möglichkeiten sah. Sie stellte sich vor, die Tanten sehnten sich nach Dingen – nicht nur materiellen Dingen, sondern Lebensbedingungen und Fähigkeiten, die zu erforschen sie sich nicht einmal die Mühe gaben, die abzulehnen ihnen ebenfalls nicht in den Sinn kam, denn sie waren so völlig in dem gefangen, was sie hatten, und waren so weit davon entfernt, sich als etwas anderes zu sehen.

Als mein Vater zum letzten Mal im Krankenhaus lag, wurde er unter dem Einfluss der Tabletten gut gelaunt und sehr redselig. Er erzählte mir von seinem Leben und seiner Familie. Er erzählte, wie er von zu Hause weggegangen war. Es hatte sogar zwei Abschiede gegeben: Zum ersten

Mal in dem Sommer, als er vierzehn geworden war. Sein Vater schickte ihn hinaus, um ein paar Holzklötze zu spalten. Er brach den Stil der Axt; sein Vater überschüttete ihn mit Flüchen und verfolgte ihn mit der Heugabel. Sein Vater war dafür bekannt, dass er schnell in Zorn geriet und schwer arbeitete. Die Schwestern schrien, mein Vater, der vierzehnjährige Junge, rannte, so schnell er konnte, den Weg entlang und auf und davon.

»Konnten sie schreien?«

»Wie? Oh ja ... damals. Ja, sie konnten schreien.« Mein Vater wollte nur bis zur Straße laufen, sich dort aufhalten, bis die Schwestern ihn wissen ließen, dass die Luft wieder rein war. Aber er hörte erst auf zu rennen, als er schon auf halbem Weg nach Goderich war; und dann überlegte er, dass er ebenso gut noch weiter laufen konnte. Er fand Arbeit auf einem Schiff. Bis zum Ende des Sommers und den Herbst über arbeitete er auf dem Schiff; und als die Saison im Monat vor Weihnachten endete, fand er eine Stelle in einer Getreidemühle. Die Arbeit dort konnte er bewältigen, doch er war noch zu jung. Sie fürchteten sich vor der Polizei und entließen ihn wieder. Er wollte ohnedies Weihnachten zu Hause verbringen. Er hatte Heimweh. Er kaufte Geschenke für den Vater und die Schwestern – eine Uhr für den alten Mann. Zusammen mit der Fahrkarte kostete ihn das den letzten Cent.

Ein paar Tage nach Weihnachten holte er Heu aus der Scheune, als sein Vater zu ihm hinauskam.

»Hast du Geld?«, wollte der Vater wissen.

Mein Vater sagte, nein.

»Bildest du dir ein, ich und deine Schwestern putzen den ganzen Sommer und Herbst Kuhärsche, nur damit du kommst und dich dann im Winter durchfüttern lässt?«

So verließ mein Vater zum zweiten Mal sein Elternhaus. Er schüttelte sich vor Lachen im Krankenbett, als er mir das erzählte.

»Kuhärsche putzen!«

Dann erzählte er, es sei wirklich komisch, denn der alte Mann war selbst nach einem Streit mit seinem Vater von zu Hause fortgelaufen. Der Vater prügelte auf ihn ein, weil er die Schubkarre benutzte.

»Sie trugen das Futter immer in Eimern zu den Pferden ... im Winter, wenn die Pferde im Stall standen. Da kam meinem Vater die Idee, es im Schubkarren zu fahren. Natürlich war das sehr viel schneller. Aber dafür setzte es Dresche ... wegen Faulheit. So waren sie eben. Jede Veränderung war etwas Schlechtes. In einer Verbesserung sahen sie nur Faulheit. So denken eben die Bauern.«

»Tolstoi würde ihnen vielleicht zustimmen«, sagte ich, »Gandhi auch.«

»Zum Teufel mit Tolstoi und Gandhi. Solange sie jung waren, haben sie nie gearbeitet.«

»Vielleicht nicht.«

»Aber es ist ein Wunder, dass diese Leute einmal den Mut aufbrachten, hierher zu kommen. Sie ließen alles zurück. Sie kehrten allem, was sie kannten, den Rücken und kamen hierher. Der Atlantik war schlimm genug. Und dieses Land hier ist eine einzige Wildnis gewesen. Was sie geleistet haben! Was sie durchgemacht haben! Als dein Urgroßvater in diese Gegend kam, brachte er seinen Bruder mit, seine Frau und ihre Mutter und seine beiden kleinen Kinder. Der Bruder wurde sofort von einem fallenden Baum erschlagen. Im zweiten Sommer bekamen seine Frau, ihre Mutter und die beiden kleinen Jungen Cholera. Die Großmutter und die Kinder starben. Er und seine Frau blieben allein zurück. Sie rodeten die Farm, und bald waren sie wieder eine Familie. Ich glaube, der Mut wurde ihnen ausgebrannt. Ihre Religion und ihre Erziehung richteten sie zu Grunde. Wie sie sparen mussten. Und ihr Stolz. Der Stolz blieb ihnen, auch wenn sie keinen Grips mehr hatten.«

»Du schon«, sagte ich, »du bist davongelaufen.«

»Nicht weit.«

Im Alter verpachteten die Tanten die Farm, lebten aber weiterhin dort. Die einen bekamen den grauen Star, die anderen Arthritis. Aber sie blieben, kümmerten sich umeinander und starben dort, mit Ausnahme der letzten. Tante Lizzie musste schließlich ins Altersheim gehen. Die Tanten lebten lange. Sie waren eine härtere Sippe als die Chaddeleys, von denen keine siebzig wurde. (Cousine Iris starb sechs Monate, nachdem sie Alaska gesehen hatte.) An Weihnachten schickte ich ihnen eine Karte, auf die ich schrieb: *Allen meinen Tanten fröhliche Weichnachten. In Liebe.* Das tat ich, weil ich nicht wusste, wer gestorben war und wer noch lebte. Beim Begräbnis meiner Mutter hatte ich ihren Grabstein gesehen, eine schlichte kleine Säule, mit all ihren Namen und Geburtsdaten darauf. Bei einigen war bereits das Todesdatum vermerkt (bei Jennet und vermutlich Susan), bei den anderen war der Platz noch frei. Inzwischen würden weitere Todesdaten dort stehen.

Auch sie schickten mir eine Karte mit einem Kranz oder einer Kerze darauf und ein paar informativen Sätzen.

Bis jetzt ist es ein guter Winter. Wir haben nicht viel Schnee. Uns geht es allen gut, nur Claras Augen werden nicht besser. Die besten Weihnachtsgrüße.

Ich dachte daran, dass sie das Haus verlassen mussten,

um die Karte zu kaufen; dann mussten sie eine Briefmarke besorgen und die Karte auf dem Postamt abschicken. Es bedeutete für sie einen Akt blinden Vertrauens, die Karte zu schreiben und sie an einen so unvorstellbaren Ort wie Vancouver zu schicken, wo jemand ihres Blutes ein so fremdes Leben führte; jemand, der die Karte mit so viel unerklärlichen Schuldgefühlen und voll Verwirrung las. Ich fühlte mich schuldig; es verwirrte mich, daran zu denken, dass es sie immer noch gab, dass sie immer noch an mir hingen. Damals konnte mir jede Nachricht von zu Hause das Gefühl geben, eine Verräterin zu sein.

Im Krankenhaus fragte ich meinen Vater, ob jemals eine seiner Schwestern einen Freund gehabt hatte.

»Nicht, was man als einen Freund bezeichnen könnte. Nein. Es gab diesen Witz über Mr Black. Sie sagten immer, er habe seine Hütte dort gebaut, weil er ein Auge auf Susan geworfen hatte. Ich glaube es nicht. Er hatte nur ein Bein, baute sich in der Ecke eines Feldes auf der anderen Seite der Straße eine Hütte und starb dort. Aber das geschah vor meiner Zeit. Susan war die Älteste. Sie war zwanzig oder einundzwanzig, als ich geboren wurde.«

»Du glaubst also, sie hatte keine Romanze?«

»Ich denke nicht. Es war nur ein Scherz. Er war Österreicher oder so etwas. Black wurde er nur genannt, oder vielleicht nannte er sich selbst so. Man hätte Susan nie in seine Nähe gelassen. Er wurde dort unter einem großen Stein begraben. Mein Vater riss die Hütte ab und baute mit dem Holz unser Hühnerhaus.«

Ich erinnerte mich daran, erinnerte mich sogar an den Stein. Ich erinnerte mich, im Gras zu sitzen und meinem Vater zuzusehen, der den Zaun ausbesserte. Ich fragte ihn, ob das stimmen konnte.

»Ja. Das ist möglich. Ich ging öfter hinaus und reparierte den Zaun, als der alte Mann im Bett lag. Du musst noch sehr klein gewesen sein.«

»Ich saß da, sah dir zu, und du hast zu mir gesagt: Weißt du, was das für ein großer Stein ist? Es ist ein Grabstein. Ich erinnere mich nicht daran, dich gefragt zu haben, wessen Grabstein. Ich muss es für einen Scherz gehalten haben.«

»Kein Scherz. So war es. Mr Black wurde darunter begraben. Das erinnert mich an etwas anderes. Weißt du noch, ich habe dir doch erzählt, dass die Großmutter und die kleinen Söhne starben. Damals hatten sie drei Leichen im Haus und nichts, um Leichentücher zu machen, außer den Spitzenvorhängen, die noch aus der alten Heimat stammten. Ich glaube, bei Cholera und im Sommer musste das alles sehr schnell gehen. Und deshalb wurden sie darin beerdigt.«

»Spitzenvorhänge.«

Mein Vater wirkte scheu, als habe er mir ein Geschenk gemacht, und erklärte dann brüsk: »Na ja, ich dachte, so etwas würde dich vielleicht interessieren.«

Einige Zeit nach dem Tod meines Vaters las ich in einer Bibliothek in Toronto alte Zeitungen auf Mikrofilm. Ich arbeitete gerade an einer Dokumentation für das Fernsehen. Der Name Dalgleish fiel mir ins Auge und dann der Name Fleming, den ich schon so lange nicht mehr trage.

EINSIEDLER STIRBT IN DER NÄHE VON DALGLEISH.

Wie berichtet wird, ist Mr Black, ein etwa fünfundvierzigjähriger Mann, dessen Taufname nicht bekannt ist, auf der Farm von Mr Thomas Fleming gestorben. Dort hat er drei Jahre lang in einer Hütte gelebt, die er mit Erlaubnis von Mr Fleming in der Ecke eines Feldes selbst errichtet hatte. Er baute ein paar Kartoffeln an, von denen er sich neben Fischen und Kleinwild hauptsächlich ernährte. Man vermutet, er kam aus einem europäischen Land, doch er nannte sich Black und schwieg über seine Vergangenheit. Irgendwann in seinem Leben verlor er ein Bein, und deshalb vermutete man, er sei vielleicht Soldat gewesen. Man hörte, wie er in einer fremden Sprache mit sich redete.

Etwa vor drei Wochen, als Mr Fleming keinen Rauch aus der Hütte des Einsiedlers aufsteigen sah, ging er der Sache nach und stellte fest, dass der Mann schwer krank war. Er hatte Zungenkrebs. Mr Fleming wollte ihn in sein eigenes Haus bringen, um ihn zu pflegen, doch Mr Black wollte es nicht. Schließlich willigte er ein, in die Scheune von Mr Fleming gebracht zu werden. Bei dem milden Wetter blieb er dort, und die jungen Damen Fleming, die zu Hause leben, übernahmen die Pflege. Er starb und wurde auf eigenen Wunsch neben seiner Hütte beerdigt. Er nahm das Geheimnis seiner Herkunft mit ins Grab.

In mir entstand der Wunsch, diesen Stein zu sehen. Ich hätte gern gewusst, ob es ihn immer noch gab. Inzwischen lebte keiner meiner Verwandten mehr in dieser Gegend. An einem Sonntag im Juni fuhr ich hinauf und konnte an Dalgleish vorbeifahren; man hatte eine Umgehungsstraße gebaut. Ich erwartete, es sei schwierig, die Farm zu finden, aber ich erreichte sie schneller, als ich mir hätte träumen lassen. Es war keine einsame, abgelegene Farm mehr. Man hatte die Landstraßen begradigt; es gab eine neue, solide zweispurige Betonbrücke, und man hatte den Mount Hebron zur Hälfte abgetragen, um Schotter zu gewinnen. Auf den Weiden wuchs jetzt Mais.

Den Wagenschuppen gab es nicht mehr. Das Haus hatte jetzt eine blassgrüne Aluminiumverkleidung und mehrere große neue Fenster. Der betonierte Platz vor dem Haus, wo meine Tanten auf ihren Stühlen gesessen und die Straße beobachtet hatten, war jetzt eine Art Hof mit Geranien- und Salbeitöpfen. Dort standen ein Metalltisch unter einem Sonnenschirm und die üblichen grellbunten Stühle mit Plastikbezügen.

Das alles machte mich unsicher, doch ich klopfte trotzdem an die Tür. Eine junge schwangere Frau öffnete mir. Sie führte mich in die Küche – jetzt ein fröhlicher Raum mit Linoleum in einer Art rotbraunem Backsteinmuster und Einbauschränken, die beinahe aussahen, als seien sie aus Ahorn. Zwei Kinder hockten vor dem Fernsehapparat, dessen Farben durch den hellen Tag draußen blass wirkten. Der geschäftstüchtige junge Ehemann saß an der Additionsmaschine. Offensichtlich störte ihn der Lärm des Fernsehers ebenso wenig wie seine Kinder das Sonnenlicht. Die junge Frau musste über einen großen Hund steigen, um den Wasserhahn des Spülbeckens zuzudrehen.

Sie reagierten auf meine Geschichte nicht ungeduldig, wie ich beinahe befürchtet hatte. Sie zeigten Interesse und boten mir ihre Hilfe an; sie wussten sogar etwas von dem Stein, den ich suchte. Der Mann erzählte, das Land auf der anderen Seite der Straße habe man nicht an seinen Vater verkauft, der die Farm von meinen Tanten erworben hatte; es habe schon früher den Besitzer gewechselt. Der Mann glaubte, der Stein liege dort drüben. Er sagte, sein Vater habe ihm erzählt, dort sei unter einem großen Stein ein Mann begraben. Sie waren sogar einmal hingegangen, um sich das Grab anzusehen. Aber er hatte schon seit Jahren nicht mehr daran gedacht.

Er erklärte, er wolle gleich hinübergehen und danach suchen. Ich dachte, wir würden zu Fuß gehen, doch wir fuhren mit seinem Wagen zur Straße. Dort stiegen wir aus und gingen vorsichtig durch ein Maisfeld. Die Maispflanzen reichten mir gerade bis an die Knie; man hätte den Stein also deutlich sehen müssen. Ich erkundigte mich, ob der Besitzer des Feldes nichts dagegen habe, dass wir über sein Feld gingen. Doch der Farmer beruhigte mich, der Mann käme niemals hierher und beauftrage einen anderen Farmer, das Feld zu bearbeiten.

»Dieser Mann besitzt allein in Huron County tausend Morgen Land mit Mais.«

Ich sagte, ein Farmer sei heute praktisch ein Geschäftsmann. Dem jungen Mann schien das zu gefallen, und er begann zu erklären, weshalb das so sei. Man musste Risiken auf sich nehmen. Die Kosten stiegen ins Uferlose. Ich fragte ihn, ob er einen dieser Traktoren mit klimatisiertem Führerhaus besaß, und er bejahte es. Wenn alles gut geht, erklärte er, ist der Lohn, der finanzielle Lohn beachtlich, aber es gibt Schwierigkeiten und Probleme, von denen die meisten Leute nichts ahnen. Wenn alles planmäßig verlief, wollten seine Frau und er im nächsten Frühjahr ihren ersten Urlaub machen. Sie wollten nach Spanien. Die Kinder wünschten, sie sollten hier bleiben und stattdessen einen Swimmingpool bauen, aber er hatte sich vorgenommen zu reisen. Ihm gehörten schon zwei Farmen, und er dachte daran, eine dritte zu kaufen. Er hatte gerade die Finanzierung ausgerechnet, als ich anklopfte. Einerseits konnte er es sich nicht leisten, sie zu kaufen, andererseits konnte er sich aber auch nicht leisten, es nicht zu tun.

Während dieses Gesprächs wanderten wir auf der Suche nach dem Stein durch die Reihen der jungen Maispflanzen. Wir gingen in die Ecken des Feldes, fanden ihn aber nicht. Der Mann sagte, die Ecke des Feldes von damals sei nicht notwendigerweise auch die Ecke eines heutigen Feldes. Aber vermutlich sei der Stein im Weg gewesen, als man anfing, Mais zu pflanzen, und deshalb hatte man ihn wohl abtransportiert. Er schlug vor, zu dem Steinhaufen am Straßenrand zu gehen und zu versuchen, ihn dort zu finden.

Ich sagte, die Mühe lohne sich nicht, denn ich bezweifelte, ihn in einem Haufen Steine wieder zu erkennen.

»Ich auch«, sagte er, und es klang enttäuscht. Ich fragte mich, was er zu sehen oder zu empfinden erwartet hatte.

Ich fragte mich das selbst.

Wäre ich jünger gewesen, hätte ich mir eine Geschichte ausgedacht. Natürlich hätte Mr Black in eine meiner Tanten verliebt gewesen sein müssen, und eine der Tanten – nicht notwendigerweise die, die er liebte – in ihn. Er hätte eine von ihnen ins Vertrauen ziehen, einer sein Geheimnis, den Grund dafür verraten müssen, weshalb er so fern der Heimat in einer Hütte in Huron County lebte. Später hätte ich vielleicht geglaubt, er hätte das gerne getan, habe aber weder das noch seine Liebe jemals gestanden. Ich hätte einen schrecklichen, plausiblen Zusammenhang zwischen seinem Schweigen und seinem Tod ersonnen. Jetzt glaube ich nicht länger, dass die Geheimnisse der Menschen erklärbar und mitteilbar, oder ihre Gefühle laut und leicht erkennbar sind. Ich glaube es nicht. Jetzt kann ich nur sagen, die Schwestern meines Vaters scheuerten den Fußboden mit Lauge, banden den Hafer in Garben und molken die Kühe mit der Hand. Sie müssen eine Decke in die Scheune gebracht haben, auf der der Einsiedler starb; sie müssen Wasser aus einem Blechbecher in seinen kranken Mund getropft haben. Das war ihr Leben. Die Cousinen meiner Mutter benahmen sich anders: Sie kostümierten sich und fotografierten sich gegenseitig. Sie wagten sich in die Welt hinaus. Was sie auch taten, nun sind sie alle tot. Etwas von ihnen trage ich mit mir herum. Aber der Stein ist verschwunden; Mount Hebron wird abgetragen, um Schotter zu gewinnen; und man muss sich gut überlegen, ob man das Leben bedauert, das hier begraben ist.

Dulse

Am Ende des Sommers fuhr Lydia mit dem Schiff zu einer Insel vor der Südküste von New Brunswick, wo sie übernachten wollte. In wenigen Tagen musste sie wieder in Ontario sein. Sie arbeitete in Toronto als Lektorin bei einem Verlag. Sie war auch Lyrikerin, aber sie sprach nicht darüber, wenn die Leute es nicht bereits wussten. In den letzten achtzehn Monaten hatte sie mit einem Mann in Kingston zusammengelebt. Ihrer Meinung nach war die Sache vorbei.

Auf ihrer Reise an die Atlantikküste hatte sie etwas über sich festgestellt. Den Leuten lag nicht mehr so viel daran, sie kennen zu lernen. Auch früher hatte sie kein Aufsehen erregt, doch es hatte immer etwas gegeben, auf das sie sich verlassen konnte. Sie war fünfundvierzig und seit neun Jahren geschieden. Ihre beiden Kinder gingen inzwischen eigene Wege, obwohl es immer noch Rückzüge und Verwirrung gab. Sie war nicht dicker oder dünner geworden; ihr Aussehen verschlechterte sich nicht alarmierend; trotzdem hatte sie aufgehört, eine Art Frau zu sein, und war eine andere geworden. Das war ihr auf der Reise aufgefallen. Es überraschte sie nicht, denn zu dieser Zeit befand sie sich in einem neuen, merkwürdigen Zustand. Sie unternahm immer neue Anstrengungen; sie setzte ein Klötzchen auf das andere und lebte weiter. Manchmal schaffte sie es beinahe nicht mehr. Dann wieder versetzte sie das Vorsätzliche, das scheinbar Willkürliche ihres Tuns, ihre Art zu leben, in Hochstimmung.

Sie fand ein Gästehaus mit Blick auf den Hafen, die vielen Hummerreusen am Kai und auf die wenigen, verstreut liegenden Geschäfte und Häuser, aus denen das Dorf bestand. Eine Frau in ihrem Alter kochte das Abendessen. Diese Frau führte sie in ein billiges, altmodisch eingerichtetes Zimmer im ersten Stock. Andere Gäste waren nicht zu sehen. Allerdings stand die Tür des Nebenzimmers offen; es schien belegt zu sein – vielleicht von einem Kind. Wer immer der Bewohner sein mochte, er hatte ein paar Comichefte neben dem Bett liegen lassen.

Sie machte einen Spaziergang und stieg die steile Gasse hinter dem Gästehaus hinauf. Sie beschäftigte sich damit, sich die Namen der Sträucher und Pflanzen ins Gedächtnis zu rufen. Goldrute und wilde Astern standen in Blüte; japanischer Hartriegel, in Ontario eine Seltenheit, schien hier überall zu wachsen. Das Gras war lang und rau, und es gab nur kleine Bäume. Sie kannte die Atlantikküste nicht; aber sie war genauso, wie sie sich das vorgestellt hatte: das sich neigende Gras, die schmucklosen Häuser, das Licht. Sie überlegte, wie es wohl sein würde, hier zu leben; waren die Häuser noch billig oder kauften Leute von außerhalb sie bereits auf? Auf der Reise hatte sie sich oft mit solchen Gedanken beschäftigt und überlegt, wie sie auf neue Weise den Lebensunterhalt verdienen könnte, wenn sie sich von allem löste, was sie bisher getan hatte. Sie glaubte nicht von ihren Gedichten leben zu können – nicht weil sie ihr nur so wenig einbrachten, sondern weil sie dachte (wie schon unzählige Male in ihrem Leben), sie würde vermutlich keine Gedichte mehr schreiben. Sie konnte nicht gut genug kochen, um es gegen Bezahlung zu machen, aber sie konnte putzen. Es gab mindestens noch ein Gästehaus; sie hatte auch die Reklametafel eines Motels gesehen. Wie viele Stunden würden zusammen kommen, wenn sie in allen drei Häusern sauber machte? Wie viel verdiente man in der Stunde?

Im Esszimmer standen vier kleine Tische. Aber es saß nur ein einziger Mann dort und trank Tomatensaft. Er blickte nicht auf. Ein Mann, vermutlich der Ehemann der Frau, die sie in das Zimmer geführt hatte, kam aus der Küche. Er trug einen graublonden Bart und wirkte niedergeschlagen. Er erkundigte sich nach Lydias Namen und führte sie an den Tisch, an dem der Mann saß. Der Mann erhob sich förmlich, und die beiden wurden miteinander bekannt gemacht. Der Mann hieß Stanley; Lydia schätzte ihn auf etwa sechzig. Er bat sie höflich, Platz zu nehmen. Drei Männer in Arbeitsanzügen kamen herein und setzten sich an einen anderen Tisch. Sie waren nicht auf wichtigtuerische oder lästige Weise laut. Aber allein ihr Hereinkommen und das Platznehmen riefen eine erfreuliche Unruhe hervor. Das heißt erfreulich für sie; und es sah aus, als erwarteten sie, dass andere es ebenfalls fanden. Mr Stanley verbeugte sich in ihre Richtung. Es war tatsächlich eine leichte Verbeugung, nicht nur ein Kopfnicken. Er wünschte ihnen einen guten Abend. Sie erkundigten sich, was es zu essen gab. Er erwiderte, er glaube Muscheln und als Dessert Kürbiskuchen.

»Diese Herren arbeiten bei der New Brunswick Telephone Company«, erklärte er Lydia, »sie legen ein Kabel zu einer der kleineren Inseln und wohnen unter der Woche hier.«

Er war älter, als sie angenommen hatte. Das verrieten weder seine klare amerikanische Stimme noch die Bewegungen seiner Hände, sondern die kleinen, auseinander stehenden Zähne und seine Augen, über deren hellbrauner Iris ein zarter, milchiger Schleier lag.

Der Ehemann brachte das Abendessen und unterhielt sich mit den Arbeitern. Er war ein tüchtiger Kellner, aber etwas steif und geistesabwesend. Er bewegte sich beinahe wie ein Schlafwandler, als habe die Arbeit mit seinem eigentlichen Leben nichts zu tun. Das Gemüse wurde in großen Schüsseln aufgetragen, und man bediente sich selbst. Lydia freute sich über das viele Essen: Broccoli, pürierte Rüben, Kartoffeln, Mais. Der Amerikaner nahm von allem kleine Portionen und begann sehr bedächtig zu essen. Dabei vermittelte er den Eindruck, es gäbe einen guten Grund dafür, dass die Steckrüben auf die Kartoffeln folgten und dass die frittierten Muscheln ordentlich halbiert wurden, obwohl sie nicht sehr groß waren; die Reihenfolge schien festzuliegen. Er blickte ein paar Mal auf, als beabsichtige er, etwas zu sagen, unterließ es aber. Auch die Arbeiter waren jetzt ruhig und machten sich über das Essen her.

Schließlich sprach Mr Stanley. Er fragte: »Ist Ihnen die Schriftstellerin Willa Cather ein Begriff?«

»Ja.« Lydia war überrascht, denn sie hatte in den letzten zwei Wochen niemanden mit einem Buch gesehen; und ihr waren noch nicht einmal Taschenbuchständer in den Geschäften aufgefallen.

»Dann wissen Sie vermutlich, dass sie jeden Sommer hier verbrachte?«

»Hier?«

»Auf dieser Insel. Sie besaß hier ein Sommerhaus. Kaum

eine Meile entfernt. Sie kam achtzehn Jahre lang hierher und schrieb viele ihrer Bücher hier. Sie arbeitete in einem Zimmer mit Blick auf das Meer. Aber jetzt sind die Bäume groß und versperren den Blick. Sie lebte mit ihrer guten Freundin Edith Lewis. Haben Sie *Die Frau, die sich verlor* gelesen?«

Lydia bejahte es.

»Von allen ihren Büchern ist es mir das liebste. Sie hat es hier geschrieben. Zumindest hat sie es zum großen Teil hier geschrieben.«

Lydia spürte, dass die Arbeiter zuhörten, obwohl sie nicht von ihren Tellern aufblickten. Sie glaubte, sie seien durchaus in der Lage, sich über ihre nachsichtige Verachtung zu verständigen, ohne Mr Stanley oder sich gegenseitig anzusehen. Es war ihr gleichgültig, ob man sie in diese Geringschätzung einbezog oder nicht. Aber vielleicht sagte sie aus diesem Grund nicht viel über Willa Cather und erzählte Mr Stanley nicht, dass sie für einen Verlag arbeitete, und schon gar nicht, dass sie selbst eine Schriftstellerin war. Vielleicht aber gab Mr Stanley ihr keine Möglichkeit dazu.

»Seit über sechzig Jahren bewundere ich sie«, erklärte er. Er machte eine Pause und hielt dabei Messer und Gabel über dem Teller. »Ich lese sie und lese sie wieder, und meine Bewunderung wächst. Sie wächst ganz einfach. Es gibt Leute hier, die sich an sie erinnern. Heute Abend besuche ich eine Frau ... eine Frau, die Willa kannte und sich mit ihr unterhalten hat. Sie ist achtundachtzig Jahre alt, aber man sagt, sie habe nichts vergessen. Die Leute hier erfahren allmählich von meinem Interesse, erinnern sich und stellen den Kontakt her.

Es bereitet mir große Freude«, erklärte er feierlich.

Während er sprach, versuchte Lydia die ganze Zeit herauszufinden, woran sein Gesprächsstil sie erinnerte. Er erinnerte sie nicht an einen bestimmten Menschen, obwohl unter ihren Lehrern am College der eine oder andere vielleicht ähnlich gesprochen hatte. Sie musste an eine Zeit denken, in der ein paar Leute, nur ein paar Leute, sich nie die Mühe gemacht hatten, in ihrer Redeweise demokratisch oder verbindlich zu sein: Sie sprachen in förmlichen, wohl durchdachten, leicht salbungsvollen Sätzen, obwohl sie in einem Land lebten, in dem ihre Förmlichkeit, ihre Pedanterie ihnen nichts als Spott einbrachte. Nein, das war nicht die ganze Wahrheit. Es brachte ihnen Spott ein und verschaffte ihnen eine Bewunderung, in die sich Unbehagen mischte. Eigentlich erinnerte Mr Stanley Lydia an die altmodische Kultur der Provinzstädte (natürlich hatte sie das nie selbst erlebt, sondern entnahm es Büchern); es erinnerte sie an Ehrbarkeit, an eine hohe Gesinnung, an harte Plüschsitze im Konzertsaal und an die gedämpfte Stille in Bibliotheken. Seine Bewunderung für diese Schriftstellerin passte gut dazu; sie war ebenso veraltet wie seine Sprache. Lehrer konnte er nicht sein; eine solche Bewunderung entsprach nicht dem Stil eines Lehrers – selbst nicht eines Lehrers in seinem Alter.

»Unterrichten Sie Literatur?«

»Nein, oh nein. Dieses Privileg besaß ich nicht. Nein, ich habe nicht einmal Literatur studiert. Ich begann mit sechzehn zu arbeiten. Zu meiner Zeit hatte man nicht so viele Möglichkeiten. Ich habe für Zeitungen gearbeitet.«

Lydia musste an eine dieser absurd betulichen und konservativen Neuengland-Zeitungen denken mit ihrem verstaubten, altmodischen Stil.

»Ach, bei welcher Zeitung?«, fragte sie. Dann wurde ihr

bewusst, dass einem so behutsamen Menschen ihre Neugier ziemlich unhöflich erscheinen musste.

»Von dieser Zeitung haben Sie wahrscheinlich nie etwas gehört. Es war nur die Tageszeitung einer Industriestadt. In früheren Jahren arbeitete ich für andere Zeitungen. Das war mein Leben.«

»Und jetzt möchten Sie gern ein Buch über Willa Cather schreiben?« Diese Frage erschien ihr nicht unangebracht, denn sie redete immer mit Leuten, die über etwas schreiben wollten.

»Nein«, erklärte er ernst, »meine Augen erlauben mir nicht, mehr als unbedingt notwendig zu lesen und zu schreiben.« Deshalb aß er so bedächtig.

»Nein«, fuhr er fort, »ich will damit nicht sagen, ich hätte nicht einmal daran gedacht, ein Buch über Willa zu schreiben. Ich hätte mich nur mit ihrem Leben hier auf der Insel beschäftigt. Biografien gibt es, aber wenig über diese Phase ihres Lebens. Jetzt habe ich die Idee aufgegeben. Ich unternehme meine Nachforschungen nur zum eigenen Vergnügen. Ich trage einen Klappstuhl dort hinauf und setze mich unter das Fenster, hinter dem sie schrieb und auf das Meer blickte. Es kommt nie jemand dorthin.«

»Wird es nicht in Stand gehalten? Ist es keine Art Gedenkstätte?«

»Oh nein, keineswegs. Es wird ganz und gar nicht in Stand gehalten. Wissen Sie, Willa beeindruckte die Menschen hier, und manche erkannten ihr Genie ... ich meine das Genie ihrer Persönlichkeit, denn die Genialität ihres Werks könnten sie nie erkennen ... aber manche hielten sie für unfreundlich und mochten sie nicht. Sie nahmen Anstoß daran, dass sie so ungesellig war, wie sie es sein musste, um schreiben zu können.«

»Man könnte einen solchen Plan in Erwägung ziehen«, sagte Lydia, »vielleicht würden Sie von der Regierung Geld dafür bekommen. Ich meine von der kanadischen Regierung und auch von der amerikanischen. Sie könnten das Haus der Nachwelt erhalten.«

»Darüber habe ich nicht zu entscheiden.« Er lächelte. Er schüttelte den Kopf. »Ich glaube nicht ... nein.«

Er wollte nicht, dass andere Verehrer kamen und ihn auf seinem Klappstuhl störten. Sie hätte es wissen müssen. Was wäre seine private Pilgerfahrt wert, wenn andere Leute auftauchten, Schilder aufgestellt und Informationsblätter gedruckt würden ... wenn dieses Gästehaus, das jetzt »Seeblick« hieß, in »Schatten auf den Felsen« umgetauft werden müsste? Er wollte lieber, dass das Haus zerfiel und Gras darüber wuchs, als dies erleben zu müssen.

Nach Lydias letztem Versuch, Duncan anzurufen, den Mann, mit dem sie in Kingston zusammengelebt hatte, ging sie die Straße in Toronto entlang, und ihr war klar, dass sie auf der Bank Geld abheben, etwas zu essen einkaufen und die U-Bahn nehmen musste. Sie musste sich an die Richtung erinnern und an die Reihenfolge, in der die Dinge zu erledigen waren: Das Scheckbuch öffnen, in der Schlange vorwärts rücken, unter den vielen Brotsorten eine wählen, eine Münze in den Fahrkartenschlitz werfen. Diese Dinge erschienen ihr schwieriger als alles, was sie je getan hatte. Es bereitete ihr große Schwierigkeiten, die Namen der U-Bahnstationen zu lesen und an der richtigen auszusteigen, um in das Apartment zu gehen, in dem sie wohnte. Es wäre ihr nicht leicht gefallen, diese Schwierigkeiten zu beschreiben. Sie kannte die richtige Haltestelle genau; sie wusste, welches die nächste Haltestelle war, und sie wusste, wo sie sich befand. Aber sie konnte den Zusammenhang zwischen sich und den Dingen außerhalb ihrer selbst nicht herstellen; und deshalb schien es sie diese absurde Anstrengung zu kosten aufzustehen, den Wagen zu verlassen, die Treppen nach oben und durch die Straßen zu gehen. Sie schien gesteuert zu werden wie eine Maschine. Selbst damals hatte sie eine Vorstellung von sich selbst. Sie kam sich wie ein Eierkarton vor, auf der Rückseite ausgehöhlt.

Sie erreichte das Apartment und setzte sich auf einen Stuhl im Flur. Dort saß sie etwa eine Stunde, dann ging sie ins Badezimmer, entkleidete sich und zog ihr Nachthemd an und legte sich ins Bett. Im Bett empfand sie Triumph und Erleichterung, weil es ihr gelungen war, alle diese Schwierigkeiten zu überwinden, dort zu sein, wo sie sein wollte, und sich an nichts mehr zu erinnern.

Sie dachte keineswegs daran, Selbstmord zu begehen. Sie hätte das unmöglich bewerkstelligen und sich die erforderlichen Hilfsmittel auch nur ausdenken können. Sie dachte erstaunt daran, dass sie das Brot und den Käse ausgesucht hatte, die jetzt im Flur auf dem Fußboden lagen. Wie hatte sie sich vorstellen können, sie würde in der Lage sein, etwas zu kauen und zu schlucken?

Nach dem Abendessen saß Lydia mit der Frau, die gekocht hatte, zusammen auf der Veranda. Der Ehemann kümmerte sich um das Geschirr und räumte auf.

»Wir haben natürlich eine Geschirrspülmaschine«, erklärte die Frau, »wir haben zwei Tiefkühltruhen und einen Riesenkühlschrank. Man muss etwas investieren. Die Arbeiter wohnen hier, und man muss ihnen etwas zu essen geben. Dieses Haus saugt das Geld auf wie ein Schwamm.

Im nächsten Jahr wollen wir einen Swimmingpool anlegen. Wir brauchen mehr Attraktionen. Man muss ständig auf Trab sein. Die Leute glauben, wir führen ein leichtes Leben, Junge, Junge.«

Sie hatte ein kräftiges, faltiges Gesicht und lange glatte Haare. Sie trug Jeans, eine bestickte Hemdbluse und eine Männerstrickjacke.

»Vor zehn Jahren habe ich in einer Kommune in den Staaten gelebt. Jetzt bin ich hier. Manchmal arbeite ich achtzehn Stunden am Tag. Heute Abend muss ich noch das Mittagessen für die Männer einpacken. Ich koche und backe, koche und backe. John macht den Rest.«

»Haben Sie niemanden, der bei Ihnen putzt?«

»Wir können uns nicht leisten, jemanden einzustellen. Das tut John. Er macht die Wäsche … alles. Für die Laken mussten wir eine Mangel anschaffen. Wir mussten eine neue Heizung einbauen und einen Kredit bei der Bank aufnehmen. Ich fand das komisch, denn ich war einmal mit einem Bankmanager verheiratet. Ich habe ihn verlassen.«

»Ich bin jetzt auch allein.«

»Ach ja? Man kann nicht für immer allein bleiben. Ich traf John, und er war in der gleichen Lage.«

»Ich habe mit einem Mann in Kingston zusammengelebt, in Ontario.«

»Ach ja! John und ich sind sehr glücklich. Früher war er Prediger. Aber als ich ihn kennen lernte, arbeitete er als Zimmermann. Wir waren beide so was wie Aussteiger. Haben Sie mit Mr Stanley gesprochen?«

»Ja.«

»Kannten Sie Willa Cather?«

»Ja.«

»Darüber muss er sich sehr gefreut haben. Ich lese kaum.

Ich mach mir nichts draus. Ich bin ein Augenmensch. Aber ich finde, er ist ein wunderbarer Mann, der alte Mr Stanley. Er ist ein richtiger alter Gelehrter.«

»Kommt er schon lange hierher?«

»Nein. Es ist erst das dritte Jahr. Er sagt, er wollte schon immer hierher kommen. Aber er konnte nicht. Er musste warten, bis ein Angehöriger starb, den er versorgte. Keine Frau ... vielleicht ein Bruder. Jedenfalls musste er warten. Was glauben Sie, wie alt er ist?«

»Siebzig? Fünfundsiebzig?«

»Der Mann ist dreiundachtzig. Ist das nicht erstaunlich? Solche Leute bewundere ich wirklich. Wirklich. Ich bewundere Menschen, die beweglich bleiben.«

»Der Mann, mit dem ich zusammengelebt habe ... das heißt, der Mann, mit dem ich in Kingston lebte«, sagte Lydia, »verstaute einmal Kartons mit Papieren im Kofferraum seines Wagens. Es war auf dem Land, auf einer alten Farm. Er spürte, wie ihn etwas leicht anstieß, und er blickte nach unten. Es dämmerte gerade, und es war ein ziemlich dunkler Tag. Deshalb dachte er, es sei ein großer, freundlicher Hund, ein großer schwarzer Hund, der ihn beschnüffelte, und deshalb achtete er nicht weiter darauf. Er sagte einfach: ›Nu geh schon, Junge. Geh schon, sei ein guter Junge.‹ Als er die Kartons verstaut hatte, drehte er sich um und sah, dass es ein Bär war ... ein schwarzer Bär.«

Sie erzählte diese Geschichte später am Abend in der Küche.

»Und was hat er gemacht?«, fragte Lawrence, der Boss der Telefonarbeiter. Lawrence, Lydia, Eugene und Vincent spielten Karten.

Lydia lachte. »Er sagte: ›*Entschuldigung.*‹ Das behauptet er, gesagt zu haben.«

»Es waren wirklich nur Papiere in den Kartons und nichts zu essen?«

»Er ist Schriftsteller. Er schreibt historische Bücher. Es handelte sich um Material für seine Arbeit. Manchmal muss er sich Material bei sehr merkwürdigen Leuten suchen. Der Bär kam nicht aus dem Wald. Er war ein Haustier und war zum Jux von der Kette losgelassen worden. Er holte die Papiere bei zwei alten Brüdern ab, und die hatten den Bären einfach von der Kette gelassen, um ihm einen Schreck einzujagen.«

»So etwas macht er? Er sammelt altes Zeug und schreibt dann darüber?«, fragte Lawrence. »Das muss interessant sein.«

Und schon bedauerte Lydia, die Geschichte erzählt zu haben. Sie hatte es getan, weil die Männer über Bären redeten. Aber die Geschichte war witzlos, wenn nicht Duncan sie erzählte. Er konnte spielen, wie er, groß, wohlwollend und zivilisiert, sich höflich bei dem Bären entschuldigte. Er brachte es fertig, dass man die schrecklichen alten Männer hinter ihren zerfetzten Vorhängen sah.

»Ihr müsstet Duncan kennen«, hätte sie beinahe gesagt. Hatte sie die Geschichte nicht einfach deshalb erzählt, um klarzustellen, dass sie Duncan kannte – dass sie noch vor kurzem einen Mann gehabt hatte, und zwar einen interessanten, amüsanten und mutigen Mann? Sie wollte die Männer davon überzeugen, dass sie nicht immer allein war und ziellose Reisen unternahm. Sie musste zeigen, dass sie Bindungen hatte. Ein Fehler. Sicher fanden sie einen Mann nicht mutig, der bei Geizhälsen und Exzentrikern alte Schriften erwarb, damit er Bücher über Dinge schreiben konnte, die hundert Jahre zurücklagen. Sie hätte nicht einmal sagen sollen, dass Duncan ein Mann war, mit dem sie zusammengelebt hatte. Für die Männer konnte das nur bedeuten, sie war eine Frau, die mit einem Mann geschlafen hatte, ohne mit ihm verheiratet zu sein.

Lawrence, der Boss, war noch nicht vierzig, aber erfolgreich. Er genoss es, über sich sprechen zu können. Er war Bauunternehmer und besaß in Saint Stephen zwei Häuser. Er hatte zwei Pkws, einen Lkw und ein Boot. Seine Frau arbeitete als Lehrerin. Lawrence bekam dicke Hüften und einen Fernfahrerbauch, wirkte aber trotzdem noch aufgeweckt und vital. Man sah, dass er in den meisten Situationen sein Ziel schlau genug, entschlossen genug und rücksichtslos genug verfolgte. Gut angezogen mochte er ins Auge fallen. Und bestimmte Plätze und Menschen bewirkten vielleicht, dass er verdrießlich, unsicher und streitsüchtig wurde.

Lawrence sagte, es sei alles nicht wahr – das Zeug, das sie über die Küstenprovinzen schrieben. Er sagte, es gäbe genug Arbeit für Leute, die die Arbeit nicht scheuten. Männer und Frauen. Er war nicht gegen *Womens Lib*, doch Tatsache war und blieb, es gab Arbeiten, die Männer besser als Frauen und Frauen besser als Männer taten. Wenn das beide Seiten nur einsehen wollten, dann wären sie glücklicher.

Seine Kinder seien frech, sagte er. Es gehe ihnen zu gut. Sie bekamen alles – so war es heute eben. Was konnte man da machen? Auch die anderen Kinder bekamen alles: Kleider, Räder, Bildung, Schallplatten. Ihm hatte man nichts geschenkt. Er war losgezogen und hatte gearbeitet, Lkws gefahren. Er war bis nach Ontario gekommen, sogar bis nach Saskatchewan. Er besuchte die Schule nur bis zur zehnten Klasse, aber das hatte ihn nicht bremsen können. Manchmal wünschte er allerdings, mehr gelernt zu haben.

Eugene und Vincent, die für Lawrence arbeiteten, erklärten, sie seien nie über die achte Klasse hinausgekommen, denn damals gab es keine weiterführenden Schulen auf dem Land. Eugene war fünfundzwanzig, Vincent zweiundfünfzig. Eugene war Frankokanadier aus dem Norden von New Brunswick. Er wirkte jünger. Er hatte rosige Haut, einen sanften, verträumten Blick – eine männliche Schönheit, aber trotzdem weich, gutmütig, scheu. Kaum ein Mann oder ein Junge sieht heute noch so aus. Manchmal entdeckt man sie noch auf alten Fotos – ein Bräutigam, ein Basketballspieler: dichtes, mit Wasser gekämmtes Haar, das blühende Gesicht eines Jungen auf dem Körper des neuen Mannes. Eugene war nicht sehr intelligent oder vielleicht nicht sehr ehrgeizig. Er verlor Geld beim Spielen. Sie spielten Skat. Lydia erinnerte sich daran, es als Kind gespielt zu haben. Damals hieß es Einunddreißig. Sie spielten pro Spiel um fünfundzwanzig Cents.

Eugene ließ sich von Vincent und Lawrence verspotten, weil er beim Kartenspiel verlor, sich in Saint John verirrt hatte, wegen Frauen, die er mochte, und deshalb, weil er Frankokanadier war. Lawrences Spott grenzte an Bosheit. Lawrence trug wohl berechnete Gutmütigkeit zur Schau, doch er wirkte, als habe sich etwas Schweres, Hartes in ihm ausgebreitet – eine Portion Eigendünkel, die ihn belastete, anstatt ihn aufzuheitern. Vincent trug keine solche Last; und obwohl auch er unerbittlich spottete – er verspottete Lawrence ebenso wie Eugene –, lag darin nichts von Grausamkeit oder Gefahr. Man spürte, er war von Natur aus laut und spöttisch, pfiffig und durchtrieben, aber nicht aufdringlich. Er konnte vermutlich immer pessimistische Dinge sagen, ohne unglücklich zu wirken.

Vincent besaß eine Farm – die Familienfarm, auf der er aufgewachsen war. Sie lag in der Nähe von Saint Stephen. Er sagte, als Farmer könne man heute nicht genug verdienen, um davon zu leben. Im letzten Jahr hatte er Kartoffeln angebaut. Im Juni gab es Frost und im September Schnee. Der Sommer war einfach nicht lang genug. Man wusste nie, sagte er, wann man mit so einem kalten Jahr rechnen musste. Und der Markt wird kontrolliert, wird von den Großen beherrscht, dem großen Geld. Jeder tut, was er kann, und setzt nicht mehr auf die Farm. Auch Vincents Frau arbeitet. Sie machte einen Kurs und lernte Friseuse. Seine Söhne arbeiten nicht so schwer wie die Eltern. Sie wollen nur mit den Autos durch die Gegend brausen. Sie heiraten, und als Erstes wollen ihre Frauen einen neuen Herd. Sie wollen einen Herd, der praktisch das Essen allein kocht und auf den Tisch stellt.

Früher war es anders. Vincent bekam zum ersten Mal eigene Stiefel – neue Stiefel, die noch niemand vor ihm getragen hatte –, als er zum Militär ging. Er freute sich so, dass er im Schlamm rückwärts lief, um die frischen, deutlichen Abdrücke zu sehen, die sie hinterließen. Später, nach dem Krieg ging er nach Saint John, um dort Arbeit zu suchen. Eine Zeit lang hatte er zu Hause auf der Farm gearbeitet und dabei seine Dienstkleidung abgetragen – er besaß nur noch eine anständige Hose. In einem Bierlokal in Saint John fragte ihn ein Mann: »Willst du billig eine gute Hose?« Vincent nickte, und der Mann sagte: »Komm mit.« Vincent folgte ihm, und wo landeten sie? Beim Leichenbestatter! Die Familie eines Verstorbenen bringt üblicherweise einen Anzug; aber der Tote muss nur von der

Hüfte aufwärts bekleidet sein, denn mehr ist im Sarg nicht zu sehen. Der Bestattungsunternehmer verkaufte die Hosen. So war es. Die Armee gab Vincent das erste Paar neue Stiefel, und eine Leiche stiftete ihm die beste Hose, die er bis zum heutigen Tag getragen hatte.

Vincent hatte keine Zähne mehr. Das fiel sofort auf, machte ihn aber nicht unattraktiv, sondern verstärkte nur den Eindruck von Verschwiegenheit und Humor. Er hatte ein langes Gesicht und ein eingedrücktes Kinn. Sein Blick wirkte nicht herausfordernd, verriet aber auch, dass man ihn nicht zum Narren halten konnte. Er war ein magerer Mann mit ansehnlichen Muskeln und ergrauendem schwarzem Haar. Man sah ihm all die Jahre schwerer Arbeit an und auch, dass ihn einige weitere erwarteten. Das konnte der Körper gerade noch verkraften, bis er sich schließlich in einen eingefallenen alten Mann mit sehnigen Armen verwandeln würde, der sich nicht beklagte und immer noch ein paar alte Witze erzählte.

Solange die Männer Skat spielten, unterhielten sie sich lautstark, fielen sich immer wieder mit Ausrufen und spaßhaften Drohungen ins Wort, die mit dem Spiel zu tun hatten; und sie lachten. Hinterher wurde das Gespräch ernsthafter und persönlicher. Sie hatten Bier der Marke Moose aus der Gegend getrunken. Doch nach dem Spiel ging Lawrence hinaus, brachte vom Lastwagen Bier aus Ontario, das sie für besser hielten. Sie nannten es »das importierte Zeug«. Das Ehepaar, die Besitzer des Gästehauses, lagen schon lange im Bett. Doch die Arbeiter und Lydia saßen noch immer in der Küche, ganz so, als gehörte sie einem von ihnen. Sie tranken Bier und aßen Dulse, das Vincent aus seinem Zimmer geholt hatte. Dulse war eine Art grünlich brauner Seetang, der nach Salz und Fisch schmeckte. Vincent erklärte, es sei das Letzte, was er abends, und das Erste, was er morgens esse. Es sei einfach unübertrefflich. Jetzt hatte man herausgefunden, wie gut es für den Körper war, und man verkaufte es in winzigen Packungen zu einem kriminellen Preis.

Der nächste Tag war Freitag, und die Männer würden aufs Festland fahren. Sie sprachen davon, die Fähre um vierzehn Uhr dreißig zu erreichen, anstatt die übliche um siebzehn Uhr dreißig zu nehmen, denn der Wetterbericht hatte schlechtes Wetter vorausgesagt. Vor Einbruch der Nacht sollte der Ausläufer eines tropischen Hurrikans die Bay of Fundy erreichen.

»Aber der Fährdienst wird eingestellt, wenn die See zu rau ist?«, fragte Lydia. »Sie fahren doch nicht, wenn es zu gefährlich ist.« Sie dachte, dass es ihr nichts ausmachen würde, hier festzusitzen. Ihr würde es nichts ausmachen, am nächsten Tag nicht abreisen zu müssen.

»Na ja, am Freitagabend wollen eine ganze Menge Männer die Insel verlassen«, sagte Vincent.

»Sie wollen nach Hause zu ihren Frauen«, erklärte Lawrence sarkastisch, »hier arbeiten immer Bautrupps, also Männer, die nach der Arbeit nicht nach Hause können.« Dann begann er gemächlich, aber nachdrücklich über Sex zu sprechen. Er redete von der Unmoral auf der Insel, wie er es nannte. Einmal, so berichtete er, hatten die Behörden über die ganze Insel eine Quarantäne verhängen wollen wegen der Geschlechtskrankheiten. Die Arbeitstrupps kamen hier herüber und wohnten im Ocean Wave Motel. Dort fanden jeden Abend Partys bis in den frühen Morgen statt, wo viel getrunken wurde und Mädchen auftauchten, die sich verkauften. Mädchen von vierzehn und fünfzehn, sogar dreizehn Jahren. Auf der Insel war es inzwischen soweit, dass eine Frau mit fünfundzwanzig praktisch Großmutter sein konnte. Der Ort war berühmt. Diese Mädchen taten alles für Geld – manchmal auch für ein Bier.

»Und manchmal umsonst«, sagte Lawrence. Er genoss es sichtlich, darüber zu reden.

Sie hörten, wie die Haustür geöffnet wurde.

»Ihr alter Freund«, sagte Lawrence zu Lydia.

Einen Moment lang war sie verwirrt, denn sie dachte an Duncan.

»Der alte Knabe vom Tisch«, erklärte Vincent.

Mr Stanley kam nicht in die Küche. Er ging durch das Wohnzimmer und stieg die Treppe hinauf.

»He! Er kommt wohl vom Ocean Wave?«, sagte Lawrence leise und hob dabei den Kopf, als wollte er durch die Decke rufen. »Der alte Knabe wüsste sowieso nicht, was er dort anfangen sollte«, sagte er, »er hätte es vor fünfzig Jahren nicht besser gewusst als heute. Ich erlaube keinem meiner Männer, sich auch bloß in die Nähe zu wagen. Nicht wahr, Eugene?«

Eugene wurde rot. Er machte ein ernstes Gesicht, als würde er von einem Lehrer in der Schule getadelt.

»Eugene hat das nicht nötig«, sagte Vincent.

»Stimmt es nicht, was ich sage?«, brauste Lawrence auf, als habe sich jemand mit ihm gestritten, »stimmt doch, oder?«

Er sah Vincent an, und Vincent stimmte zu: »Ja, ja.« Er schien das Thema nicht so zu genießen wie Lawrence.

»Man sollte glauben, hier sei alles so unschuldig«, sagte Lawrence zu Lydia, »unschuldig! Junge, Junge.«

Lydia ging nach oben, um fünfundzwanzig Cents zu holen, die sie Lawrence vom letzten Spiel schuldete. Als sie aus ihrem Zimmer in den dunklen Flur trat, stand dort Eugene und blickte aus dem Fenster.

»Ich hoffe, es stürmt nicht zu viel«, sagte er.

Lydia stand neben ihm. Der Mond war zu sehen, aber hinter Dunstschleiern.

»Sie sind nicht am Wasser aufgewachsen?«, fragte sie.

»Nein.«

»Aber wenn Sie die Fähre um vierzehn Uhr dreißig erreichen, ist doch alles in Ordnung, nicht wahr?«

»Das hoffe ich.« Er war wie ein Kind, und seine Angst machte ihn nicht verlegen. »Also, ertringen, das würde mir überhaupt nicht gefallen.«

Lydia fiel ein, dass sie als Kind ebenfalls »ertringen« gesagt hatte. Die meisten Erwachsenen und Kinder, die sie damals kannte, sprachen so.

»Sie werden es überleben«, sagte sie entschlossen und mütterlich. Sie ging hinunter und zahlte ihre fünfundzwanzig Cents.

»Wo ist Eugene?«, fragte Lawrence. »Oben?«

»Er sieht aus dem Fenster und macht sich Sorgen wegen des Sturms.«

Lawrence lachte. »Sagen Sie, er soll sich ins Bett legen und den Sturm vergessen. Er hat das Zimmer direkt neben Ihnen. Ich dachte, Sie sollten es wissen, falls er im Schlaf schreit.«

Lydia hatte Duncan zum ersten Mal in einer Buchhandlung gesehen, wo ihr Freund Warren arbeitete. Sie wartete auf Warren, um mit ihm zum Mittagessen zu gehen. Er holte gerade seinen Mantel. Ein Mann fragte Shirley, Warrens Kollegin, nach einer Ausgabe der *Persischen Briefe*. Das war Duncan. Shirley ging vor ihm her zu dem Regal, wo das Buch stand, und Lydia hörte in dem ruhigen Geschäft, wie er sagte, es müsse schwer sein, die *Persischen Briefe* einzuordnen. Als Roman oder als politischen Essay? Lydia empfand, dass er damit etwas über sich verriet. Er enthüllte ein, wie sie glaubte, unter den Kunden in Buchhandlungen weit verbreitetes Bedürfnis, sich abzuheben, gebildet zu erscheinen. Später blickte sie auf diesen Moment zurück und versuchte sich Duncan wieder so machtlos, beinahe einschmeichelnd und ein bisschen arm vorzustellen. Warren kam im Mantel zurück, begrüßte Duncan, und während er mit Lydia nach draußen ging, sagte Warren leise: »Der eiserne Jäger.« Warren und Shirley erheiterten sich den Alltag, indem sie sich für die Kunden Spitznamen ausdachten. Lydia hatte bereits von »Marmormündchen«, »Knallerbse« und der »Großfürstin im Exil« gehört. Duncan war der »Eiserne Jäger«. Lydia glaubte, sie nannten ihn so, weil er einen grauen, glatten Mantel trug, und wegen seiner hellen grauen Haare, die offensichtlich früher blond gewesen waren. Er war nicht dünn oder kantig, und er wirkte auch nicht, als habe er eingerostete Gelenke. Er war geschmeidig, sinnlich, eindrucksvoll und angenehm. Er hatte helle Haut, wirkte gepflegt und glatt.

Sie erzählte ihm nie etwas von seinem Spitznamen. Sie sagte ihm nicht, dass sie ihn in der Buchhandlung gesehen hatte. Etwa eine Woche später traf sie ihn auf der Party eines Verlegers. Er erinnerte sich nicht an sie. Lydia vermutete, dass er sie nicht bemerkt hatte, weil er sich mit Shirley unterhielt.

Normalerweise vertraut Lydia dem, was sie aus den Dingen macht. Sie vertraut den eigenen Gedanken über ihren Freund Warren oder seine Freundin Shirley und über zufällige Bekanntschaften, wie das Ehepaar, dem das Gästehaus gehört, Mr Stanley und die Männer, mit denen sie Karten gespielt hat. Sie glaubt zu wissen, weshalb die Menschen sich verhalten, wie sie es tun, und sie verlässt sich auf ihre eigenen unbewiesenen Theorien und ungerechtfertigten Vermutungen mehr, als sie sich eingestehen will. Aber sie ist dumm und hilflos, wenn sie über ihren Zusammenstoß mit Duncan nachdenkt. Wenn sie die Möglichkeit hat, kann sie viel darüber sagen, denn Erklärungen gehören zu ihren Gewohnheiten. Doch sie vertraut dem nicht, was sie sagt, vertraut sich selbst nicht, und deshalb hilft es ihr nicht. Sie könnte sich ebenso gut den Kopf verhüllen, sich auf den Boden setzen und klagen.

Sie fragt sich, was ihm seine Macht verliehen hat. Sie weiß, wer es war. Aber sie fragt was und wann – wann fand die Übergabe statt? Wann erfolgte der Verzicht auf allen Stolz und jede Vernunft?

Im Bett las sie noch eine halbe Stunde. Dann ging sie über den Flur ins Bad. Mitternacht war schon vorüber. Das Haus lag im Dunkel. Sie hatte die Zimmertür einen Spalt offen gelassen und schaltete beim Zurückgehen das Flurlicht nicht ein. Eugenes Zimmertür stand ebenfalls einen Spalt offen, und beim Vorübergehen hörte sie einen leisen, vorsichtigen Laut. Es klang wie ein Stöhnen und auch wie Flüstern. Ihr fiel ein, dass Lawrence gesagt hatte, Eugene spreche im Schlaf, aber dieser Laut kam nicht von einem Schlafenden. Sie wusste, er lag wach. Er beobachtete sie in der Dunkelheit vom Bett aus und lockte sie. Die Einladung war amourös und so direkt und hilflos wie das Eingeständnis seiner Angst am Fenster. Sie ging in ihr Zimmer, schloss die Tür und schob den Riegel vor. Noch während sie es tat, wusste sie, dass es unnötig war. Er würde nie versuchen, hereinzukommen; er war kein Draufgänger.

Dann lag sie wach. Etwas hatte sich für sie geändert; sie lehnte Abenteuer ab. Sie hätte zu Eugene gehen und früher am Abend Lawrence ein entsprechendes Zeichen geben können. Früher hätte sie es vielleicht getan. Je nach Stimmung hätte sie es getan oder nicht getan. Jetzt erschien es ihr unmöglich. Sie kam sich vor, als sei sie eingehüllt, eingewickelt in Schichten und Schichten öden Wissens und wohl behütet. Es war gar nicht so schlecht – dabei blieb der Kopf klar. Vermutungen können freundlicher sein, können sich Zeit lassen, wenn sie nicht vom Verlangen getrieben werden.

Sie dachte darüber nach, wie diese Männer als Liebhaber wohl sein würden. Vernünftigerweise hätte sie sich für Lawrence entschieden. Er stand ihr altersmäßig am nächsten und war berechenbar und vermutlich erfahren in solchen verschwiegenen, heimlichen Begegnungen. Er ging vulgär vor, aber das hätte sie nicht notwendigerweise abgestoßen. Er wäre fröhlich, tatkräftig, vernünftig, vielleicht ein bisschen selbstzufrieden und auf eine geschäftstüchtige Weise aufmerksam. Es würde ihm gelingen, in seine Aufmerksamkeiten eine Warnung einfließen zu lassen, einen Scherz, eine freundliche Beschimpfung, als Erinnerung daran, wie die Dinge lagen.

Eugene würde dieses Bedürfnis nie haben, obwohl er noch ein kürzeres Gedächtnis hatte als Lawrence (sehr viel kürzer, denn Lawrence schlug keine Möglichkeiten aus, würde aber hinterher den Gedanken an mögliche schlimme Folgen mit sich herumschleppen, gegen die er sich geschickt verteidigen musste). Eugene besaß sicher nicht weniger Erfahrung als Lawrence; seit Jahren mussten Mädchen und Frauen auf dieses Flehen eingegangen sein, das Lydia gehört hatte, auf das kunstlose Geständnis. Eugene wäre großzügig, dachte Lydia. Er wäre ein dankbarer Liebhaber, der nicht an sich denkt und den Frauen so viel Freundlichkeit entgegenbringt, dass sie ihm nie Schwierigkeiten machen, wenn er sie verlässt. Sie würden nicht versuchen, ihn festzunageln, würden ihm nicht nachjammern. Das geschieht, wenn Männer den Frauen etwas vorenthalten haben, wenn sie sich selbst widersprechen, lügen, versprechen und spotten. Von solchen Männern werden Frauen schwanger, und ihnen schreiben sie verzweifelte Briefe, halten ihnen ihre größere Liebe vor, und an ihnen nehmen sie Rache. Eugene würde frei ausgehen, er würde ein unschuldiges Wunderkind der Liebe sein, bis er beschloss, es sei Zeit zu heiraten. Dann würde er ein eher schlichtes, mütterliches Mädchen, vielleicht ein bisschen älter, ein bisschen gewitzter als er selbst, heiraten. Ihr würde er treu bleiben, gut zu ihr sein, und sie würde für alles sorgen. Die beiden würden eine große katholische Familie gründen.

Und Vincent? Lydia konnte sich ihn nicht so leicht vorstellen wie die anderen, mit ihrem Lärmen, den Bewegungen, den nackten Schultern und der angenehmen warmen Haut; mit ihrer Kraft, ihren Aktivitäten und den Momenten der Hilflosigkeit. Sie scheute davor zurück, sich so etwas bei ihm vorzustellen. Und doch war er der Einzige, an den sie jetzt mit wirklichem Interesse denken konnte. Sie erinnerte sich an seine Höflichkeit und Zurückhaltung, an seinen Humor und die Unfähigkeit, seine Lage zu verbessern. Sie mochte ihn genau wegen der Dinge, die ihn von Lawrence unterschieden und sicherstellten, dass er sein ganzes Leben lang für Lawrence oder einen Menschen wie

Lawrence arbeiten musste und nie umgekehrt. Sie mochte ihn auch wegen allem, was ihn von Eugene unterschied: die Ironie, die Geduld und die Selbstdisziplin. Als Kind hatte sie solche Männer gekannt, als sie auf einer Farm lebte, die sich nicht so sehr von der seinen unterschied; solche Männer musste es seit Hunderten von Jahren in ihrer Familie gegeben haben. Sie kannte sein Leben. Sie konnte voraussehen, dass sich durch ihn Türen öffnen würden zu Dingen, die sie kannte und vergessen hatte; Räume und Landschaften würden sich öffnen – *dort*. Die regnerischen Abende, ein Land mit Bächen und Friedhöfen, mit Vogelkirschen und Finken in den Zaunecken. Lydia musste sich fragen, ob dies auf die Jahre des Hungers und der Gier folgte – fiel man zurück in gefühlvolle Fantasien? Oder entsprach das genau dem, was sie brauchte und wollte? Hätte sie sich vor Jahren in einen Mann wie Vincent verlieben und ihn heiraten sollen? Hätte sie sich auf den Teil ihres Wesens konzentrieren sollen, der sich mit einem solchen Leben zufrieden gegeben hätte, und alles andere vergessen sollen?

Das hieß, hätte sie an dem Ort bleiben sollen, an dem Liebe einfach dazugehört, anstatt dorthin zu gehen, wo man sie erfinden, immer wieder neu erfinden muss und nie weiß, ob die Anstrengungen ausreichen?

Duncan erzählte von seinen früheren Freundinnen: die tüchtige Ruth, die schlagfertige Judy, die lebenslustige Diane, die elegante Dolores, die frauliche Maxine. Lorraine mit den goldenen Haaren, eine Schönheit mit üppigen Brüsten; die sprachbegabte Marian; die neurotische Caroline; die zigeunerhafte, wilde Rosalie; Louise, talentiert und melancholisch; Jane, heiter, gelassen und gesellig. Welche

Beschreibung würde nun auf Lydia passen? Lydia, die Lyrikerin. Die mürrische, unordentliche, ungenügende Lydia. Die unzulängliche Lyrikerin.

Einmal, während einer sonntäglichen Fahrt durch die Hügel um Peterborough, sprach er über die Wirkung von Lorraines Schönheit. Vielleicht erinnerte ihn die üppige Landschaft daran. »Die Schönheit war beinahe ein Witz«, sagte er, »beinahe albern.« In einer kleinen Stadt musste er tanken, und Lydia ging in einen Supermarkt auf der anderen Straßenseite, der sonntags geöffnet hatte. Sie kaufte Make-up in Tuben und versuchte in der kalten, schmutzigen Toilette der Tankstelle, sich zu verwandeln. Sie verteilte die bräunliche Flüssigkeit über das ganze Gesicht und rieb sich grüne Paste auf die Lider.

»Was hast du mit deinem Gesicht gemacht?«, fragte er, als sie wieder in den Wagen stieg.

»Make-up. Ich habe Make-up aufgelegt, um fröhlicher auszusehen.«

»Am Hals kann man sehen, wo es aufhört.«

In solchen Momenten fühlte sie sich wie gewürgt. Es war Frustration, sagte sie später dem Arzt. Die Kluft zwischen dem, was sie wollte, und dem, was sie erreichen konnte. Sie glaubte, Duncans Liebe – seine Liebe zu ihr – sei irgendwo in seinem Innern, und durch ungeheure Anstrengungen, ihm zu gefallen, oder durch Anwandlungen von Kummer, die alle diese Bemühungen zunichte machten, oder durch gespielte Gleichgültigkeit, könne sie diese Liebe packen oder aus ihm herauslocken.

Wie kam sie zu dieser Vorstellung? Er sorgte dafür. Zumindest deutete er an, er könnte sie lieben, sie könnten glücklich sein, wenn sie seine Privatsphäre achtete, keine Forderungen an ihn stellte und versuchte, alles an sich und in ihrem Verhalten zu ändern, was ihm missfiel. Er zählte diese Dinge genau auf. Manches war sehr intim, und sie weinte vor Scham, hielt sich die Ohren zu und flehte ihn an, es zurückzunehmen oder nichts mehr zu sagen.

»Man kann mit dir einfach nicht diskutieren«, sagte er. Er erklärte, er hasse Hysterie und emotionale Ausbrüche mehr als alles andere, und doch glaubte sie, ein zufriedenes Vibrieren, einen starken Kitzel der Erleichterung an ihm zu entdecken, als sie schließlich unter dem Gewicht seiner ruhigen und detaillierten Einwände zusammenbrach.

»Ist das möglich?«, fragte sie den Arzt. »Ist es möglich, dass er sich wünscht, einer Frau so nahe zu sein, sich aber so sehr davor fürchtet, dass er versuchen muss, sie zu Grunde zu richten? Ist das zu vereinfacht ausgedrückt?«, fragte sie ängstlich.

»Und Sie?«, fragte der Arzt. »Was wollen Sie?«

»Dass er mich liebt?«

»Nicht, dass Sie ihn lieben?«

Sie dachte an Duncans Wohnung. Es gab dort keine Gardinen. Sie lag höher als die Gebäude der Nachbarschaft. Er hatte keinen Versuch unternommen, die Sachen so anzuordnen, dass daraus eine Einrichtung wurde; nichts stand in Beziehung zu etwas anderem. Verschiedenen Bedürfnissen war Rechnung getragen worden. Eine bestimmte Skulptur stand in einer Ecke hinter Aktenschränken, denn er lag gern auf dem Boden und betrachtete sie im Halbdunkel. Bücher stapelten sich neben dem Bett, das diagonal im Zimmer stand, um frische Luft vom Fenster zu haben. Die ganze Unordnung war in Wirklichkeit eine sorgfältig ausgedachte Ordnung, und man durfte nichts daran ändern. Am Ende der Diele lag ein schöner kleiner Teppich, auf dem Duncan saß, wenn er Musik hörte. Es gab einen großen, hässlichen Sessel, ein technisches Meisterwerk mit Stützen für Kopf, Arme und Beine. Lydia erkundigte sich nach seinen Gästen – wo saßen sie? Er erwiderte, er habe niemals Gäste. Die Wohnung war nur für ihn bestimmt. Er war ein beliebter geistreicher und geselliger Gast, aber kein Gastgeber. Das schien so ganz in Ordnung zu sein, denn gesellschaftliches Leben war eine Erfindung und das Bedürfnis anderer.

Lydia brachte Blumen; außer einem Krug auf dem Fußboden neben dem Bett gab es kein Gefäß, um sie hineinzustellen. Von ihren Fahrten nach Toronto brachte sie Geschenke mit: Schallplatten, Bücher, Käse. Sie lernte die Pfade in der Wohnung kennen und entdeckte Plätze, wo sie sich setzen konnte. Sie redete alten Freunden, *allen* Freunden aus, anzurufen oder sie zu besuchen, denn es gab zu viel, was sie nicht erklären konnte. Manchmal traf sie Duncans Freunde; in ihrer Gegenwart war sie nervös, weil sie glaubte, man setze sie auf die Liste und stelle Vermutungen an. Es gefiel ihr nicht, wenn sie erlebte, wie viel er ihnen aus dem Fundus an Geschenken gab – Anekdoten, Parodien, schmeichelhafte geistreiche Bemerkungen –, mit denen er auch sie unterhielt. Langeweile konnte er nicht ertragen. Sie spürte, er verachtete Leute, die nicht witzig waren. Man musste schlagfertig sein, um im Gespräch mit ihm zu bestehen; man brauchte Energie. Lydia sah sich als Balletttänzerin auf der Spitze, die graziös am ganzen Körper zitterte und sich fürchtete, ihn bei der nächsten Figur zu blamieren.

»Heißt das, Sie glauben, ich liebe ihn nicht?«, fragte sie den Arzt.

»Woher wissen Sie, dass Sie es tun?«

»Weil ich so sehr leide, wenn er genug von mir hat.

Dann möchte ich am liebsten im Erdboden versinken. Das ist wahr! Ich möchte mich verstecken. Ich laufe durch die Straßen, und jedes Gesicht, in das ich blicke, scheint mich wegen meines Versagens zu verachten.«

»Ihr Versagen, ihn so weit zu bringen, dass er Sie liebt.«

Nun muss Lydia sich anklagen. In ihrer Ichbezogenheit gleicht sie Duncan, doch sie verschleiert es geschickter. Sie konkurriert mit ihm darum, wer am besten lieben kann. Sie konkurriert mit allen anderen Frauen, selbst wenn es für sie lächerlich und aussichtslos ist. Sie kann nicht ertragen, wenn er die Vorzüge anderer Frauen preist, oder zu wissen, dass er sich an alle gut erinnert. Wie viele Frauen ihrer Generation hat Lydia eine ruinöse Auffassung von Liebe, die in gewisser Weise aber nicht ernsthaft und respektvoll ist. Sie ist gierig. Sie redet intelligent und ironisch und überdeckt auf diese Weise ihre nicht zu vertretenden Erwartungen. Die Opfer, die sie für Duncan brachte – die Wohnsituation, den Umgang mit Freunden ebenso wie den sexuellen Rhythmus und den Gesprächston –, waren Vergewaltigungen, die nicht in ernster Absicht, sondern schamlos begangen wurden, das heißt, nicht respektvoll, sondern unanständig. Sie machte ihm das Geschenk großer Macht, dann klagte sie sich unerbittlich selbst dafür an und schließlich ihn, dass er es bekommen hatte. Sie wollte ihn zerstören.

Das sagt sie dem Arzt. Aber entspricht es der Wahrheit?

»Das Schlimmste von allem ist, nicht zu wissen, was an dem im Einzelnen wahr ist. Ich verbringe jede wache Stunde damit, etwas über mich und ihn herauszufinden, und komme keinen Schritt voran. Ich denke mir Wünsche aus. Ich bete sogar. Ich werfe Geld in die Glücksbrunnen. Ich glaube, in ihm gibt es einen völlig unzugänglichen Schlupfwinkel. Etwas in ihm muss mich unbedingt loswerden, und deshalb findet er alle möglichen Gründe. Aber er behauptet, das sei Unsinn. Er sagt, wir könnten glücklich sein, wenn ich meine Überreaktionen abbaue. Ich muss mir sagen, dass er vielleicht Recht hat. Vielleicht liegt die Schuld nur bei mir.«

»Wann sind Sie glücklich?«

»Wenn er mit mir zufrieden ist. Wenn er Spaß macht und sich wohlfühlt. Nein. Nein. Ich bin nie glücklich. Ich bin erleichtert. Es ist, als hätte ich eine Herausforderung bewältigt. Es ist mehr Triumph als Glück. Aber er kann mir jederzeit den Boden unter den Füßen wegziehen.«

»Weshalb leben Sie mit einem Menschen zusammen, der ihnen jederzeit den Boden unter den Füßen wegziehen kann?«

»Tut das nicht immer jemand? In meiner Ehe war ich es. Glauben Sie, es hilft, solche Fragen zu stellen? Angenommen, es geht dabei nur um Stolz. Ich möchte nicht allein sein. Ich möchte, dass alle glauben, ich hätte einen begehrenswerten Mann. Angenommen, es ist die Demütigung. Möchte ich gedemütigt werden? Was nützt es mir, das zu wissen?«

»Ich weiß es nicht. Was glauben Sie?«

»Ich glaube, solche Gespräche sind gut, wenn man kleinere Probleme hat und nur mäßig an dem Erfolg interessiert ist. Aber nicht, wenn man verzweifelt ist.«

»Sind Sie verzweifelt?«

Lydia fühlte sich plötzlich müde, beinahe zu müde, um zu sprechen. Das Zimmer, in dem sie sich mit dem Arzt unterhielt, hatte einen dunkelblauen Teppich und blaugrün gestreifte Polstermöbel. An der Wand hing ein Bild mit Booten und Fischern. Lydia spürte irgendwie ein heimliches Einverständnis: falsche Sicherheit, provisorischer Trost, ernste Täuschungen.

»Nein.«

Damals kam es ihr vor, als seien sie und Duncan Monster mit vielen Köpfen. Aus dem Mund eines Kopfes konnten heiß und kalt Beschimpfungen und Anklagen kommen, aus einem anderen verlogene Entschuldigungen und kriecherische Bitten, aus einem dritten genau solches farbloses, vernünftiges, wahres und falsches Geschwätz, wie sie es mit dem Arzt praktizierte. Kein Mund öffnete sich, um etwas Sinnvolles zu sagen; kein Mund war klug genug zu schweigen. Gleichzeitig glaubte sie – obwohl sie nicht wusste, dass sie es glaubte –, dass diese monströsen Köpfe mit ihrem grausamen, albernen und sinnlosen Geschwätz alle eingezogen werden, sich zusammenrollen und einschlafen konnten. Es kam nicht darauf an, was sie sagten. Es kam nicht darauf an! Dann würden sie und Duncan sich wieder voll Hoffnung, Vertrauen und frei von allen Erinnerungen von neuem miteinander bekannt machen. Sie konnten wieder die unbeschädigte Freude aufgreifen, mit der sie begonnen hatten, ehe sie sich gegenseitig benutzten.

Nachdem sie einen Tag in Toronto gewesen war, versuchte sie, Duncan telefonisch zu erreichen, und stellte fest, dass er schnell gehandelt und bereits eine Geheimnummer hatte. Er schrieb ihr über den Verlag, er würde ihre Sachen zusammenpacken und ihr zuschicken.

Lydia frühstückte mit Mr Stanley. Die Telefonarbeiter hatten schon vor Tagesanbruch gegessen und das Haus verlassen.

Sie erkundigte sich bei Mr Stanley nach seinem Besuch bei der Frau, die Willa Cather gekannt hatte.

»Ah«, sagte Mr Stanley und wischte sich das Eigelb vom Mundwinkel, »diese Frau besaß ein kleines Restaurant unten am Hafen. Sie war eine gute Köchin, wie sie sagte. So muss es gewesen sein, denn Willa und Edith bezogen ihr Abendessen von dort. Ihr Bruder brachte es in seinem Wagen zu ihnen. Manchmal war Willa mit dem Essen nicht zufrieden ... vielleicht hatte sie etwas anderes bestellt oder glaubte, es sei nicht gut genug gekocht ... und schickte es zurück. Dann ließ sie sich ein anderes Gericht bringen.« Er lächelte und sagte schließlich vertraulich: »Willa konnte durchaus herrisch sein. O ja. Sie war nicht vollkommen. Alle Menschen mit großen Fähigkeiten neigen dazu, in den Dingen des alltäglichen Lebens etwas ungeduldig zu sein.«

Unsinn, wollte Lydia sagen. Es klingt, als sei sie ein richtiger Drachen gewesen.

Manchmal war alles in Ordnung, wenn sie aufwachte; dann wieder war alles schlecht. An diesem Morgen war sie mit der kalten Überzeugung erwacht, einen Fehler begangen zu haben – etwas Vermeidbares und Irreparables.

»Aber manchmal kamen sie und Edith hinunter in das Café«, erzählte Mr Stanley weiter. »Wenn sie Gesellschaft suchten, aßen sie dort zu Abend. Bei einer solchen Gelegenheit unterhielt sich Willa sehr lange mit der Frau, die ich besucht habe. Sie sprachen über eine Stunde miteinander. Die Frau überlegte, ob sie heiraten sollte. Sie musste sich darüber klar werden, ob sie eine Ehe eingehen sollte, die, wie sie mir zu verstehen gab, aus geschäftlichen Gründen zu Stande kommen würde. Partnerschaft. Es ging dabei nicht um Liebe, sie und der Gentleman waren nicht mehr jung und unbesonnen. Willa unterhielt sich mit ihr länger als eine Stunde. Natürlich riet sie ihr nicht direkt zu dem einen oder anderen. Sie sprach sehr vernünftig und freundlich, ganz allgemein Die Frau erinnerte sich immer noch sehr lebhaft daran. Ich freute mich, das zu hören, doch es setzte mich keineswegs in Erstaunen.«

»Was verstand sie schon davon«, erwiderte Lydia.

Mr Stanley hob den Blick vom Teller und sah sie mit bekümmerter Verwunderung an.

»Willa Cather lebte mit einer Frau zusammen«, erklärte Lydia.

Mr Stanleys Antwort klang verwirrt und leicht tadelnd.

»Sie waren einander sehr zugetan.«

»Sie hat nie mit einem Mann zusammengelebt.«

»Sie wusste um die Dinge, wie Künstler es tun ... nicht notwendigerweise aus eigener Erfahrung.«

»Aber wenn sie es nicht wissen?«, beharrte Lydia. »Und wenn sie es nicht wissen?«

Er löffelte sein Ei aus, als habe er nichts gehört. Schließlich erklärte er: »Die Frau empfand das Gespräch mit Willa als sehr hilfreich.«

Lydia gab einen nur vage zustimmenden Laut von sich. Sie wusste, sie war unhöflich, sogar grausam gewesen. Sie wusste, sie würde sich entschuldigen müssen. Sie ging zur Anrichte und goss sich eine Tasse Kaffee ein.

Die Frau kam aus der Küche.

»Ist der Kaffee noch heiß? Ich glaube, ich trinke auch eine Tasse. Wollen Sie wirklich heute fahren? Manchmal denke ich, ich würde auch gerne die Fähre nehmen und wegfahren. Es ist schön hier, und ich liebe es. Aber Sie wissen ja, wie man wird.«

Sie tranken den Kaffee im Stehen bei der Anrichte. Lydia wollte nicht zurück zum Tisch gehen, doch sie wusste, es würde ihr nichts anderes übrig bleiben. Mr Stanley wirkte zerbrechlich und einsam mit seinen schmalen Schultern, dem gepflegten kahlen Kopf, dem braunen karierten Sportjackett, das ihm eine Spur zu groß war. Er gab sich Mühe, sauber und gepflegt zu sein, doch bei seinem schlechten Augenlicht musste es ihm wirklich große Mühe bereiten. Er verdiente am allerwenigsten Unhöflichkeit.

»Oh, beinahe hätte ich es vergessen«, sagte die Frau.

Sie ging in die Küche und kam mit einer großen braunen Papiertüte zurück.

»Vincent hat das für Sie hier gelassen. Er behauptete, sie mögen es. Stimmt das?«

Lydia öffnete die Tüte und sah die langen, dunklen, gezackten Blätter des Dulse. Selbst getrocknet glänzten sie noch ölig.

»Na ja«, sagte sie.

Die Frau lachte. »Ich weiß, man muss hier geboren sein, um Geschmack daran zu finden.«

»Nein. Ich mag es wirklich«, widersprach Lydia. »Ich fange an, es zu mögen.«

»Sie müssen Eindruck gemacht haben.«

Lydia ging mit der Tüte zum Tisch zurück und zeigte den Inhalt Mr Stanley. Sie versuchte, einen versöhnlichen Scherz zu machen.

»Ob Willa Cather wohl jemals Dulse gegessen hat?«

»Dulse«, sagte Mr Stanley nachdenklich. Er griff in die Tüte, zog ein paar Blätter heraus und betrachtete sie. Lydia wusste, er sah, was Willa Cather gesehen haben mochte. »Sicher wusste sie davon. Sie wusste, was das ist.«

Aber war sie glücklich gewesen oder nicht? War es gut

gegangen mit dieser Frau? Wie hatte sie gelebt? Das wollte Lydia fragen. Hätte Mr Stanley gewusst, wovon sie sprach? Wenn sie ihn gefragt hätte, wie Willa Cather lebte, hätte er dann nicht erwidert, dass sie als Willa Cather nicht wie andere Leute eine Lebensweise finden musste?

Was für einen hübschen, verlässlichen Schutzraum er doch um sich geschaffen hatte! Er konnte ihn überall mit hinnehmen, und niemand konnte sich eindrängen. Vielleicht kommt der Tag, an dem Lydia sich glücklich schätzt, für sich das Gleiche tun zu können. In der Zwischenzeit geht es mit ihr auf und ab. »Auf und ab« sagte man in ihrer Kindheit, wenn man von Menschen sprach, die nicht wieder gesund werden würden. »Ach, es geht so auf und ab.«

Doch seht nur, wie dieses Geschenk sie verstohlen aus der Ferne wärmt.

Putenzeit

Für Joe Radford

Mit vierzehn bekam ich in der Weihnachtszeit einen Job auf der Truthahnfarm. Ich war noch zu jung, um Arbeit als Verkäuferin oder Aushilfskellnerin zu finden. Außerdem war ich zu nervös.

Ich musste die Puten ausnehmen. Außer mir arbeiteten Lily, Marjorie und Gladys auf der Truthahnfarm; auch sie nahmen Truthähne aus; Irene und Henry rupften sie; Herb Abbott, der Vorarbeiter, beaufsichtigte das Ganze und sprang ein, wo er benötigt wurde. Morgan Elliott war der Besitzer und Boss. Er und sein Sohn Morgy übernahmen das Schlachten.

Morgy kannte ich von der Schule. Ich hielt ihn für dumm und verachtenswert. Der Gedanke, ihm in einer neuen, möglicherweise höheren Position als Sohn des Chefs wieder zu begegnen, bereitete mir Unbehagen. Doch sein Vater behandelte ihn so schlecht, er schrie und schimpfte ständig mit ihm, dass er kaum mehr als der niedrigste Arbeiter zu sein schien. Auch Gladys war mit dem Besitzer verwandt. Sie war seine Schwester. In ihrem Fall schien es eine Art privilegierte Position zu geben. Sie arbeitete langsam und ging nach Hause, wenn sie sich nicht wohl fühlte; Lily und Marjorie behandelte sie nicht freundlich, mich allerdings ein wenig. Sie hatte lange Jahre in Toronto bei einer Bank gearbeitet, war aber nun zurückgekommen, um bei Morgan und seiner Familie zu leben. An solche Arbeit war sie nicht gewöhnt. Wenn sie nicht in der Nähe war, redeten Lily und Marjorie über sie und erzählten, sie habe einen Nervenzusammenbruch gehabt. Sie sagten, Morgan zwinge sie, sich ihren Lebensunterhalt durch Arbeit auf der Truthahnfarm zu verdienen. Ohne sich über den Widerspruch Gedanken zu machen, behaupteten sie, Gladys habe die Arbeit angenommen, weil sie hinter einem Mann her sei. Dieser Mann sei Herb Abbott.

Wenn ich in den ersten Nächten nach der Arbeit dort die Augen schloss, sah ich nichts als Truthähne. Ich sah sie an den Beinen aufgehängt, gerupft und steif, blass und kalt mit schlaffen Köpfen und Hälsen, Augen und Schnäbel verkrustet von dunklem Blut; die wenigen übrig gebliebenen Federn – auch sie dunkel und blutig – ließen mich an eine Krone denken. Ich sah sie nicht mit Abscheu, sondern dem Gefühl endloser Arbeit.

Herb Abbott zeigte mir, was ich zu tun hatte. Man legte den Truthahn auf den Tisch und trennte den Kopf mit einem Hackmesser ab. Dann zog man die lose Haut am Hals zurück, bis der Kropf auftauchte, der zwischen Gurgel und Luftröhre lag.

»Spürst du die Körner?«, fragte Herb aufmunternd. Er forderte mich auf, die Finger um den Kropf zu legen. Dann zeigte er mir, wie ich mit der Hand dahinter greifen sollte, um ihn zusammen mit der Gurgel und der Luftröhre herauszuschneiden. Die Wirbel zerschnitt er mit einer Schere.

»Knirsch, knirsch«, sagte er beruhigend, »jetzt fass mit der Hand hinein.«

Das tat ich. Im dunklen Innern der Pute war es tödlich kalt.

»Pass auf Knochensplitter auf.«

Ich arbeitete vorsichtig im Dunkeln, um das Gewebe zu lösen.

»Hops«, Herb drehte den Vogel herum und beugte ihm die Beine. »Hoch das Bein, Mutter Braun. So!« Er nahm ein schweres Messer, setzte es direkt an die Kniegelenke und schnitt die Beine ab.

»Sieh dir die Würmer an.«

Aus den Beinen quollen perlweiße Fäden hervor und bewegten sich hin und her.

»Das sind die Sehnen, die sich zusammenziehen. Jetzt kommt der schöne Teil!«

Er schlitzte den Vogel am Bauch auf, und ein fauliger Geruch verbreitete sich.

»Bist du gebildet?«

Ich wusste nicht, was ich sagen sollte.

»Wonach riecht das?«

»Nach Schwefelwasserstoff.«

»Gebildet«, seufzte Herb, »also gut. Jetzt greifst du mit den Fingern herum und löst die Innereien. Langsam, langsam. Halte die Finger zusammen und dreh die Handfläche nach innen. Mit dem Handrücken spürst du die Rippen. Fühlst du, wie die Innereien in deine Handflächen passen? Fühlst du es? Weiter. Zerreiß die Bänder ... so viel du kannst. Weiter. Spürst du einen harten Brocken? Das ist der Muskelmagen. Einen weichen Klumpen? Das ist das Herz, o.k.? O.k., greif mit den Fingern um den Magen. Vorsichtig. Jetzt fängst du an, in diese Richtung zu ziehen. So ist es gut. So ist es gut. Jetzt zieh es heraus.«

Es war keineswegs leicht. Ich wusste nicht einmal genau, ob ich den Magen gefunden hatte. Ich hatte eine kalte Masse in der Hand.

»Zieh«, sagte er, und ich brachte glänzendes, leberartiges Zeug heraus.

»Prima. Weißt du, was das ist? Die Lunge. Das hier ist das Herz und das der Magen. Hier ist die Galle. Du darfst niemals die Galle beim Herausziehen verletzen, denn sonst schmeckt die ganze Pute danach.« Taktvoll schabte er alles heraus, was mir entgangen war, auch die Hoden, die wie zwei weiße Trauben aussahen.

»Ein hübsches Paar Ohrringe«, erklärte Herb.

Herb Abbott war ein großer, kräftiger, rundlicher Mann. Seine dünnen schwarzen Haare kämmte er glatt vom spitzen Haaransatz nach hinten. Seine Augen schienen leicht schräg zu sitzen, wodurch er wie ein blasser Chinese oder wie der Teufel auf Bildern wirkte. Allerdings hatte er ein glattes Gesicht und war gütig. Alles, was er auf der Truthahnfarm tat – zum Beispiel Ausnehmen wie jetzt, das Beladen des Lastwagens oder das Aufhängen der geschlachteten Tiere –, geschah schnell, fröhlich, mit geübten, ökonomischen Bewegungen. »Ist dir schon aufgefallen ... Herb läuft immer, als schwanke ein Schiff unter ihm«, sagte Marjorie, und es stimmte. Herb arbeitete vom Frühjahr bis zum Herbst als Koch auf einem der Schiffe, die die großen Seen befuhren. Dann ging er bis nach Weihnachten zu Morgan. Den Rest der Zeit half er im Billardlokal aus, machte Hamburger, fegte aus und beendete Schlägereien, ehe es ernst wurde. So sah sein Leben aus. Er wohnte in einem Zimmer über dem Billardlokal an der Hauptstraße.

Bei allem, was auf der Truthahnfarm vorging, schien Herb stets die reibungslose Abwicklung und die Ehre der Firma im Auge zu haben. Bei ihm liefen alle Fäden zusammen. Wenn man sah, wie er sich im Hof mit Morgan unterhielt – ein kleiner dicker Mann mit rotem Gesicht, ein unberechenbarer Tyrann –, hielt man selbstverständlich Herb für den Boss und Morgan für einen Arbeiter. Doch so war es nicht.

Ich glaube, ohne Herb, der mir das Ausnehmen zeigte, hätte ich es nie gelernt. Meine Hände waren ungeschickt, und ich hatte mich deshalb schon so oft schämen müssen, dass das leiseste Anzeichen von Ungeduld des Einweisenden mich zum Zittern gebracht und völlig gelähmt hätte. Ich konnte es nicht ertragen, wenn mir ein anderer als Herb bei der Arbeit zusah. Schon gar nicht, wenn Lily und Marjorie in meiner Nähe standen. Diese beiden Schwestern mittleren Alters waren beim Ausnehmen sehr flink, geschickt und ehrgeizig. Sie sangen bei der Arbeit und führten mit den toten Puten sehr intime und obszöne Gespräche.

»Leg mich ja nicht rein, du alter Lustmolch!«

»Du hast nichts als Scheiße im Bauch!«

Ich hatte noch nie Frauen so reden hören.

Gladys arbeitete nicht sehr schnell, obwohl sie nicht ungeschickt sein konnte, denn sonst hätte Herb anders mit ihr gesprochen. Sie sang nie und fluchte nicht. Ich hielt sie für ziemlich alt, obwohl sie jünger als Lily und Marjorie war. Sie muss über dreißig gewesen sein. Sie schien alles als Beleidigung zu empfinden, und sie vermittelte einem das Gefühl, als verkneife sie sich ständig bittere Bemerkungen. Ich versuchte nie, mich mit ihr zu unterhalten. Aber eines Tages sprach sie mich im kleinen kalten Waschraum hinter dem Schuppen an. Sie legte flüssiges Make-up auf. Die Schminke unterschied sich im Farbton so sehr von ihrer Haut, dass es wirkte, als überstreiche sie eine weiße, raue Wand mit Orange.

Sie wollte wissen, ob ich von Natur aus wellige Haare habe. Ich bejahte es.

»Du musst dir keine Dauerwellen legen lassen?«

»Nein.«

»Hast du Glück. Ich muss meine Haare jeden Abend aufrollen. Ich bin so empfindlich, dass ich keine Dauerwelle vertrage.«

Frauen reden unterschiedlich über ihr Aussehen. Manche Frauen machen deutlich, dass alles, was sie tun, um sich zu pflegen, wegen Sex und der Männer geschieht. Andere wie Gladys sehen darin so etwas Ähnliches wie Haushaltspflichten, auf deren Schwierigkeiten sie stolz sind. Gladys war vornehm. Ich konnte sie mir in der Bank vorstellen, im marineblauen Kleid mit einem abnehmbaren Kragen, den man abends waschen kann. Bestimmt benahm sie sich korrekt, aber blieb dabei immer mürrisch.

Ein anderes Mal sprach sie mit mir über ihre Periode, die schmerzhaft war und bei der sie viel Blut verlor. Sie wollte wissen, wie es mir erging. Aus ihrem Gesicht sprachen Verlegenheit, Prüderie und Erregung. Irene, die gerade auf der Toilette saß, rettete mich. Sie rief: »Mach es wie ich, dann bist du eine Weile alle Probleme los.« Irene war nur ein paar Jahre älter als ich, aber hochschwanger und hatte vor kurzem – weil sie musste – geheiratet.

Gladys überhörte die Bemerkung und ließ sich kaltes Wasser über die Hände laufen. Wir hatten von der Arbeit alle rote und aufgesprungene Hände. »Ich vertrage diese Seife nicht. Wenn ich sie benutze, bekomme ich sofort einen Ausschlag«, erklärte Gladys. »Wenn ich meine eigene Seife mitbringe, kann ich mir nicht leisten, sie andere Leute benutzen zu lassen, weil sie sehr teuer ist … es ist eine Spezialseife für sehr empfindliche Haut.«

Ich glaube, die Behauptung, die Lily und Marjorie aufstellten – Gladys sei hinter Herb Abbott her –, entsprang ihrer Überzeugung, dass Unverheiratete sooft wie möglich geärgert und in Verlegenheit gebracht werden sollen, und aus ihrem eigenen Interesse an Herb, das sie in dem Gefühl bestärkte, jemand müsse hinter Herb her sein. Sie machten sich über ihn Gedanken: Wie kann ein Mann so wenig wollen? Keine Frau, keine Familie, kein Haus. Die Einzelheiten seines Alltags, seine kleinen Vorlieben waren für sie interessant. Wo war er aufgewachsen? (Hier und da und überall.) Wie weit war er in der Schule gekommen? (Weit genug.) Wo war seine Freundin? (Man weiß es nicht.) Trank er lieber Kaffee oder Tee? (Kaffee.)

Wenn sie davon sprachen, dass Gladys hinter ihm her sei, mussten sie in Wirklichkeit das Bedürfnis gehabt haben, über Sex zu sprechen – was er suchte und was er bekam. Sie müssen wie ich eine sinnliche, lüsterne Neugier empfunden haben. Er erweckte dieses Gefühl durch seine Zurückhaltung. Er verzichtete auf Witze, die manche Männer machten. Doch er war dabei keineswegs prüde oder zu vornehm. Manche Männer hätten mir die Truthahnhoden gezeigt, als sei bereits das Vorhandensein dieser Hoden ein Witz auf meine Kosten – etwas, womit man ein Mädchen aus der Fassung bringen konnte. Ein anderer Mann wäre verlegen gewesen und hätte geglaubt, er müsse mich vor Verlegenheit bewahren. Ein Mann, der weder das eine noch das andere zu empfinden schien, war etwas Merkwürdiges – für die älteren Frauen vermutlich ebenso sehr wie für mich. Doch was mir so sehr an Herb gefiel, beunruhigte sie. Sie wollten ihn aufrütteln. Sie wollten sogar, dass Gladys ihn aufrüttelte, wenn sie konnte.

Damals ahnte man nicht – zumindest nicht Ende der

vierziger Jahre in Logan, Ontario –, dass Homosexualität sich nicht an eng gezogene Grenzen hält. Die Frauen glaubten zweifellos, sie sei sehr selten und eindeutig. Es gab Homosexuelle in der Stadt. Wir kannten sie: ein eleganter Tapezierer mit welligen Haaren und heller Stimme, der sich Innenarchitekt nannte; der verwöhnte einzige Sohn der Pfarrerswitwe, der sogar so weit ging, an Backwettbewerben teilzunehmen, und der eine Tischdecke gehäkelt hatte; ein hypochondrischer Kirchenorganist und Musiklehrer, der den Kirchenchor und seine Schüler durch hysterische Wutanfälle in Zucht und Ordnung hielt. War jemand erst einmal abgestempelt, brachte man ihm weitgehend Toleranz entgegen; und das Talent zum Dekorieren, Häkeln und auf musikalischem Gebiet wurde geschätzt – besonders von den Frauen. »Der arme Kerl«, sagten sie, »er ist harmlos.« Sie – die Frauen – schienen wirklich zu glauben, die Neigung zum Backen oder zur Musik sei der ausschlaggebende Faktor, und diese Aktivität mache den Mann zu dem, was er war – nicht irgendwelche Abwege, auf die er sich begab oder begeben wollte. Der Wunsch, Geige zu spielen, galt als größere Abweichung vom Männlichen, als Frauen zu meiden. Dahinter stand die Vorstellung, jeder Mann würde Frauen am liebsten meiden; doch die meisten ließen sich in einem Moment der Unvorsichtigkeit ein für alle Mal überlisten.

Ich möchte mich nicht mit der Frage beschäftigen, ob Herb homosexuell war oder nicht, denn diese Definition bedeutet für mich nichts. Vermutlich war er es, vielleicht aber auch nicht. (Ich glaube das, selbst wenn ich daran denke, was später geschah.) Er, Herb, ist kein Rätsel, das sich so abstrakt lösen lässt.

Irene rupfte zusammen mit Henry Streets, einem unserer Nachbarn, die Puten. Es gab an ihm nichts Bemerkenswertes, außer der Tatsache, dass er achtundsechzig Jahre alt war und immer noch, wie er selbst sagte, wie ein Teufel arbeitete. In seiner Thermosflasche befand sich Whiskey, und im Laufe des Tages trank er immer wieder einmal einen Schluck daraus. Henry hatte in unserer Küche zu mir gesagt: »Du solltest dich auf der Truthahnfarm um einen Job bemühen. Sie suchen noch jemanden zum Ausnehmen.« Mein Vater bemerkte darauf sofort: »Nicht sie, Henry. Sie hat zehn Daumen.« Und Henry erwiderte, er habe nur Spaß gemacht – es sei schmutzige Arbeit. Aber ich war bereits entschlossen, es zu versuchen – ich hatte das starke Bedürfnis, mir zu beweisen, dass ich einen solchen Job bewältigen konnte. Weil ich bei manuellen Arbeiten so ungeschickt war, kam ich mir beinahe vor wie ein Erwachsener, der nicht Lesen gelernt hat. Für jeden, den ich kannte, bedeutete Arbeit, Dinge zu tun, die ich nicht tun konnte; die Leute waren stolz auf ihre Arbeit und maßen sich gegenseitig daran. (Selbstverständlich galten Dinge, die ich beherrschte, etwa Schulwissen, als suspekt, oder man verachtete sie einfach.) Deshalb überraschte es mich und erfüllte mich dann mit Triumph, dass man mir nicht kündigte und es mir gelang, Puten in durchaus annehmbarer Geschwindigkeit sauber auszunehmen. Ich weiß nicht, ob ich wirklich begriff, wie sehr Herb Abbott dazu beitrug, aber manchmal sagte er: »Tüchtiges Mädchen«, oder er tätschelte mir die Taille und sagte: »Du wirst noch gut im Ausnehmen … du wirst es weit bringen.« Und wenn ich die flüchtige, freundliche Berührung durch den dicken Pullover und die blutige Arbeitsschürze hindurch spürte, glühte mein Gesicht, und ich hätte mich am liebsten an ihn gelehnt, solange er hinter mir stand. Ich wollte meinen Kopf an seine breite, weiche Schulter legen. Abends vor dem Einschlafen legte ich mich auf die Seite, schmiegte meine Wange in das Kissen und stellte mir vor, es sei Herbs Schulter.

Es interessierte mich, wie er mit Gladys sprach, wie er sie ansah oder ihre Anwesenheit zur Kenntnis nahm. Dieses Interesse hatte nichts mit Eifersucht zu tun. Ich glaube, ich wünschte, zwischen den beiden würde es zu etwas kommen. Ich bebte ebenso vor neugieriger Erwartung wie Lily und Marjorie. Wir alle wollten das Aufflackern der Sexualität in ihm sehen, in seiner Stimme hören, aber nicht, weil wir glaubten, es würde ihn den anderen Männern ähnlicher machen, sondern weil wir wussten, bei ihm würde es ganz anders sein. Er war freundlicher und geduldiger als die meisten Frauen, und in gewisser Weise ebenso streng und kühl wie jeder andere Mann. Wir wollten sehen, wie man an ihn herankommen konnte.

Wenn Gladys das ebenfalls wünschte, dann ließ sie es sich nie anmerken. Bei Frauen wie ihr kann ich unmöglich sagen, ob sie tatsächlich so kalt und abweisend sind, wie sie sich geben, und nur darauf warten, andere ärgern und verspotten zu können, oder ob in ihnen ein düsteres Feuer glüht und sie an sinnlosen Leidenschaften ersticken.

Marjorie und Lily sprachen über die Ehe. Sie wussten nicht viel Gutes darüber zu sagen, obwohl sie der Ansicht waren, die Ehe sei eine Einrichtung, der sich niemand entziehen darf. Marjorie erzählte, kurz nach ihrer Hochzeit sei sie mit der Absicht in den Holzschuppen gegangen, E 605 zu schlucken.

»Ich hätte es auch getan«, erklärte sie, »aber in dem Moment kam der Lebensmittelhändler mit seinem Wagen, und ich musste hinaus und einkaufen. Damals lebten wir noch auf der Farm.«

Zu jener Zeit behandelte ihr Mann sie grausam. Aber später hatte er einen Unfall – er überschlug sich mit dem Traktor und wurde zum Invaliden. Sie zogen in die Stadt, und jetzt führte Marjorie das Regiment.

»Vor ein paar Tagen beschwert er sich doch über das Abendessen. Ich packte einfach sein Handgelenk und hielt es fest. Er hatte Angst, ich würde ihm den Arm umdrehen. Er wusste, ich würde es tun. Ich fragte: ›Also *was* ist?‹ Und er antwortet: ›Ich ess ja schon.‹«

Sie sprachen über ihren Vater. Er war ein Mann aus altem Schrot und Korn. Er hatte ein Seil mit einer Schlinge im Holzschuppen (nicht der E 605-Schuppen, sondern ein anderer, auf einer anderen Farm), und wenn die Kinder ihm auf die Nerven fielen, ließ er sie antreten und drohte, sie aufzuhängen. Lily, die Jüngste, zitterte, bis sie zu Boden stürzte. Der Vater sorgte dafür, dass Marjorie einen seiner Kumpane heiratete, als sie gerade sechzehn war. Dieser Mann trieb sie dann zum E 605. Ihr Vater verheiratete sie, weil er verhindern wollte, dass sie in Schwierigkeiten geriet.

»Heißblütig«, sagte Lily.

Ich war entsetzt und fragte: »Weshalb bist du nicht davongelaufen?«

»Sein Wort war Gesetz«, erklärte Marjorie.

Sie sagten, das sei das Problem mit den Kindern heute – die Kinder hatten das Sagen. Das väterliche Wort sollte Gesetz sein.

Sie erzogen ihre Kinder streng, und bisher war keines aus der Art geschlagen. Als Marjories Sohn das Bett nässte, drohte sie ihm, sein Pimmelchen mit dem Fleischermesser abzuschneiden. Das half.

Sie sagten, neunzig Prozent der jungen Mädchen heutzutage würden trinken, fluchen und die Beine breit machen. Sie hatten keine Töchter, doch wenn sie welche hätten und sie bei so etwas erwischten, würden sie sie blutig schlagen. Irene, so erzählten sie, sei früher mit aufgetrennten Skihosen, ohne etwas darunter, zu den Hockeyspielen gegangen, um es hinterher im Schnee einfacher zu haben. Schrecklich.

Ich wollte auf ein paar Widersprüche hinweisen. Auch Marjorie und Lily tranken und fluchten; und was war an dem unerbittlichen Vater so wundervoll, der dafür sorgte, dass seine Kinder ihr Leben lang unglücklich wurden? (Ich begriff damals nicht, dass Marjorie und Lily überhaupt nicht unglücklich waren – es wegen ihres Gefühls für Ansehen, Stolz und Lebensart nicht sein konnten.) Damals machte mich die mangelnde Logik in den Gesprächen der meisten Erwachsenen wütend – sie beharrten auf ihren Behauptungen, gleichgültig, welche Beweise man ihnen lieferte. Wie konnten die Hände dieser Frauen so geschickt, talentiert und zart sein – denn ich wusste, sie würden ein Dutzend anderer Arbeiten ebenso gut erledigen wie das Ausnehmen von Truthähnen; sie konnten Steppdecken nähen, stopfen, malen, tapezieren, Teig kneten und kleine Pflanzen setzen –, wenn sie in ihrem Denken so oberflächlich, so unbeholfen waren, dass man aus der Haut fahren konnte?

Lily erklärte, sie lasse ihren Mann nie an sich heran, wenn er getrunken habe. Marjorie erzählte, seit sie an einer Blutung beinahe gestorben sei, lasse sie ihren Mann nie mehr an sich heran. Punktum! Lily beeilte sich hinzuzufügen, ihr Alter würde es nur versuchen, wenn er getrunken habe. Ich begriff, es war eine Frage von Stolz, den Ehemann nicht ›an sich herankommen‹ zu lassen. Aber ich konnte nicht recht glauben, dass ›an sich herankommen lassen‹ bedeutete, ›Sex zu haben‹. Die Vorstellung, dass Marjorie und Lily zu diesem Zweck gewählt werden könnten, erschien mir grotesk. Sie besaßen schlechte Zähne, schlaffe Bäuche und stumpfe, fleckige Gesichter. Ich beschloss, ›herankommen‹ wörtlich zu nehmen.

Zwei Wochen vor Weihnachten wurde es auf der Truthahnfarm hektisch. Ich ging eine Stunde vor der Schule, nach der Schule und am Wochenende zur Arbeit. Wenn ich mich morgens dorthin auf den Weg machte, brannten die Straßenlaternen noch, und die Sterne funkelten am Himmel. Die Truthahnfarm lag am Rand eines weißen Feldes, und hinter ihr ragte eine Reihe hoher Kiefern auf. Gleichgültig, wie kalt und ruhig es war, die Äste dieser Bäume bewegten sich immer ächzend und stöhnend. Es wirkt unwahrscheinlich, dass ich auf meinem Weg zur Truthahnfarm, um eine Stunde lang Puten auszunehmen, ein solches Gefühl der Hoffnung und gleichzeitig ein Gefühl für das vollkommene, undurchdringliche Geheimnis des Universums erlebt haben soll, aber so war es. Herb hatte etwas damit zu tun und auch die beißende Kälte – ein glasklarer Morgen folgte auf den anderen. Um die Wahrheit zu sagen, fiel es mir damals nicht schwer, solche Gefühle zu empfinden. Sie überkamen mich, aber ich wusste nicht, wie ich sie mit den Dingen des Lebens in Zusammenhang bringen sollte.

Eines Morgens gab es auf der Truthahnfarm noch jemanden beim Ausnehmen. Es war ein fremder junger Mann von achtzehn oder neunzehn, und er hieß Brian. Er schien ein Verwandter, vielleicht aber auch nur ein Freund von Herb Abbott zu sein. Er wohnte bei Herb. Er hatte im Sommer auf einem Schiff gearbeitet. Er erzählte, die Arbeit habe ihm nicht gepasst, und er habe gekündigt.

Er sagte: »Diese Scheißschiffe haben mich ganz krank gemacht.«

Auf der Truthahnfarm herrschte ein derber, offener Ton, aber so etwas Ordinäres hatte ich noch nie gehört. Brian schien es nicht gedankenlos zu sagen, sondern prahlerisch, in einer Mischung aus Provokation und Beschimpfung. Vielleicht wirkte es durch sein allgemeines Verhalten so. Er sah erstaunlich gut aus: dunkelblonde Haare, strahlend blaue Augen, eine gesunde Hautfarbe, ein guter Körper – gutes Aussehen, das niemand auch nur einen Moment lang anzweifelt. Aber eine einzige Neigung hatte so unerbittlich von ihm Besitz ergriffen, dass sich alle seine Vorzüge zur Parodie verkehrten. Sein Mund mit den feuchten Lippen stand die meiste Zeit halb offen, seine Augen waren halb geschlossen, auf seinem Gesicht lag ein erwartungsvoller, lüsterner Ausdruck, und seine Bewegungen waren lässig, übertrieben und einladend. Wenn man ihn mit einem Mikrofon und einer Gitarre auf die Bühne gestellt hätte, um dort zu stöhnen, zu heulen und sich zu winden und seine Zuhörer zu erregen, hätte er vielleicht einem Abgott der Menge geglichen. Aber ohne Bühne wirkte er nicht überzeugend. Nach einer Weile war er nur noch wie jemand mit einem ständigen Schluckauf – so monoton und sinnlos wirkte seine aufdringliche Sexualität.

Hätte er sich ein wenig gemäßigt, hätten Marjorie und Lily wahrscheinlich Gefallen an ihm gefunden. Sie hätten ein Spiel daraus machen können, ihm zu sagen, er solle aufhören, solche Reden zu schwingen, die Pfoten wegnehmen. Aber so erklärten sie, sie könnten ihn nicht ausstehen, und das meinten sie auch. Einmal hob Marjorie das Messer und sagte: »Halt dich zurück, und zwar von mir, von meiner Schwester und von diesem Mädchen.«

Sie sagte nicht, er solle Gladys in Ruhe lassen, denn Gladys war in diesem Moment nicht anwesend, und Marjorie wäre es vermutlich nicht in den Sinn gekommen, sie schützen zu wollen. Doch Brian belästigte mit Vorliebe Gladys. Dann warf sie das Messer auf den Tisch, verschwand auf der Toilette und kam zehn Minuten später mit versteinertem Gesicht wieder zum Vorschein. Sie erklärte aber nicht mehr wie früher, sie sei krank und werde nach Hause gehen. Marjorie behauptete, Morgan sei wütend auf Gladys, weil sie ihm auf der Tasche lag und er sich das nicht länger gefallen lassen wollte.

Zu mir sagte Gladys: »Ich kann *das* nicht ertragen. Ich kann Leute nicht ertragen, die ständig solche Worte im Mund führen und solche Gesten machen. Mir wird richtiggehend schlecht davon.«

Ich glaubte ihr. Sie war erschreckend weiß. Aber weshalb beschwerte sie sich dann nicht bei Morgan? Vielleicht war das Verhältnis zwischen ihnen so gespannt; vielleicht brachte sie es nicht über sich, in seiner Gegenwart solche Ausdrücke zu wiederholen oder diese Dinge zu beschreiben. Weshalb beschwerte sich niemand von uns – wenn schon nicht bei Morgan, so doch zumindest bei Herb? Mir kam es nie in den Sinn. Brian schien jemand zu sein, mit dem man sich einfach abfinden musste wie mit der Eiseskälte in der Halle und dem Geruch nach Blut und Gedärm. Marjorie und Lily drohten schließlich, sich zu beschweren, allerdings wegen Brians Faulheit.

Er arbeitete nicht gut. Er sagte, seine Hände seien zu groß zum Ausnehmen. Deshalb gab Herb ihm eine andere

Beschäftigung; er trug ihm auf zu fegen und sauber zu machen, die Innereien zu verpacken und beim Beladen des Lastwagens zu helfen. Das bedeutete, er musste nicht an einem Platz stehen oder in einer vorgegebenen Zeit eine bestimmte Arbeit erledigen, und deshalb tat er die meiste Zeit nichts. Er begann zu fegen, hörte damit auf, wischte die Tische ab, hörte damit auf, rauchte eine Zigarette, lümmelte an einem Tisch und ging uns auf die Nerven, bis Herb ihn rief, damit er ihm beim Aufladen half. Herb hatte jetzt sehr viel zu tun; er musste ständig Lieferungen ausfahren; deshalb wusste er möglicherweise nicht, wie wenig Brian wirklich arbeitete.

»Ich verstehe nicht, dass Herb dich nicht feuert«, sagte Marjorie. »Ich vermute, er tut es nur nicht, damit du nicht herumhängst und ihm auf der Tasche liegst, weil du nicht weißt, wohin du gehen sollst.«

»Ich weiß schon, wohin ich gehen soll«, erwiderte Brian.

»Halt dein loses Mundwerk«, sagte Marjorie. »Herb tut mir Leid ... sich so was aufzuladen.«

Der letzte Schultag vor Weihnachten endete am frühen Nachmittag. Ich ging nach Hause, zog mich um und kam etwa gegen drei Uhr zur Arbeit. Niemand tat etwas. Alle standen in der Halle, wo Morgan Elliott das Hackmesser über dem Arbeitstisch schwang und schrie. Ich verstand nicht, worum es ging, und glaubte, jemand müsse einen schrecklichen Fehler bei der Arbeit begangen haben – möglicherweise sogar ich selbst. Dann sah ich Brian auf der anderen Seite des Tisches. Er wirkte mürrisch, verschlagen und stand in einiger Entfernung vom Tisch. Die Lüsternheit war nicht völlig aus seinem Gesicht gewichen, doch sie war gedämpft, und in sie mischten sich ohnmächtige Wut und auch Furcht. Aha, dachte ich, Brian wird wegen seiner Schlampigkeit und Faulheit gefeuert. Selbst als ich hörte, wie Morgan brüllte: »Perverser«, »Drecksau« und »Strolch«, glaubte ich immer noch, es gehe nur darum. Marjorie, Lily und sogar die vorlaute Irene standen lammfromm herum und hatten die Augen niedergeschlagen wie Kinder, die erleben, dass jemand vom Lehrer ausgeschimpft wird. Nur dem alten Henry schien es zu gelingen, ein vorsichtiges Grinsen zu zeigen. Gladys war nicht zu sehen. Herb stand näher als alle anderen bei Morgan. Er mischte sich nicht ein, ließ aber das Hackmesser nicht aus den Augen. Morgy schluchzte, obwohl ihm keine unmittelbare Gefahr zu drohen schien.

Morgan brüllte Brian an zu verschwinden. »Verschwinde aus der Stadt ... ich meine es ernst ... und warte nicht bis morgen, wenn dir dein Hintern lieb ist! Raus!«, schrie er und schwang das Hackmesser dramatisch in Richtung Tür. Brian setzte sich in Bewegung, aber beabsichtigt oder nicht, er wackelte dabei herausfordernd mit dem Hintern. Morgan brüllte auf, stürzte ihm nach und schwang theatralisch das Messer. Brian rannte, und Morgan verfolgte ihn; Irene schrie auf und presste die Hände auf ihren Bauch. Morgan war viel zu dick, um lange laufen zu können, und vermutlich hätte er auch das Messer nicht weit schleudern können. Herb stand in der Tür und sah den beiden nach. Morgan kam bald wieder zurück und warf das Messer auf den Tisch.

»Alles zurück an die Arbeit! Schluss mit der Gafferei! Hier wird niemand fürs Gaffen bezahlt! Was ist denn mit dir los?«, fragte er Irene mit einem strengen Blick.

»Nichts«, erwiderte Irene kläglich.

»Wenn es bei dir losgeht, dann verschwinde hier.«

»Es ist nichts.«

»Na gut.«

Wir machten uns an die Arbeit. Herb zog die blutverschmierte Arbeitsschürze aus, holte sein Jackett und ging. Vermutlich wollte er sich davon überzeugen, dass Brian den Bus rechtzeitig erreichte. Er sprach kein Wort. Morgan und sein Sohn marschierten in den Hof hinaus. Irene und Henry verschwanden im Schuppen nebenan, wo sie die Puten rupften. Sie standen inzwischen knietief in den Federn, die Brian hätte auffegen sollen.

»Wo ist Gladys?«, fragte ich leise.

»Sie erholt sich«, antwortete Marjorie. Auch sie sprach leiser als üblich, und erholen gehörte nicht in ihren oder Lilys normalen Wortschatz. Dieses Wort fiel meist in spöttischer Absicht im Zusammenhang mit Gladys.

Sie wollten nicht über das Geschehene sprechen, denn sie fürchteten, Morgan könne hereinkommen, sie dabei ertappen und deshalb fristlos entlassen. Als gute Arbeiterinnen fürchteten sie sich davor. Außerdem hatten sie nichts gesehen. Es musste sie ärgern, dass sie nichts gesehen hatten. Ich erfuhr nur, dass Brian etwas getan oder Gladys etwas gezeigt haben musste, als sie von der Toilette kam. Daraufhin begann sie zu schreien und bekam einen hysterischen Anfall.

Wahrscheinlich hat sie wieder einen Nervenzusammenbruch, hieß es. Und er verschwindet aus der Stadt. Jetzt sind wir sie beide los, und das ist gar nicht so schlecht.

Ich besitze ein Bild von der Belegschaft der Truthahnfarm, am Heiligabend aufgenommen mit Blitzlicht – die Kamera war der Luxus, den sich jemand zu Weihnachten gönnte. Ich vermute, sie gehörte Irene. Aber Herb Abbott musste fotografiert haben. Ihm konnte man zutrauen, dass er sofort wusste oder begriff, wie man mit etwas Neuem umging; und eine Kamera mit Blitzlicht war damals etwas ziemlich Neues. Die Aufnahme muss gegen zehn Uhr abends gemacht worden sein, nachdem Herb und Morgy die letzte Lieferung ausgefahren, wir die Tische abgewaschen, den Zementboden gefegt und geputzt hatten. Wir trugen nicht mehr die blutverschmierten Schürzen und die schweren Pullover und standen in dem kleinen Raum, den wir als Pausenraum bezeichneten. Dort gab es einen Tisch und einen Ofen. Wir trugen immer noch unsere Arbeitskleidung: Overalls und Hemden. Die Männer trugen Mützen, die Frauen Kopftücher, nach der Mode der Kriegsjahre gebunden. Ich wirkte kräftig, fröhlich und kameradschaftlich – verwandelt in einen Menschen, an den ich mich nicht erinnere und der zu sein ich auch nie vorgegeben habe. Ich sehe sehr viel älter als vierzehn aus. Nur Irene hat das Kopftuch abgenommen und zeigt die langen roten Haare. Irene blickt sanft, verführerisch und kokett; das entsprach ihrem Ruf. Doch ich kann mich an einen solchen Blick nicht erinnern. Ja, es muss ihre Kamera gewesen sein; sie posiert bewusster als alle anderen. Marjorie und Lily lächeln, wie nicht anders zu erwarten, aber ihr Lächeln wirkt verdrießlich und frech. Mit ihren Haaren unter dem Kopftuch und ihren vermummten Körpern wirken sie wie zwei zähe und gutmütige, aber leicht reizbare Arbeiter. Die Kopftücher stören; Mützen würden ihnen besser zu Gesicht stehen. Henry ist guter Laune und froh, Teil der Belegschaft zu sein. Er lacht und wirkt zwanzig Jahre jünger, als er war. Dann gibt es noch Morgy mit seinem kriecherischen Blick; er traut der Gunst der Stunde nicht. Morgan wirkt sehr aufgeregt, ist aber zufrieden und ganz der Boss. Gerade hat er uns allen die Prämie, eine Pute gegeben. Jedem dieser Vögel fehlt entweder ein Bein, ein Flügel, oder er ist auf andere Weise missgestaltet und lässt sich nicht zum vollen Preis verkaufen. Doch Morgan hat sich große Mühe gegeben, uns zu versichern, die Krüppel hätten oft das beste Fleisch, und betont, er selbst nehme einen solchen Vogel mit nach Hause.

Wir halten alle Becher oder große, dicke Porzellantassen in der Hand, nicht mit dem üblichen Tee, sondern mit Whiskey. Morgan und Henry haben seit dem Dunkelwerden getrunken. Marjorie und Lily sagen, sie wollen nur einen Schluck, und sie trinken nur, weil Heiligabend ist und ihre Füße schwer wie Blei sind. Irene sagt, ihre Füße seien auch bleischwer, aber das bedeutet nicht, dass sie auch nur einen kleinen Schluck will. Herb schenkt nicht nur ihr, sondern auch Lily und Marjorie großzügig ein; sie lehnen nicht ab. Mir und Morgy gönnt er nur ein paar Tropfen und füllt den Becher mit Cola auf. Es ist der erste Drink, den ich je bekommen habe, und deshalb werde ich jahrelang glauben, Whiskey mit Cola sei ein Standardgetränk und bestelle es immer wieder, bis ich merke, dass das nur sehr wenige Leute trinken und dass mir davon schlecht wird. Aber an diesem Heiligabend wurde mir nicht schlecht. Herb hatte mir nicht genug Whiskey eingegossen. Abgesehen von einem merkwürdigen Geschmack und meinem Gefühl, ernst genommen zu werden, war es, als würde ich Cola trinken.

Ich muss Herb nicht auf dem Bild sehen, um mich zu erinnern, wie er aussah. Das heißt, wie er üblicherweise aussah, wenn er auf der Truthahnfarm arbeitete, oder die wenigen Male, wenn ich ihn auf der Straße sah: Also wie ich ihn immer kannte – mit einer Ausnahme …

Er schien irgendwie anders auszusehen, als Morgan Brian anbrüllte, und später, als Brian die Straße hinunterrannte. Was war an seinem Aussehen anders? Ich habe versucht, mich daran zu erinnern, denn damals prägte ich es mir genau ein. Es war keine große Veränderung. Sein Gesicht wirkte weicher und schwerer, und wenn man den Ausdruck beschreiben sollte, der darauf lag, müsste man sagen, aus ihm sprach Scham. Aber weshalb sollte er sich schämen? Wegen Brian, wegen Brians Verhalten? Das käme sicher etwas spät, denn hatte Brian sich je anders verhalten? Schämte er sich wegen Morgan, der sich so unbeherrscht und theatralisch aufspielte? Oder schämte er sich über sich selbst, weil er, dessen Stärke bekanntermaßen darin lag, Ausschreitungen und Unstimmigkeiten dieser Art im Keim zu ersticken, diesmal versagt hatte? Schämte er sich, weil er Brian nicht in Schutz nahm? Hatte Herb erwartet, er würde Brian in Schutz nehmen?

Über all das machte ich mir damals Gedanken. Später, als ich zumindest etwas mehr über Sex wusste, kam ich zu dem Schluss, Herb müsse Brians Liebhaber gewesen sein – Gladys habe in Wirklichkeit versucht, Herbs Aufmerksamkeit zu erringen, und Brian habe sie deshalb gedemütigt – mit oder ohne Herbs Billigung und Zustimmung. Ist es nicht so, dass Menschen wie Herb – ehrenhafte, diskrete und angesehene Menschen – sich oft jemanden wie Brian suchen und ihre hilflose Liebe an einen niederträchtigen, wertlosen Menschen verschwenden, der nicht einmal böse oder ein Ungeheuer ist, sondern nur ein lästiges Ärgernis? Ich kam zu dem Schluss, dass Herb, bei aller Freundlichkeit und Rücksicht, sich mit Brian an uns allen rächte – nicht nur an Gladys, sondern an uns allen –, und als ich prüfend seinen Gesichtsausdruck betrachtete, muss er ungezügelte Schadenfreude und Verachtung empfunden haben. Aber auch Verlegenheit – Verlegenheit wegen Brian, wegen sich selbst und wegen Gladys, und in gewissem Maß auch wegen uns allen. Er muss sich wegen uns allen geschämt haben – das dachte ich damals.

Noch später rückte ich von dieser Erklärung ab. Ich geriet an einen Punkt, an dem ich von allem abrückte, was ich nicht genau wusste. Es genügte mir, an diesen seltsamen betroffenen Ausdruck auf Herbs Gesicht zu denken, an Brian zu denken, der im Schutz von Herbs Würde seinen Spott trieb, an meine eigene mystifizierenden Überlegungen, an mein Verlangen, Herb zu ertappen, wenn sich die Gelegenheit bot, und mich dann an ihn zu hängen und in seiner Nähe zu bleiben. Wie verführerisch, wie erfreulich ist die Aussicht auf Intimität mit einem Menschen, der sie einem nie bieten wird. Ich empfinde immer noch die Anziehungskraft eines solchen Mannes, seiner Versprechungen und seiner Verweigerung. Ich würde immer noch gern Bescheid wissen, unabhängig von Fakten, auch unabhängig von Theorien.

Als ich ausgetrunken hatte, wollte ich Herb etwas sagen. Ich stand neben ihm und wartete auf den Moment, in dem er nicht gerade jemandem zuhörte oder mit jemandem redete, in dem die zunehmend derbere Unterhaltung der anderen meine Worte übertönen würde.

»Es tut mir Leid, dass Ihr Freund gehen musste.«

»Schon gut.«

Herb sagte das freundlich und leicht amüsiert und schnitt mir damit jedes Recht ab, mich weiter für sein Leben zu interessieren oder darüber zu sprechen. Er wusste, worauf ich hinauswollte. Er musste es bei vielen Frauen vorher erlebt haben. Er konnte damit umgehen.

Lily hatte noch ein bisschen Whiskey in ihrem Becher und erzählte, wie sie und ihre beste Freundin (bereits an einem Leberschaden gestorben) sich einmal als Männer verkleidet hatten, um den ausschließlich für Männer vorgesehenen Teil des Pubs zu betreten, weil sie wissen wollten, wie es dort aussah. Sie setzten sich in eine Ecke, tranken Bier und hielten Augen und Ohren offen. Niemand beachtete sie oder dachte sich etwas, aber bald standen sie vor einem Problem.

»Wohin sollten wir gehen, wenn wir mussten? Gingen wir auf die andere Seite und jemand würde sehen, dass wir in der Damentoilette verschwinden, würde es Zeter und Mordio geben. Und wenn wir zu den Männern gingen, musste es auffallen, dass wir anders pinkelten. Inzwischen setzte uns aber das Bier mörderisch zu!«

»Was tut man nicht alles, wenn man jung ist«, erklärte Marjorie.

Ein paar gaben Morgy und mir gute Ratschläge. Sie empfahlen uns, das Leben zu genießen, solange wir konnten, und Schwierigkeiten aus dem Weg zu gehen. Sie sagten, sie seien alle einmal jung gewesen. Herb stellte fest, wir seien eine gute Mannschaft und hätten gute Arbeit geleistet. Aber er wollte sich bei keinem der Ehemänner unbeliebt machen, indem er die Frauen zu lange hier festhielt. Marjorie und Lily äußerten sich gleichgültig über ihre Männer. Doch Irene verkündete, sie liebe ihren Mann, und es sei nicht wahr, dass er von Detroit hierher geschleppt worden sei, um sie zu heiraten, da konnten die Leute sagen, was sie wollten. Henry bemerkte, das Leben sei schön, wenn man nicht schwach und hinfällig werde. Morgan sagte, er wünsche uns aufrichtig und ehrlich fröhliche Weihnachten.

Als wir die Truthahnfarm verließen, schneite es. Lily sagte: »Es sieht aus wie auf einer Weihnachtskarte.« Und das stimmte. Der Schnee tanzte um die Laternen in der Stadt und um die bunten Lichter, die die Menschen vor ihren Haustüren aufgehängt hatte. Morgan brachte Henry und Irene im Lastwagen nach Hause – mit Rücksicht auf Alter, Schwangerschaft und Weihnachten. Morgy nahm eine Abkürzung quer über das Feld, und Herb stapfte allein, die Hände in den Taschen vergraben, mit gesenktem Kopf davon. Er wiegte sich leicht beim Gehen, als stehe er auf Deck eines Schiffes. Marjorie und Lily hakten sich bei mir unter, als seien wir alte Freundinnen.

»Singen wir«, sagte Lily. »Was wollen wir singen?«

»Drei Könige?«, schlug Marjorie vor. »Drei Putenköniginnen?«

»I'm Dreaming of a White Christmas.«

»Warum davon träumen? Wir haben weiße Weihnachten!«

Und das sangen wir.

Ein Unfall

Frances steht an einem Nachmittag Anfang Dezember müßig an einem Fenster im zweiten Stock der High-School in Hanratty. Es ist das Jahr 1943. Frances ist nach der Mode dieses Jahres gekleidet: Sie trägt einen dunklen Faltenrock und ein dreieckiges Schultertuch mit Fransen aus demselben Material, dessen Enden in den Bund gesteckt wurden; eine cremefarbene Satinbluse – richtiger Satin, ein Material, das bald verschwinden sollte – mit vielen kleinen Perlenknöpfen vorne und an den Ärmeln. Seit sie an der High-School Musik unterrichtete, hatte sie sich noch nie so gekleidet; irgendein alter Pulli und ein Rock waren ihr gut genug. Die Veränderung blieb nicht unbemerkt.

Sie hat im zweiten Stock nichts zu suchen. Der Schülerchor singt gerade unten. Sie hat intensiv mit ihm gearbeitet, um die Kinder auf das Weihnachtskonzert vorzubereiten. Das schwierigste Lied ist »He Shall Feed His Flock«, gefolgt von »The Huron Carol« (ein Vater hat sich beklagt, das Lied sei, wie er höre, von einem Priester geschrieben), »Hearts of Oak«, denn in diesen Zeiten musste auch etwas Patriotisches gesungen werden, und auf Wunsch des Chors »The Desert Song«. Im Moment singen sie »The Holy City«. Ein besonders beliebtes Lied bei den schwerbrüstigen Mädchen und Chordamen. Die High-

School-Mädchen konnten Frances zum Wahnsinn treiben. Sie wollten die Fenster schließen; sie wollten die Fenster öffnen. Sie klagten über Zugluft; sie fielen vor Hitze beinahe in Ohnmacht. Sie gingen zart mit ihrem Körper um und bewegten sich in kummervoller Selbstliebe wie in Trance. Sie lauschten auf ihr Herzflattern und sprachen von Stechen. Die Mädchen wurden Frauen. Und dann? Mächtige Vorder- und Rückseiten, sanfte Würde, Weichheit, Dümmlichkeit und Eigensinn. Der Geruch nach Korsagen, nach ekelhaften Enthüllungen. Im Chor standen sie aufgereiht wie Opferlämmer. Alles drehte sich um eine trostlose Art von Sex: *Er geht mit mir, er redet mit mir und sagt mir, ich bin sein.*

Sie hat den Chor sich selbst überlassen und vorgegeben, zur Toilette zu gehen. Dort schaltet sie nur das Licht ein und betrachtet erleichtert ihr nicht verzücktes, nicht verschwollenes Gesicht, ihr schmales strahlendes Gesicht mit der etwas großen Nase, den klaren braunen Augen und den kurzen dichten, unbändig lockigen, dunkelroten Haaren. Frances gefällt sich, und meist versetzt sie der Anblick ihres Gesichts im Spiegel in gute Laune. Zumindest in Büchern scheinen die meisten Frauen Probleme mit ihrem Aussehen zu haben und halten sich für weniger hübsch, als sie in Wirklichkeit sind. Frances muss sich eingestehen, dass sie vielleicht das entgegengesetzte Problem hat. Sie hält sich nicht etwa für hübsch; sie ist einfach glücklich über ihr Gesicht und findet es ermutigend. Sie erinnert sich manchmal an ein Mädchen am Konservatorium, Natalie Soundso. Sie spielte Violine. Frances erlebte voll Staunen, dass die Leute sie hin und wieder mit Natalie verwechselten. Natalie war blass, hatte krause Haare und ein knochiges Gesicht. Und es erstaunte sie noch mehr, durch

Freundinnen und Vertraute zu erfahren, dass die Verwechslung Natalie ebenso störte wie sie selbst. Und als sie ihre Verlobung mit Paul, einem Studenten am Konservatorium löste, erklärte er hart und sachlich, ohne die Liebenswürdigkeit oder Sentimentalität, zu der er sich ihr gegenüber früher verpflichtet gesehen hatte: »Glaubst du wirklich, du findest einen Besseren? Schließlich bist du keineswegs die große Schönheit.«

Sie schaltet das Licht aus, geht aber anstatt zum Chor zurück die Treppe nach oben. Im Winter wirkt die Schule morgens trostlos; es ist noch nicht warm genug, alle gähnen und zittern. Die Kinder vom Land sind schon vor Tagesanbruch von zu Hause abgefahren und reiben sich den Schlaf aus den Augen. Aber zu dieser Zeit, mitten am Nachmittag, umgibt Frances ein tröstliches Summen von Stimmen, eine angenehmere Schläfrigkeit; die dunkle Holztäfelung schluckt das Licht, und in den stillen Garderoberäumen trocknen dicht gedrängt Wollmäntel, Schals, Stiefel, türmen sich Schlittschuhe und Hockeyschläger. Durch die offenen Lüftungsklappen dringen gesetzt Anweisungen: ein Französischdiktat, Schulweisheiten. Und mit all dieser Ordnung und Fügsamkeit geht ein vertrauter Druck einher – ein Verlangen, eine Ahnung, ein merkwürdiger Knoten, den man manchmal beinahe unverhüllt in der Musik oder in einer Landschaft spürt, der verspricht aufzuplatzen und sich zu enthüllen, es aber nicht tut, sondern sich löst und verschwindet.

Frances steht vor der Tür des Naturkunderaums. Auch hier ist die Lüftungsklappe geöffnet, und sie hört Klirren, leise Stimmen, das Rücken von Stühlen. Er muss mit ihnen ein Experiment machen. Absurderweise und voll Scham spürt sie den Schweiß in ihren Handflächen, das Hämmern in der Brust, wie sie es von einer Klavierprüfung oder einem Konzert her kennt. Dieser Anflug einer Krise, die angenommenen Möglichkeiten eines Triumphs oder einer Niederlage, die sie für sich und andere herstellen konnte, erscheinen ihr jetzt albern, an den Haaren herbeigezogen und künstlich. Aber was ist das für eine Affäre mit Ted Makkavala? Sie ist noch nicht so weit, dass sie nicht sieht, wie albern sie auf einen Unbeteiligten wirken muss. Macht nichts. Wenn albern riskant und unvorsichtig bedeutet, so ist es ihr gleichgültig. Vielleicht hat sie sich nie etwas anderes gewünscht als die Möglichkeit, Möglichkeiten zu ergreifen. Aber manchmal kommt ihr der Gedanke, dass eine Liebesaffäre nicht gerade geplant, aber doch irgendwie etwas gesteuert und gewollt sein kann, eine sich bietende Gelegenheit, so wie diese albernen Aufführungen es waren: eine Erfindung, die auf schwachen Beinen steht. Diesen Gedanken kann sie nicht riskieren; sie verdrängt ihn.

Sie hört die verwirrte, klagende Stimme einer Schülerin (auch so eine Sache mit den High-School-Mädchen; sie jammern, wenn sie etwas nicht verstehen; die brummige Verachtung der Jungen ist da besser). Teds leise Stimme antwortet, erklärt. Frances kann die Worte nicht verstehen. Sie stellt sich vor, wie er sich aufmerksam vorbeugt und etwas ganz Einfaches tut, etwa einen Bunsenbrenner herunterschraubt. Sie stellt ihn sich gerne als fleißig, geduldig, beherrscht vor. Aber sie weiß, denn man hat es ihr erzählt, dass er sich im Klassenzimmer anders verhält, als er sie und alle anderen glauben macht. Er hat die Gewohnheit, eher verächtlich von seiner Arbeit und seinen Schülern zu sprechen. Wenn er gefragt wird, wie er für Disziplin sorgt, sagt er: Ach, ganz einfach, indem ich ihnen die

Ohren lang ziehe oder mit einem kurzen Tritt in den Hintern. In Wirklichkeit sichert er sich die Aufmerksamkeit der Schüler mit allen möglichen Tricks und Späßen. Er greift zu Requisiten, etwa zur Narrenkappe oder zu Trillerpfeifen; er lamentiert höchst melodramatisch über ihre Dummheit, und einmal hat er die Klassenarbeiten eine nach der anderen im Waschbecken verbrannt. *Was für ein Typ*, hört Frances hin und wieder die Schüler von ihm sagen. Sie hört das nicht gern. Sie weiß genau, dass die Schüler das auch von ihr sagen. Auch sie greift zu außergewöhnlichen Taktiken; sie rauft sich die lockigen Haare und jammert *nein, nein, nein, nein*, wenn sie schlecht singen. Aber Frances wäre es lieber, er würde so etwas nicht tun müssen. Manchmal scheut sie davor zurück, von ihm zu sprechen oder zu hören, was andere über ihn sagen. Er ist sehr freundlich, sagen sie, gutmütig, erklären sie, und Frances glaubt, eine Art Staunen und eine gewisse Verachtung herauszuhören. Weshalb gibt er sich solche Mühe? Auch das muss sie sich fragen. Sie weiß, was er von der Stadt und den Leuten, die hier wohnen, hält. Zumindest was er sagt, was er denkt.

Die Tür öffnet sich, Frances erschrickt. Am allerwenigsten möchte sie, dass Ted sie hier findet, während sie ihm zuhört und nachspioniert. Gott sei Dank ist es nicht Ted, sondern die Sekretärin, eine dickliche, ernsthafte Frau, die seit Ewigkeiten Sekretärin hier ist, schon als Frances hier zur Schule ging, sogar noch länger. Ihr Leben gehört der Schule und der Bibelstunde, die sie in der United Church hält. »Guten Tag, meine Liebe. Schnappen Sie ein bisschen frische Luft?«

Natürlich ist das Fenster nicht offen, an dem Frances steht; der Rahmen ist sogar mit Klebeband abgedichtet.

Aber Frances lächelt zustimmend und erklärt: »Ich schwänze«, und gibt damit zu, dass sie eigentlich im Klassenzimmer sein müsste. Die Sekretärin geht langsam die Treppe hinunter; und ihre freundliche Stimme klingt vernehmbar herauf: »Ihr Chor singt hübsch heute. Weihnachtslieder gefallen mir immer wieder.«

Frances geht ins Klassenzimmer zurück, setzt sich ans Pult und lächelt den singenden Gesichtern zu. Sie sind mit »The Holy City« zu Ende und haben allein »The Westminster Carol« angestimmt. Sie sehen albern aus, aber was können sie dafür? Singen ist nun einmal etwas Albernes. Frances denkt nicht daran, dass sie ihr Lächeln bemerken und später darüber sprechen könnten, weil sie sicher sind, dass sie sich im Flur mit Ted getroffen hat. Da Frances glaubt, ihre Affäre sei ein Geheimnis, beweist sie damit eindeutig das völlige Fehlen von Kleinstadtinstinkten, ein Vertrauen und eine Unbesonnenheit, die ihr nicht bewusst sind. Und genau das meinen die Leute, wenn sie von Frances sagen: »Man merkt deutlich, dass sie weg gewesen ist.« Sie war nur vier Jahre weg – am Konservatorium. In Wirklichkeit mangelte es ihr schon immer an Vorsicht. Sie ist groß, zartgliedrig, hat schmale Schultern und die schnellen Bewegungen der Außenseiterin, den beschäftigten Gesichtsausdruck, die hohe, drängende Stimme. Mit der Unschuld der Außenseiterin hält sie sich für unbeobachtet, wenn sie mit Musikbüchern im Arm durch die Stadt stürmt und jemandem auf der anderen Straßenseite etwas über ihre wechselvollen und scheinbar beinahe unmöglichen Lebensumstände mitteilt.

Sag Bonnie, sie soll nicht vor 15.30 kommen!

Hat man Ihnen die Schlüssel gegeben? Ich habe sie im Büro gelassen.

Schon als kleines Mädchen legte sie dieses Verhalten an den Tag, als sie entschlossen war, Klavier spielen zu lernen, obwohl es in der Wohnung über dem Haushaltswarengeschäft, in der sie mit ihrer Mutter und ihrem Bruder lebte (die Mutter, eine Witwe, arbeitete gegen schlechte Bezahlung im Laden), kein Klavier gab. Irgendwie gelang es, die fünfunddreißig Cents in der Woche aufzubringen; aber ein Klavier bekam sie nur bei der Lehrerin zu sehen. Zu Hause übte sie auf Tasten, die sie auf ein Fensterbrett gemalt hatte. Es gab einmal einen Komponisten – war es Händel? –, der bei geschlossener Tür auf dem Dachboden Cembalo übte, damit sein Vater nicht merkte, wie sehr er der Musik verfallen war. (Wie es ihm gelang, ein Cembalo unbemerkt auf den Dachboden zu bringen, ist eine interessante Frage.) Wäre Frances eine berühmte Pianistin geworden, wäre die Tastatur auf dem Fenstersims – über der kleinen Straße und dem geschwungenen Dach der Rollschuhbahn – eine ebensolche Legende geworden.

»Glaub ja nicht, du seist ein Genie«, hatte Paul ebenfalls gesagt, »das bist du nämlich nicht.« Hatte sie das geglaubt? Sie dachte, die Zukunft halte etwas Außergewöhnliches für sie bereit. Sie stellte sich das nicht einmal deutlich vor, sondern verhielt sich einfach so, als glaube sie daran. Sie kam nach Hause zurück und gab Musikunterricht: montags an der High-School, mittwochs in der Grundschule, dienstags und donnerstags in den kleinen Schulen auf dem Land. Samstags übte sie Orgel und unterrichtete Privatschüler. Sonntags spielte sie die Orgel in der United Church.

»Treibe mich immer noch in dieser großen Kulturmetropole herum«, schrieb sie auf die Weihnachtskarten an die alten Freunde vom Konservatorium. Die Vorstellung blieb, dass sie, wenn ihre Mutter einmal gestorben und sie frei war, ein anderes, nur unklar vorgestelltes, aber unermesslich befriedigenderes Leben beginnen würde.

Die Antworten, die sie erhielt, klangen oft ebenso ungläubig und fassungslos: *Noch ein Baby, und wie du dir sicher vorstellen kannst, beschäftigen sich meine Hände weit häufiger mit Windeln als mit den Tasten.* Sie waren alle Anfang dreißig, in einem Alter, in dem es manchmal schwer fällt zuzugeben, dass das Leben, das man führt, das Leben sein soll.

Draußen neigen sich die Bäume im Wind, und der Schnee verwischt ihre Umrisse: ein kleinerer Schneesturm, nicht weiter bemerkenswert in diesem Teil des Landes. Auf der Fensterbank steht eine zerbeulte Tintenkanne aus Messing mit einer langen Schnauze, ein vertrauter Gegenstand, und Frances muss an Tausendundeine Nacht oder Ähnliches denken – etwas, das ein unbekanntes, stummes, entzückendes Versprechen in sich birgt.

»Hallo, wie geht's?«, fragte Ted, als sie sich nach vier im Flur trafen. Dann fügte er leiser hinzu: »Materialraum. Ich komme sofort.«

»Gut«, erwiderte Frances. »*Gut.*« Sie ging ins Klassenzimmer zurück, um ein paar Musikbücher wegzuräumen und das Klavier zu schließen. Sie machte sich zu schaffen, bis alle Schüler gegangen waren, dann lief sie die Treppe hinauf in den Naturkunderaum und in die große fensterlose Kammer dahinter – Teds Materialraum. Er war noch nicht da. Dieser Raum war eine Art Vorratskammer mit Regalen an den Wänden, auf denen Flaschen mit verschiedenen Chemikalien standen – Kupfersulfat erkannte sie als Einziges, ohne auf das Etikett schauen zu müssen, denn sie erinnerte sich an seine schöne Farbe –, Bunsenbrenner, Kolben, Reagenzgläser, ein menschliches Skelett, das Skelett einer Katze, Organteile in Flaschen, vielleicht auch ganze Tiere; sie sah sich nicht allzu genau um, und außerdem war es dunkel.

Sie fürchtete, der Hausmeister könne hereinkommen, oder sogar ein Schüler, der unter Teds Anleitung an irgendeinem Projekt arbeitete, das mit Froschlaich oder Schimmel zu tun hatte (aber dafür war es sicher nicht die richtige Jahreszeit). Was wäre, wenn sie zurückkamen und etwas suchten? Sie hörte Schritte, und ihr Herz begann heftig zu klopfen. Als sie erkannte, dass es Ted war, beruhigte es sich nicht, sondern schien nur das Tempo zu wechseln; jetzt klopfte es nicht vor Furcht, sondern in heftiger, überwältigender Erwartung. Und das machte ihr, wenn auch auf angenehme Weise, ebenso heftig zu schaffen wie die Angst; sie glaubte beinahe zu ersticken.

Sie hörte, wie er die Tür verschloss.

Sie sah ihn gleichzeitig auf zweierlei Weise, als er im Eingang des Materialraums erschien und die Tür fast zuzog, so dass sie beinahe im Dunkeln standen. Zuerst sah sie ihn wie vor ungefähr einem Jahr; und er war jemand, mit dem sie nichts zu tun hatte. Ted Makkavala, der Naturkundelehrer, nicht im Krieg, obwohl noch nicht vierzig. Er hatte eine Frau und drei Kinder. Vielleicht hatte er einen Herzfehler oder etwas Ähnliches; er wirkte müde. Ein großer, leicht gebeugter, dunkelhäutiger, dunkelhaariger Mann mit gereiztem, humorvollem Gesichtsausdruck und Augen, die müde blickten und doch leuchteten. Man konnte annehmen, dass er sie ähnlich sah, wie sie unentschlossen und erschrocken vor ihm stand, den Mantel über den Arm gelegt und die Stiefel in der Hand, da sie es für unklug gehalten hatte, sie im Lehrerzimmer zurückzulassen. Einen Augenblick lang bestand die Möglichkeit, dass es ihnen nicht gelang umzuschalten und sich mit anderen Augen zu sehen; sie würden sich nicht daran erinnern, wie der Übergang gelang, oder die Gnade wurde ihnen nicht zuteil. Und was taten sie denn an diesem Ort, wenn das geschehen konnte?

Als er die Tür schloss, sah sie ihn wieder; das Gesicht im Profil, den Schwung der Wangenknochen, ein wunderbarer, glatter tatarischer Schwung. Sie empfand das Schließen der Tür als etwas Verstohlenes und Unbarmherziges und wusste, nichts auf der Welt konnte verhindern, dass sie umschalteten: Es war bereits geschehen!

Dann das Übliche: Lecken und Drücken, Zungen und Körper, spielend, verletzend, tröstend. Aufforderungen, Aufmerksamkeiten. In der Zeit mit Paul hatte sie sich manchmal gefragt, ob das Ganze ein Schwindel sein könne, so etwa wie des Kaisers neue Kleider, ob niemand wirklich empfand, was er vorgab; Paul und sie empfanden es mit Sicherheit nicht. Ein schreckliches Gefühl von Entschuldigung, Zurückhaltung und Peinlichkeit umgab die ganze Angelegenheit; das Schlimmste daran waren das Stöhnen, die Zärtlichkeiten und Versicherungen, die sie sich abringen mussten. Aber nein, es war kein Schwindel, es war alles echt und überstieg alles. Und auch die Zeichen dafür, dass es geschehen konnte – die ineinander versenkten Augen, der Schauer, der ihr über den Rücken lief, all die elementaren Torheiten –, waren echt.

»Wie viele andere kennen das?«, fragte sie Ted.

»Oh, nicht viele. Vielleicht ein Dutzend oder so …«

»Ich glaube, das bleibt die Ausnahme.«

»Nun ja, das wird sich bei der Masse nie durchsetzen.«

Zwischen den Regalen war nur wenig Platz. Außerdem gab es hier viele zerbrechliche Gegenstände. Und weshalb war sie nicht vernünftig genug gewesen, die Stiefel abzustellen und den Mantel fallen zu lassen? Um ehrlich zu sein, sie hatte eine so lange und zielstrebige Umarmung nicht erwartet. Frances hatte geglaubt, er würde ihr etwas sagen.

Ted öffnete die Tür einen Spalt, damit mehr Licht hereinfiel. Er nahm ihr die Stiefel ab und stellte sie vor die Schwelle. Dann nahm er ihr den Mantel ab. Aber anstatt ihn draußen aufzuhängen, breitete er ihn auf dem Fußboden aus. Zum ersten Mal hatte sie im letzten Frühling erlebt, dass er etwas Ähnliches tat. Im kalten, noch immer unbelaubten Wald hatte er die Windjacke ausgezogen und sie auf den Boden gelegt. Diese schlichte Vorbereitung hatte sie tief ergriffen – die Art, wie er die Jacke öffnete und sie ohne eine Frage, ohne einen Zweifel auf dem Waldboden glatt strich ... erst da wusste sie sicher, was geschehen würde. Sein Blick war so sanft, fest und fatalistisch. Die Erinnerung bewegte sie, als er sich in dem engen Gang niederkniete und ihren Mantel ausbreitete. Gleichzeitig überlegte sie: Heißt das, er kann am Mittwoch nicht kommen, wenn er es jetzt tun will? Sie trafen sich regelmäßig Mittwochabend nach den Chorproben in der Kirche. Frances blieb in der Kirche und spielte Orgel, bis alle nach Hause gegangen waren. Gegen elf ging sie hinunter, schaltete die Lichter aus und wartete an der Hintertür, der Tür zur Sonntagsschule, um ihn hereinzulassen. Sie hatten sich diesen Platz ausgedacht, als es draußen zu kalt wurde. Sie wusste nicht, welche Erklärungen er seiner Frau gab.

»Zieh dich aus.«

»Das können wir hier doch nicht«, erwiderte Frances, obwohl sie wusste, sie würden es tun. Sie zogen sich immer völlig aus, hatten es selbst damals, beim ersten Mal, im Wald getan; sie hätte nie für möglich gehalten, dass sie die Kälte so wenig spüren würden.

Nur einmal hatten sie es in der Schule, hier in diesem Raum getan – in den Sommerferien, kurz nach Einbruch der Dunkelheit. Das Holz im Klassenzimmer war damals gerade frisch gestrichen; es hatte keine warnenden Hinweisschilder gegeben. Weshalb auch? In den Ferien würde normalerweise niemand hereinkommen. Die Farbe roch stark genug, als sie es schließlich bemerkten. Sie hatten sich irgendwie herumgewälzt, und ihre Beine lagen in der Türöffnung. Sie verschmierten sich beide mit Farbe vom Türrahmen.

Glücklicherweise hatte Ted an diesem Abend Shorts getragen – damals ein merkwürdiger Anblick in der Stadt –, und er konnte Greta die Wahrheit sagen, nämlich, dass er sich an der frisch gestrichenen Tür die Beine verschmiert hatte, als er etwas aus dem Naturkundezimmer holen wollte, ohne erklären zu müssen, weshalb seine Beine nackt gewesen waren. Frances musste ihrer Mutter keine Erklärung geben; ihr fiel so etwas nicht mehr auf. Sie wusch den Halbmond aus Farbe (dicht über dem Fußknöchel) nicht ab; sie wartete, bis er von selbst verschwand, und freute sich bei seinem Anblick in dem Bewusstsein, es gab ihn; ebenso wie sie sich über die dunklen Flecken, die Bisse an Oberarmen und Schultern freute, die sie mühelos unter langen Ärmeln verbergen konnte, was sie aber oft unterließ. Dann fragten sie die Leute: »Wie kommst du denn zu diesen schrecklichen Prellungen?« Und sie antwortete: »Ach, ich weiß nicht! Ich bin so empfindlich. Jedes Mal, wenn ich mich ansehe, entdecke ich einen neuen Fleck.« Adelaide, ihre Schwägerin, die Frau ihres Bruders, wusste als einzige Bescheid und suchte nach Gelegenheiten, um entsprechende Bemerkungen zu machen.

»Aha, du bist wieder bei deinem Kater gewesen. Hab ich Recht? Hab ich Recht?« Sie lachte und berührte die Stelle sogar mit dem Finger.

Frances hatte es nur Adelaide erzählt. Ted erklärte, er habe niemandem etwas gesagt, und sie glaubte ihm. Er wusste auch nicht, dass sie Adelaide ins Vertrauen gezogen hatte, und inzwischen wünschte sie, es nicht getan zu haben. Sie mochte Adelaide nicht genug, um sie zu ihrer Vertrauten zu machen. Es war alles so vulgär, so entwürdigend; sie hatte es nur getan, um sich vor jemandem brüsten zu können. Wenn Adelaide in dieser rohen, herausfordernden, erregten und unbewusst eifersüchtigen Weise *Kater* sagte, war Frances zufrieden und erregt, obwohl sie sich natürlich auch schämte. Es hätte sie mit Entsetzen erfüllt, sich vorzustellen, Ted habe auf ähnliche Art jemanden ins Vertrauen gezogen.

An dem Abend, an dem sie sich mit Farbe verschmierten, war es heiß; die ganze Stadt wartete ermattet und gereizt auf den Regen, der gegen Morgen mit einem Gewitter einsetzte. Wenn Frances an diesen Tag zurückdachte, standen ihr immer Blitze vor Augen, eine verrückte und zermalmende, schmerzhafte Lust. Sie erinnerte sich an jedes einzelne Zusammentreffen und erlebte es in Gedanken immer wieder. Alle besaßen einen bestimmten Code und ein immer wieder anderes Gefühl. Den Abend im Naturkunderaum beherrschten Blitze und die feuchte Farbe. Das eine Mal bei strömendem Regen im Auto am Nachmittag überließen sie sich schläfrigen Rhythmen; damals waren sie so zufrieden und schläfrig, dass sie sich kaum dazu durchringen konnten, irgendwas zu tun. In der Erinnerung besaß dieses Treffen ein sanftes, rundes Gefühl; die Rundung kam von dem strömenden Regen auf der Windschutzscheibe, der sie an zurückgeschlagene Vorhänge erinnerte.

Seit sie sich regelmäßig in der Kirche trafen, veränderte sich das Schema nicht allzu sehr: Ein Mittwoch glich weitgehend dem anderen.

»Alles«, sagte Ted beruhigend. »Es ist schon in Ordnung.«

»Der Hausmeister.«

»Keine Angst, er ist hier fertig.«

»Woher weißt du das?«

»Ich habe ihn darum gebeten, hier alles in Ordnung zu bringen, damit ich in Ruhe arbeiten kann.«

»Arbeiten«, kicherte Frances und kämpfte sich aus ihrer Bluse und dem BH. Er hatte ihr die Knöpfe vorne geöffnet, aber es gab noch sechs Knöpfe an jedem Ärmel. Ihr gefiel die Vorstellung, dass Ted das Ganze geplant hatte. Sie stellte sich genussvoll vor, wie die zielstrebige Lüsternheit in ihm den Nachmittag über gewirkt hatte, während er seine Klasse unterrichtete. In anderer Hinsicht gefiel ihr die Idee überhaupt nicht. Sie kicherte, um ein Erschrecken und eine Enttäuschung zu überdecken, die sie nicht wahrhaben wollte. Sie küsste die gerade Haarlinie, die von den Schamhaaren wie ein Stamm über seinen Bauch bis hinauf zu dem weichen symmetrischen Busch auf seiner Brust verlief. Trotz allem war sein Körper ihr guter Freund. Sie sah das dunkle, flache, tränenförmige Mal, das ihr (und Greta?) vermutlich vertrauter war als ihm. Der diskrete Nabel, die lange Narbe von der Magengeschwüroperation, die Blinddarmnarbe. Die rauen Schamhaare und der rötliche fröhliche Penis, ein aufrechter und geschickter Arbeiter; die kurzen, drahtigen Haare in ihrem Mund.

Dann klopfte es an die Tür.

»Psst. Keine Angst, sie gehen schon wieder.«

»Mr Makkavala!«

Es war die Sekretärin.

»Psst. Sie geht schon wieder.«

Die Sekretärin stand draußen im Flur und überlegte, was sie tun sollte. Sie war ziemlich sicher, dass Ted sich im Zimmer befand und dass Frances bei ihm war. Wie beinahe jeder in der Stadt wusste sie seit einiger Zeit von dem Verhältnis. (Zu den wenigen Leuten, die scheinbar nichts wussten, gehörten Teds Frau Greta und die Mutter von Frances. Greta pflegte so wenig gesellschaftliche Kontakte, dass niemand eine Möglichkeit fand, es ihr zu sagen. Die Leute hatten auf unterschiedliche Weise versucht, es der alten Mrs Wright beizubringen, doch sie schien es nicht zu begreifen.)

»Mr Makkavala!«

Frances sah, wie der Arbeiter vor ihren Augen die Farbe verlor, schlaff wurde, sanft und verloren wirkte.

»Mr Makkavala! Es tut mir Leid, aber Ihr Sohn ist ums Leben gekommen.«

Teds Sohn, der zwölfjährige Bobby, war nicht tot, doch das wusste die Sekretärin nicht. Man hatte ihr gesagt, vor dem Postamt sei ein Unfall, ein schrecklicher Unfall geschehen. Der Junge der O'Hares und der kleine Makkavala seien dabei umgekommen. Bobby war schwer verletzt und wurde sofort im Krankenwagen nach London gebracht. Infolge des Schneesturms dauerte die Fahrt beinahe vier Stunden. Ted und Greta folgten in ihrem Wagen.

Sie saßen im Wartezimmer des Victoria Krankenhauses. Teds Blick fiel auf die alte Königin, die mürrische Witwe in einem Buntglasfenster. Sie sah wie eine Heilige aus – aber was für eine unzulängliche Heilige! Eine Rivalin, nahm er an, des Heiligen Joseph aus Gips im anderen Krankenhaus, der die Arme ausbreitete und jeden Moment auf den Betrachter zu fallen drohte. Er war auch nicht besser. Ted dachte daran, es Frances zu erzählen. Wenn ihn etwas belustigte oder wütend machte – oft geschah das gleichzeitig –, dachte er daran, es Frances zu erzählen. Das schien ihn zu befriedigen – wie es einen anderen Mann vielleicht befriedigte, einen Leserbrief zu schreiben.

Er dachte daran, sie anzurufen, aber nicht um ihr das mit der Königin Victoria zu sagen – nicht jetzt –, sondern um sie wissen zu lassen, was geschehen war und dass er sich in London befand. Er hatte ihr auch noch nicht gesagt, dass er sie am nächsten Mittwochabend nicht treffen konnte. Er hatte es ihr hinterher sagen wollen. Hinterher. Jetzt war es unwichtig. Alles hatte sich verändert. Und von hier konnte er sie nicht anrufen. Die Telefone befanden sich in Sichtweite des Wartezimmers.

Greta erklärte, sie habe eine Cafeteria gesehen oder ein Schild mit einem Pfeil, der zur Cafeteria wies. Es war schon nach neun, und sie hatten noch nichts zu Abend gegessen.

»Du musst etwas essen«, sagte Greta und meinte damit nicht unbedingt Ted, sondern sie hielt sich dabei an ihre Grundsätze. Vielleicht hätte sie in diesem Moment gern Finnisch gesprochen. Mit Ted unterhielt sie sich nie Finnisch. In seinem Elternhaus hatte man Nachdruck auf Englisch gelegt, und deshalb sprach er nur ein paar Worte Finnisch. In Gretas Elternhaus war es genau umgekehrt gewesen. In Hanratty gab es niemanden, mit dem sie Finnisch sprechen konnte. Das war eins ihrer Probleme. Die hohe

Telefonrechnung war ihr größter Luxus, denn Ted hatte das Gefühl, nichts gegen die langen, öde klingenden, aber offensichtlich belebenden Gespräche mit ihrer Mutter und ihren Schwestern einwenden zu können.

Sie nahmen sich Schinken- und Käsebrötchen und Kaffee. Greta entschied sich noch für ein Stück Rosinenkuchen. Ihre Hand verharrte einen Augenblick darüber, ehe sie es nahm – vielleicht weil sie sich nicht sofort entscheiden konnte, welchen Kuchen sie wollte. Vielleicht zögerte sie, zu einem solchen Zeitpunkt und vor den Augen ihres Mannes Kuchen zu essen. Als sie sich setzten, dachte Ted daran, dass jetzt der Moment gekommen sei, sich zu entschuldigen, um ans Telefon zu gehen und Frances anzurufen.

Er betrachtete Gretas breites weißes Gesicht und ihre blassen Augen, während sie sich hingebungsvoll, vielleicht hoffnungsvoll dem Essen widmete. Sie aß, um ihre Panik zu unterdrücken, so wie er an die Königin Victoria und den Heiligen Joseph dachte. Er wollte sich gerade entschuldigen und aufstehen, als ihn urplötzlich die Vorstellung überfiel, sein Sohn würde sterben, wenn er Frances anriefe. Wenn er sie nicht anrief, wenn er nicht einmal an sie dachte, wenn er sie völlig aus seinem Leben verbannte, konnte er Bobbys Überlebenschancen vergrößern, seinen Tod verhindern. Was für ein Haufen Unsinn, was für ein Aberglaube überfiel ihn so unerwartet? Es gelang ihm nicht, diese Gedanken zum Schweigen zu bringen oder beiseite zu schieben. Und wenn es noch schlimmer kommen sollte? Wenn sich ihm als nächste Idee ein sinnloser Handel aufdrängte? Glaube an Gott, an den lutherischen Gott, versprich wieder in die Kirche zu gehen, tu es sofort, *jetzt*, und Bobby wird nicht sterben! Gib Frances auf! Gib sie für immer auf, und Bobby wird nicht sterben!

Gib Frances auf!

Wie dumm und unfair – und doch wie leicht, Frances entehrt auf eine Seite zu stellen und das verletzte Kind – sein armes, zerschmettertes Kind, das einmal, nur einmal die Augen geöffnet hatte, in denen eine blinde Frage lag, der Anspruch auf sein zwölfjähriges Leben – auf die andere Seite. Unschuld und Verderbtheit. Bobby – Frances; was für eine Vereinfachung. Was für ein machtvoller Unsinn.

Bobby starb. Seine Rippen waren gebrochen, ein Lungenflügel durchbohrt. Am meisten rätselten die Ärzte darüber, weshalb er nicht früher gestorben war. Doch er starb vor Mitternacht.

Sehr viel später berichtete Ted Frances nicht nur von der absurden Königin, sondern auch von der Mahlzeit in der Cafeteria, von seinen Überlegungen, sie anzurufen, und den Gründen, aus denen er es unterlassen hatte. Er erzählte von seinen Gedanken an einen Handel – er berichtete ihr alles, aber nicht als Geständnis, sondern als etwas Interessantes, als ein Beispiel dafür, wie selbst der rationalste Geist rückfällig werden und zu Kreuze kriechen konnte. Er dachte nicht daran, dass es sie schmerzen könnte, dies zu hören, nachdem er sich schließlich so eindeutig für sie entschieden hatte.

Frances wartete noch ein paar Augenblicke allein im Materialraum, nachdem sie sich angezogen, zugeknöpft hatte und in Mantel und Stiefel geschlüpft war. Sie dachte an nichts. Sie blickte auf die Skelette. Das menschliche Skelett schien kleiner als ein Mann zu sein, während das der Katze größer und länger als eine Katze wirkte.

Sie verließ das Schulgebäude, ohne jemandem zu begegnen. Sie stieg in ihren Wagen. Weshalb hatte sie Mantel und Stiefel aus der Garderobe geholt, damit es so aussah, als sei sie nach Hause gegangen, wenn jeder sehen konnte, dass ihr Wagen noch hier stand?

Frances fuhr einen alten Wagen, einen 1936er Plymouth. Nachdem sie die Stadt verlassen hatte, stand vielen Leuten ein Bild von ihr vor Augen: Frances sitzt am Steuer ihres stehen gebliebenen Autos und versucht alles Mögliche (sie war bereits zu spät für irgendeine Verabredung), um ihn wieder in Gang zu setzen, während der Wagen sich stotternd und qualmend weigert, anzuspringen. Oder – wie jetzt: Sie hat das Fenster heruntergekurbelt, sie streckt den unbedeckten Kopf in den fallenden Schnee und versucht, mit durchdrehenden Rädern, den Wagen aus einer Schneeverwehung zu befreien; ihr Gesichtsausdruck verkündet, dass sie nicht erwartet, der Wagen würde je etwas anderes tun, als zu bocken und sich ihr zu widersetzen; aber trotzdem würde sie bis zum letzten Atemzug kämpfen.

Schließlich kam sie in Fahrt und rollte den Hügel hinunter zur Hauptstraße. Sie wusste nicht, was mit Bobby geschehen war und um was für einen Unfall es sich handelte. Sie hörte nicht, was gesprochen wurde, nachdem Ted sie verlassen hatte. Die Geschäfte in der Hauptstraße waren freundlich erleuchtet. Auf der Straße bewegten sich neben den Autos auch Pferde (die Straßen der Stadt wurden damals nicht von Schneepflügen geräumt); ihr tröstlicher Atem stieg dampfend in die Luft. Mehr Menschen als gewöhnlich schienen herumzustehen, zu reden oder nicht zu reden, schienen sich einfach nicht trennen zu wollen. Auch ein paar Ladenbesitzer waren herausgekommen und standen in Hemdsärmeln im Schnee. Die Kreuzung vor der Post schien blockiert zu sein. Die Leute blickten in diese Richtung.

Sie parkte hinter dem Haushaltswarengeschäft und stürmte die lange Außentreppe nach oben, die sie am Morgen von Eis und Schnee befreit hatte und die sie noch einmal würde räumen müssen. Frances hatte das Gefühl, in ein Versteck zu flüchten. Aber es gelang ihr nicht; Adelaide war da.

»Frances! Bist du es?«

Frances zog den Mantel im Flur des Hintereingangs aus und überprüfte die Blusenknöpfe. Die Stiefel stellte sie auf die Gummimatte.

»Ich habe es gerade Großmama erzählt! Sie wusste gar nichts davon. Sie hat den Krankenwagen nicht gehört.«

Auf dem Küchentisch stand ein Korb mit sauberer Wäsche, über der ein alter Kopfkissenbezug lag, um sie vor dem Schnee zu schützen. Frances kam in die Küche und war bereit, Adelaide das Wort abzuschneiden, wusste aber, dass sie es nicht konnte, als sie die Wäsche sah. Wenn Frances sehr beschäftigt war, um die Weihnachtszeit oder vor dem Frühjahrskonzert, nahm Adelaide die Wäsche mit nach Hause und brachte sie gebügelt, gebleicht und gestärkt wieder zurück. Sie hatte vier Kinder, doch sie half immer anderen Leuten; sie backte oder kaufte für sie ein, kümmerte sich um die Babys und ging in Häusern ein und aus, in denen es Schwierigkeiten gab. Reine Großzügigkeit! Reine Erpressung!

»Der Wagen von Fred Beecher war voller Blut«, berichtete Adelaide an Frances gewandt, »der Kofferraumdeckel stand offen. Er brachte gerade den Kinderwagen zu seiner Schwägerin, und der Kofferraum war voller Blut ... voller Blut.«

»Fred Beecher war es?«, fragte Frances, denn jetzt führte kein Weg mehr daran vorbei. Sie musste sich alles anhören.

»Hat Fred Beecher den … den Jungen der Makkavalas angefahren?« Sie wusste, dass er Bobby hieß. Natürlich kannte sie die Gesichter und Namen aller Kinder von Ted; doch sie hatte sich angewöhnt, bewusst vage über sie zu sprechen – auch über Ted. Deshalb musste sie selbst jetzt sagen: *der Junge der Makkavalas*.

»Weißt du es auch nicht?«, erkundigte sich Adelaide. »Wo bist du gewesen? Warst du nicht in der High-School? Sind sie nicht gekommen, um ihn zu holen?«

»Das habe ich gehört«, erwiderte Frances. Sie sah, dass Adelaide Tee gekocht hatte. Sie sehnte sich nach einer Tasse, fürchtete sich aber die Teekanne oder Geschirr anzufassen, weil ihre Hände zitterten. »Ich habe gehört, dass sein Sohn ums Leben gekommen ist.«

»Er ist nicht tot, der andere ist tot. Der Junge von den O'Hares. Es waren zwei. Der kleine O'Hare war auf der Stelle tot. Es war schrecklich. Der kleine Makkavala wird es nicht überleben. Sie haben ihn im Krankenwagen nach London gebracht. Er wird es nicht überleben.«

»Oh, oh«, sagte Frances' Mutter. Sie saß am Tisch, und vor ihr lag aufgeschlagen ein Buch. »Oh, oh, die arme Mutter.« Aber sie hatte alles schon einmal gehört.

»Fred Beecher hat sie nicht angefahren. So war es überhaupt nicht«, erklärte Adelaide beinahe ärgerlich Frances. »Sie haben ihren Schlitten an sein Auto gebunden. Er wusste es nicht einmal. Die beiden müssen ihn angebunden haben, als er vor der Schule langsam fuhr, weil die Kinder alle gerade herauskamen. Und dann, am Hügel, folgte ihm ein anderer Wagen, der rutschte und fuhr in sie hinein. Der Schlitten wurde unter Freds Auto geschoben.«

Die alte Mrs Wright stöhnte zustimmend.

»Sie müssen Bescheid gewusst haben. Alle Kinder wissen, dass sie das nicht tun dürfen, trotzdem machen sie es seit Jahren. Irgendwann musste es einfach passieren. Es war so schrecklich«, sagte Adelaide und starrte Frances an, wie um ihr eine stärkere Reaktion abzunötigen. »Jeder, der es mit angesehen hat, sagt, er wird es nie vergessen. Fred Beecher musste sich im Schnee übergeben ... direkt vor der Post ... oh, das Blut.«

»Schrecklich«, sagte Frances' Mutter. Ihr Interesse war ziemlich geschwunden. Vermutlich dachte sie ans Abendessen. Ab drei Uhr nachmittags wuchs ihr Interesse am Abendessen. Wenn Frances spät nach Hause kam – wie heute – oder sie spät am Nachmittag jemand besuchte, zweifellos im Glauben, sie würde sich über einen Gast freuen, wurde die Mutter immer aufgeregter, weil sie fürchtete, das Abendessen würde zu spät auf den Tisch kommen. Sie versuchte sich zu beherrschen, wurde überaus freundlich, unterhielt sich eifrig, suchte in ihrem Vorrat an Phrasen und Floskeln, gab sie eine nach der anderen von sich, in der Hoffnung, der Besucher sei bald zufrieden gestellt und würde gehen.

»Hast du die Koteletts mitgebracht?«, erkundigte sie sich bei Frances.

Natürlich hatte Frances sie vergessen. Sie hatte versprochen, panierte Schweinekoteletts zu machen, und sie war nicht beim Fleischer gewesen. Sie hatte es vergessen.

»Ich geh noch einmal einkaufen.«

»Ach, das ist nicht nötig.«

»Der Unfall hat sie zu sehr beschäftigt«, sagte Adelaide. »Bei uns gab's gestern Abend Koteletts, im Ofen gebacken, mit Buttermais. Es hat wirklich gut geschmeckt.«

»Also, Frances paniert die Koteletts.«

»Ach, das tu ich auch. So schmecken sie auch gut. Aber

manchmal will man halt etwas anderes. Ich habe gesehen, wie der Vater des kleinen O'Hare aus dem Bestattungsinstitut kam. Er sah schrecklich aus. Er wirkte wie ein Sechzigjähriger.«

»Er hat sich die Leiche angesehen«, erklärte die Mutter. »Ein Omelette tut es auch.«

»Wirklich?«, fragte Frances, die den Gedanken nicht ertragen konnte, noch einmal aus dem Haus zu müssen.

»Ja, und wir sparen Fleischmarken.«

»Ist das nicht furchtbar mit den Lebensmittelmarken? Er kann sie noch nicht gesehen haben ... nicht bei der vielen Arbeit, die daran nötig ist. Er hat wohl einen Sarg ausgewählt.«

»Vielleicht.«

»Nein, nein, er ist noch nicht hergerichtet. Er liegt vermutlich noch auf dem Stein.«

Adelaide sagte *auf dem Stein* mit solcher Emphase, mit so viel Energie, als habe sie gerade einen großen nassen Fisch auf den Tisch geklatscht. Einer ihrer Onkel war Leichenbestatter in einer anderen Stadt. Sie war stolz auf diese Verwandtschaft und stolz auf ihre Fachkenntnisse. Natürlich begann sie, über die Arbeit ihres Onkels an Unfallopfern zu sprechen. Sie erzählte von einem Jungen, der skalpiert worden war. Der Onkel hatte sein Aussehen wieder hergestellt, indem er beim Friseur Haare aus dem Papierkorb holte, sie mischte, um genau die richtige Farbe zu treffen. Er hatte eine ganze Nacht gearbeitet. Die Familie des Jungen stand sprachlos vor dem Ergebnis, so natürlich sah der Junge wieder aus. Es ist eine Kunst, erklärte Adelaide, wenn jemand sein Handwerk so versteht wie er.

Frances dachte, das müsse sie unbedingt Ted erzählen.

Sie erzählte ihm oft Dinge, die Adelaide gesagt hatte. Dann erinnerte sie sich wieder …

»Sie können natürlich den Sargdeckel auch geschlossen halten«, verkündete Adelaide, nachdem sie erklärt hatte, wie schlecht dieser Leichenbestatter im Vergleich zu ihrem Onkel sei. »War es der einzige Sohn der Makkavalas?«, fragte sie Frances.

»Ich glaube.«

»Sie tun mir Leid. Und sie haben hier keine Angehörigen. Sie spricht nicht einmal allzu gut Englisch, nicht wahr? Die O'Hares sind Katholiken und haben natürlich noch vier oder fünf Söhne. Weißt du, dass der Priester gekommen ist, obwohl er schon tot war? Er hat trotzdem noch alles gemacht.«

»Oh, oh«, sagte Frances' Mutter missbilligend. In dieser Missbilligung lag im Grund nur wenig Feindseligkeit gegen Katholiken. Sie war ein Höflichkeitsbeweis, den Protestanten einander schuldig waren.

»Ich muss doch nicht zur Beerdigung gehen … oder?« Auf ihr Gesicht trat immer ein besorgter, verstockter Ausdruck, wenn die Möglichkeit bestand, dass sie sich einem Kranken oder Toten nähern sollte. »Wie heißen sie denn eigentlich?«

»O'Hare …«

»Ah ja, Katholiken.«

»Und Makkavala.«

»Ich kenne sie nicht … oder? Sind es Ausländer?«

»Finnen, aus Nordontario.«

»Das habe ich mir gedacht. Ich dachte, das klingt nach Ausländern. Dann muss ich nicht hingehen.«

Frances musste noch einmal aus dem Haus. Abends ging sie in die Leihbücherei, um die Bücher für ihre Mutter zu holen. Sie brachte ihrer Mutter jede Woche drei neue Bücher aus der Leihbücherei. Ihre Mutter freute sich, wenn sie ein schönes dickes Buch sah. Daran hat man lange zu lesen, sagte sie dann, so wie sie sagte, dass man einen Mantel lange tragen und eine Decke lange benutzen konnte. Das Buch war im Grunde genau das Gleiche wie eine warme, dicke Daunendecke, die sie über sich ziehen und in die sie sich schmiegen konnte. Wenn sie sich dem Ende näherte, und ihre Decke dünner und dünner wurde, zählte sie die restlichen Seiten und fragte: »Hast du mir noch ein Buch mitgebracht? Ach, ja, da ist es ja. Jetzt erinnere ich mich. Na ja, dann habe ich ja immer noch eins, wenn ich mit dem hier fertig bin.«

Doch es kam immer der Zeitpunkt, da sie das letzte Buch ausgelesen hatte und warten musste, bis Frances drei weitere Bücher aus der Leihbücherei holte. (Glücklicherweise konnte Frances nach kurzer Zeit, etwa nach drei oder vier Monaten, die Bücher noch einmal mitbringen. Ihre Mutter versank von neuem darin, erzählte sogar etwas über den Inhalt und bruchstückhaft über die Figuren, als seien sie ihr völlig neu.) Frances forderte ihre Mutter auf, Radio zu hören, während sie warten musste. Ihre Mutter weigerte sich nie, etwas zu tun, wenn man es ihr auftrug. Doch das Radio schien sie nicht zufrieden zu stellen. Solange sie sozusagen ohne Decke war, ging sie vielleicht ins Wohnzimmer und holte ein altes Buch aus dem Bücherschrank – etwa *Jacob Faithful* oder *Lorna Doone* – und setzte sich damit zusammengekrümmt auf einen niedrigen Hocker und begann darin zu lesen. Ein anderes Mal schlurfte sie vielleicht von Zimmer zu Zimmer. Dabei hob sie ihre Füße nur vom Boden, um über eine Schwelle zu steigen; sie hielt sich an den Möbeln fest, stieß blind gegen Wände, weil sie das Licht nicht eingeschaltet hatte, war ganz schwach, weil sie nur noch so selten lief. Eine erschreckende Unruhe erfasste sie; eine Art Zeitlupenpanik überfiel sie, wenn sie weder Bücher, Essen oder Schlaftabletten hatte, um sie zu unterdrücken.

Frances war empört, weil ihre Mutter an diesem Abend fragte: »Was ist mit meinen Büchern?« Die Gefühllosigkeit der Mutter, ihre Ichbezogenheit, ihre Gebrechlichkeit, ihr Überleben, die jämmerlichen dünnen Beine und Arme, von denen die Haut wie zerknitterte Ärmel herabhing, empörten sie. Doch ihre Mutter war nicht gefühlloser als sie selbst. Frances ging am Postamt vorbei, wo nichts mehr auf den Unfall hinwies. Sie sah nur neu gefallenen Schnee – Schnee, der aus dem Süden von London kam und durch die Straßen wirbelte (er musste zurückkommen; was auch geschehen mochte, er musste zurückkommen). Zorn auf den Jungen erfasste sie. Sie dachte empört an seine Dummheit, an das dumme Risiko, an seine Angeberei, weil er in das Leben anderer Menschen, in ihr Leben eingedrungen war. Im Augenblick konnte sie es nicht ertragen, überhaupt an jemanden zu denken – zum Beispiel an Adelaide. Ehe Adelaide ging, folgte sie Frances in das Schlafzimmer, wo Frances die Satinbluse auszog, weil sie sich damit nicht an den Herd stellen konnte. Sie hatte die Bluse bereits aufgeknöpft und beschäftigte sich mit den Knöpfen an den Ärmeln. Sie stand dabei vor Adelaide, wie sie vor kurzem vor Ted gestanden hatte.

»Frances«, erkundigte sich Adelaide flüsternd und erregt, »ist alles in Ordnung?«

»Ja.«

»Du glaubst nicht, dass es damit ihm und dir heimgezahlt wird?«

»Was?«

»Dass Gott es ihm heimzahlt«, sagte Adelaide. Erregung, Zufriedenheit und Selbstzufriedenheit gingen von ihr aus. Vor ihrer Heirat mit dem eigensinnigen, unschuldigen jüngeren Bruder von Frances war sie ein oder zwei Jahre von Männern umworben worden; ihre sexuellen Abenteuer waren allgemein bekannt, und es gab immer neue anzügliche Wortspiele mit ihrem Namen. Sie besaß eine kräftige, mütterliche Figur und schielte leicht. Frances verstand nicht, was sie zu einer solchen Freundschaft, zu diesem Bündnis, oder wie immer man es nennen mochte, getrieben hatte. An den Abenden, wenn Clark die Junior Hockeymannschaft trainierte, hatten sie in Adelaides Küche gesessen, sich Clarks teuren Whiskey in den Kaffee gegossen (sie füllten die Flasche wieder mit Wasser auf); während neben dem Herd die Windeln trockneten und vor ihnen auf dem Tisch ein paar billige Blechschienen der Spielzeugeisenbahn und eine schreckliche, armlose, augenlose Puppe lagen, hatten sie über Sex und Männer gesprochen. Ein beschämender Trost, ein schuldbewusstes Sich-Gehenlassen, ein großer Fehler. Damals tauchte Gott in Adelaides Reden nicht auf. Das Wort *Penis* hatte sie noch nie gehört; sie übte es, konnte sich aber nicht daran gewöhnen. *Specht*, sagte sie. *Er holt seinen Specht heraus*, sagte sie ebenso beunruhigend genussvoll wie sie *auf dem Stein* sagte.

»Du siehst aus, als ob etwas mit dir nicht in Ordnung ist, das kann ich dir sagen«, erklärte sie, »du siehst aus, als habe man dir mit dem Hammer auf den Kopf geschlagen. Du siehst krank aus.«

»Geh nach Hause«, sagte Frances.

Wie würde sie dafür bezahlen müssen?

Zwei Männer befestigten Lichterketten an den Blaufichten vor dem Postamt. Weshalb taten sie es um diese Zeit? Sie mussten vor dem Unfall damit begonnen und dann die Arbeit unterbrochen haben. Sie mussten sich in der Zwischenzeit betrunken haben, zumindest der eine. Cal Callaghan hatte sich in eine Lichterkette verwickelt. Der andere, Boss Creer, der seinen Namen bekommen hatte, weil er niemals der Boss sein würde, stand daneben und wartete darauf, dass Cal sich irgendwann selbst befreite. Boss Creer konnte weder lesen noch schreiben, wusste aber, wie er zu seinem Vorteil kam. Im Laderaum ihres Lastwagens lagen Kränze aus künstlichen Stechpalmen und rote und grüne Girlanden, die noch aufzuhängen waren. Frances hatte mit Konzerten, Aufführungen und beinahe allen öffentlichen Feierlichkeiten, die man sich in der Stadt ausdachte, zu tun und wusste deshalb, wo die Dekorationen aufbewahrt wurden. Sie lagen Jahr für Jahr vergessen auf dem Dachboden des Bürgermeisteramts, und man erinnerte sich erst wieder daran, wenn irgendein Stadtrat sagte: »Wir sollten doch wohl darüber nachdenken, was wir in der Weihnachtszeit machen wollen.« Frances ging an diesen beiden Dummköpfen vorbei, die die Lichter, Girlanden und Kränze schon irgendwie aufhängen würden, und verachtete sie. Die Unfähigkeit, die schäbigen Kränze und Girlanden, diese ordinäre Plackerei – all das wurde durch das irrationale Gefühl einer jahreszeitlichen Verpflichtung in Gang gesetzt. Unter anderen Umständen hätte sie es vielleicht rührend, beinahe bewundernswert gefunden. Sie hätte vielleicht versucht, es Ted zu erklären, der ihr Gefühl der Loyalität gegenüber Hanratty nie verstand. Er sagte, er könne in einer Stadt leben, in den Wäldern, in einer Pioniersiedlung wie der, aus der er kam, aber nicht in einem Ort wie Hanratty, einem so engstirnigen und rohen Ort, der nicht die Kompensation der Wildnis bot, der dicht besiedelt war, ohne die Vielfalt oder das Leben einer Stadt.

Aber hier lebte er.

Sie erinnerte sich, im letzten Sommer den gleichen Abscheu vor allem empfunden zu haben. Ted, Greta und die Kinder waren für drei Wochen in den Norden von Ontario gefahren, um Verwandte zu besuchen. Frances verbrachte die ersten beiden Wochen in dem Cottage am Huron See, das sie immer mietete. Sie nahm ihre Mutter mit, die sich unter die Pappel setzte und las. Frances ging es dort gut. Im Cottage gab es eine alte Ausgabe der Encyclopaedia Britannica, und sie las darin immer und immer wieder den veralteten Beitrag über Finnland. Abends lag sie auf der Veranda, lauschte dem Geräusch der Wellen am Ufer und dachte an Nordontario, wo sie nie gewesen war. Aber als sie in die Stadt zurückkehren musste und er nicht da war, durchlebte sie eine schlimme Zeit. Morgen für Morgen ging sie zum Postamt; aber es kam nie eine Nachricht von ihm. Dann stand sie am Fenster der Post und blickte hinüber zum Bürgermeisteramt, wo ein großes rotweißes Thermometer hing, das den Fortschritt einer Victory Bond Kampagne anzeigte. Sie konnte ihn sich nicht länger in den Häusern seiner Verwandten in Nordontario vorstellen, wo er sich betrank und riesige Mengen aß. Er war abgereist. Er konnte überall sein, überall außerhalb dieser Stadt. Er existierte für sie nur noch in der lächerlichen Agonie der Erinnerung. Damals hasste sie alles; sie konnte sich kaum eine höfliche Antwort abringen. Sie hasste die Menschen, die Hitze, das Bürgermeisteramt, das Victory

Bond Thermometer, die Gehwege, die Gebäude, die Stimmen. Hinterher fürchtete sie sich, daran zu denken. Sie wollte sich nicht mehr vor Augen führen, dass die ordentlichen, harmlosen Häuser oder der erträgliche Ton der Begrüßungen von der Existenz eines Menschen abhängen konnte, den sie vor einem Jahr noch nicht gekannt hatte, und dass seine Anwesenheit in der Stadt das notwendige Gleichgewicht zu ihrem eigenen Leben schuf, selbst wenn sie ihn nicht sehen und nichts von ihm hören konnte.

Es war am ersten Abend nach seiner Rückkehr, als sie sich in der Schule trafen und mit der frischen Farbe verschmierten. Damals dachte sie, dass die Zeit ohne ihn sich gelohnt hatte. Es war nur der Preis, den sie zahlen musste. Sie vergaß, wie es gewesen war, so wie die Leute sagen, dass man die Schmerzen einer Geburt von einem zum anderen Kind vergisst.

Jetzt konnte sie sich daran erinnern. Es war nur eine Probe gewesen; sie hatte es selbst ersonnen, um sich zu quälen. Diesmal würde es Wirklichkeit werden. Er würde nach Hanratty zurückkommen, aber nicht zu ihr. Da er mit ihr zusammen gewesen war, als es geschah, würde er sie hassen – zumindest würde er den Gedanken an sie hassen, weil er ihn immer an den Unfall erinnerte. Angenommen, das Kind würde irgendwie mit einer Behinderung überleben. Auch dann würde sich die Lage für Frances nicht bessern. Ted und Greta würden die Stadt verlassen wollen. Er hatte ihr gesagt, dass Greta sich hier nicht wohl fühlte. Es war eines der wenigen Dinge, die sie von ihm über Greta erfahren hatte. Greta war einsam. Sie fühlte sich in Hanratty nicht zu Hause. Wie viel weniger würde es ihr hier jetzt gefallen. In diesem Sommer würde das Wirklichkeit werden, was Frances sich im letzten Sommer vorgestellt hatte. Er befand sich irgendwo da draußen und war wiedervereint mit seiner Frau, die er vermutlich in diesen Minuten in seinen Armen hielt, die er tröstete und mit der er sich in ihrer Muttersprache unterhielt. Er behauptete, mit Greta nicht Finnisch zu sprechen. Frances hatte ihn danach gefragt. Sie konnte sehen, dass ihm die Frage nicht gefiel. Er erklärte, er spreche kaum Finnisch. Sie glaubte es nicht.

Der Ursprung der finno-ugrischen Stämme verliert sich in geheimnisvollem Dunkel, hatte Frances gelesen. Diese Aussage gefiel ihr. Sie hatte nicht geglaubt, dass eine Enzyklopädie so etwas zugeben konnte. Man sprach von den Finnen als Tavastier und Karelier; sie waren bis zum dreizehnten Jahrhundert noch Heiden. Sie glaubten an einen Gott der Luft, der Wälder und des Wassers. Frances lernte die Namen dieser Götter auswendig und überraschte Ted damit. *Ukko. Tapio. Ahti.* Diese Namen waren ihm völlig unbekannt. Die Vorfahren, die er kannte, waren keineswegs diese friedlichen Heiden, friedlich magyarische Waldbewohner, die nach Aussage der Enzyklopädie an manchen Orten den Geistern immer noch Opfer brachten, sondern Nationalisten, Sozialisten und Radikale des neunzehnten Jahrhunderts. Man hatte seine Familie aus Finnland verbannt; Ted hatte nicht gelernt, sich nach den nördlichen Wäldern, den Kiefern und Birken zu sehnen, sondern nach den Versammlungslokalen und den Redaktionen, den Vortragssälen und Lesesälen von Helsinki. In seiner Erinnerung lebten keine heidnischen Zeremonien (Quatsch, kommentierte er, als Frances ihm von den Opfern für die Geister erzählte), sondern eine Zeit mit geheimen Druckerpressen, dem nächtlichen Verteilen von Pamphleten, aussichtslosen

Demonstrationen und ehrenhaften Gefängnisstrafen. Sie demonstrierten gegen Schweden und Russen und machten Propaganda gegen sie. Aber wenn du aus einer kommunistischen Familie kommst, müsste sie doch für die Russen sein, wunderte sich Frances ahnungslos, weil sie die Daten durcheinander brachte. Er sprach von einer Zeit vor der Revolution. Obwohl, es war heute auch nicht anders. Russland hatte Finnland besetzt, und Finnland war offiziell mit Deutschland verbündet. Teds Loyalität konnte sich auf nichts richten. Ganz sicher nicht auf Kanada, denn hier betrachtete man ihn, wie er sagte, als feindlichen Ausländer. Er stand unter polizeilicher Überwachung. Frances konnte das kaum glauben. Und er schien noch stolz darauf zu sein.

Als sie im Herbst zusammen in den kahlen Wäldern spazieren gingen, erzählte er ihr vieles, was sie eigentlich hätte wissen müssen, und sie hätte sich schämen sollen, weil sie es nicht wusste. Er sprach vom Spanischen Bürgerkrieg und den Säuberungsaktionen in Russland. Sie hörte zu, doch ihre Aufmerksamkeit schweifte unter dem Deckmantel ihrer vernünftigen Fragen immer wieder ab, um sie auf einen Zaunpfahl oder ein Erdloch zu richten. Sie folgte dem Gedankengang. Er glaubte an einen generellen Bankrott. Der Krieg, den man allgemein für eine große, aber vorübergehende Krise hielt, war für ihn im Grunde nur ein natürlicher Aspekt dieses Zustands. Jedes Mal, wenn sie hoffnungsvoll auf eine Möglichkeit hinwies, erklärte er, weshalb sie Unrecht hatte, weshalb inzwischen alle Systeme zum Untergang verurteilt waren. Eine verheerende Umwälzung würde auf die andere folgen, bis …

»Was?«

»Bis es zum völligen Zusammenbruch kommt.«

Wie zufrieden er schien, als er das sagte. Wie konnte sie etwas gegen eine Vision einwenden, die ihm solche Befriedigung, solchen Frieden zu schenken schien?

»Du bist so dunkel«, sagte sie und drehte seine Hand in ihrer um. »Ich wusste gar nicht, dass Nordeuropäer so dunkel sind.«

Er erklärte ihr, dass es zwei Menschentypen in Finnland gab – den magyarischen und den skandinavischen, den dunklen und den hellen. Die beiden schienen sich nicht zu vermischen, sondern hielten sich getrennt, und so kamen sie Generation um Generation in einem Distrikt, in einer Familie immer wieder zum Vorschein.

»Gretas Familie ist ein gutes Beispiel«, sagte er, »Greta ist völlig skandinavisch. Sie hat große, lange Knochen. Sie ist dolichozephalisch …«

»Was?«

»Sie ist ein Langkopf; sie hat helle Haut, blaue Augen und helle Haare. Ihre Schwester Kartrud hat olivfarbene Haut, leicht schräg stehende, sehr dunkle Augen. In unserer Familie ist es genauso. Bobby ist wie Greta, Margaret wie ich, Ruth-Ann wie Greta.«

Es bedrückte Frances, aber es machte sie auch neugierig, ihn von Greta und *unserer Familie* sprechen zu hören. Sie fragte nie danach und sprach nie darüber. In der ersten Zeit sprach auch er nicht von ihnen. Er sagte zwei Dinge, die sie sich einprägte. Das eine, dass er Greta geheiratet habe, als er noch mit einem Stipendium an der Universität studierte. Sie war bei ihrer Familie im Norden geblieben, bis er das Examen gemacht und eine Stelle gefunden hatte. Das führte Frances zu der Überlegung, ob Greta schwanger gewesen war. Hatte er sie deshalb geheiratet? Das Zweite – er sagte es ohne besondere Betonung, während er und Frances sich über mögliche Treffpunkte unterhielten –, er sei Greta bisher noch nie untreu gewesen. In ihrer Unschuld oder Eitelkeit hatte Frances das die ganze Zeit über angenommen. Sie hatte keinen Augenblick lang geglaubt, sie könne Teil eines Reigens sein. Aber das Wort *untreu* (er sagte noch nicht einmal *Greta untreu*) ließ auf eine Bindung schließen. Es beleuchtete Greta wie ein Scheinwerfer; es zeigte sie den beiden, wie sie irgendwo kühl und geduldig, anständig und betrogen saß und wartete. Das Wort machte ihr Ehre; Ted erwies ihr damit Ehre.

In der Anfangszeit war das alles. Jetzt öffneten sich in ihren Gesprächen Türen, aber nur um sich schnell wieder zu schließen. Frances gewann Einblicke, vor denen sie zurückschrak und die sie sich ersehnte. Greta brauchte den Wagen, um Ruth-Ann zum Arzt zu fahren. Ruth-Ann hatte Ohrenschmerzen. Sie hatte die ganze Nacht über geweint. Ted und Greta tapezierten den Hausflur. Die ganze Familie war krank geworden, nachdem sie irgendwelche merkwürdigen Würstchen gegessen hatten. Frances bekam mehr als nur Einblicke. Sie bekam die Erkältungen der Familie Makkavala. Allmählich hatte sie das Gefühl, in einer bizarren, traumähnlichen Intimität mit ihnen zu leben.

Sie hatte eine Frage gestellt.

»Wie sieht die Tapete aus, die du mit deiner Frau im Flur geklebt hast?«

Er musste nachdenken.

»Sie ist gestreift. Sie hat weiße und silberne Streifen.«

Die Wahl der Tapete ließ Greta härter, raffinierter, ehrgeiziger erscheinen, als sie auf der Straße oder beim Einkaufen im Lebensmittelladen mit ihren weichen, schlampigen, geblümten Kleidern, ihren weiten, karierten Hosen und ihrem großen bunten Kopftuch wirkte. Eine große, blonde, sommersprossige Hausfrau, die Frances einmal mit dem Einkaufskorb anstieß und »Entschuldigung« sagte. Es war das einzige Wort, das Frances je aus ihrem Munde hörte. Sie sprach mit deutlichem Akzent und einer kalten, zaghaften Stimme. Diese Stimme hörte Ted jeden Tag seines Lebens, neben diesem Körper schlief er jede Nacht. Frances wurden die Knie weich, und sie zitterte dort im Lebensmittelgeschäft vor den Regalen mit Kraft-Fertiggerichten und den Dosen mit Schweinefleisch und Bohnen. Bereits die unmittelbare Nähe zu dieser großen, rätselhaften, so unschuldigen und machtvollen Frau benebelte ihr den Sinn und ließ sie erbeben.

Am Samstagmorgen fand Frances eine Nachricht in ihrem Postfach. Ted bat sie, abends in die Kirche zu kommen. Sie war den ganzen Tag über nervös wie beim ersten Mal, als sie sich in Beatties Bush trafen. Sie wartete in der Dunkelheit an der Tür zur Sonntagsschule. Samstag war kein günstiger Tag. Mit größter Wahrscheinlichkeit tauchten entweder der Pfarrer oder der Hausmeister auf. Und beide waren schon da gewesen, als Frances etwas früher geistesabwesend Orgel spielte. Inzwischen waren sie wieder gegangen – endgültig, wie Frances hoffte.

Üblicherweise liebten sie sich dort im Dunkeln. Aber an diesem Abend fand Frances, sie brauchten Licht. Sie würden miteinander reden müssen. Sie ging sofort voraus zu einem der Schulräume hinter der Empore. Es war ein langes, schmales, stickiges Zimmer ohne Fenster. Die Stühle der Sonntagsschule waren in einer Ecke aufgestapelt. Auf dem Lehrerpult stand etwas Merkwürdiges – ein Aschenbecher mit zwei Zigarettenstummeln. Frances hielt ihn hoch.

»Es muss noch jemand hierher kommen.«

Sie musste über etwas anderes sprechen als über den Unfall; sicher würde sie nie das Richtige darüber sagen können.

»Liebespaare scharenweise«, erwiderte Ted zu ihrer Erleichterung, »es würde mich nicht überraschen.« Er zählte mögliche Paare auf: die Schulsekretärin und der Direktor, die Schwägerin von Frances und der Pfarrer der Kirche. Doch es klang düster.

»Wir werden einen Stundenplan ausarbeiten müssen.«

Sie machten sich nicht die Mühe, Stühle zu holen, sondern setzten sich vor die Wand auf den Boden, unter einem Bild von Jesus am See von Galiläa.

»Eine solche Woche habe ich in meinem ganzen Leben noch nicht erlebt«, sagte Ted, »ich weiß nicht, wo ich anfangen soll. Am Dienstag kamen wir aus London zurück, und am Mittwoch brach Gretas Familie über uns herein. Sie waren zwei Nächte durchgefahren. Ich weiß nicht, wie sie es geschafft haben. Einmal organisierten sie einen Schneepflug, der fünfzig Meilen vor ihnen herfuhr. Die Frauen sind zu allem fähig. Der Vater ist ein Nichts, die Frauen ein Albtraum. Kartrud ist die Schlimmste. Sie hat acht Kinder, und sie hört nie auf, sich um die Angelegenheiten ihrer Schwestern, deren Familien und aller anderen einzumischen, die es zulassen. Greta ist machtlos gegen sie.«

Er sagte, die Schwierigkeiten hätten sofort wegen der Beerdigung angefangen. Ted hatte sich für eine nicht religiöse Beerdigung entschieden. Er hatte schon vor langer Zeit beschlossen, dass er nichts mit der Kirche zu tun haben wollte, falls ein Familienmitglied starb. Dem Bestattungsunternehmen gefiel das nicht, doch man fand sich damit ab. Greta hatte keine Einwände. Ted schrieb ein paar Worte, die er selbst am Grab vorlesen wollte. Das sollte alles sein. Keine Lieder, keine Gebete. Das war nichts Neues. Sie kannten alle seine Einstellung. Greta kannte sie, ihre Familie kannte sie. Trotzdem regten sie sich auf, als sei das eine neue und erschreckende Enthüllung. Sie benahmen sich, als sei Atheismus etwas Unerhörtes. Sie versuchten ihm einzureden, eine solche Beerdigung sei illegal, und er könne dafür ins Gefängnis kommen.

»Sie brachten diesen alten Kerl mit. Ich nahm an, es sei irgendein Onkel oder Vetter. Ich kenne sie nicht alle. Es ist eine riesige Familie. Nachdem ich ihnen also meine Absichten für die Beerdigung mitgeteilt hatte, erklärten sie mir, er sei ihr Pfarrer. Ein finnischer, protestantischer Pfarrer! Sie hatten ihn über vierhundert Meilen hierher gekarrt, um mich einzuschüchtern. Er war in schlechter Verfassung, der alte Knabe. Er hatte sich erkältet. Sie rannten geschäftig die ganze Zeit herum, legten ihm Senfpflaster auf, machten ihm Fußbäder und versuchten, ihn für seinen Auftritt fit zu halten. Es wäre ihnen ganz recht geschehen, wenn er sie hätte sitzen lassen.«

Ted ging inzwischen im Schulzimmer hin und her. Er sagte, er lasse sich durch nichts einschüchtern. Seinetwegen hätten sie die ganze Gemeinde und die Kirche auf einem Tieflader herbeibringen können. Das hatte er ihnen gesagt. Er beabsichtigte, den Sohn auf seine Weise zu beerdigen. Inzwischen hatte Greta kapituliert und hatte sich auf ihre Seite gestellt. Ihre religiösen Gefühle waren gleich null; verantwortlich waren nur die Tränen, die Vorwürfe und die Schwäche, die sie angesichts ihrer Familie immer an den Tag legte. Das Ganze beschränkte sich nicht nur auf die Familie. Mehrere Wichtigtuer aus Hanratty wollten auch mitreden. Das Haus quoll über. Der Pfarrer der United Church, der Pfarrer dieser Kirche hier, tauchte zu einer Beratung mit dem lutherischen Pfarrer auf. Ted warf ihn hinaus. Später stellte er fest, dass es eigentlich nicht die Schuld des Pfarrers war. Er war nicht aus eigenem Antrieb gekommen. Kartrud hatte ihn bestellt und erklärt, die Situation sei verzweifelt, und ihre Schwester habe einen Nervenzusammenbruch.

»Stimmt das?«, fragte Frances.

»Was?«

»Hatte sie ... deine Frau ... einen Nervenzusammenbruch?«

»Mit einem solchen Haufen Verrückter würde jeder einen Nervenzusammenbruch bekommen.«

Die Beerdigung sollte im Familienkreis stattfinden, berichtete Ted, doch das schien niemanden davon abzuhalten, nach Belieben aufzutauchen. Er selbst stand neben dem Sarg und war entschlossen, jeden zusammenzuschlagen, der sich einmischen wollte: seine Schwägerin – mit Genuss – oder den leidenden alten Pfarrer, sogar Greta, wenn die Familie sie dazu getrieben hätte.

»O nein«, rief Frances unwillkürlich.

»Ich wusste, sie würde nichts unternehmen. Aber Kartrud hätte es vielleicht gewagt ... oder die alte Mutter. Ich wusste nicht, was geschehen würde. Mir war nur klar, dass ich keinen Moment zögern durfte. Es war entsetzlich. Ich begann zu sprechen, und die alte Mutter wiegte sich hin und her und jammerte. Ich musste schreien, um sie zu übertönen. Je lauter sie in Finnisch wurde, desto lauter wurde ich in Englisch. Es war reinster Wahnsinn.«

Beim Sprechen ließ er die Zigarettenstummel aus dem Aschenbecher von einer Hand in die andere fallen.

Nach einer Pause sagte Frances: »Aber Greta war schließlich seine Mutter.«

»Was meinst du damit?«

»Wenn sie doch eine gewöhnliche Beerdigung wollte …«

»Oh, das wollte sie nicht.«

»Woher weißt du das?«

»Ich kenne sie. Sie hat keine eigene Meinung, so oder so. Sie ist einfach vor Kartrud schwach geworden. Und das wird immer so sein.«

Er hat alles für sich getan, dachte Frances. Er hat keinen Moment lang an Greta gedacht oder an Bobby. Er hat nur an sich und seine Überzeugungen gedacht und daran, dass er seinen Feinden gegenüber nicht nachgeben würde. Allein das war ihm wichtig. Sie konnte nicht verhindern, dass sie es erkannte; und das gefiel ihr nicht. Sie konnte nicht verhindern, dass sie erkannte, wie sehr es ihr missfiel. Das bedeutete nicht, dass sie aufgehört hatte, ihn zu mögen; zumindest hatte sie nicht aufgehört, ihn zu lieben. Aber etwas hatte sich verändert. Wenn sie später darüber nachdachte, kam es ihr vor, als habe sie sich bis zu diesem Zeitpunkt in etwas Kindliches und Peinliches eingelassen. Sie hatte alles zu ihrem eigenen Vergnügen getan, ihn gesehen, wie sie ihn sehen wollte, ihm Aufmerksamkeit geschenkt, wenn sie wollte, und ihn nicht ernst genommen, obwohl sie glaubte, es zu tun. Sie hätte gesagt, dass er das Wichtigste in ihrem Leben sei.

Nichts von dieser Leichtfertigkeit und Selbsttäuschung würde ihr in Zukunft noch gestattet sein.

Zum ersten Mal überraschte es sie, dass er mit ihr schlafen wollte. Sie war nicht bereit; sie konnte ihn noch nicht verstehen, aber er schien zu versessen, um etwas zu bemerken.

Am nächsten Tag, am Sonntag, spielte Frances im Gottesdienst die Orgel, und sie sollte zum letzten Mal in der United Church spielen.

Montags wurde Ted in das Büro des Direktors gerufen. Folgendes war geschehen: Gretas Schwester Kartrud lernte die Frauen von Hanratty in fünf Tagen besser kennen als Greta in achtzehn Monaten, und jemand hatte ihr von Ted und Frances erzählt. Frances glaubte später, es sei Adelaide gewesen, aber sie irrte sich. Adelaide tauchte zwar bei den Makkavalas auf, doch sie sagte nichts. Jemand war vor ihr da gewesen. Der Kampf um die Beerdigung und ihre Niederlage hatten Kartrud in größte Wut versetzt, und deshalb suchte sie den Direktor der High-School und den Pfarrer der Kirche auf. Sie erkundigte sich, welche Schritte sie zu unternehmen gedächten. Keiner von beiden hatte vor einzuschreiten. Sie wussten beide von der Affäre. Es beunruhigte sie, doch sie hofften, das Ganze würde im Sand verlaufen. Sie schätzten Ted und Frances. Beide erklärten Kartrud, dass jetzt nach dem Tod des Kindes Mann und Frau sich wieder näher kommen und die andere Angelegenheit vergessen würden. Wie grausam wäre es, jetzt viel Aufhebens darum zu machen, nachdem die Familie einen solchen Verlust erlitten hatte und der Schaden wieder gut gemacht werden konnte, ohne dass die Frau etwas davon erfahren musste. Aber Kartrud versicherte, sie würde es erfahren. Sie beabsichtigte, es Greta zu sagen, erklärte sie, und zwar ehe sie nach Hause zurückfuhr. Sie wollte Greta überreden, mit ihr zu kommen, wenn in der Zwischenzeit nichts unternommen wurde, um der Sache ein Ende zu setzen. Sie war eine stimmgewaltige und starke Frau. Sie schüchterte beide Männer ein.

Der Direktor erklärte Ted, ihm sei eine unglückselige

Sache zu Ohren gekommen. Er entschuldigte sich dafür, so kurz nach dem schweren Verlust darauf zu sprechen zu kommen, doch ihm bleibe keine Wahl. Er hoffe, Ted ahne, an welche Sache er denke. Eine Dame aus dieser Stadt sei dahinein verwickelt, die vorher von allen geachtet worden sei, und, wie er hoffe, würde das auch wieder so werden. Er sagte, er könne sich vorstellen, dass Ted selbst bereits beschlossen habe, das alles zu beenden. Er erwartete, Ted würde eine ausweichende Antwort geben, die erkennen ließe, dass er Schluss gemacht hatte oder machen würde. Gleichgültig wie überzeugend oder wie wenig überzeugend diese Aussage auch klingen würde, der Direktor war entschlossen, sie zu akzeptieren. Er erfüllte nur sein Versprechen, damit Kartrud die Stadt verlassen würde, ohne noch mehr Schwierigkeiten heraufzubeschwören.

Zur Verblüffung des Direktors sprang Ted auf und erklärte, das sei eine Einmischung in seine persönlichen Angelegenheiten, und er werde sich das nicht gefallen lassen. Er wisse wohl, wer dahinter stecke. Er sagte, er dulde keine Bevormundung. Seine Beziehungen seien einzig und allein seine Sache, und eine Ehe sei ohnedies nichts anderes als eine antiquierte Sitte, für die sich die kirchlichen Autoritäten stark machten wie für alles andere, was sie den Leuten eintrichtern. Etwas unzusammenhängend erklärte er dann, er werde Greta ohnedies verlassen, er verlasse die Schule, seine Arbeit, Hanratty. Er werde Frances heiraten.

»Nein, nein«, sagte der Direktor immer wieder, »trinken Sie einen Schluck Wasser. Das meinen Sie nicht im Ernst. Welch ein Unsinn. In Ihrem jetzigen Zustand können Sie keine Entschlüsse fassen.«

»Mein Entschluss ist schon lange gefasst«, erwiderte Ted. Er glaubte es selbst.

»Ich hätte dich wenigstens zuerst fragen sollen«, sagte Ted zu Frances. Es war spät am Nachmittag im Wohnzimmer. Frances war an diesem Montag nicht zur High-School gegangen, sie hatte den Chor in die Stadthalle bestellt, damit sie dort proben und den Chor mit der Bühne vertraut machen konnte. Sie kam ziemlich spät nach Hause, und ihre Mutter sagte: »Im Zimmer vorne wartet ein Mann auf dich. Er hat mir seinen Namen gesagt, aber ich habe ihn vergessen.« Ihre Mutter vergaß auch zu sagen, dass der Pfarrer angerufen und gebeten hatte, Frances möge zurückrufen. Frances erfuhr es nie.

Sie dachte, es handele sich vermutlich um den Versicherungsvertreter. Es gab ein Problem mit der Feuerversicherung für das Haus. Der Vertreter hatte in der vergangenen Woche angerufen und sich erkundigt, ob er sie besuchen könne, wenn er das nächste Mal wieder in die Stadt kam. Auf dem Weg durch den Flur versuchte sie, ihre Gedanken zu ordnen, um mit ihm sprechen zu können. Sie überlegte, ob sie vielleicht eine andere Wohnung suchen musste. Dann sah sie Ted im Mantel am Fenster sitzen. Er hatte keine Lampe eingeschaltet. Aber von der Straße fiel Licht herein. Rote und grüne Weihnachtsregenbogen beleuchteten ihn.

Als sie ihn sah, wusste sie, was geschehen war. Sie wusste es nicht im Einzelnen, aber im Wesentlichen. Weshalb würde er sonst hier im Wohnzimmer ihrer Mutter vor der alten Farntapete und dem *Angelus* sitzen?

»Das ist ein altmodisches Zimmer«, sagte er freundlich, als antworte er auf ihre Gedanken. Er war abgespannt, er befand sich in einem seltsamen, träumerischen Zustand der Schwäche, der auf einen schrecklichen Streit oder auf unwiderrufliche Entscheidungen folgt. »Es hat überhaupt nichts von dir.«

»Es ist das Zimmer meiner Mutter«, erwiderte Frances und wollte fragen – aber es war nicht der richtige Zeitpunkt –, welche Art Zimmer etwas von ihr habe. Wie wirkte sie auf ihn? Wie viel von ihr hatte er wirklich bemerkt? Sie zog die Vorhänge zu und schaltete die zwei Wandlampen an.

»Ist das deine Ecke?«, erkundigte sich Ted höflich, als sie das Notenheft auf dem Klavier schloss. Sie schloss es, damit es ihn nicht störte oder um es vor ihm zu schützen. Er interessierte sich nicht für Musik.

»Gewissermaßen. Das ist Mozart«, erklärte sie hastig und berührte die billige Büste, die auf einem kleinen Tisch stand. »Er ist mein Lieblingskomponist.«

Wie dumm, wie schulmädchenhaft, so etwas zu sagen. Sie hatte das Gefühl, sich nicht bei Ted entschuldigen zu müssen, sondern bei dieser Seite ihres Lebens, dem Klavier und Mozart und dem dunklen Druck *Ansicht von Toledo*, den sie sehr liebte. Sie war jetzt bereit, diese Seite zu enthüllen und sie zu verraten.

Ted berichtete ihr von den Ereignissen des Tages, was der Direktor gesagt hatte, was er gesagt hatte, so weit er sich daran erinnern konnte. Beim Erzählen klangen seine Antworten etwas kühler, kontrollierter und überlegter, als sie es in Wirklichkeit gewesen waren.

»Also, ich sagte, ich werde dich heiraten, und dann fiel mir ein, wie anmaßend es war. Und wenn sie nein sagt?«

»Nun ja, du wusstest, ich würde nicht nein sagen«, erwiderte Frances.

Natürlich hatte er es gewusst. Sie machten ernst. Nichts konnte sie aufhalten. Nicht die Mutter von Frances, die lesend in der Küche saß und nicht wusste, dass sie zum Tod verurteilt wurde – denn darauf lief es hinaus. Sie zog zu Clark und Adelaide. Und das Durcheinander dort gab ihr den Rest. Sie vergaßen die Bücher aus der Leihbücherei. Die Mutter legte sich ins Bett und starb. Auch nicht Teds kleine Töchter, die an diesem Nachmittag auf der Eislaufbahn zu den krächzenden Tönen der »Geschichten aus dem Wienerwald« Schlittschuh liefen und auf eine gedämpfte, schuldbewusste Weise die Aufmerksamkeit genossen, die der Tod ihres Bruders ihnen einbrachte.

»Möchtest du eine Tasse Kaffee?«, fragte Frances. »Oh, ich weiß gar nicht, ob wir welchen im Haus haben. Wir sparen die Marken alle für Tee auf. Möchtest du Tee?«

»Wir sparen unsere Marken alle für Kaffee. Nein, ist schon gut.«

»Tut mir Leid.«

»Eigentlich will ich gar nichts.«

»Wir sind überrollt«, sagte Frances, »wir sind beide überrollt.«

»Es wäre ohnedies dahin gekommen. Früher oder später hätten wir uns dazu entschlossen.«

»Glaubst du?«

»O ja, natürlich«, erwiderte Ted ungeduldig, »natürlich hätten wir es getan.«

Aber Frances kam es nicht so vor, und sie überlegte, ob er es nur gesagt hatte, weil er den Gedanken nicht ertragen konnte, dass etwas in Bewegung geraten war, das sich seiner Kontrolle entzog – und noch dazu auf so grausame und zerstörerische Weise –, und weil er sich getrieben fühlte, vor ihr zu verbergen, welch kleine Rolle sie bei all dem gespielt hatte. Nein, keine kleine Rolle, eine unklare Rolle. Eine lange Kette von Dingen, von denen ihr viele verborgen blieben, hatte ihn hierher gebracht, um ihr an dem schicklichsten Platz – im Wohnzimmer ihrer Mutter – einen

Heiratsantrag zu machen. Frances war notwendig geworden. Und es schien nutzlos, darüber nachzudenken, ob eine andere Frau ebenso gut dazu geeignet war, oder ob es geschehen wäre, wenn die Kette sich nicht so ineinander gefügt hätte, wie sie es tat. Denn sie fügte sich nun einmal so zusammen, und es ging um keine andere Frau. Es ging um Frances, die immer geglaubt hatte, etwas würde geschehen, ein Moment würde kommen, der eindeutig alles entschied, und dann würde sich die Zukunft vor ihr ausbreiten. Das hatte sie vorausgesehen, und sie hätte einen Skandal voraussehen können, aber nicht das Gewicht, den Tumult, die Möglichkeit der Verzweiflung, die unter allem lag.

»Wir müssen vorsichtig sein«, sagte Frances.

Er dachte, sie will damit sagen, dass wir keine Kinder haben dürfen, zumindest nicht für eine Weile, und er stimmte ihr darin zu. Doch er fand, sie habe einen merkwürdigen Augenblick gewählt, um darüber zu sprechen. Doch Frances meinte etwas ganz anderes.

Frances begrüßt Leute. Sie steht neben ihrem Bruder Clark am Sarg ihrer Schwägerin Adelaide im Beerdigungsinstitut Hanratty. Beinahe dreißig Jahre sind vergangen. Das Beerdigungsinstitut Hanratty ist ein neuer Anbau des Möbelgeschäftes, das sich neben dem alten Haushaltswarenladen befand. Der Haushaltswarenladen ist abgebrannt. Frances steht also unter ihrer ehemaligen Wohnung, wenn man sich das so vorstellen kann. Frances stellt es sich nicht vor.

Ihre Haare haben eine merkwürdige Farbe. Die dunklen Haare sind grau geworden, die roten jedoch nicht, und das führte zu einer so unansehnlichen Mischung, dass ihre Töchter Frances überredet haben, sie zu färben. Aber sie haben den falschen Farbton für sie gewählt. Die falsche Haarfarbe lässt sie jedoch ebenso sehr wie der hastig aufgetragene Lippenstift, das Schneiderkostüm mit dem Faltenrock, die unveränderte Magerkeit und das fahrige, energische Wesen ganz und gar als sie selbst erscheinen, und viele Leute freuen sich, sie zu sehen.

Natürlich war sie auch vorher schon hier gewesen, aber nicht oft. Sie ließ sich dabei nie von Ted begleiten. Sie kam mit ihren Kindern, die Hanratty für einen komischen, lächerlichen Ort hielten und es absurd fanden, dass ihre Eltern hier einmal gelebt hatten. Frances hat zwei Töchter. Ted hat insgesamt vier Töchter, aber keinen Sohn. Im Kreißsaal fühlte Frances sich jedes Mal erleichtert.

Sie glaubte auch weiterhin, Adelaide habe sie verraten, und war auch weiterhin deshalb wütend, obwohl sie einsah, dass sie ihr ebenso gut hätte dankbar sein können. Jetzt ist Adelaide tot. Sie war sehr dick geworden und bekam ein Herzleiden.

Die Leute in der Leichenhalle erkundigen sich bei Frances nicht nach Ted, aber sie macht die alte peinliche Angelegenheit dafür verantwortlich, nicht irgendwelche schlechten Gefühle. Die Leute fragen sie nach ihren Kindern. Dann kann Frances selbst Ted erwähnen. Sie sagt, die jüngere Tochter sei von Montreal, wo sie studiert, nach Hause gekommen, um bei ihrem Vater zu sein, solange die Mutter verreist ist. Ted liegt im Krankenhaus, er hat ein Emphysem. Wenn sein Zustand kritisch wird, geht er ins Krankenhaus, lässt sich behandeln und kommt wieder nach Hause. Das wird eine ganze Weile so bleiben.

Dann fangen die Leute an, von Ted zu sprechen; sie erinnern sich an seine Späße im Unterricht und sagen, jemanden wie ihn hätte es nie mehr gegeben. Es müsste mehr

Lehrer wie ihn geben, wie anders wäre dann die Schulzeit gewesen. Frances lacht, stimmt zu und denkt, dass sie das alles Ted berichten muss, aber ohne zu großen Nachdruck, damit er nicht glaubt, sie wolle ihn damit nur aufmuntern. Seit sie Hanratty verlassen haben, unterrichtet er nicht mehr. Er hat eine Stelle in Ottawa gefunden und arbeitet als Biologe für die Regierung. In der Kriegszeit konnte man eine solche Stellung ohne die erforderlichen Examen bekommen. Frances gab weiterhin Musikunterricht, damit sie Greta Geld schicken konnten, die zu ihrer Familie nach Nordontario zurückgekehrt war. Frances glaubt, dass Ted seinen Beruf geliebt hat. Er engagierte sich bei großen Auseinandersetzungen und Kämpfen und äußerte sich zynisch darüber; aber so weit sie sehen konnte, taten das alle Beamten. Doch inzwischen betrachtet er das Unterrichten als seine wahre Berufung. Je älter er wird, desto häufiger spricht er von seiner Zeit als Lehrer; er macht sie zu einer Folge von Abenteuern mit verrückten Direktoren, lächerlichen Schulleitern, widerspenstigen Schülern, die sich schließlich aber doch fügten, und spricht von dem Interesse, das an den ungewöhnlichsten Stellen aufflammte. Er wird sich freuen zu hören, dass die Erinnerungen seiner ehemaligen Schüler mit seinen eigenen übereinstimmen.

Frances nimmt sich vor, ihm auch von Adelaides Tochter Helen zu erzählen. Helen ist eine stämmige Frau Anfang dreißig. Sie führte Francis zu der aufgebahrten Adelaide, die so verkniffen und in sich gekehrt wirkt, wie sie es im Leben nie war.

»Sieh mal, sie haben ihren Kiefer mit Draht festgebunden. So machen sie das heute. Sie binden die Kiefer mit Draht zusammen, und das sieht nie natürlich aus. Früher haben sie die Wangen ausgepolstert und die Lippen hinterlegt, aber das tun sie nicht mehr. Es ist ein zu großer Aufwand.«

Ein blasser dicker Mann, der an zwei Stöcken geht, nähert sich Frances.

»Ich weiß nicht, ob Sie sich an mich erinnern. Ich war früher der Nachbar von Clark und Adelaide. Fred Beecher.«

»Ja, ich erinnere mich an Sie«, erwiderte Frances, obwohl sie einen Augenblick lang nicht weiß, woher. Aber es fällt ihr wieder ein, während sie sich unterhalten. Er berichtet ihr nachbarschaftliche Erinnerungen an Adelaide und von der Eigenbehandlung seiner Arthritis. Frances fällt ein, dass Adelaide erzählt hat, er habe sich im Schnee übergeben. Sie sagt, sie bedaure ihn wegen seiner Schmerzen und der Schwierigkeiten beim Gehen. Aber in Wirklichkeit möchte sie sagen, sie bedaure den Unfall. Wenn er an diesem Tag nicht mit dem Kinderwagen im Auto durch den Schnee gefahren wäre, würde Frances jetzt nicht in Ottawa leben. Sie hätte auch nicht zwei Kinder, sie hätte nicht ihr Leben, dieses Leben. Das stimmt; sie ist ganz sicher, aber es ist zu unerfreulich, daran zu denken. Den Gesichtspunkt, unter dem sie das alles sehen muss, kann sie sich niemals eingestehen; es würde monströs wirken. Wenn er an diesem Tag das Haus nicht verlassen hätte ... denkt Frances, während sie sich mit ihm unterhält ... wo wären wir dann heute alle? Bobby wäre jetzt ungefähr vierzig und vielleicht Ingenieur. Ted ruft sich jetzt Bobbys kindliche Interessen öfter in Erinnerung, und demnach wäre das wahrscheinlich – Bobby hätte eine gute Stellung, vielleicht sogar eine interessante Arbeit, eine Frau und Kinder. Greta würde Ted im Krankenhaus besuchen und sich um sein Emphysem kümmern. Frances würde vielleicht immer noch in Hanratty Musikunterricht geben, möglicherweise wäre sie aber auch an einem anderen Ort. Vielleicht hätte sie die Sache überwunden und sich in einen anderen Mann verliebt. Vielleicht hätte die Wunde sie aber auch hart und einsam gemacht.

Welch ein Unterschied, denkt Frances. Sie weiß nicht, woher dieser Gedanke kommt, oder was er bedeutet. Denn natürlich besteht ein Unterschied, das kann jeder sehen – ein Unterschied, der ein völlig anderes Leben bedeutet. Frances hat ihre große Liebe bekommen, ihren Skandal, ihren Mann, ihre Kinder. Aber tief im Innern existiert sie ganz allein, dieselbe Frances, die es schon gab, ehe alles andere geschah.

Gewiss nicht ganz und gar dieselbe Frances.

Dieselbe.

Ich werde ebenso schlimm sein wie Mutter, wenn ich alt bin, denkt sie, und wendet sich eifrig jemand anderem zu, der sie begrüßt. Macht nichts. Noch ist es nicht soweit.

Der Bus nach Bardon

I

Ich stelle mir vor, ich sei eine alte Jungfer einer anderen Generation. In meiner Familie gab es viele alte Jungfern. Ich komme aus einer armen Familie mit unglaublich verschwiegenen, beharrlichen, sparsamen Menschen. Wie sie könnte ich mit wenig lange auskommen. Ein Stück zusammengelegte chinesische Seide in der Schublade, fadenscheinig geworden durch die Berührung der Finger im Dunkeln. Oder der eine Brief, der zwischen der jungfräulichen Wäsche steckt, der nie geöffnet oder gelesen werden muss, weil Wort für Wort vertraut sind und alles durch die Berührung wieder lebendig wird. Vielleicht aber auch nichts so Greifbares, sondern nur die Erinnerung an ein vieldeutiges Wort, an einen vertrauten, unbeschwerten Tonfall, einen harten, hilflosen Blick. Das könnte genügen. Allein damit käme ich aus, Jahr um Jahr, während ich Milchkannen scheuere, auf das Bügeleisen spucke, den holprigen Pfad zwischen dem Erlengehölz und den Sonnenhüten hinter den Kühen her entlanggehe, die gewaschenen Arbeitsanzüge zum Trocknen über den Zaun hänge und die Geschirrtücher über die Büsche. Wer würde der Mann sein? Es könnte jeder Beliebige sein. Ein Soldat, der an der Somme fiel, oder ein Farmer, der mit einer kratzbürstigen Frau und einer Schar Kinder weiter unten an der Straße lebt, ein

Junge, der nach Saskatchewan ging und versprach, mich zu holen, es aber nie tat, oder der Pfarrer, der mich Sonntag für Sonntag mit seinen Peitschenhieben der Angst und dem Versprechen von Folterqualen in Erregung versetzt. Ganz gleichgültig, insgeheim könnte ich mich auf jeden einlassen. Ein lebenslanges Geheimnis, ein lebenslanges Traumleben. Ich könnte singend in der Küche hantieren, den Herd putzen, die Zylinder der Petroleumlampen reinigen, Teewasser aus dem Eimer abfüllen. Der leicht säuerliche Geruch von gescheuertem Blech, die viel benutzten Putzlappen. Oben steht mein Bett mit dem hohen Kopfteil, der gehäkelten Bettdecke, dem rauen, angenehm riechenden Flanelllaken, mit der Wärmflasche, um meine Muskelkrämpfe zu lindern oder um sie mir zwischen die Beine zu klemmen. Und dort kehre ich immer und immer wieder zum Kern meiner Träume zurück, zu dem Augenblick, wenn man sich aufgibt, sich ergibt, sich dem Angriff überlässt, der mit Sicherheit allem ein Ende setzt, was man bisher gewesen ist. Der hartnäckige Glaube einer Jungfrau, dieser Glaube an Vollendung. Jede duldende Ehefrau könnte einem sagen, dass es so etwas nicht gibt.

Eingesponnen in meinen harmlosen, verrückten Traum würde ich den Becher in den Wassereimer tauchen, Kirchenlieder singen, und keiner würde sich wundern.

Er ist die Lilie auf dem Feld
der strahlende Morgenstern.
Für meine Seele ist er der Schönste unter Tausenden.

II

Diesen Sommer lebe ich in Toronto, in der Wohnung meiner Freundin Kay. Ich beende ein Buch über die Familiengeschichte irgendwelcher reichen Leute, die mich dafür bezahlen. Im Zusammenhang mit diesem Buch verbrachte ich im letzten Frühjahr einige Zeit in Australien. Dort begegnete ich einem Anthropologen, den ich vor einigen Jahren flüchtig in Vancouver kennen gelernt hatte. Damals war er mit seiner ersten Frau verheiratet (jetzt ist er mit der Dritten verheiratet), und ich war mit meinem ersten Mann verheiratet (jetzt bin ich geschieden). Wir wohnten beide in Fort Camp, dem Wohnheim für verheiratete Studenten der Universität.

Der Anthropologe hatte sich mit Sprachgruppen im nördlichen Queensland beschäftigt. Er wollte ein paar Wochen in der Stadt an der Universität verbringen, ehe er zu seiner Frau nach Indien fuhr. Sie hatte ein Stipendium und studierte dort indische Musik. Sie gehört zu den neuen Frauen mit eigenen ernsthaften Interessen. Seine erste Frau hatte gearbeitet und Geld verdient, um ihm das Studium zu finanzieren und dann, nach seinem Examen, zu Hause zu bleiben und Kinder zu bekommen.

Wir trafen uns an einem Samstag beim Mittagessen, und sonntags fuhren wir auf einem Ausflugsboot mit vielen lärmenden Familien den Fluss hinauf zu einem Naturschutzpark. Dort betrachteten wir Wombats, die sich wie Blutwürste zusammengerollt hatten, und übellaunige, dümmlich stolze Emus; wir wandelten unter einem Baldachin leuchtender unbekannter Blumen und ließen uns mit Koalabären fotografieren. Mit Witzen, ernsten Bemerkungen und überschäumend vor Sympathie informierten wir uns gegenseitig über unser derzeitiges Leben. Auf dem Rückweg tranken wir in der Schiffsbar Gin, küssten uns und erregten mäßiges Aufsehen. Der Lärm der Maschinen, die schreienden Babys, die kreischenden, herumtobenden Kinder machten eine Unterhaltung beinahe unmöglich. Aber er sagte:

»Komm doch mit und sieh dir mein Haus an. Ich habe ein Haus gemietet. Es wird dir gefallen. Bitte, ich kann gar nicht erwarten, dich zu fragen, ob du nicht mit mir in dem Haus leben möchtest.«

»Soll ich das?«

»Ich flehe dich auf Knien an«, sagte er und tat es.

»Steh auf und benimm dich«, sagte ich, »wir sind im Ausland.«

»Das heißt, wir können tun, was wir wollen.«

Ein paar Kinder hatten aufgehört zu spielen und starrten uns an. Sie betrachteten uns ernst und schockiert.

III

Ich nenne ihn X, als sei er eine Figur in einem altmodischen Roman, der vorgibt, die Wahrheit zu erzählen. Der Buchstabe X kommt in seinem Namen vor, aber ich habe ihn auch deshalb gewählt, weil er zu ihm zu passen scheint. Der Buchstabe X ist für mich so umfassend und verschwiegen. Und indem ich nur einen Buchstaben benutze, nicht einen Namen, halte ich mich an ein System, dessen ich mich zurzeit oft bediene. Ich sage zu mir:

»Der Bus 144 nach Bardon«, und sehe eine ganze Reihe von Szenen. Ich sehe sie in allen Einzelheiten vor mir, ich sehe Straßen und Häuser. La Trobe Terrace, Paddington.

Schulen wie große schöne Bungalows, Wettbüros, Jasminbäume, von denen wächserne, sehr verletzliche und stark duftende Blüten fallen. Mit diesem Bus fuhren wir insgesamt vier- oder fünfmal in die Stadt. Wir hatten Einkaufsnetze dabei, um Lebensmittel bei Woolworth zu besorgen, Fleisch bei Coles, Lakritze und Ingwerschokolade im Süßwarengeschäft. Die meisten Häuser der Stadt stehen auf schmalen Hügeln zwischen trockenen Wasserläufen; und deshalb entstand das Gefühl, durch bevölkerte, aber halbwilde Bergdörfer hinunter in den Stadtkern zu fahren, wo es den schlammigen Fluss und liebenswürdige, koloniale Schäbigkeit gab. In einer so kurzen Zeit schien alles so bemerkenswert vertraut zu sein, ohne sich jedoch mit etwas von dem zu vermischen, das wir aus der Vergangenheit kannten. Wir glaubten, das Leben der Hausfrauen zu kennen, die mit ihren Sonnenhüten neben uns im Bus saßen; wir wussten, wie es hinter den verrammelten, von der Sonne blasig gewordenen Häusern aussah, die auf Holzpfählen über den trockenen Wasserläufen erbaut waren. Wir kannten die Straßen, die wir nicht sehen konnten. Diese Vertrautheit war nicht bedrückend, sondern angenehm; ihr haftete etwas leicht Fremdes an, als hätten wir sie erreicht, ohne recht zu wissen auf welche Weise. Wir bewegten uns im Gefühl vollkommener Sicherheit inmitten dieser friedlichen, familiären Umgebung – eine Sicherheit, die, so beteuerten wir uns gegenseitig, wir in keiner unserer legalen Verbindungen, an keinem Orte, in die wir eigentlich hineingehörten, kennen gelernt hatten. Wir hatten unbeschwerte Ferien, ohne das Feriengefühl von Ziellosigkeit. X ging jeden Tag zur Universität; ich fuhr in die Stadt, um in der Bibliothek Mikrofilme alter Zeitungen durchzusehen.

Eines Tages ging ich zum Toowongfriedhof, um ein paar Gräber zu suchen. Der Friedhof war prächtiger und ungepflegter als die Friedhöfe in Kanada. Die Inschriften auf manchen der prunkvollen weißen Grabsteine waren von überraschender Natürlichkeit. »Unserer wunderbaren Mama« und »Ein prächtiger Bursche«. Ich überlegte, was dies über die Australier aussagte, und dann dachte ich daran, dass wir uns immer überlegen, was Dinge in einem anderen Land bedeuten. Ich nahm mir vor, mit X darüber zu sprechen.

Der Totengräber kam aus seinem kleinen Haus und bot mir seine Hilfe an. Er war ein junger Mann in Shorts; auf seiner Brust prangte ein tätowiertes Segelschiff mit geblähten Segeln. *Australia Felix* hieß es. Auf der Innenseite eines Armes entdeckte ich ein Haremsmädchen und darüber einen bemalten Krieger. Den anderen Arm zierten Drachen und Banner. Auf einem Handrücken gab es eine Karte von Australien, auf dem anderen das Kreuz des Südens. Ich wollte nicht neugierig seine Beine betrachten, hatte aber den Eindruck von komplizierten Szenen, wie vertikal angeordnete Comics, und einer Kette blumengeschmückter Medaillons, in denen möglicherweise die Namen von Frauen standen. Ich gab mir Mühe, mir das alles genau einzuprägen, denn ich freute mich darauf, es beim Nachhausekommen X zu erzählen.

Auch er brachte so manches mit: Unterhaltungen im Bus, Wortetymologien, Zusammenhänge, die er entdeckt hatte.

Wir fürchteten uns nicht, das Wort Liebe zu benutzen. Wir lebten ohne Verantwortung, ohne Zukunft; wir lebten in Freiheit, Großzügigkeit und in einem ständigen, jedoch nicht ermüdeten Gefühl der Festlichkeit. Wir zweifelten nicht daran, dass unser Glück die wenige Zeit überstehen würde, die es halten musste. Nur Trägheit machten wir uns zum Vorwurf. Wir überlegten, ob wir später bereuen würden, nicht in den Botanischen Garten gegangen zu sein, um die Lotosblüten zu sehen, nicht einmal zusammen im Kino gewesen zu sein; wir wussten, später würden uns mehr Dinge einfallen, und wir würden wünschen, darüber gesprochen zu haben.

IV

Ich träumte, X habe mir einen Brief geschrieben. Er schrieb in unbeholfener Blockschrift, und ich dachte: Wie geschickt, er will seine Handschrift verbergen. Aber es machte mir große Mühe, den Brief zu lesen. Er sprach davon, dass wir zusammen nach Kuba reisen sollten. Ein Geistlicher, den er in einer Bar kennen gelernt hatte, habe ihm die Reise angeboten. Ich überlegte, ob der Geistliche vielleicht ein Spion sei. X schrieb, wir könnten in Vermont Ski fahren. Er sagte, er wolle nicht in mein Leben eindringen, aber er habe den Wunsch, mich zu beschützen. Dieses Wort gefiel mir. Doch die Schwierigkeiten im Traum nahmen zu. Der Brief war sehr spät angekommen. Ich versuchte X anzurufen, und es gelang mir nicht, die Wählscheibe zu drehen. Ich schien auch die Verantwortung für ein Baby zu tragen, das in der Schublade einer Kommode schlief. Alles wurde immer komplizierter und mühsamer, bis ich schließlich aufwachte. Das Wort *beschützen* ging mir nicht aus dem Kopf. Ich musste erleben, dass es verblasste. Ich lag auf einer Matratze auf dem Fußboden in Kays Wohnung, Ecke Queen und Bathurst Street; es war acht Uhr morgens. Bei der sommerlichen Hitze standen die Fenster offen; auf der Straße gingen die Menschen zur Arbeit; die Straßenbahnen hielten, fuhren wieder an und legten sich quietschend in die Kurve.

Es ist eine billige, angenehme Wohnung mit hohen Fenstern, weißen Wänden, ungebleichten Baumwollvorhängen und einem glänzend grau gestrichenen Dielenboden. Die Wohnung ist schon so lange ein billiger, temporärer Aufenthaltsort, dass niemand je dazu gekommen ist, etwas zu verändern. Deshalb gibt es immer noch die alte Wandtäfelung und die altmodischen Heizkörpergitter. Kay besitzt ein paar schöne, verblasste kleine Teppiche, die üblichen Kissen und Decken; dadurch sehen die Matratzen auf dem Fußboden eher wie Diwane und weniger wie Betten aus. An der Wand lehnt ein ausgedienter Sprungrahmen; darüber hängen Tücher, Schals; ein paar Kohleskizzen sind an das Holz geheftet. Sie stammen von Kays verflossenem Liebhaber, dem Maler. Niemand weiß, wie man den Sprungrahmen hier herausbekommen soll, oder wie er überhaupt in die Wohnung gekommen ist.

Kay verdient ihren Lebensunterhalt als Pflanzenillustratorin und zeichnet naturgetreue Darstellungen für Schulbücher und Handbücher der Regierung. Sie lebt auf einer Farm, in einem Haushalt von Erwachsenen und Kindern, die kommen und gehen und eines Tages für immer verschwinden. Kay behält diese Wohnung in Toronto und kommt alle paar Wochen für einen oder zwei Tage her. Sie liebt diesen Teil der Queen Street mit den Kneipen und Secondhandläden und den stillen Trinkern. Hier muss sie nicht befürchten, Leuten zu begegnen, die mit ihr Branksome Hall besucht oder auf ihrer Hochzeit getanzt haben. Ihr Bräutigam trug bei der Hochzeit einen Kilt, und das Brautpaar ging unter den Schwertern seiner Offizierskameraden hindurch. Ihr Vater war ein Brigadegeneral; Kay hatte im Government House debütiert. Ich denke oft, deshalb lebt sie immer so risikoreich und improvisiert; deshalb fürchtet sie sich auch nicht vor den Schlägereien nachts unter den Fenstern oder vor den Betrunkenen im Hausflur. Sie empfindet diese Dinge nicht wie ich als Bedrohung; Kay sieht sich nie untergehen.

Kay besitzt keinen Kessel. Sie kocht das Wasser in einem Topf. Sie ist zehn Jahre jünger als ich, hat schmale Hüften, langes, glattes dunkles Haar mit grauen Strähnen. Meist trägt sie eine Baskenmütze und bezaubernde, zerfranste Kleider aus den Secondhandläden. Ich kenne sie seit sechs oder sieben Jahren; und in dieser Zeit war sie oft verliebt. Sie hat kühne, manchmal groteske Liebesbeziehungen.

Auf der Fähre von Centre Island lernte sie einen auf Bewährung entlassenen Gefängnisinsassen kennen, einen großen, dunkelhäutigen Mann, der ein besticktes Stirnband trug und dessen lange grauschwarzen Haare im Wind flatterten. Er saß im Gefängnis, weil er das Haus seiner ehemaligen Frau oder das Haus ihres Freundes verwüstet hatte – ein Verbrechen aus Leidenschaft, das Kay zunächst erschreckte, das sie ihm dann aber vergab. Er erzählte, er sei Halbindianer, und nachdem er irgendwelche Geschäfte in Toronto erledigt habe, wolle er sie auf seine Heimatinsel vor der Küste von British Columbia mitnehmen. Dort würden sie am Strand reiten. Kay nahm Reitunterricht.

Als sie mit ihm Schluss machte, fürchtete sie um ihr Leben. Sie fand Zettel mit drohenden und amourösen Erklärungen an ihre Nachthemden und ihre Unterwäsche geheftet. Sie ließ die Schlösser an den Türen auswechseln und ging zur Polizei. Aber das hinderte sie nicht daran, sich von neuem zu verlieben. Bald liebte sie den Maler, der nie ein Haus verwüstet hatte, dessen Leben jedoch Zeichen aus der Welt der Geister lenkten. Ehe er sie kennen lernte, hatte er eine Nachricht erhalten, die sie betraf. Er wusste, was sie sagen würde, noch ehe sie es aussprach, und sah oft ein ominöses blaues Feuer um ihren Hals, eine Art Joch oder einen Ring. Eines Tages verschwand er und ließ nur die Skizzen zurück und ein üppig bebildertes schreckliches Buch über Anatomie, das echte, sezierte Leichen mit Innereien, Haut und Körperhaaren in natürlichen Farben zeigte, denen man rote und blaue Farbe injiziert hatte, um das Gewirr von Blutgefäßen und Adern zu demonstrieren. An Kays Bücherregalen kann man ihre Liebesgeschichten ablesen: Bücher über Gefangenenaufstände und Autobiografien von Gefangenen aus der Zeit des Exsträflings, das Buch über Anatomie und Werke über okkulte Phänomene aus der Zeit mit dem Maler; Bücher über Höhlen, Bücher von Albert Speer aus der Zeit mit einem reichen deutschen Importeur, der ihr das Wort *Spelunke* beibrachte, Bücher über die Revolution, die auf den Indianer verweisen.

Kay widmet sich einem Mann und seiner Geschichte völlig. Sie lernt seine Sprache – buchstäblich und im übertragenen Sinn. Anfangs versucht sie vielleicht noch, ihren Zustand zu verschleiern, gibt vor, klug oder ironisch zu sein: »Letzte Woche habe ich einen merkwürdigen Typ kennen gelernt …«, oder: »Hab ich dir schon erzählt? Ich hatte auf einer Party ein lustiges Gespräch mit einem Mann …« Dann ein Zittern, eine versteckte Unruhe, ein entschuldigendes, aber eigensinniges Lächeln: »Also wirklich, ich fürchte, es hat mich erwischt. Ist das nicht schrecklich?« Wenn man ihr das nächste Mal begegnet, ist sie bis über beide Ohren verliebt, geht zu Wahrsagerinnen und erwähnt in jedem zweiten Satz seinen Namen. Dabei klingt ihre Stimme weich; sie senkt den Blick und gibt sich den Anschein zärtlicher Hilflosigkeit – ein erschreckender Anblick. Dann setzen Düsterkeit, Zweifel und Ängste ein. Sie kämpft entweder darum, sich zu befreien, oder zu verhindern, dass er sich befreit; beim telefonischen Auftragsdienst werden Nachrichten hinterlassen. Einmal verkleidete sie sich als alte Frau; sie setzte eine graue Perücke auf und zog einen schäbigen Pelzmantel an. Dann lief sie in der Kälte vor dem Haus auf und ab, in dem sie ihre Rivalin vermutete. Sie spricht kühl, vernünftig, witzig über ihren Fehler und erzählt nachteilige Dinge, die sie über ihren Liebhaber herausgefunden hat; aber dann folgen verzweifelte Telefonanrufe. Sie betrinkt sich, meldet sich zur Schwimmtherapie, zu Gymnastik- und zu Rolfingkursen an.

Nichts davon macht sie außergewöhnlich gut. Sie tut, was andere Frauen ebenfalls tun. Vielleicht kommt es bei ihr nur öfter vor, geschieht unverhüllter, unvernünftiger und leidenschaftlicher. Ihre Kraft, sich wieder zu erholen, und ihr Vertrauen erlahmen nie. Ich mache mich über sie lustig; alle tun es, aber ich verteidige sie auch. Ich sage: Sie ist nicht dazu verdammt, mit Vorbehalten und Rückzügen zu leben, mit lange ertragener Unzufriedenheit und unbestimmtem Leid. Sie vertraut rückhaltlos, leidet heftig und überlebt ohne sichtbare Schäden. Sie lässt kein Dahintreiben, keinen Stillstand zu, und für mich ist das Schauspiel ihres Lebens keineswegs entmutigend.

Im Augenblick ist sie dabei, eine Affäre zu überwinden – mit dem Mann, dem entfremdeten Mann einer anderen Frau auf der Farm. Er heißt Roy; auch er ist Anthropologe.

»Es ist weit mit mir gekommen, wenn ich mich in jemanden verliebe, der auf der Farm lebt«, sagt sie. »Wirklich … in einen Mann, über den man alles weiß.«

Ich erzähle ihr, dass ich gerade versuche, einen Mann zu vergessen, den ich in Australien getroffen habe, und dass ich beabsichtige, darüber hinweg zu sein, wenn ich mit dem Buch fertig bin. Dann will ich mir eine neue Stelle suchen und eine andere Wohnung.

»Nur nichts überstürzen, lass dir Zeit«, sagt sie.

Ich denke über das Wort »hinwegkommen« nach. Es hat etwas Ermutigendes, Griffiges, etwas Alltägliches an sich. Es steht in Einklang mit Kays augenblicklicher Stimmung. Wenn die Liebe jung ist und am Erblühen, wird Kay mystisch und verhalten, in der Zeit der abklingenden Liebe, wenn das Schlimmste vorüber ist, ist sie forsch und unterhaltsam, geradeheraus und scharfsinnig.

»Es ist nichts anderes als der Wunsch, sich gespiegelt zu sehen. Liebe läuft immer auf Selbstliebe hinaus«, sagt sie. »Wie idiotisch. Man will nicht die Männer, sondern alles, was man von ihnen bekommen kann. Besessenheit und Selbsttäuschung. Hast du einmal die Tagebücher von Victor Hugos Tochter gelesen? Es war doch seine Tochter, oder?«

»Nein.«

»Ich kenne sie nicht. Aber ich habe darüber gelesen. Der Teil, an den ich mich erinnere, das heißt, der Teil, über den ich gelesen habe, hat mich sehr beeindruckt. Nachdem sie jahrelang diesen Mann geliebt hat, ihn wie besessen geliebt hat, geht sie auf die Straße und begegnet ihm. Sie geht auf der Straße an ihm vorbei und erkennt ihn entweder nicht oder erkennt ihn, kann ihn aber nicht mehr mit dem Mann, mit der Person in Verbindung bringen, die sie in ihrer Vorstellung liebt. Sie kann ihn mit nichts in Verbindung bringen.«

V

Als ich X in Vancouver kannte, war er ein anderer Mensch. Er war ein ernsthafter Examensstudent, immer noch Lutheraner, kräftig, resolut und nach Ansicht mancher Leute ziemlich eingebildet. Seine Frau, eine Physiotherapeutin, war eher flatterhaft. Sie hieß Mary, liebte Sport und tanzte gern. Wenn man die beiden kannte, vermutete man, sie würde ihm eines Tages davonlaufen. Sie hatte blonde Haare, große Zähne, und man sah ihr Zahnfleisch. Ich beobachtete sie auf einem Picknick beim Baseballspielen. Ich musste mich von den anderen entfernen, um in den Büschen mein Baby zu stillen. Damals war ich einundzwanzig, eine unauffällige Frau, eine stillende Mutter. Von außen dick und rosa, innen voll finsterer Ansichten und zielstrebiger Energie. Sex gab es für mich noch nicht.

X kam zu mir in die Büsche und brachte mir eine Flasche Bier.

»Was macht du denn hier so allein?«

»Ich stille mein Baby.«

»Warum musst du das hier tun? Niemand würde sich daran stören.«

»Mein Mann wäre wütend.«

»Oh. Na ja, trink aus. Bier ist angeblich gut für stillende Mütter, nicht wahr?«

Soweit ich mich erinnere, war dies das einzige Gespräch mit ihm. In seiner direkten Annährung, der leicht unbeholfenen, aber entschlossenen Höflichkeit und meinem unerwarteten Gefühl der Dankbarkeit und Erleichterung lag etwas, das mit seinen Aufmerksamkeiten im Zusammenhang stand, die er später Frauen schenkte, und seiner Wirkung auf diese Frauen. Ich bin sicher, er war immer geduldig, keineswegs beunruhigend, erfolgreich, aufgeschlossen und ehrlich.

VI

Ich traf Dennis in Toronto in der Handbibliothek, und er lud mich zum Essen ein.

Dennis ist ein Freund von X, und er hatte uns in Australien besucht. Er ist ein großer, schlanker, eckiger junger Mann mit einem strahlenden Lächeln – ganz so jung auch nicht, er muss fünfunddreißig sein – und einem ausgewählt höflichen, oberlehrerhaften Benehmen.

Ich treffe mich mit ihm in der Hoffnung, dass er vielleicht eine Nachricht für mich hat. Wäre es sonst nicht merkwürdig, dass er eine ältere Frau zum Essen einlädt, der er bisher nur ein einziges Mal begegnet ist? Ich denke, er wird mir sagen können, ob X wieder in Kanada ist. X erzählte mir, sie würden vermutlich im Juli zurückkommen. Anschließend wollte er ein Jahr lang an seinem Buch schreiben. Dieses Jahr wollten sie möglicherweise in Nova Scotia verbringen, möglicherweise aber auch in Ontario.

Als Dennis uns in Australien besuchte, kochte ich ein Currygericht. Ich freute mich darüber, einen Gast zu haben, und war froh, als er rechtzeitig kam, um die kurze Dämmerung über dem Flusslauf zu erleben. Unser Haus stand wie alle anderen auf Pfählen, und durch das Fenster im Esszimmer blickten wir über den Flusslauf, der wie eine flache ovale Schale wirkte, von kleinen Häusern gesäumt und mit unzähligen Jakarandabäumen, Flamboyantbäumen, Jasminbäumen, Zypressen und Palmen bewachsen war. Blätter wie Fächer, Peitschen, Federn, Teller schimmerten in allen möglichen hellen, leuchtenden, dunklen, staubigen, glänzenden Grüntönen. Perlhühner lebten dort unten, und abends erhoben sich Schwärme munterer Rieseneisvögel in die Luft. Um zur Waschhütte zu gelangen, mussten wir das steile Lehmufer unter dem Haus hinunterklettern und die Kleider auf eine Wäscheleine hängen, die über eine Kurbel lief. Dort fanden wir Spinnennetze, die wie Zeltdächer wirkten und wie Topf und Deckel dicht übereinander hingen. Wir mussten uns vor einer kleinen Spinne in Acht nehmen, die ein konisches Netz webt und gegen deren tödlichen Biss es kein Gegengift gibt.

Wir zeigten Dennis den Flusslauf und erklärten ihm, dies sei ein typisches altes Queenslandhaus mit den hohen verzapften Holzwänden und dem geschnitzten anmutigen Rankenwerk der Belüftungsleiste über den Türen. Er sah sich alles ohne besonderes Interesse an und erzählte von China, wo er gerade gewesen war. X sagte später, Dennis spreche immer über den letzten Ort, den er besucht, und über die letzten Leute, die er gesehen habe. Er schien nie irgendetwas zu bemerken, aber wahrscheinlich würde er nun von uns sprechen und den Leuten in der nächsten Stadt beim Abendessen dieses Haus beschreiben. X erklärte, Dennis verbringe sein Leben hauptsächlich auf Reisen und mit den Schilderungen seiner Reisen. Offensichtlich kannte er genügend Leute gerade gut genug, um zum Essen eingeladen zu werden, wenn er auftauchte.

Dennis erzählte, er habe das erst kürzlich ausgegrabene Heer in Sian gesehen. Er beschrieb die Reihen lebensgroßer Soldaten, von denen jeder ganz realistisch und individuell gestaltet war. Bei manchen konnte man noch Überreste der Farben sehen, mit denen sie einmal bemalt waren und die ihnen noch größere Individualität verliehen hatten. Hinter dem Heer befand sich ein Wall, und es wirkte, als marschierten die Terrakottasoldaten geradewegs aus der Erde heraus. Die Soldaten hätten ihn an die Frauen von X erinnert, erklärte Dennis. Reihe um Reihe, und am Ende tauchte immer noch eine neue auf.

»Das Heer marschiert weiter«, sagte er.

»Um Himmels willen, Dennis«, sagte X.

»Kommen sie wirklich einfach so aus der Erde?«, fragte ich Dennis. »Sind sie intakt?«

»Ist wer intakt?«, fragte Dennis mit einem harten Lächeln.

»Die Soldaten oder die Frauen? Die Frauen sind nicht intakt ... zumindest nicht lange.«

»Könnten wir vielleicht das Thema wechseln?«, fragte X.

»Sicher. Und um deine Frage zu beantworten«, sagte Dennis zu mir gewandt, »man findet selten eine ganze Figur. Zumindest habe ich das so verstanden. Meist müssen Beine, Rumpf und Köpfe wieder zusammengesetzt werden. Man muss sie zusammenfügen und dann auf die Beine stellen.«

»Eine Menge Arbeit, das kann ich euch sagen«, erklärte X mit einem tiefen Seufzer.

»Aber bei den Frauen ist das nicht der Fall«, sagte ich zu Dennis. Ich sprach besonders charmant, beinahe flirtend, wie ich es oft tue, wenn mir Bosheit begegnet. »Ich glaube, der Vergleich hinkt etwas. Niemand muss die Frauen ausgraben und auf die Beine stellen. Niemand hat sie hingestellt. Sie kommen, reihen sich aus freien Stücken ein, und eines Tages gehen sie wieder. Sie sind kein stehendes Heer. Und die meisten sind vermutlich ohnedies unterwegs zu einem anderen Ort.«

»Bravo«, sagte X.

Beim Geschirrabwaschen spätabends fragte er: »Es macht dir doch nichts aus, dass Dennis das gesagt hat? Du hast dich doch nicht geärgert, dass ich ein bisschen mitgespielt habe? Er braucht seine Anekdoten.«

Ich legte meinen Kopf an seinen Rücken, zwischen die Schulterblätter.

»Wirklich? Nein. Ich fand es komisch.«

»Ich wette, du weißt nicht, dass Plinius zum ersten Mal Seife erwähnt und dass die Gallier sie zuerst benutzten. Ich wette, du weißt nicht, dass sie für die Herstellung von Seife Ziegentalg in der Lauge von Holzasche kochten.«

»Nein, dass wusste ich nicht.«

VII

Dennis hat mit keinem Wort X oder Australien erwähnt. Ich hätte mich über seine Einladung zum Abendessen nicht so gewundert, wenn ich mich besser an ihn erinnert hätte. Er lud mich ein, um sich mit jemandem unterhalten zu können. Nach Australien war er in Island und auf den Färöerinseln gewesen. Ich stellte ihm Fragen. Wenn notwendig, bin ich interessiert, überrascht, ja sogar schockiert. Ich gab mir Mühe mit dem Make-up und wusch mir die Haare. Ich hoffe, wenn er X sieht, wird er ihm erzählen, dass ich charmant war.

Neben seinen Reisen hat Dennis auch seine Theorien. Er entwickelte Theorien über Kunst und Literatur, über Geschichte und das Leben.

»Ich habe eine neue Theorie über das Leben der Frauen. Früher empfand ich das als unfair, was mit ihnen geschah.«

»Was geschah mit ihnen?«

»Nun ja, wie sie im Vergleich zu den Männern leben mussten ... besonders im Alter. Sieh dich an. Stell dir dein Leben vor, wenn du ein Mann wärst. Welche Möglichkeiten hättest du! Ich meine, sexuelle Möglichkeiten. Du könntest noch einmal neu anfangen. Männer tun es. Das steht in den Romanen, und so ist es auch im Leben. Männer verlieben sich in jüngere Frauen. Männer wollen jüngere Frauen. Männer können jüngere Frauen bekommen. Die neue Ehe, die neuen Babys, die neue Familie.«

Ich überlegte, ob er mir etwas über die Frau von X erzählen will. Vielleicht bekommt sie ein Baby.

»Wie großartig für sie«, fuhr er in seiner boshaften, anteilnehmenden Weise fort, »die frisch gebackene junge Ehefrau, das neue Baby, und das alles, wenn andere Männer dieses Alters Großväter werden. Und die anderen Männer beneiden sie und versuchen sich vorzustellen, wie sie es ebenfalls schaffen könnten. So ist das doch, nicht wahr? Es muss schwer sein, der Versuchung zu widerstehen, noch einmal neu anzufangen und in diesen hübschen jungen Spiegel zu blicken, wenn sich die Gelegenheit dazu bietet.«

»Ich glaube, ich könnte widerstehen«, erklärte ich fröhlich, aber ohne großen Nachdruck. »Ich glaube wirklich nicht, dass ich mir jetzt noch ein Baby wünsche.«

»Genau das ist es ja, das ist es ja. Du hast gar nicht die

Möglichkeit dazu! Du bist eine Frau, und für Frauen läuft das Leben nur in eine Richtung. All das Getue mit jüngeren Liebhabern ist doch nur Schaumschlägerei, oder nicht? Möchtest du einen jüngeren Liebhaber?«

»Ich glaube nicht«, erwidere ich und nehme mir ein Dessert vom Servierwagen. Ich entscheide mich für einen Sahnepudding auf Kastanienpüree mit frischen Himbeeren. Ich habe bewusst wenig gegessen, um beim Dessert nicht zu satt zu sein. Ich habe es getan, um mich auf etwas freuen zu können, während ich Dennis zuhörte.

»Eine Frau in deinem Alter kann nicht mehr konkurrieren«, erklärt Dennis entschieden. »Du kannst nicht mit einer jüngeren Frau konkurrieren. Und ich hielt das immer für schrecklich unfair.«

»Wahrscheinlich ist es biologisch richtig, wenn Männer sich für jüngere Frauen interessieren. Es hilft nichts, darüber zu jammern.«

»Also haben die Männer eine Möglichkeit, sich auf diese Weise zu erneuern. Sie bekommen ihre Vitalität zurück, während die Frauen ins Abseits gestellt werden, wenn man so sagen will. Ich fand das immer schrecklich. Aber inzwischen habe ich meine Ansichten völlig gewandelt. Weißt du, was ich jetzt glaube? Ich halte die Frauen für die Glücklicheren! Weißt du warum?«

»Warum?«

»Sie sind gezwungen, in einer Welt von Verlust und Tod zu leben! Oh, ich weiß, es gibt kosmetische Operationen, aber helfen sie wirklich? Der Uterus vertrocknet. Die Vagina vertrocknet.«

Ich spüre, wie er mich beobachtet. Ich esse weiter meinen Pudding.

»Ich habe so viel von der Welt gesehen, so viele merkwürdige Dinge und so viel Leid. Ich bin zu dem Schluss gekommen, dass man nicht glücklich wird, indem man versucht, das Leben zu überlisten. Nur durch natürlichen Verzicht und durch das Akzeptieren von Entbehrungen bereiten wir uns auf den Tod vor und gewinnen dadurch etwas Glück. Vielleicht kommen dir meine Vorstellungen etwas merkwürdig vor.«

Ich weiß nicht, was ich darauf antworten soll.

VIII

Mir gehen oft ein paar Zeilen eines Gedichts durch den Sinn, und ich weiß nicht wieso. Es kann ein Gedicht oder ein Reim sein, von dem ich nicht einmal wusste, dass ich ihn kannte, und es muss nicht einmal etwas sein, das dem entspricht, was ich als meinen Geschmack betrachte. Manchmal achte ich nicht weiter darauf, aber wenn ich es tue, stelle ich meist fest, dass das Gedicht oder der Vers, der sich mir eingeprägt hat, in irgendeiner Beziehung zu dem steht, was in meinem Leben geschieht. Und das muss nicht unbedingt mit dem im Einklang sein, was sich scheinbar ereignet.

Im letzten Frühjahr, im letzten Herbst in Australien zum Beispiel, als ich glücklich war, ging mir unaufhörlich diese eine Zeile durch den Kopf:

»Auch das ist die Zeit, die Vertrauen bricht …«

Wie es weiterging, wusste ich nicht, obwohl ich mich irgendwie erinnerte, dass »bricht« sich auf »nicht« reimte und dass es ein paar Zeilen weiter hieß, »und verschließt die Geschichte unserer Tage im dunklen, stillen Grabe«. Ich wusste, Sir Walter Raleigh hatte das Gedicht am Vorabend seiner Hinrichtung geschrieben. Meine Stimmung stand nicht in Einklang mit diesem Gedicht; und in Gedanken wiederholte ich die Zeile wie etwas Hübsches und Beschwingtes. Ich überlegte nicht, wieso sie mir überhaupt eingefallen war.

Wenn ich heute versuche, die Dinge nüchtern zu betrachten, sollte ich mich daran erinnern, was wir sagten, als wir mit gepackten Koffern auf das Taxi warteten. In den Koffern befanden sich unsere Kleider, die noch vor kurzem in Schubladen beieinander gelegen und in den Schränken nebeneinander gehangen hatten, die gewaschen auf einer Leine hingen, auf der auch die Eisvögel saßen. Nun war alles sortiert und getrennt, würde sich nicht mehr berühren.

»In gewisser Weise bin ich froh, dass es vorüber ist und dass es keinen Missklang gegeben hat. Wie oft endet alles in Missklängen.«

»Ich weiß.«

»So wie es war, war es vollkommen.« Das sagte ich, und es war eine Lüge. Ich hatte einmal geweint, weil ich glaubte, hässlich zu sein und ihn zu langweilen.

Aber er sagte: »Vollkommen.«

Im Flugzeug gingen mir wieder die Worte des Gedichts durch den Kopf, und ich war immer noch glücklich. Ich schlief mit dem Gedanken ein, seinen Körper neben mir zu spüren, und als ich aufwachte, füllte ich den leeren Platz rasch mit Erinnerungen an seine Stimme, an sein Aussehen, seine Wärme und an unsere gemeinsame Zeit.

Anfangs ließ ich mich von den Erinnerungen tragen. Diese in allen Einzelheiten präsenten, abrufbaren Szenen heiterten mich auf. Ich versuchte nicht, ihnen zu entfliehen; ich wollte es nicht. Später wollte ich es. Sie waren zu einer

Qual geworden. Sie weckten nur das Verlangen, die Sehnsucht und die Hoffnungslosigkeit; ein Trio unglücklicher, gefangener Wildkatzen war ohne meine Erlaubnis in mir untergebracht worden, zumindest ohne dass ich begriff, wie lange sie leben und wie heimtückisch sie sein würden. Die Bilder, die Sprache der Pornografie und der Liebelei gleichen sich: monoton und auf mechanische Weise verführerisch, führen sie schnell zur Verzweiflung. Damit beschäftigte sich mein Geist, tut es noch immer. Ich habe versucht, wachsam zu sein und ernsthafte Bücher zu lesen, aber ich kann immer noch tief in einer Szene versinken, ehe ich recht weiß, wo ich bin.

Auf dem Bett liegt eine Frau im gelben Nachthemd. Es ist nicht zerrissen, aber von ihren Schultern gestreift und bis zur Taille hochgeschoben worden, und so verhüllt es kaum mehr, als ein zerknitterter Schal es tun würde. Ein nackter Mann beugt sich über sie, reicht ihr ein Glas Wasser. Die Frau hat beinahe das Bewusstsein verloren, ihre Beine sind gespreizt, die Arme ausgebreitet; der Kopf ist zur Seite gedreht, als sei sie durch ein Naturereignis niedergeworfen worden. Die Frau richtet sich auf und versucht mit zitternden Händen, das Glas zu halten. Sie verschüttet Wasser über ihre Brust, trinkt, erschauert, trinkt und fällt wieder auf das Bett zurück. Auch die Hände des Mannes zittern. Er trinkt aus demselben Glas, sieht sie an und lacht. Sein Lachen klingt reuevoll, entschuldigend und freundlich, aber auch staunend; sein Staunen grenzt beinahe an Entsetzen. Wie waren wir dazu in der Lage, fragte sein Lachen, was hat das zu bedeuten.

Er sagt: »Wir haben uns beinahe gegenseitig umgebracht.« Das Zimmer scheint erfüllt zu sein vom Echo der kaum verklungenen Erregung, der Schreie, der Bitten, der brutalen Versprechen, der durchdringenden Laute des Höhepunkts und der langsam verebbenden Spasmen.

Das Zimmer fließt über vor Dankbarkeit und Freude: eine köstliche Suppe der Liebe, eine goldene Dämmerung der Liebe. Ja, ja, man kann die Luft trinken.

Ihr versteht, was ich meine, das ist es, was mich quält.

IX

In dieser Jahreszeit haben die Frauen es satt, Sommerkleider, bedruckte Stoffe und Sandalen zu tragen. In den Geschäften ist bereits Herbst. Dicke Pullover und Röcke sind mit Stecknadeln an schwarzen oder violetten Samt geheftet. Die jungen Verkäuferinnen sind wie Kurtisanen geschminkt. Ich beschäftige mich fieberhaft mit Kleidern. Alle Gespräche in den Geschäften klingen in meinen Ohren vernünftig.

»Der Ausschnitt geht nicht. Er ist zu streng. Ich brauche etwas Verspieltes. Verstehen Sie, was ich meine?«

»Ja, ich verstehe.«

»Ich möchte etwas sehr Schickes und sehr Provokatives. Verstehen Sie, was ich meine?«

»Ja, ich weiß genau, was Ihnen vorschwebt.«

Jahrelang habe ich verblichene Farben getragen, die ich plötzlich nicht mehr ausstehen kann. Ich kaufe eine dunkelrote Satinbluse, einen violetten Schal und einen dunkelblauen Rock. Ich lasse mir die Haare schneiden, zupfe mir die Augenbrauen und versuche es mit einem lila Lippenstift und bräunlichem Rouge. Mich entsetzt der Gedanke daran, wie ich in Australien herumgelaufen bin, in einem verwaschenen Baumwollwickelrock, einem T-Shirt, wegen der Hitze mit nackten Beinen, ungeschminkt und schwitzend mit einem Baumwollhut auf dem Kopf. An den Beinen traten die Adern hervor. Ich bin beinahe überzeugt, dass eine etwas geschicktere Aufmachung nachhaltigeren Eindruck auf ihn gemacht und etwas dramatischere Kleider mich vielleicht weniger schnell ersetzbar gemacht hätten. Ich stelle mir vor, X unerwartet auf einer Party oder auf der Straße in Toronto zu begegnen. Mein Anblick versetzt ihm einen Schock, mein verändertes Aussehen und die spät erblühte Schönheit werfen ihn um. Aber ich glaube, man muss selbst in diesen Zeiten der grellen Mode aufpassen; man muss aufpassen, damit man den Punkt nicht übersieht, an dem die Schönheit sich in Absurdität verwandelt. Vielleicht passen sie alle auf, all die alten Frauen, die ich auf der Queen Street sehe: die Dicke mit dem rosa Haar, die Achtzigjährige mit den aufgemalten schwarzen Augenbrauen. Vielleicht glauben sie alle, sie seien noch nicht zu weit gegangen, noch nicht ganz. Selbst die Butterblume, die ich vor ein paar Tagen in der Straßenbahn gesehen habe, die kleine, stämmige Frau in den Sechzigern in einem gelben Rüschenkleid, das ein ganzes Stück über den Knien endete; dazu trug sie einen Strohhut mit gelben Bändern und im selben Ton gefärbte Pumps an den dicken kleinen Füßen – selbst sie will sich nicht parodieren. Im Spiegel sieht sie eine Blume, die üppigen Blütenblätter, das hübsche buttergelbe Licht.

Ich suche Ohrringe. Den ganzen Tag über suche ich Ohrringe, die ich deutlich vor mir sehe. Ich möchte viele kleine filigrane Silberkügelchen, die an den Ohren baumeln. Sie sollen aus altem angelaufenem Silber sein. Ich kann mich an diese Mode noch gut erinnern; man sollte glauben, man würde sie mit Sicherheit in den Secondhandläden finden. Aber ich kann sie nirgendwo entdecken; ich kann keine Ohrringe entdecken, die ihnen auch nur im Entferntesten gleichen, und dabei scheinen sie mir immer wichtiger zu werden. Ich gehe in einen kleinen Laden in einer Seitenstraße in der Nähe von College und Spadina Street. Der ganze Laden ist mit schwarzem Papier dekoriert und auf billige, leicht gespenstische Effekte angelegt – so sitzt etwa eine kahle, nackte Schaufensterpuppe auf einer Leiter, behängt mit einer Kette. Ein Kleid, wie ich es in den fünfziger Jahren trug, ein Tanzkleid aus rosa Tüll mit Pailletten, das unter den Armen schrecklich scheuerte, ist so auf das schwarze Papier drapiert, dass es sündhaft und begehrenswert wirkt.

Ich suche die Schublade mit dem Schmuck. Die Verkäuferinnen sind mit einer Kundin beschäftigt, die ein dreiteiliger Spiegel meinen Blicken entzieht. Eine Verkäuferin ist dick, wirkt zigeunerhaft, und ihr Gesicht hat die sanfte Farbe einer Aprikose. Die andere ist dünn und hat wie ein Skunk in ihren schwarzen Haaren einen breiten weißen Streifen. Die beiden quietschen vor Vergnügen, während sie der Kundin Hüte und Ketten zum Anprobieren bringen. Schließlich sind alle zufrieden, und hinter dem Spiegel taucht eine schöne junge Dame auf, die keineswegs eine junge Dame ist, sondern ein hübscher junger Mann, der sich als Dame verkleidet hat. Er trägt ein schwarzes Samtkleid mit langen Ärmeln und einer Spitzenpasse, schwarze Pumps und Handschuhe, einen kleinen schwarzen Hut mit einem gepunkteten Schleier. Er ist diskret und zurückhaltend geschminkt, und man sieht einen Kranz brauner Locken. Er ist die hübscheste und damenhafteste Person, die mir an diesem Tag begegnet ist. Sein lächelndes Gesicht ist angespannt und zittert unruhig. Ich weiß noch, dass ich mich als Zehn- oder Elfjährige mit alten Vorhängen als Braut verkleidet habe oder als geschminkte Dame mit einem Federhut. Nach all der Mühe, den vielen Ideen und der eigenen Begeisterung für das Ergebnis entstand eine beträchtliche Ernüchterung. Was sollte ich jetzt tun? Auf dem Gehweg auf und ab stolzieren? In dieser Art Zurschaustellung liegt eine große Gefahr; sie erfordert viel Mut und führt oft zu Enttäuschung.

Er hat eine jungenhafte, helle Stimme. Er ist gleichzeitig forsch und schüchtern.

»Wie seh ich aus, Mama?«

»Sehr hübsch siehst du aus.«

X

Ich bin an einem Tiefpunkt angelangt. Ich erkenne es. Das muss bedeuten, dass ich darüber hinwegkomme.

Ganz sicher bin ich an einem Tiefpunkt angelangt. Ich werde mit den Attacken nicht mehr fertig, wenn ich keine Hilfe bekomme, und es gibt nur einen Menschen, dessen Hilfe ich möchte, der ist X. Ich kann meinen Körper nicht länger durch die Straßen schleppen, es sei denn, ich existiere in seiner Vorstellung und in seinen Augen. Die Menschen leiden oft unter diesem Problem, und wir wissen, sie sind selbst daran schuld. Sie müssen nur ihre Einstellung ändern, das genügt. Es ist kein ehrenhaftes Problem. Die Liebe ist nichts Ernsthaftes, obwohl sie fatal sein kann. Das habe ich irgendwo gelesen und glaube es. Gott sei Dank weiß ich nicht, wo er sich aufhält. Ich kann ihn nicht anrufen, kann ihm keine Briefe schreiben und ihm nicht auf der Straße auflauern.

Ein Mann, mit dem ich Schluss gemacht hatte, verfolgte mich ständig. Schließlich überredete er mich, mit ihm in ein Café zu gehen und einen Tee mit ihm zu trinken.

»Ich weiß, was für einen jämmerlichen Anblick ich biete«, sagte er. »Ich weiß, wenn du noch einen Funken Liebe für mich empfinden würdest, würde er jetzt erlöschen.«

Ich schwieg.

Er schlug mit dem Löffel gegen die Zuckerdose.

»Was denkst du, wenn du mit mir zusammen bist?«

Ich wollte antworten: »Ich weiß nicht.« Stattdessen sagte ich: »Ich denke daran, wie gern ich hier weg möchte.«

Er sprang zitternd auf und ließ den Löffel zu Boden fallen. »Du bist von mir befreit«, erklärte er mit erstickter Stimme. Diese Szene ist komisch und schrecklich, theatralisch und real. Er war in der gleichen verzweifelten Notlage, wie ich es jetzt bin, und ich hatte kein Mitleid mit ihm. Es tut mir auch jetzt nicht Leid, dass ich kein Mitleid mit ihm hatte.

XI

Ich hatte einen angenehmen Traum, der weit von meinem wachen Zustand entfernt war. X, ich und ein paar andere Leute, die ich nicht kannte, oder an die ich mich nicht erinnerte, trugen ganz unschuldig Sportunterwäsche, die sich an einem bestimmten Punkt in transparente, leuchtend weiße Kleider verwandelte. Es stellte sich heraus, dass es sich nicht nur um Kleider handelte, sondern um unsere Körper, unser Fleisch und unsere Knochen, in gewisser Weise auch um unsere Seelen. Es kam zu Umarmungen, die mit der üblichen Leidenschaftlichkeit begannen, wegen der Leichtigkeit und Zartheit unserer Körper jedoch in einem seltenen Zustand der Zufriedenheit endeten. Ich kann es nicht richtig beschreiben, es klingt wie ein Filmtraum vom Himmel, ganz banal und unschuldig. Ich vermute, so war es auch. Ich kann mich nicht für die Banalität meiner Träume entschuldigen.

XII

Ich gehe über die Straße zu Rooneems Bäckerei und setze mich mit einer Tasse Kaffee an einen der kleinen Tische. Rooneem ist eine estländische Bäckerei, und dort trifft man normalerweise eine südländische Hausfrau mit einem schwarzen Kleid, ein Kind, das auf die Kuchen starrt, und einen Mann, der Selbstgespräche führt.

Ich setze mich so, dass ich die Straße beobachten kann. Ich habe das Gefühl, X ist irgendwo in der Nähe. Sagen wir, im Umkreis von tausend Meilen … im Umkreis von hundert Meilen … hier in der Stadt. Er weiß nicht, wo ich wohne, aber er weiß, dass ich in Toronto bin. Es wäre nicht allzu schwierig, mich ausfindig zu machen.

Gleichzeitig denke ich, ich sollte loslassen. Im Grunde gilt es, mich zu entscheiden, ob ich verrückt werden will oder nicht; und ich habe nicht die Kraft, den reinen, eisernen Willen, lange verrückt zu sein.

Es gibt eine Grenze für das Maß an Leid und Verwirrung, das man wegen der Liebe bereit ist, auf sich zu nehmen, ganz so wie es eine Grenze für das Maß an Unordnung gibt, die man in einem Haus ertragen kann. Man weiß nicht im Voraus, wo diese Grenze liegt; doch man weiß, wann sie erreicht ist. Daran glaube ich.

Wenn man wirklich anfängt sich loszumachen, dann ist das so: Ein Anflug von Schmerz durchzuckt einen, wenn man es nicht erwartet. Dann folgt eine Leichtigkeit. Die Leichtigkeit ist etwas, worüber man nachdenken muss. Sie ist nicht nur Erleichterung. Sie bringt eine seltsame Art Genuss mit sich, keinen masochistischen oder boshaften Genuss, an ihm ist nichts Persönliches. Es ist ein ungerufener Genuss zu erkennen, dass das Muster nicht passt, dass das Gebäude nicht standhält; es ist ein Genuss, noch einmal all das zu bedenken, was am Leben widersprüchlich, hartnäckig, unannehmbar ist. Ich glaube, so ist es. Ich glaube, irgendetwas in uns möchte sich all dessen versichern, und zwar neben – und im Kampf mit – allem, was dauerhafte Perspektiven und viele gute Gespräche wünscht.

Ich denke an meinen weißen Traum und daran, wie deplatziert er zu sein schien. Deplatzierung scheint der rote Faden in der Liebe zu sein, der Kern des Problems. Aber wie jemand, der betrunken ist oder unter Drogeneinfluss steht, kann ich nicht ganz begreifen, was ich sehe.

Ich brauche eine Ruhepause. Eine bewusste Ruhepause mit neuen Definitionen von Glück. Nicht die Art Glück, von dem Dennis sprach. Du hast Glück, du sitzt bei Rooneem und trinkst Kaffee, während die Leute kommen und gehen, essen und trinken, Kuchen kaufen, Spanisch, Portugiesisch, Chinesisch und andere Sprachen sprechen, die du versuchen kannst zu identifizieren.

XIII

Kay kommt vom Land zurück. Auch sie hat sich neu eingekleidet. Sie trägt ein dunkelgrünes Schulmädchenkleid ohne Bluse oder BH, außerdem dunkelgrüne Kniestrümpfe und Halbschuhe.

»Sieht das nicht verrückt aus?«

»Doch.«

»Wirken meine Arme dadurch nicht braun? Erinnerst du dich an dieses alte Gedicht mit der Frau, die dunkle Arme hatte?«

Kays Arme wirken weich und braun.

»Ich wollte schon am Sonntag kommen, aber Roy brachte einen Freund mit, und wir haben Mais geröstet. Es war schön. Du solltest einmal hinauskommen. Wirklich.«

»Eines Tages.«

»Die Kinder tobten herum wie niedliche Teufel, und wir tranken den ganzen Abend Honigwein. Roy weiß, wie man Fruchtbarkeitspuppen macht. Roys Freund heißt Alex Walther, er ist ein berühmter Anthropologe. Ich hatte das Gefühl, ich hätte ihn kennen müssen, stimmte aber nicht. Er hat es mir nicht verübelt. Er ist ein netter Mann. Weißt du, was er getan hat? Als es dunkel wurde und wir alle am Feuer saßen, kam er zu mir, seufzte und legte mir den Kopf in den Schoß. Ich fand, es war eine so nette, einfache Geste. Wie ein Bernhardiner. Das hat noch niemand zuvor gemacht.«

Prue

Prue lebte mit Gordon zusammen. Das war zu der Zeit, als Gordon seine Frau verlassen hatte, und noch bevor er wieder zu ihr zurückkehrte – insgesamt ein Jahr und vier Monate. Einige Zeit später ließen er und seine Frau sich scheiden. Es folgte eine Zeit der Unentschlossenheit; sie lebten zusammen, trennten sich wieder; dann ging seine Frau nach Neuseeland – höchstwahrscheinlich für immer.

Prue kehrte nicht nach Vancouver Island zurück, wo Gordon sie kennen gelernt hatte. Damals arbeitete sie als Empfangsdame eines Ferienhotels. Sie fand eine Stelle in Toronto; sie arbeitete in einem Blumenladen. Inzwischen hatte sie viele Freunde in Toronto – meist waren es Freunde von Gordon und seiner Frau. Sie mochten Prue und waren bereit, sie zu bedauern, aber sie redete es ihnen lachend aus. Prue ist höchst liebenswert. Sie spricht, wie die Kanadier im Osten sagen, mit einem kanadischen Akzent, obwohl sie in Kanada geboren wurde – in Duncan auf Vancouver Island. Der Akzent hilft ihr, zynische Dinge charmant und unbekümmert zu sagen. Sie stellt ihr Leben in Anekdoten dar, und obwohl die meisten ihrer Geschichten im Kern um vereitelte Hoffnungen, lächerlich gemachte Träume kreisen, um Dinge, die sich nie wie erwartet entwickelt haben, dass alles sich auf eine bizarre Weise verändert und dass es niemals eine Erklärung dafür gibt, amüsieren sich die Leute, wenn sie ihr zuhören. Sie sagen von Prue, es sei eine Wohltat, jemanden zu treffen, der sich selbst nicht zu ernst nimmt, der so wenig anstrengend und so kultiviert ist, der nie wirklich etwas fordert oder sich beklagt.

Nur über ihren Namen beklagt sie sich bereitwillig. Prue ist ein Schulmädchen, erklärt sie, und Prudence eine alte Jungfer. Die Eltern, die ihr diesen Namen gegeben haben, müssen zu kurzsichtig gewesen sein, um auch nur an die Pubertät zu denken. Was wäre, wenn sie einen üppigen Busen bekommen hätte, fragt sie, oder ein sinnliches, erotisches Aussehen? Oder war der Name bereits eine Garantie dafür, dass dies nicht geschehen würde? Inzwischen ist sie Ende vierzig, zierlich und hübsch; sie widmet sich den Kunden mit pflichtbewusster Lebhaftigkeit, unterhält ihre Gäste beim Abendessen und ist vielleicht nicht weit von dem entfernt, was die Eltern im Sinn hatten: eine intelligente, rücksichtsvolle Frau, eine fröhliche Zuschauerin. Es fällt schwer, ihr Reife, Mütterlichkeit und echte Probleme zuzugestehen.

Ihre erwachsenen Kinder, Produkte einer frühen Ehe auf Vancouver Island, die Prue eine kosmische Katastrophe nennt, besuchen sie. Anstatt wie die Kinder anderer Eltern Geld zu verlangen, bringen sie ihr Geschenke, versuchen, ihre Buchführung zu erledigen, veranlassen, dass ihr Haus gegen die Kälte isoliert wird. Sie freut sich über die Geschenke, hört auf die Ratschläge ihrer Kinder und versäumt wie eine leichtsinnige Tochter, ihre Briefe zu beantworten.

Ihre Kinder hoffen, dass sie nicht wegen Gordon in

Toronto bleibt. Das hoffen alle. Sie würde bei dieser Vorstellung lachen. Sie gibt Partys, besucht Partys, manchmal geht sie mit anderen Männern aus. Ihre Einstellung zum Sex ist sehr tröstlich für all diejenigen unter ihren Freunden, die schrecklichen Leidenschaften und Eifersüchten verfallen und glauben, den Boden unter den Füßen zu verlieren. Prue scheint Sex als einen gesunden, leicht albernen Genuss zu betrachten wie Tanzen und gutes Essen – etwas, das Leute nicht daran hindern sollte, freundlich und fröhlich miteinander umzugehen.

Jetzt, nachdem Gordons Frau für immer gegangen ist, besucht er Prue gelegentlich und lädt sie manchmal zum Essen ein. Sie gehen nicht immer ins Restaurant, sie essen manchmal auch bei ihm zu Hause. Gordon ist ein guter Koch. Solange Prue oder seine Frau bei ihm lebte, konnte Gordon nicht kochen. Aber als er anfing, sich damit zu beschäftigen, wurde er – das sagt er ehrlich – ein besserer Koch als die beiden Frauen.

Vor kurzem aßen er und Prue bei ihm zu Hause zu Abend. Er hatte Huhn Kiew gekocht, und zum Dessert gab es Crème brûlée. Wie die meisten Leute, die noch nicht lange ernsthaft kochen, redete er über das Essen.

Gordon ist reich – gemessen an Prue und den meisten anderen Leuten. Er ist Neurologe. Er lebt in einem neu gebauten Haus an einem Hügel nördlich der Stadt. Früher gab es dort malerische, unwirtschaftliche Farmen. Jetzt stehen dort sehr teure, von Architekten individuell geplante Häuser auf Grundstücken, die einen halben Morgen groß sind. Wenn Prue Gordons Haus beschreibt, sagt sie etwa: »Weißt du, dass es bei ihm vier Badezimmer gibt? So können keine Probleme entstehen, wenn vier Leute gleichzeitig ein Bad nehmen wollen. Es kommt mir ein bisschen übertrieben vor, aber es ist wirklich sehr nett, und man muss nie durch den Flur gehen.«

In Gordons Haus gibt es einen erhöhten Essplatz – eine Art Plattform, umgeben von einer Sitzmulde, einer Musikmulde und einer dichten Pflanzenwand unter einem geneigten Glasdach. Vom Essplatz aus kann man den Eingang nicht sehen, doch in dem Haus gibt es keine Trennwände, so dass man an einem Ende hört, was am anderen vorgeht.

Während des Essens klingelte es an der Tür. Gordon entschuldigte sich und ging die Stufen hinunter. Prue hörte eine weibliche Stimme. Die Frau stand immer noch draußen, deshalb verstand Prue die Worte nicht. Sie hörte Gordon gedämpft und warnend sprechen. Die Tür wurde nicht geschlossen – offensichtlich bat er die Frau nicht herein. Doch die Unterhaltung ging leise und wütend weiter. Plötzlich stieß Gordon einen Schrei aus und erschien heftig winkend auf den Stufen.

»Die Crème brûlée«, rief er, »würdest du bitte ...?« Er eilte wieder hinunter, und Prue stand auf und ging in die Küche, um das Dessert zu retten. Als sie zurückkam, stieg er gerade langsam die Stufen hinauf; er wirkte aufgeregt und erschöpft.

»Eine Freundin«, erklärte er düster, »war sie in Ordnung?« Prue begriff, dass er von der Crème brûlée sprach. Sie versicherte ihm, sie sei gerade rechtzeitig in die Küche gekommen; das Dessert könne nicht besser sein. Er dankte ihr, seine Stimmung besserte sich aber nicht. Offensichtlich bekümmerte ihn nicht das Dessert, sondern das Geschehen an der Tür. Um ihn abzulenken, stellte Prue ihm sachliche Fragen über die Pflanzen.

»Ich verstehe nichts davon«, erwiderte er, »das weißt du.«

»Ich dachte, du hättest dir einiges Wissen über Pflanzen angeeignet. Du hast ja auch Kochen gelernt.«

»Sie kümmert sich darum.«

»Mrs Carr?«, fragte Prue und meinte die Haushälterin.

»Wer sonst? Was glaubst du denn?«

Prue errötete. Sie hasste es, misstrauisch zu wirken.

»Mein Problem ist, ich glaube, ich würde dich gerne heiraten«, erklärte Gordon, ohne dass ihn das merklich aufheiterte. Gordon ist ein großer Mann mit einem groben Gesicht. Er trägt gern dicke Sachen und weite Pullover. Seine blauen Augen sind oft blutunterlaufen. Ihr Ausdruck verrät, dass sich in dieser mannhaften Festung eine hilflose, verwirrte Seele windet.

»Welch ein Problem«, erwiderte Prue leichthin, doch sie kannte Gordon gut genug, um zu wissen, dass es tatsächlich ein Problem war.

An der Haustür klingelte es noch einmal, ein zweites und ein drittes Mal, ehe Gordon öffnen konnte. Diesmal krachte es, als werde etwas geworfen und falle hart zu Boden. Die Tür knallte ins Schloss, und im nächsten Moment tauchte Gordon wieder auf. Er taumelte auf den Stufen und hielt die Hand an den Kopf, bedeutete aber gleichzeitig mit der anderen Hand, es sei nichts Ernsthaftes geschehen, Prue möge sich wieder setzen.

»Verdammte Tasche«, sagte er, »sie hat sie nach mir geworfen.«

»Hat sie dich getroffen?«

»Gestreift.«

»Es klang sehr hart für eine Tasche. Waren Steine darin?«

»Vermutlich Dosen. Deodorants und so weiter.«

»Oh.«

Prue sah zu, wie er sich einen Drink eingoss. »Ich hätte gern einen Kaffee. Darf ich?«, fragte sie. Prue ging in die Küche, stellte Wasser auf, und Gordon folgte ihr.

»Ich glaube, ich liebe die Frau«, sagte er.

»Wer ist es?«

»Du kennst sie nicht. Sie ist ziemlich jung.«

»Oh.«

»Aber ich glaube, ich möchte dich heiraten ... in ein paar Jahren.«

»Nachdem du über deine Liebe hinweg bist?«

»Ja.«

»Nun, ich vermute, niemand weiß, was in ein paar Jahren alles geschehen kann.«

Wenn Prue darüber spricht, sagt sie: »Ich glaube, er fürchtete, ich würde lachen. Er weiß nicht, weshalb die Leute über ihn lachen und Taschen nach ihm werfen. Aber er hat festgestellt, dass sie es tun. Im Grunde ist er so korrekt. Das wundervolle Abendessen ... dann kommt sie und wirft die Tasche. Es ist ziemlich vernünftig von ihm, daran zu denken, dass er mich in ein paar Jahren heiraten will, wenn er über seine Liebe hinweggekommen ist. Ich glaube, er dachte zuerst daran; er wollte es mir sagen, um mich irgendwie zu beruhigen.«

Prue erwähnte nicht, dass sie am nächsten Morgen einen von Gordons Manschettenknöpfen mitgenommen hat. Die Manschettenknöpfe sind aus Bernstein; Gordon kaufte sie auf einer Reise nach Russland, die er mit seiner Frau unternahm, nachdem sie sich wieder versöhnt hatten. Sie sehen aus wie eckige, goldene, fast durchsichtige Bonbons. Der Manschettenknopf erwärmt sich schnell in ihrer Hand. Sie lässt ihn in die Jackentasche gleiten. Es ist kein richtiger Diebstahl, wenn sie einen nimmt. Es könnte eine Erinnerung sein, ein kleiner persönlicher Streich, reiner Unsinn.

Sie ist allein in Gordons Haus. Er ist wie immer früh gegangen. Die Haushälterin kommt erst um neun. Prue muss nicht vor zehn im Geschäft sein; sie könnte sich Frühstück machen, hier bleiben und eine Tasse Kaffee mit der Haushälterin trinken. Sie kennen sich noch von früher. Aber nachdem der Manschettenknopf in ihrer Tasche liegt, hält sie sich nicht länger auf. Das Haus wirkt zu öde, um auch nur eine Minute noch hier zu bleiben. Prue hat den Bauplatz mit ausgesucht. Aber sie ist nicht für die Pläne des Architekten verantwortlich. Zu diesem Zeitpunkt war die Ehefrau wieder zurückgekehrt.

Sie geht nach Hause zurück und legt den Manschettenknopf in eine alte Tabaksdose. Die Kinder haben diese Tabaksdose beim Trödler gekauft und ihr geschenkt. Damals rauchte sie, und die Kinder machten sich Sorgen. Deshalb schenkten sie ihr die Dose, füllten sie mit Karamellbonbons, Fruchtdrops und Gummibärchen und legten einen Zettel dazu, auf dem stand:

»Werde bitte lieber dick.« Das war ein Geburtstagsgeschenk. Jetzt liegen in der Dose noch andere Dinge außer dem Manschettenknopf – es sind alles Kleinigkeiten ohne großen Wert, aber auch nicht wertlos: ein emailliertes Tellerchen, ein Salzlöffel aus Sterlingsilber, ein Fisch aus Kristallglas. Es sind keine sentimentalen Andenken. Prue betrachtet sie nie und vergisst oft, was in der Dose liegt. Es sind auch keine Beutestücke, und sie haben keine rituelle Bedeutung. Sie nimmt nicht immer etwas mit, wenn sie Gordon besucht oder dort übernachtet, um sich an einen denkwürdigen Besuch – wie man es nennen könnte – zu erinnern. Sie tut es nicht in einer Art Benommenheit; sie scheint dabei nicht unter einem Zwang zu stehen. Sie nimmt nur ganz einfach hin und wieder etwas mit, lässt es in der dunklen Tabaksdose verschwinden und vergisst es mehr oder weniger.

Labor Day Dinner

Kurz vor sechs Uhr abends klettern George und Roberta, Angela und Eva aus dem Pickup – George hat seinen Pkw gegen einen Pickup eingetauscht, als er aufs Land zog – und gehen im Schatten zweier hoher, prachtvoller Ulmen, deren Rettung kostspielig gewesen war, über den Vorplatz von Valeries Haus. Valerie sagt, diese Bäume haben sie eine Reise nach Europa gekostet. Das Gras um die Stämme ist während des ganzen Sommers gepflegt worden, so dass es grün geblieben ist, und leuchtende Dahlien umsäumen es. Das Haus ist aus blassroten Backsteinen gebaut; Türen und Fenster haben dekorative Rahmen aus helleren Backsteinen, die ursprünglich einmal weiß waren. Diesen Stil findet man in Grey County oft; vielleicht hatte sich einer der früheren Bauunternehmer darauf spezialisiert.

George trägt die zusammengeklappten Liegestühle, die er auf Valeries Bitte hin mitgebracht hat. Roberta balanciert das Dessert – eine Himbeerbombe aus Früchten, die sie auf ihrer Farm – Georges Farm – im Frühsommer gepflückt haben. Roberta hat Eiswürfel darum gepackt und das Ganze mit Geschirrtüchern umwickelt. Aber sie möchte das Dessert schnell in den Gefrierschrank stellen. Angela und Eva tragen Weinflaschen. Angela und Eva sind

Robertas Töchter. Roberta hat mit ihrem Ehemann vereinbart, dass sie den Sommer immer bei ihr und George verbringen und das Schuljahr bei ihm in Halifax. Robertas Mann ist bei der Marine. Angela ist siebzehn, Eva zwölf.

Diese vier Leute sind so gekleidet, dass man annehmen könnte, sie wollen zu verschiedenen Partys gehen. George ist ein kräftiger, dunkler Mann mit einem breiten Brustkorb. Er wirkt einschüchternd, professionell, selbstsicher und ungeduldig (er war früher Lehrer); er trägt ein sauberes T-Shirt und eine unauffällige Hose. Roberta trägt eine ausgebleichte Baumwollhose und ein weites rohseidenes Oberteil von rötlich erdiger Farbe – eine Farbe, die zu ihren dunklen Haaren und der blassen Haut passt, wenn sie in guter Verfassung ist. Aber heute ist sie das nicht. Beim Schminken im Badezimmer fand sie, ihre Haut erinnere an ein Stück Wachspapier, das man zusammengeknüllt und dann wieder glatt gestrichen hatte. Einen Augenblick lang war sie zufrieden, weil sie so schlank ist, und dachte daran, ein gewagtes, silbernes rückenfreies Oberteil mit einem Halsträger zu wählen – ein teurer Spaß. Aber sie änderte im letzten Moment ihren Entschluss. Sie hatte eine Sonnenbrille aufgesetzt, denn in letzter Zeit fängt sie plötzlich an zu weinen – nie wenn es wirklich schlimm ist, sondern in den Zeiten dazwischen. Und diese Tränenausbrüche sind so lästig wie Niesen.

Angela und Eva sind dramatisch kostümiert. Sie haben im oberen Stockwerk von Georges Haus eine Kiste mit alten Vorhängen gefunden und daraus ihren Aufzug zusammengestellt. Angela hat smaragdgrünen Damast mit langen sonnengebleichten Streifen so drapiert, dass eine goldene Schulter frei bleibt. Aus demselben Stoff hat sie Blätter geschnitten, auf Pappe geklebt und sie sich ins

Haar gesteckt. Angela ist groß, blond, und ihre neu erworbene Schönheit macht sie verlegen. Sie gibt sich alle Mühe, sie wie jetzt zur Schau zu stellen. Aber wenn ihr jemand sagt, dass sie wie eine Göttin aussieht, wird sie rot, runzelt die Stirn, wirkt trotzig und beleidigt. Eva trägt ein paar zarte, vergilbte Spitzenvorhänge, die sie geschickt drapiert, gebauscht und mit Nadeln, Bändern und kleinen Sträußen aus wildem Phlox, der bereits welkt und die Blätter verliert, zusammenhält. Einen Vorhang hat sie sich um die Stirn gesteckt; er fällt ihr wie ein Brautschleier aus den zwanziger Jahren über den Rücken. Vorsichtshalber trägt sie Shorts, damit niemand durch die Spitzen hindurch Unterwäsche sieht. Eva ist puritanisch, Anstoß erregend – eine Akrobatin, eine Parodistin, eine Optimistin, ein Störenfried. Ihr Gesicht unter dem aufgesteckten Schleier ist sündig mit grünen Lidschatten, dunklem Lippenstift, mit Rouge und Maskara geschminkt. Die lauten Farben betonen den kindlichen Ausdruck von Sorglosigkeit und Unerschrockenheit.

Angela und Eva haben sich während der Fahrt auf der Ladefläche in die Liegestühle gelegt. Von Georges Haus bis zu Valerie sind es nur drei Meilen; aber Roberta fand, es sei zu gefährlich – die Mädchen sollten sich nicht in die Liegestühle, sondern auf den Boden setzen. Zu ihrer Überraschung verteidigte George die Mädchen und erklärte, es müsse schmachvoll für sie sein, in ihrem Staat auf dem Boden kauern zu müssen. Er versprach, langsam zu fahren und Schlaglöchern auszuweichen. Roberta war etwas nervös, aber auch erleichtert, als sie sah, dass er genau die Dinge nachsichtig und wohlwollend beurteilte – Theatralik und Zurschaustellung –, von denen sie erwartet hatte, sie würden ihn ärgern. Roberta hat es aufgegeben, lange

Röcke und Kaftane zu tragen, denn er äußerte einmal, der Anblick von Frauen in solchen Gewändern sei ihm zuwider. Denn nach seiner Ansicht demonstrieren sie, wie er sagt, nicht nur die Absicht einer Frau, keinesfalls ernsthaft zu arbeiten, sondern ihren Wunsch, bewundert und umworben zu werden. Für diesen Wunsch hat George kein Verständnis, und er hat in seinem Leben auch einige Energie darauf verwendet, ihn zu unterdrücken.

Nachdem er sich so freundlich mit den Mädchen unterhalten und ihnen auf den Wagen geholfen hatte, glaubte Roberta, er würde mit ihr sprechen, vielleicht sogar ihre Hand nehmen und ihre geheimen Sünden beiseite schieben; aber das geschah nicht. Eingesperrt in dem Wagen fahren sie beinahe so langsam wie ein Leichenwagen über die kochend heißen Schotterstraßen; ein mörderisches Schweigen lähmt sie. An der Peripherie spürt Roberta, dass sie sich wie ein vergilbtes Blatt zusammenrollt. Sie weiß, es ist ein hysterisches Bild. Ebenso hysterisch ist ihr Drang zu schreien, die Tür aufzureißen und sich auf den Schotter zu stürzen. Sie sollte sich Mühe geben, nicht hysterisch zu sein, nicht zu übertreiben. Aber es ist doch Hass – was kann es anderes sein? –, was George ununterbrochen produziert und ihr wortlos entgegenschleudert. Mit Sicherheit ist es ein tödliches Gas. Sie versucht, das Schweigen zu brechen, gibt leise, besorgte Laute von sich, während sie die Handtücher über der Himbeerbombe festbindet und dann seufzt – ein lautes gespieltes Seufzen, das müde, zufrieden und behaglich klingen soll. Sie fahren zwischen hohen Maisstauden dahin; ihr fällt auf, wie hässlich der Mais ist – eintönige Pflanzen mit groben Blättern: eine alberne Armee. Wie lange geht das schon so? Seit gestern Morgen: Sie spürte es an ihm schon vor dem Aufstehen. Gestern

Abend sind sie ausgegangen und haben sich in dem Versuch, die Lage zu verbessern, betrunken. Aber die Entspannung war nicht von Dauer.

Vor der Abfahrt stand Roberta im Schlafzimmer und befestigte den Träger ihres Oberteils, als George hereinkam und fragte: »Ach, das ziehst du an?«

»Ja, dachte ich. Sieht es nicht gut aus?«

»Du hast schlaffe Oberarme.«

»Ach ja? Dann ziehe ich etwas mit Ärmeln an.«

Nachdem sie weiß, dass er sich auch auf der Fahrt nicht mit ihr versöhnen wird, hört sie seine Worte im Geist noch einmal. In seiner Stimme liegt eine harte Befriedigung, die Zufriedenheit, seinen Abscheu zu äußern. Ihr alternder Körper ekelt ihn an. Das hätte sich voraussehen lassen. Sie beginnt zu summen; sie spürt die Leichtigkeit und Freiheit, den großen taktischen Vorteil dessen, dem man Unrecht getan, dem man die nackte Herausforderung entgegengeschleudert, das Unverzeihliche gesagt hat.

Aber angenommen, er hält es nicht für unverzeihlich, angenommen, in seinen Augen ist sie unverzeihlich? Sie ist immer die Zielscheibe; sie erlebt täglich neue Katastrophen. Früher versuchte sie mit allen Mitteln, jedes Anzeichen von Zerfall zu beseitigen, sobald sie es bemerkte. Jetzt schaffen die Heilmittel weitere Probleme. Sie trägt hektisch Creme auf ihre Fältchen auf, und ihr Gesicht ist übersät mit Pickeln wie bei einem Teenager. Sie hungerte so lange, bis ihre Taille dünn genug war, um zu gefallen, und deshalb wirken Wangen und Hals jetzt hager. Schlaffe Oberarme – wie kann man die Oberarme straffen? Was lässt sich dagegen tun? Jetzt muss sie bezahlen. Wofür? Für die Eitelkeit. Noch nicht einmal so sehr dafür. Einfach deshalb, weil sie einmal dieses angenehme Äußere besaß und sie es für sich sprechen ließ. Einfach dafür, dem Zusammenspiel von Haaren, Schultern und Brüsten die Wirkung zu lassen. Man hört nicht rechtzeitig damit auf; man weiß nicht, was man stattdessen tun soll. Man gibt sich der Demütigung preis. So denkt Roberta, während das Selbstmitleid – sie weiß, es ist Selbstmitleid – in ihr aufsteigt und in ihr überfließt wie bittere Galle.

Sie muss hier weg; sie muss allein leben und Kleider mit Ärmeln tragen.

Aus einem dunklen Fenster unter den wilden Weinranken ruft Valerie: »Geht schon rein! Geht schon ins Haus, ich zieh gerade noch meine Strumpfhose an.«

»Lass deine Strumpfhosen aus!«, rufen George und Roberta gleichzeitig. Dem Klang ihrer Stimmen könnte man entnehmen, dass sie sich auf der ganzen Fahrt liebevoll und angeregt unterhalten haben.

»Lass deine *Strumpfhose* aus«, echoen Angela und Eva lautstark.

»Also gut, wenn ihr so viele Vorurteile gegen Strumpfhosen habt«, ruft Valerie hinter dem Fenster, »werde ich noch nicht einmal ein Kleid anziehen. Ich komme, wie ich bin.«

»Nur das nicht!«, ruft George, schwankt und hält sich die Liegestühle vors Gesicht.

Aber Valerie erscheint in einem schönen Kleid in der Tür, ein weites, langes Gewand, grün, gold und blau. Sie muss sich um Georges Ansichten über lange Kleider keine Sorgen machen. Sie ist ohnedies über jeden Vorwurf erhaben, denn niemand könnte behaupten, Valeries Aussehen fordere zu Bewunderung oder Anbetung heraus. Sie ist eine große flachbusige Frau; ihr langes, unscheinbares

Gesicht scheint vor Willkommensfreude zu zerspringen; sie strahlt vor Verständnis, Humor, Intelligenz, Herzlichkeit und Aufgeschlossenheit. Sie hat dichte, grauschwarze und lockige Haare. In diesem Sommer hat Valerie sie mutig abgeschnitten, so dass nur ein lockiger Igelkopf zurückgeblieben ist, der ihren langen, gefurchten Hals, die Falten auf den Wangen und die großen, flachen Ohren enthüllt.

»Ich finde, ich sehe wie eine Ziege aus«, hatte sie gesagt, »ich mag Ziegen. Ich liebe ihre Augen. Wäre es nicht wunderschön, so schmale, quer liegende Pupillen zu haben. Verrückt!«

Ihre Kinder sagen ihr, sie sei schon verrückt genug.

Jetzt tauchen Valeries Kinder auf, während George, Roberta, Angela und Eva sich in die Diele drängen. Roberta verkündet: Das Eis schmilzt, und die prätentiöse Kreation muss in den Kühlschrank! Als Erste kommt Ruth; sie ist fünfundzwanzig, beinahe einen Meter achtzig groß, und sie ähnelt sehr ihrer Mutter. Sie hat den Wunsch aufgegeben, Schauspielerin zu werden, und macht eine Ausbildung als Lehrerin für psychisch gestörte Kinder. Sie trägt einen Arm voll Goldrute, wilde Möhren und Dahlien – Unkraut und Blumen bunt gemischt. Sie wirft den Strauß mit einer theatralischen Geste auf den Boden und umarmt die Himbeerbombe.

»Dessert«, haucht sie liebevoll, »oh, welche Wonne! Angela, du siehst unglaublich hübsch aus! Eva, du auch. Ich weiß, wer Eva ist: Lucia von Lammermoor!«

Angela nimmt solch überschwängliches Lob von Ruth entgegen; sie sonnt sich sogar darin, denn Ruth ist der Mensch auf der Welt, den sie am meisten bewundert – möglicherweise der einzige Mensch, den sie bewundert.

»Lucia von was?«, erkundigt sich Eva glücklich, »Lucia von was?«

David, Valeries einundzwanzigjähriger Sohn, studiert Geschichte. Er steht in der Tür des Wohnzimmers und lächelt tolerant und freundlich angesichts der allgemeinen Aufregung. David ist groß und mager; er hat dunkle Haare und dunkle Haut wie Mutter und Schwester, doch er ist bedächtig, spricht leise und nie unbesonnen. In diesem Haus mit den vielen unsichtbaren Barrieren und dem empfindlichen Gleichgewicht ist es auffallend, dass die lebhaften, freimütigen Frauen David mit einer gewissen Förmlichkeit behandeln; sie scheinen um seine beschützende Geste zu bitten, obwohl sie Schutz mit größter Wahrscheinlichkeit nicht brauchen.

Als die Begrüßung vorüber ist, sagt David: »Das ist Kimberly« und macht sie nacheinander mit der jungen Frau bekannt, der er den Arm um die Schulter gelegt hat. Sie ist sehr sauber und ordentlich, trägt einen weißen Rock und ein kurzärmliges rosafarbenes Hemd, eine Brille und kein Make-up. Sie hat kurze, glatte, adrett gekämmte, angenehm hellbraune Haare. Sie gibt jedem die Hand und blickt allen durch die Brille hindurch in die Augen. Ihr Benehmen ist ungemein höflich, sogar zurückhaltend; trotzdem entsteht das unbestimmte Gefühl, als begrüße eine Dame auf einem offiziellen Empfang die ausgelassenen Mitglieder einer exotischen Delegation.

Valerie kennt George und Roberta seit Jahren. Valerie kannte sie bereits, lange bevor die beiden sich kennen lernten. Sie und George arbeiteten an derselben High-School in Toronto. George war der Fachleiter im Bereich Kunst und Valerie Studienberaterin. Sie kannte Georges Frau, eine nervöse, gut gekleidete Frau, die bei einem Flugzeugabsturz in Florida ums Leben kam. Zu dieser Zeit lebte George schon von seiner Frau getrennt.

Natürlich kannte Valerie Roberta, denn Robertas Mann Andrew ist ihr Vetter. Sie mochten sich nie besonders – Valerie und Robertas Mann –, und jeder hat Roberta gegenüber den anderen als trübe Tasse beschrieben. Andrew behauptete immer, Valerie sei eine komisch aussehende trübe Tasse und völlig unerotisch. Als Roberta Valerie berichtete, dass sie ihn verlassen wollte, verkündete Valerie: »Oh gut! Er ist so eine trübe Tasse!« Roberta freute sich über so viel Sympathie und darüber, dass sie nicht nach akzeptablen Begründungen suchen musste. Offensichtlich fand Valerie die Tatsache, dass er eine trübe Tasse war, ausreichend. Gleichzeitig hatte Roberta den Wunsch, ihren Mann zu verteidigen und herauszufinden, wie um alles in der Welt Valerie behaupten konnte, Andrew sei eine trübe Tasse. Sie wünscht immer noch, ihn zu verteidigen; und sie hat das Gefühl, er habe Pech gehabt, eine Frau wie sie zu heiraten.

Als Roberta auszog und Halifax verließ, wohnte sie bei Valerie in Toronto. Dort lernte sie George kennen, und er nahm sie mit aufs Land, um ihr seine Farm zu zeigen. Jetzt sagt Valerie, die beiden seien ihr Werk, das Ergebnis ihrer völlig unbeabsichtigten Kuppelei.

»Ich habe zum ersten Mal aus der Nähe gesehen, wie eine Liebe aufblüht«, sagte sie, »es war, als beobachte ich eine Amaryllis. Faszinierend.«

Aber so sehr Roberta die beiden auch mag und ihnen alles Gute wünscht, so glaubt sie doch, dass Liebe etwas ist, das Valerie gut gebrauchen könnte, ohne daran erinnert zu werden. In Valeries Gesellschaft fragt man sich manchmal, was das ganze Getue eigentlich soll. Valerie überlegt das. Ihr Leben und ihre Gegenwart erinnern einen mehr als jede Meinung, die sie äußert, daran, dass Liebe nicht freundlich oder ehrlich ist und keineswegs verlässlich zum Glück beiträgt.

Als sie mit Roberta über George sprach (ehe sie wusste, dass Roberta sich in ihn verliebt hatte), sagte Valerie: »Er ist mir ein Rätsel, wirklich. Ich glaube, er ist sehr idealistisch, obwohl er es nicht gern hören würde, dass ich das sage. Diese Farm, die er gekauft hat, das selbstgenügsame, zurückgezogene, produktive Leben auf dem Land …« Dann erzählte sie, dass er in Timmins als das jüngste von sechs Kindern eines ungarischen Schuhmachers aufgewachsen und als einziges auf die High-School und die Universität gegangen ist. »Er gehört zu den Leuten, die wissen, wie sie sich bei einer Schlägerei auf der Straße verhalten, die aber nicht schwimmen können. Er brachte seinen alten griesgrämigen, krummen Vater mit nach Toronto und sorgte bis zu seinem Tod für ihn. Ich glaube, eine Frau hat es bei ihm nicht leicht.«

Roberta hörte mit großem Interesse und im Grunde gleichgültig zu, denn ihr erschien bereits alles unwesentlich, was andere Leute über George wussten. Sie beherrschten Angst und Freude. Sie hatte nicht damit gerechnet, sich zu verlieben. Im günstigsten Fall erhoffte sie sich ein Leben, wie Valerie es führte. Sie hatte ein paar Kinderbücher illustriert und glaubte, sie würde weitere Aufträge erhalten. Sie wollte sich ein Zimmer draußen in Beaches, im Osten von Toronto mieten, die Wände weiß streichen, auf Kissen anstatt auf Stühlen sitzen und lernen, diszipliniert und nachsichtig gegen sich selbst zu sein, wie es Alleinstehende ihrer Ansicht nach waren.

Valerie und Roberta gehen mit einer Flasche kaltem Wein und zwei Wassergläsern von Valeries Großmutter durch das Haus. Roberta findet, dass Valeries Haus genau dem entspricht, woran Leute denken, wenn sie sehnsüchtig von »einem Haus auf dem Land« oder genauer gesagt von einem »alten Backsteinfarmhaus« sprechen: die warmen blassroten Ziegelsteine mit den abgesetzten Rahmen aus helleren Steinen, der wilde Wein, die Ulmen, die abgeschliffenen Holzfußböden, die gehäkelten Teppiche, die weißen Wände, die abgestoßene Waschschüssel mit Krug auf der massiven Kommode vor einem blinden, alten Spiegel. Natürlich hat Valerie fünfzehn Jahre Zeit gehabt, um das zu Wege zu bringen. Sie und ihr Mann kauften das Haus für den Sommer. Nach seinem Tod verkaufte sie das Haus in der Stadt, zog in eine Wohnung, steckte ihr Geld und ihre Energie in das Farmhaus. George kaufte sein Haus und das Land vor zwei Jahren, nachdem Valerie ihn mit dieser Gegend bekannt gemacht hatte. Vor vierzehn Monaten gab er seine Arbeit als Lehrer auf und zog ganz hierher. Kurze Zeit nach dem Umzug lernte er Roberta kennen. Letztes Jahr im Dezember zog sie zu ihm. Sie glaubte, es würde vielleicht ein Jahr dauern, bis sie das Haus renoviert hatten, und George könne sich dann der Bildhauerei widmen. Er möchte eigentlich Bildhauer sein. Deshalb wollte er den Lehrerberuf aufgeben und billig auf dem Land leben, viel Gemüse anbauen und Hühner halten. Hühner hat er noch keine.

Roberta beabsichtigte, Bücher zu illustrieren, um sich zu beschäftigen. Weshalb hat sie es nicht getan? Keine Zeit, kein Platz zum Arbeiten: kein Zimmer, kein Licht, kein Tisch. Jetzt, nachdem das Leben sie auf eine neue Weise im Griff hat, gibt es keine Momente klarer Autorität.

Bisher haben sie Folgendes getan (das meiste hat George getan, während Roberta putzt und kocht): das Dach erneuert, Aluminiumfenster eingesetzt, Sack um Sack staubendes, kieselähnliches Isolationsmaterial in die Hohlräume der Wände geschüttet, gelbe Glaswollmatten unter das Speicherdach genagelt, die Ofenrohre gesäubert, einige erneuert, einen Teil des Kamins erneuert und verrottete Dachtraufen ersetzt. Nach all diesen unbedingt notwendigen und mühsamen Reparaturen ist das Haus von außen immer noch unattraktiv mit seiner Verkleidung aus dunkelroten, imitierten Backsteinen und der schiefen Veranda, auf der sich neues Holz zum Trocknen, verwertbares altes Holz, überzählige Glaswollmatten und andere nützliche Abfälle häufen. Und innen ist das Haus dunkel und riecht säuerlich. Roberta würde gerne das Linoleum herausreißen und die trostlose Tapete von den Wänden entfernen. Doch alles muss der Reihe nach geschehen; und George hat die Reihenfolge festgelegt. Es ist sinnlos, an Böden und Wände zu denken, solange Installationen und Isolation nicht abgeschlossen und die Bausubstanz nicht saniert ist. Vor kurzem hat er gesagt, in der Scheune warte auf ihn eine größere Reparatur, ehe er mit dem Innenausbau oder der Außenverkleidung des Hauses anfangen könne. Wenn er das Gebälk der Scheune nicht stützt und verstärkt, wird sie möglicherweise im nächsten Winter bei einem Schneesturm einstürzen.

Daneben gibt es den Garten; Apfel- und Kirschbäume sind geschnitten, die Himbeeren ausgeputzt, und der Rasen ist neu eingesät worden, nachdem das lange wilde Gras entfernt und die kahlen, steinigen Stellen unter den zerzausten Kiefern entsprechend vorbereitet waren. Anfangs sah Roberta das Ganze in Gedanken vor sich – alles, was erledigt worden war, erledigt wurde und noch erledigt werden musste. Jetzt denkt sie nicht mehr auf diese Weise an die Arbeit – sie hat keinen Überblick mehr. Sie bleibt in der Küche und tut einfach alles, was ansteht:

Die Bewältigung der Ernte aus dem Garten (das Kochen von Chilisauce, das Vorbereiten von Tomaten, Paprika, Bohnen und Mais für die Tiefkühltruhe, das Kochen von Tomatensaft und Kirschmarmelade) hat sie viel Zeit gekostet. Manchmal wirft sie einen Blick in die Tiefkühltruhe und fragt sich, wer das alles essen wird. George und wer noch? Sie spürt, wie ihre Rechte schwinden.

Der Tisch ist auf der langen Veranda mit den Fliegenfenstern an der Rückseite des Hauses gedeckt. Valerie und Roberta gehen durch die Tür am Ende der Veranda ein paar flache Stufen hinunter in einen kleinen, von einer Backsteinmauer umgebenen und mit Backsteinen gepflasterten Hof, den Valerie in diesem Sommer angelegt hat, aber nicht als Patio bezeichnen möchte. Sie sagt, ein Farmhaus kann keinen Patio haben. Sie weiß noch nicht, wie sie das Ganze nennen will. Sie weiß auch noch nicht, ob sie die großen, schweren Holzliegen kaufen soll, die ihr gefallen, oder bequeme, leichte Liegestühle aus Metall und Plastik, wie George und Roberta sie mitgebracht haben.

Sie füllen die alten, großen Wassergläser, aus denen sie gerne Wein trinken, und prosten sich zu. Sie hören Ruth, Eva und Angela in Ruths Zimmer lachen. Ruth hat erklärt, die beiden müssten ihr helfen, sich ebenfalls zu kostümieren. Sie will sich etwas ausdenken, mit dem sie die anderen übertreffen wird. Sie hören das Zischen der Sense, die George mitgebracht hat, um das lange Gras und die Kletten an Valeries kleinem Milchhaus zu mähen.

»Das Milchhaus wäre ein hübsches Studio«, sagt Valerie, »ich sollte es an einen Künstler vermieten. An George? An dich? Als Miete würde ich nur Grasmähen und eine Himbeerbombe verlangen. Aber George richtet sich ein Studio in der Scheune ein, nicht wahr?«

»Irgendwann«, erwidert Roberta. Im Augenblick arbeitet George im vorderen Teil des Hauses, im alten Wohnzimmer. Dort stehen ein paar halb fertige und beinahe fertige Stücke unter staubigen Tüchern und auch ein paar Holzblöcke (George arbeitet nur mit Holz) – ein großer Klotz abgelagerter Eiche und Stücke ofengetrockneter Walnuss und Kirsche. Dort liegen auch seine Sägen, Stemmeisen und Holzmeißel; außerdem lagern hier Leinöl, Terpentin, Bienenwachs und Harze; die Dosen und Gläser sind alle fest zugeschraubt und staubig. Eva und Angela schlichen manchmal ums Haus, standen auf Zehenspitzen vor dem Fenster inmitten von Schutt und Unkraut und spähten auf die verhüllten Plastiken.

»Uhh, sie sehen gespenstisch aus«, sagte Eva zu George, »was ist denn darunter?«

»Hölzerne Doughnuts«, erwiderte George, »Pop Plastiken.«

»Wirklich?«

»Eine Kartoffel und ein Baby mit zwei Köpfen.«

Als sie das nächste Mal an das Fenster kamen, war es mit einem Tuch verhängt, ein graues Material und am oberen Rand zerrissen. Dadurch wirkte das Haus für jeden, der daran vorbeifuhr, noch trostloser und heruntergekommener.

»Weißt du, dass ich die ganze Zeit über Zigaretten hatte?«, sagt Valerie. »Eine halbe Stange. Ich habe sie in meinem Zimmer im Schrank versteckt.«

Sie hat David und Kimberly in die Stadt geschickt, weil sie angeblich keine Zigaretten mehr hat. Valerie kann das Rauchen nicht aufgeben, obwohl sie Vitamintabletten nimmt und darauf achtet, nichts zu essen, was roten Farbstoff enthält. »Mir fiel nichts anderes ein, und ich musste sie eine Weile aus dem Haus haben. Jetzt wage ich nicht zu rauchen, weil sie es sonst riechen, wenn sie zurückkommen, und wissen, dass ich gelogen habe. Und jetzt möchte ich eine rauchen.«

»Dann trink stattdessen«, rät ihr Roberta. Als sie ankam, glaubte sie, mit niemandem reden zu können – sie wollte vorgeben, Kopfschmerzen zu haben und fragen, ob sie sich hinlegen könne. Aber Valerie richtet sie wie immer auf. Valerie macht das Unerträgliche interessant.

»Also, wie geht es dir?«, erkundigt sich Valerie.

»Ohhhh«, seufzt Roberta.

»Das Leben wäre wunderbar, wenn es keine Menschen gäbe«, sagt Valerie melancholisch. »Das klingt wie ein Zitat, aber ich glaube, ich habe es gerade erfunden. Das Problem ist Kimberly. Sie ist Christin. Na ja, es ist nichts dagegen einzuwenden. Wir könnten ein oder zwei Christen gebrauchen. Übrigens bin ich keine Un-Christin. Aber sie ist eine sehr auffallende Christin. Findest du nicht auch? Ich staune, wie sie es fertig bringt, dass ich mir so schlecht vorkomme.«

George genießt das Mähen. Zum einen arbeitet er gern ohne Zuschauer. Neuerdings, wenn er zu Hause arbeitet, ist er sich jedes Mal einer Schar weiblicher Zuschauer bewusst. Selbst wenn sie nicht zu sehen sind, hat er das Gefühl, dass sie ihn beobachten – sie nehmen sich Zeit, mystifizieren seine Arbeit und betrachten sie mit einem amüsierten Lächeln. Wenn er darüber nachdenkt, räumt er ein, dass Roberta einiges tut und auch arbeitet; doch soviel er weiß, hat sie bis jetzt nichts unternommen, um Geld zu verdienen. Sie hat keine Verbindung mit ihren Verlagen aufgenommen und nicht an eigenen Ideen gearbeitet. Sie erlaubt ihren Töchtern, den ganzen Sommer lang nichts zu tun. Gestern Morgen stand er müde und entmutigt auf – vor dem Einschlafen hatte er an die Arbeit gedacht, die ihn in der Scheune erwartete; dieser Gedanke schlich sich in seine Träume ein, in denen ihn Einsturzgefahren, Fehlberechnungen, tückische Konstruktionsmängel quälten –, und er ging auf die Terrasse vor der Küche in der Absicht, dort seine Frühstückseier zu essen und über die Tagesarbeit nachzudenken. Diese Terrasse ist das Einzige, was er bisher gebaut hat. Es ist die einzige Veränderung im Haus. Er hat sie im Frühjahr als Antwort auf Robertas Klagen über die Dunkelheit im Haus und die schlechte Lüftung gebaut. Er erklärte ihr: »Die Erbauer dieses Hauses haben so viel in der Sonne gearbeitet, dass es ihnen nie in den Sinn gekommen ist, sich auch noch in die Sonne zu setzen.«

Er kam also gestern mit seinem Teller und seinem Becher auf die Terrasse, und die drei waren bereits dort. Angela trug ein saphirblaues, ärmelloses Trikot und vollführte Ballettübungen am Terrassengeländer. Eva saß an die Hauswand gelehnt und löffelte Cornflakes aus einem Suppenteller, und zwar mit solchem Enthusiasmus, dass sie dabei eine ganze Menge auf den Boden verstreute. Roberta saß vornübergebeugt, die ewige Tasse Kaffee in beiden Händen, auf dem Klappstuhl. Sie hatte ein Knie hochgezogen und wirkte mit ihrer dunklen Sonnenbrille angespannt und traurig. Er weiß, dass sie hinter der dunklen Brille weint. Ihm kommt es vor, als habe sie sich von den Kindern alle Lebenskraft aussaugen lassen. Roberta verbringt ihre Zeit damit, die Töchter zu beschwichtigen und hinter ihnen aufzuräumen; sie muss sie bitten, ihre Betten zu machen und in ihren Zimmern aufzuräumen. Er hat gehört, wie sie die Mädchen angefleht hat, ihr die schmutzigen Teller zu bringen, damit Roberta sie abwaschen kann. Zumindest klang es für ihn so. Ist das die Art der Mittelklasse, Kinder zu erziehen? Hier saß sie nun und bewunderte Angela, bewunderte bescheiden die eigene Tochter – das nackte, erhobene goldene Bein, das arrogante Profil. Wenn eine seiner Schwestern eine solche Zurschaustellung gewagt hätte, wäre sie von seiner Mutter geprügelt worden.

Angela senkte das Bein und sagte: »Seid gegrüßt, Herr!«

»Ich sehe nicht, dass du mit der Stirn den Boden berührst«, erwiderte George. Üblicherweise spaßte er mit den Mädchen, gleichgültig, wie ihm zu Mute war. Derbe Späße gehörten zu seinem Umgangston; im Klassenzimmer war er damit äußerst erfolgreich gewesen; er hatte sich dort als überspannter, manchmal brutaler, aber immer unterhaltsamer Mensch gegeben. So verhielt er sich auch den meisten anderen Lehrern gegenüber; er zeigte seine Verachtung für sie so anschaulich, dass sie nicht glauben konnten, er meine es wirklich ernst.

Eva griff solche Anspielungen begeistert auf. Sie streckte sich auf dem Terrassenboden aus und schlug mit dem Kopf fest auf die Holzplanken.

»Du bekommst eine Gehirnerschütterung«, sagte Roberta.

»Nein. Nur eine Lobotomie.«

»George, ist dir klar, dass wir in vier kurzen Tagen

nicht mehr hier sein werden?«, erkundigte sich Angela. »Bricht dir da nicht das Herz?«

»Entzwei.«

»Wirst du Mom erlauben, Diana zu versorgen, wenn wir gegangen sind?«, fragte Eva. Sie setzte sich auf und betastete ihren Kopf. Diana war eine streunende Katze, die sie in der Scheune fütterte.

»Was meinst du mit *erlauben*?«, sagte Roberta, und George antwortete im selben Moment: »Bestimmt nicht. Ich werde sie am Bettpfosten festbinden, wenn sie versucht, sich auch nur einmal der Scheune zu nähern.«

Diese Katze ist ein wunder Punkt. Angela betrachtet die Farm als ihre Bühne, manchmal auch als Natur – eine Quelle von Gedanken und Gedichten, denen sie sich wandelnd und träumend hingibt. Eva sieht sie als Platz der Begegnung mit Tieren, wobei sie einen kleinen Teil ihrer Aufmerksamkeit auch auf Insekten, Stichlinge, Spinnen und Schnecken richtet. Mit Sicherheit betrachten beide die Farm als Ferienparadies, das ihnen zu Füßen liegt und das sie nach Belieben benutzen und genießen. Keine von ihnen sieht die Arbeit, die hier wartet. Eva hat den ganzen Sommer über Murmeltiere und Kaninchen beobachtet, Frösche gefangen und wieder freigelassen, Stichlinge in Gläsern gehalten und versucht herauszufinden, wie man verschiedene Tiere in der Scheune halten könnte. George macht sie dafür verantwortlich – mit der Kraft ihres Willens –, das Rotwild aus dem Wald gelockt zu haben, so dass er alles liegen lassen musste, um einen zwei Meter hohen Zaun um den Garten zu ziehen. Es ist ihr jedoch nur gelungen, Diana in der Scheune einzuquartieren, eine klapperdürre, hässliche, halbwilde Katze. Die baumelnden Zitzen beweisen, dass sie irgendwo eine Katzenfamilie ernährt. Eva hat viel Zeit darauf verwendet herauszufinden, wo Diana die Kätzchen versteckt hat.

George sieht in der Katze einen Schmarotzer, ein potenzielles Ärgernis und einen Eindringling in sein Reich. Indem Eva sie gefüttert und zum Bleiben ermutigt hat, begeht sie einen kleinen, aber bedeutsamen Verrat, bei dem Roberta sie gewissermaßen unterstützt. George weiß, seine Gefühle in diesem Punkt sind übertrieben, sogar komisch, doch das nützt ihm nichts. Er wollte niemals als Vater eine Witzfigur sein, ein Stümper und Störenfried und hat immer alles getan, das zu vermeiden. Aber Robertas Verhalten ärgert ihn mehr als das Evas. An ihr zeigen sich am deutlichsten die Fehler, die Roberta bei der Erziehung ihrer Kinder begangen hat. In Gedanken hört er, wie Roberta auf einer Party erzählt: »Eva hat eine schreckliche Katze, eine wirklich hässliche, streunende Kreatur aufgelesen … das Einzige, was sie in diesem Sommer geleistet hat. Und Angela verbringt ihren Tag damit, Jetés zu üben und mit uns zu schmollen.« Er hat das Roberta nicht wirklich sagen hören; sie waren noch nicht auf Partys, aber er kann es sich gut vorstellen. Sie würde sich ihrer Kinder bedienen, um andere zu unterhalten, und aus ihnen Menschen machen, von denen man nichts Ernsthaftes erwarten kann. In Georges Augen ist das nicht nur leichtsinnig, sondern auch herzlos. Roberta ist ihren Kindern gegenüber so nachgiebig, macht sich ständig Sorgen, die Töchter könnten glauben, sie liebe sie nicht genug, zeige nicht genug Interesse und Verständnis, und trotzdem verweigert sie ihnen etwas: Roberta nimmt sie nicht ernst, erzieht sie nicht. Und was soll George in einer solchen Situation tun? Es sind nicht seine Kinder. Er hat unter anderem deshalb keine Kinder, weil er daran zweifelt, dass er ihnen rückhaltlos seine Aufmerksamkeit schenken könnte, und zwar so lange, wie es für die Erziehung von Kindern notwendig ist. Als Lehrer weiß er, wie man großes Getue macht und ihnen immer ein paar Schritte voraus bleibt, aber es ist ermüdend, das auch zu Hause tun zu müssen. Und er hat gelernt, hauptsächlich Jungen auszumanövrieren, denn in der Klasse bedeuteten sie eine Gefahr. Um die Mädchen hat er sich nicht allzu sehr gekümmert, abgesehen von vorsichtigem Geplänkel mit den attraktiven. Hier ist das nicht angebracht.

Trotz allem stellt er oft fest, dass er Angela und Eva mag. Sie wirken konfus und anziehend auf ihn. Sie finden ihn höchst amüsant; das ärgert ihn manchmal, gefällt ihm gelegentlich aber auch. Er ist im Allgemeinen entweder sehr reserviert oder sehr unterhaltsam; und er glaubt, er sei mit Vorliebe reserviert. Deshalb möchte er, dass gerade seine Unterhaltsamkeit gewürdigt wird.

Aber als er nach dem Frühstück mit zwei großen Körben zum Tomatenpflücken in den Garten ging, rührte sich niemand, um ihm zu helfen. Roberta überließ sich weiterhin ihren melancholischen Gedanken und ihrem Kaffee; Angela beendete ihre Übung und fing an, in dem Notizbuch zu schreiben, das sie als Tagebuch benutzt. Eva machte sich auf den Weg in die Scheune.

Angela setzt sich in Valeries Wohnzimmer ans Klavier. Auf der Farm von George gibt es kein Klavier, und sie vermisst es. Vermisst ihre Mutter es nicht auch? Ihre Mutter ist zu einem Menschen geworden, der überhaupt nichts mehr verlangt.

»Ich habe ihre Veränderung beobachtet«, hat Angela in ihr Tagebuch geschrieben, »aus jemandem, den ich sehr geachtet habe, ist ein nervöses Wrack geworden. Wenn das Liebe ist, möchte ich nichts damit zu tun haben. Er möchte sie und uns versklaven, und für sie ist es ein Drahtseilakt zu verhindern, dass er verrückt wird. Sie freut sich über nichts, und wenn man ihr die Wahl ließe, würde sie sich am liebsten mit einem Tuch über den Augen in ein dunkles Zimmer legen und nichts und niemanden sehen. Und das ist eine intelligente Frau, die einmal an Freiheit glaubte.«

Sie beginnt den Türkischen Marsch zu spielen, und das ruft ihr ein Haus in Erinnerung, das ihre Eltern verkauft haben, als sie fünf war. Im Esszimmer gab es ein kleines Wandregal dicht unter der Decke, in dem ihre Mutter bemalte Dessertteller aufgestellt hatte. Ein Baum oder ein Busch im Hof hatte tellergroße, salatgrüne Blätter.

In ihr Tagebuch hat sie geschrieben: »Ich weiß, Nostalgie ist ein sinnloses Gefühl. Manchmal möchte ich Dinge herausreißen, die ich geschrieben habe, weil ich vielleicht über bestimmte Menschen oder Situationen zu hart geurteilt habe. Aber ich bin entschlossen, alles stehen zu lassen, denn ich möchte ein Dokument meiner Gefühle, ich möchte eine echte Dokumentation meines Lebens. Ich sehe überall, dass das Hauptproblem darin liegt, nicht zu lügen.«

Angela hat in diesem Sommer viel gelesen: *Anna Karenina, Das andere Geschlecht, Emily of New Moon, The Norton Anthology of Poetry, W. B. Yeats, eine Autobiografie, Mir hat es immer Spaß gemacht, The Act of Creation, Seven Gothic Tales*. Um genau zu sein, einige dieser Bücher hat sie nicht ganz gelesen. Auch ihre Mutter pflegte immer zu lesen. Wenn Angela mittags aus der Schule nach Hause kam und dann wieder am späten Nachmittag, fand sie ihre Mutter beim Lesen. Ihre Mutter las die Geschichte der Eroberung Mexikos, sie las *Die Geschichten des Prin-*

zen Genji. Angela staunt, wie sicher ihre Mutter damals zu sein schien.

Angela hat ein Bild von Eva vor sich, als Eva noch nicht geboren war. Zu dritt – ihre Mutter, ihr Vater und sie – sind sie am Strand. Ihr Vater gräbt ein großes Loch in den Sand. Ihr Vater ist ein begabter Erbauer von Sandburgen mit Straßen und Bewässerungskanälen, deshalb beobachtet ihn Angela voll Interesse. Aber das Loch hat nichts mit einer Sandburg zu tun. Als es fertig ist, dreht sich ihre Mutter kichernd um und legt ihren Bauch hinein. In ihrem Bauch ist Eva, und das Loch ist wie der Löffel für ein Ei. Es ist ein weiter Strand, meilenweit fällt der weiße Sand sanft zum blaugrünen Wasser ab. Kein steiniges Seeufer oder eine enge Bucht. Ein strahlender, großzügiger Platz. Wo kann das gewesen sein?

Nach dem Türkischen Marsch versucht sie sich an der Kleinen Nachtmusik. Roberta lauscht auf das Klavier, während sie gleichzeitig Valerie zuhört, die witzig und verzweifelt über ihre Angst vor Kimberly spricht, von ihrer Abneigung gegen Eindringlinge, ihr unüberwindliches Zögern, die Kinder aufzugeben. Roberta denkt: Nein, es war kein Fehler. Was meint sie damit? Sie meint, es war kein Fehler, ihren Mann zu verlassen. Was auch geschehen mag, es war kein Fehler. Es war notwendig. Sonst hätte sie es nie gewusst.

»Es ist eine schlechte Phase für dich«, sagt Valerie verständnisvoll. »Es ist einfach unglaublich mühsam im Augenblick.«

»Das sage ich mir auch«, erwidert Roberta, »aber manchmal denke ich, daran liegt es nicht. Es ist nicht das Haus, es sind nicht die Kinder, es ist einfach etwas Schwarzes, das sich auftürmt.«

»Oh, es gibt immer etwas Schwarzes«, erklärt Valerie nörglerisch.

»Ich denke an Andrew ... was habe ich ihm angetan? Erst alles tun, um seine Fehler zu entdecken, dann mich dauernd mit ihm streiten, schließlich kalte Füße bekommen und mich wieder versöhnen. Der Wunsch, ihn loszuwerden, baute sich allmählich wieder auf, aber ich war immer sicher, dass die Schuld bei ihm lag ... wenn er einfach dieses oder jenes tun würde, könnte ich ihn lieben. Wie schrecklich für ihn, dass er sich in eine ... wie sagtest du immer ... trübe Tasse verwandelte.«

»Er war eine trübe Tasse«, sagt Valerie. »Das war er schon immer. Du bist nicht für alles verantwortlich.«

»Ich denke darüber nach, denn ich frage mich, ob George jetzt das Gleiche mit mir macht. Er will mich loswerden, dann wieder nicht, dann will er es wieder, und dann kann er es sich selbst nicht eingestehen. Deshalb muss er Fehler finden. Ich glaube, ich weiß jetzt, was Andrew durchgemacht hat. Ich möchte nicht zurück, niemals. Aber ich verstehe es jetzt.«

»Ich bezweifle, dass die Dinge so parallel laufen.«

»Eigentlich glaube ich es auch nicht. Ich glaube nicht, dass man auf so einfache Weise bestraft wird. Ist es nicht komisch, wie attraktiv ... mir ... die Vorstellung eines solchen Schemas erscheint? Ich meine, der Gedanke ist einfach faszinierend, dass es einen Ausgleich gibt. Die Erfahrung jedoch nicht. Ich würde sie gerne vermeiden.«

»Wenn man glücklich ist, vergisst man, *wie* glücklich man ist.«

»Und umgekehrt. Wie bei der Geburt.«

George ist mit dem Mähen fertig und säubert die Sense. Er hört das Klavier durch die offenen Fenster von Valeries Haus; hin und wieder strömt duftende, kühle Luft vom Fluss herauf. Er fühlt sich inzwischen sehr viel besser; entweder liegt es an der einfachen körperlichen Betätigung oder an der Erleichterung, sich unbeobachtet zu fühlen. Vielleicht tut es einfach auch gut, einmal den übermächtigen Forderungen der Farm zu entfliehen. George fragt sich, ob Roberta am Klavier sitzt. Die Musik passt gut zu seiner Arbeit: zuerst der fröhliche muntere Türkische Marsch beim Mähen, und nun, während er hier steht und die Sense säubert und den Duft des gemähten Grases genießt, der unaufdringliche Beifall – auch wenn er etwas unsicher klingt – der Kleinen Nachtmusik. Wie immer, wenn sich seine Stimmung wirklich hebt, wenn es wieder licht wird, möchte er Roberta suchen und sie umarmen, ihr versichern – sich selbst versichern –, dass kein wirklicher Schaden entstanden ist. Gestern Abend, als sie ausgingen und tranken, hatte er gehofft, dazu in der Lage zu sein; aber es war ihm nicht gelungen, irgendetwas hielt ihn noch zurück.

Er erinnert sich an Robertas ersten Besuch in seinem Haus, Ende August oder Anfang September, vor ungefähr einem Jahr. Sie improvisierten ein schlichtes Picknick, kochten ausgiebig, hörten Schallplatten und legten sich eine Matratze in den Hof. In den klaren Nächten zeigte ihm Roberta, auf welche unvermutete Weise die Sterne sich zu Sternbildern verbinden lassen, und die Tage waren reines Gold. Roberta sagte, er müsse alles klar und deutlich sehen: Sie ist dreiundvierzig, das heißt, sechs Jahre zu alt für ihn. Sie hat ihren Mann verlassen, weil alles zwischen ihnen gekünstelt zu sein schien. Aber sie hasste es, das zu sagen, denn vielleicht könnten es nur Phrasen sein. Sie weiß nicht genau, was sie meint, und vor allem weiß sie nicht, wozu sie überhaupt fähig ist. Damals kam sie ihm mutig, aufrichtig und uneitel vor. Er kann sich nicht vorstellen, wie es bei all dem zu dieser Empfindlichkeit, Weinerlichkeit, Schwermut, dieser Drohung des Zusammenbruchs kommen konnte.

Aber es lohnt sich, den ersten Eindruck nicht zu vergessen, denkt er.

Eva und Ruth decken den Tisch auf der Veranda. Ruth trägt ein weißes Hemd, das ihrem Bruder gehört, seine gestreifte Schlafanzughose und einen riesigen schwarzen Turban. Sie sieht wie ein stolzer, aber gutmütiger Sikh aus.

»Ich glaube, wir sollten den Tisch mit Blumen bestreuen und schmücken. Zurückhaltung ist heute nicht mehr modern«, sagt Ruth.

Sie legten in Abständen orange- und goldfarbene Dahlien, wunderschöne, kleine gestreifte und gelbe Kürbisse, Zucchinis und Maiskolben auf den Tisch.

Im Schutz der Musik stellt Eva fest: »Angela hat hier größere Probleme als ich. Wenn sie sich streiten, glaubt sie jedes Mal, es sei ihretwegen.«

»Streiten sie sich?«, fragt Ruth freundlich. Dann sagt sie: »Das geht mich nichts an.« Als Dreizehn- oder Vierzehnjährige hatte sie sich in George verliebt. Damals freundete er sich gerade mit ihrer Mutter an. Ruth hasste seine Frau und freute sich, als die beiden sich trennten. Sie weiß noch, dass seine Frau die Tochter eines Gynäkologen war, und ihre Mutter das als Grund dafür anführte, dass George und seine Frau nicht in Frieden miteinander leben konnten. Vermutlich bezog ihre Mutter sich dabei auf den

Wohlstand des Vaters und die entsprechende Kindheit der Frau. Für Ruth besaß das Wort Gynäkologe etwas Scharfes und Abstoßendes, und in ihrer Vorstellung sah sie die Tochter des Gynäkologen in kaltes, gezacktes Metall gekleidet.

»Sie streiten sich stumm. Wir merken es. Angela ist so ichbezogen, dass sie glaubt, alles dreht sich um sie. Das geschieht, wenn man erwachsen wird. Ich möchte nicht, dass ich auch so werde.«

Angela macht eine Pause, und Eva erklärt heftig: »Oh, ich möchte nicht gehen! Ich möchte einfach nicht gehen!«

»Wirklich?«

»Ich möchte Diana nicht verlassen. Ich weiß nicht, was mit ihr geschehen wird. Ich weiß nicht, ob ich sie je wieder sehe. Ich glaube, ich werde die Rehe nie wieder sehen. Ich möchte das alles nicht einfach zurücklassen.«

Jetzt, da das Klavier schweigt, ist Eva draußen, wo Valerie und Roberta sitzen, zu hören. Roberta entgeht nicht, was Eva sagt; sie wartet darauf, von Eva etwas über den nächsten Sommer zu hören. Sie wappnet sich.

Stattdessen fährt Eva fort: »Weißt du, ich kann George verstehen. Mich regt er nicht so auf wie Angela. Ich kann auf seine Späße eingehen. Ich verstehe ihn.«

Roberta und Valerie sehen sich an; Roberta schüttelt lächelnd den Kopf, und ein Schauer läuft ihr über den Rücken. Manchmal hat sie befürchtet, George könne ihre Kinder verletzen, nicht physisch, sondern durch eine Bemerkung, indem er Abneigung erkennen lässt, und das könnten sie nie vergessen. Roberta glaubt, die Mädchen durch das eigene Beispiel gelehrt zu haben, dass man sich ihm anpassen, sein Schweigen respektieren und auf seine Späße reagieren muss. Was würde geschehen, wenn er diesen sicheren Rahmen durchbrach und ihnen einen unvergesslichen Schlag versetzte? Dann hatte sie ihre Töchter verraten und in diese Lage gebracht.

Roberta spürt die Gefahr. Als George zum Beispiel die Apfelbäume schnitt, hörte sie Angela sagen: »Mein Vater hat jetzt einen Apfelbaum und einen Kirschbaum.«

(Es war eine Information. Würde er es als Herausforderung betrachten?)

»Ich nehme an, er hat Sklaven, die sie für ihn schneiden«, erwiderte George.

»Hunderte«, erklärte Angela fröhlich. »Zwerge. Er steckt sie alle in kleine Marineuniformen.«

In diesem Moment wagte Angela sich auf dünnes Eis. Aber nun glaubt Roberta, dass die wahre Gefahr nicht Angela droht, denn sie würde eine Möglichkeit finden, sich über die Beschimpfung zu freuen und sie zu ihrem Vorteil zu nutzen. (Roberta hat Teile ihres Tagebuches gelesen.) Eva mit ihren Forderungen nach Verständnis, ihren Hoffnungen auf allgemeine Versöhnung könnte darunter zerbrechen, könnte Schiffbruch erleiden.

Bei kalter Apfel- und Wasserkressesuppe spielt Eva wieder ihre Rolle als *enfant terrible* und berichtet allen: »Sie sind gestern Abend ausgegangen und haben sich betrunken. Sie waren richtig abgefüllt.«

David sagt, er habe diesen Ausdruck schon lange nicht mehr gehört.

Valerie sagt: »Wie schrecklich für unsere beiden Kleinen.«

»Wir wollten schon die Kinderfürsorge anrufen«, erklärt Angela und sieht dabei im Kerzenlicht sehr unkindlich aus – man könnte sie eher für eine Königin halten. Ihr entgeht keineswegs, dass David sie betrachtet, obwohl es schwer zu sagen ist, ob David jemanden zustimmend oder ablehnend ansieht. Es scheint, als könne es zustimmend sein, Kimberly hat seine ablehnende Haltung übernommen.

»Habt ihr über die Stränge geschlagen?«, erkundigt sich Valerie. »Roberta, du hast mir gar nichts davon erzählt. Wo seid ihr denn gewesen?«

»Es war alles höchst anständig«, antwortet Roberta. »Wir waren im Queen's Hotel in Logan. In der Lounge ... wie sie das nennen. Die teuerste Adresse, um etwas zu trinken.«

»George würde mit dir nie in eine alte Bierkneipe gehen«, sagt Ruth. »George ist insgeheim ein Konservativer.«

»Stimmt«, sagt Valerie. »George findet, man sollte Damen nur in nette Restaurants führen.«

»Und Kinder sollte man sehen, aber nicht hören«, ergänzt Angela.

»Auch nicht sehen«, erklärt George.

»Das ist für alle sehr verwirrend, denn er gebärdet sich wie ein wilder Radikaler«, stellt Ruth fest.

»Welch eine Ehre«, sagt George, »ich bekomme eine kostenlose Analyse. Wir haben tatsächlich ziemlich über die Stränge geschlagen, und Roberta erinnert sich vermutlich nicht mehr richtig daran, weil sie so abgefüllt war, wie Eva sagt. Sie verdrehte einem Typen den Kopf, der mit Zahnstochern Tricks vollführte.«

Roberta erklärt: »Es ging dabei darum, aus Zahnstochern ein Wort zu legen. Dann nahm er einen Zahnstocher weg oder ordnete sie neu, wodurch ein anderes Wort entstand, und so weiter.«

»Ich hoffe doch, keine schmutzigen Worte«, stellt Eva fest.

»In ihrem Alter hätte ich nie so etwas gesagt«, erklärt Angela. »Ich bin ein Kind der vorantiautoritären Zeit.«

»Und als uns das Spiel langweilte, das heißt, ihn, denn mich langweilte es ziemlich schnell, zeigte er mir Fotos von seiner Frau und sich auf ihrer Mittelmeerkreuzfahrt. Gestern Abend hatte er eine andere Frau bei sich, denn seine Frau ist inzwischen tot, und wenn er nicht mehr wusste, wo die Bilder aufgenommen worden waren, erinnerte diese Frau ihn daran. Sie sagte, sie glaube nicht, dass er jemals darüber hinwegkommt.«

»Über die Kreuzfahrt oder über den Tod seiner Frau?«, fragt Ruth, während George gerade erzählt, er habe sich mit ein paar holländischen Farmern unterhalten, die ihn zu einem Rundflug in ihrer Maschine überreden wollten.

»Ich glaube, ich habe mich nicht überreden lassen«, sagt George.

»Ich habe es dir ausgeredet«, sagt Roberta, ohne ihn anzusehen.

»Ausgeredet klingt hübsch«, sagt Ruth, »so rund, ich muss dabei an Räder denken.«

Eva fragt, was das bedeutet.

»Überredet, etwas nicht zu tun«, erklärt Roberta. »Ich habe George überredet, keinen Rundflug mit den reichen holländischen Farmern um ein Uhr morgens zu unternehmen. Stattdessen erlebten wir alle das Abenteuer, den Mann mit der Mittelmeerkreuzfahrt in sein Auto zu bugsieren, damit seine Freundin ihn nach Hause fahren konnte.«

Ruth und Kimberly stehen vom Tisch auf und räumen die Suppentassen ab. David geht hinaus, um Dvoráks Symphonie »Aus der Neuen Welt« aufzulegen; seine Mutter hat es sich gewünscht. David sagt, die Musik sei kitschig.

Sie schweigen alle und warten auf das Einsetzen der Musik.

Eva fragt: »Wie habt ihr euch eigentlich ineinander verliebt. War es physische Attraktion?«

Ruth klopft ihr sanft mit einer Suppentasse an den Kopf. »Man sollte dir den Mund zubinden«, sagt sie. »Vergiss nicht, ich lerne, mit psychisch gestörten Kindern umzugehen.«

»Hat es dich nicht gestört, Ma, dass du so viel älter bist?«

»Versteht ihr jetzt, was ich meine?«, sagt Angela.

»Was weißt du schon von Liebe!«, erklärt George gelassen. »Liebe leidet lange und ist gut. In dieser Hinsicht ähnelt sie mir. Liebe ist nicht aufgeblasen …«

»Ich glaube, das ist eine besondere Art von Liebe«, sagt Kimberly und stellt das Gemüse auf den Tisch, »wenn Sie schon zitieren …«

Es entsteht eine allgemeine Unterhaltung über Übersetzungen und die Bedeutung von Worten (ein Thema, von dem George wenig versteht, aber getreu seiner Unterrichtstechnik gibt er dazu bald weitschweifige und provokative Erklärungen ab). Roberta sagt zu Valerie: »Die Freundin des Mannes erzählte, das Schönste an der ganzen Sache sei gewesen, dass seine Frau die Kreuzfahrt mit einem Vorderlader gemacht habe.«

»Einem was?«

»Vorderlader. Ich sah sie auch fassungslos an, und sie erklärte: Wissen Sie, seine Frau hatte eine Operation und musste so einen Beutel tragen!«

»Oh, mein Gott.«

»Sie hatte kräftige dicke Arme und eine blonde, gesprayte Hochfrisur. Die Frau auf den Bildern, meine ich. Die Freundin war in etwa derselbe Typ, aber ein bisschen straffer. Die Frau sah so lüstern und glücklich aus. Als ob sie eine tolle Zeit hätte.«

»Und einen Vorderlader.«

Da sieht man wieder, wo die Liebe hinfällt. Sie blüht unter ungünstigsten Bedingungen und richtet sich auf wenig attraktive Menschen. Und ich habe keinen Vorderlader, sondern nur ein paar Falten, bin schlaff und blässlich und welke unmerklich dahin, sagt Roberta zu sich selbst. Es ist nicht meine Schuld, sagt sie sich, wie schon oft zuvor. Üblicherweise ist es eine Klage, ein Flehen und Jammern. Jetzt sagt sie es sich ganz sachlich, gelangweilt und müde. Es sieht aus, als sei es möglicherweise die Wahrheit.

Beim Dessert wendet sich das Gespräch der Architektur zu. Das einzige Licht auf der Veranda kommt von den Kerzen auf dem Tisch. Ruth hat die großen Kerzen weggenommen und vor jeden Platz eine kleine Kerze in einem schwarzen Kerzenhalter gestellt. Er hat einen Griff wie der Kerzenhalter in dem alten Kinderreim. Valerie und Roberta sprechen ihn zusammen: »Hier kommt die Kerze und leuchtet dir ins Bett, du Tropf. Hier kommt der Hammer, damit bekommst du eins auf den Kopf!«

Sie haben diesen Vers ihren Kindern nie beigebracht, und ihre Kinder haben ihn noch nie gehört.

»Ich kenne ihn«, erklärt Kimberly.

»Der Spitzbogen zum Beispiel … das war nur so eine Marotte«, sagt George. »Eine Mode in der Architektur wie heute Kleidermoden.«

»Nicht nur das«, sagt David vermittelnd. »Es war mehr

als eine Mode. Die Menschen, die Kathedralen bauten, waren nicht genauso wie wir.«

»Sie waren völlig anders als wir«, ergänzt Kimberly.

»Ich bin sicher, ich habe gelernt, falls ich damals überhaupt etwas gelernt habe«, sagt Valerie, »dass der Spitzbogen eine Weiterentwicklung des romanischen Bogens ist. Man kam plötzlich auf die Idee, einen Schritt weiter zu gehen. Und er sah religiöser aus.«

»Quatsch«, entgegnet George fröhlich. »Ich bitte um Vergebung. Ich weiß, dass man das immer sagte, aber in Wirklichkeit ist der Spitzbogen der primitivste Bogen. Er ist der einfachste Bogen ... er ist ganz und gar nicht eine Weiterentwicklung des Rundbogens. Wie könnte er das auch sein? Spitzbögen kannte man auch in Ägypten. Der Rundbogen mit seinem Schlussstein ist der vollendete Bogen. Das Ganze ist zu Gunsten des Christentums auf den Kopf gestellt worden.«

»Er mag ja vollendet sein, aber ich finde ihn bedrückend«, sagt Ruth. »Ich finde die Rundbögen sehr bedrückend. Sie sind so monoton, sie sind einfach so Blablabla. Sie beflügeln den Geist nicht gerade.«

»Der Spitzbogen muss etwas ausgedrückt haben, was den Menschen zutiefst aus der Seele sprach«, sagt Kimberly. »Man kann das kaum als Marotte bezeichnen. Menschen haben die Kathedralen gebaut, kein Architekt hat die Pläne diktiert.«

»Irrtum. Sie hatten Architekten. In einigen Fällen kennen wir sogar ihre Namen.«

»Trotzdem glaube ich, Kimberly hat Recht«, erklärt Valerie. »In den Kathedralen spürt man viel von dem Streben der Menschen nach etwas Höherem. Man spürt die christlichen Emotionen in der Architektur ...«

»Lassen wir die Gefühle beiseite. Tatsache ist, die Kreuzfahrer brachten den Spitzbogen aus der arabischen Welt mit zurück genau wie die Vorliebe für gut gewürztes Essen. Er wurde ebenso wenig von einem kollektiven Unbewussten erträumt, um Jesus zu ehren, wie ich. Es war einfach der letzte Schrei. Die ersten Beispiele kann man in Italien sehen, und von dort wanderte er nach Norden.«

Kimberlys Gesicht glüht rosig, doch sie lächelt verkniffen und gütig. Gerade weil Valerie Kimberly so wenig mag, fühlt sie sich gedrängt, etwas zu sagen, um ihr zu Hilfe zu kommen. Valerie macht sich nichts daraus, wenn sie etwas Albernes sagt. Sie stürzt sich kopfüber in jedes Gespräch, um ihm die Spitze zu nehmen, die Leute zum Lachen zu bringen und sie zu besänftigen. Auch Ruth versteht es geschickt, eine Situation zu entspannen, obwohl sie es nicht so bewusst tut, sondern scheinbar gelassen und beinahe unabsichtlich, als natürliche Folge ihrer eigenen Gedankengänge. Und was ist mit David? David ist in diesem Moment von Angela gefesselt und ist nicht bei der Sache, wie er es sein könnte. Angela erprobt ihre Macht; erprobt sie selbst an einem Vetter, den sie schon als Kind kannte. Kimberly droht von zwei Seiten Gefahr, denkt Roberta. Aber sie wird es schon schaffen. Sie ist stark genug, David auch trotz vieler Angelas zu halten, und stark genug, trotz Georges Attacke gegen ihren Glauben zu lächeln. Bedeutet ihr Lächeln, dass sie voraussieht, wie er einmal brennen wird? Vermutlich nicht. Stattdessen sieht sie vermutlich voraus, wie sie alle stolpern, umherirren und sich in den Schlingen verfangen. Wie unwichtig ist es da, wer das bessere Argument hat. Für Kimberly sind alle Diskussionen bereits gewonnen.

Während Roberta das denkt und sie auf diese Weise

alles festlegt, fühlt sie sich kompetent und erleichtert. Die Gleichgültigkeit hat sie gerettet. Es ist vor allem wichtig, George gegenüber gleichgültig zu sein – das ist ihr großer Trumpf. Aber ihre Gleichgültigkeit geht über ihn hinaus; sie ist großzügig und erstreckt sich auf alle. Sie ist betrunken genug, um das Gefühl zu haben, Erkenntnisse preisgeben zu sollen: »Verzicht auf Sexualität genügt nicht«, könnte sie zu Valerie sagen, doch ist sie nüchtern genug, um zu schweigen.

Valerie hat George dazu gebracht, über Italien zu sprechen. Ruth, David, Kimberly und Angela unterhalten sich über etwas anderes. Roberta hört, dass Angela ungeduldig, mit Autorität, eifrig und mit einer Schüchternheit, die nur sie bemerkt, spricht.

»Saurer Regen ...«, sagt Angela.

Eva berührt Robertas Arm mit ihrem Finger. »An was denkst du?«, fragt sie.

»Ich weiß nicht.«

»Das ist unmöglich. An was denkst du?«

»An das Leben.«

»Was denkst du über das Leben?«

»Ich denke an Menschen.«

»Und was denkst du über Menschen?«

»An das Dessert.«

Eva stößt sie energischer an und kichert. »Was denkst du über das Dessert?«

»Ich fand, dass es gut war.«

Etwas später findet Valerie eine Gelegenheit, um zu verkünden, sie sei nicht im neunzehnten Jahrhundert geboren, ganz gleich, was David auch denken mag. David behauptet, alle in diesem Land, die vor dem Zweiten Weltkrieg geboren wurden, seien völlig im Geist des neunzehnten Jahrhunderts erzogen worden, und ihr Denken sei archaisch.

»Wir sind mehr als die Produkte unserer Erziehung«, sagt Valerie. »Das musst du schon um deiner selbst willen hoffen, David.« Sie erklärt, sie habe sich all dieses Gerede von Überbevölkerung, ökologischen Katastrophen, nuklearen Katastrophen, diesen und jenen Katastrophen und der Zerstörung der Ozonschichten angehört – und es gehe Jahr um Jahr so weiter –, aber trotzdem sitzen sie alle körperlich und auch geistig mehr oder weniger gesund hier mit einem guten Abendessen und einem guten Tropfen Wein im Magen in dieser schönen, unzerstörten Landschaft.

»Die Inkas aßen von Goldtellern, als Pizarro an ihren Küsten landete«, entgegnet David.

»Rede nicht, als gäbe es keine Lösung«, sagt Kimberly.

»Ich denke, wir sind vielleicht schon tot«, sagt Ruth verträumt. »Vielleicht sind wir ein Anachronismus. Nein, das ist es nicht. Ich meine Relikte. In gewisser Weise sind wir bereits Relikte.«

Eva hat die Arme auf dem Tisch verschränkt und ihren Kopf darauf gelegt. Jetzt richtet sie sich auf, ihr Vorhangschleier fällt ihr über das eine Auge, die Schminke ist verschmiert, und ihr Gesicht wirkt wie eine fleckige Blüte. Mit lauter, ernster Stimme stellt sie fest: »Ich bin kein Relikt«, und alle lachen.

»Ganz bestimmt nicht!«, sagt Valerie, und schon setzt das allgemeine Gähnen ein, Stühle werden zurückgerückt, man lächelt sich etwas verlegen und förmlich an, und die Kerzen werden ausgeblasen: Es ist Zeit, nach Hause zu gehen.

»Riecht ihr den Fluss?«, ruft Valerie in der Dunkelheit. Ihre Stimme klingt hilflos und zärtlich.

»Zunehmender Mond.«

Roberta hat einmal George erklärt, woran man den zunehmenden Mond erkennt, und wenn er das sagt, ist es immer eine freundliche Geste. Es ist eine freundliche Geste, während sie zwischen den schwarzen Maisfeldern zurückfahren.

»Ach ja.«

Roberta verschließt sich dieser Geste nicht schweigend, doch sie freut sich auch nicht darüber. Sie ist höflich. Sie gähnt, und ihr Gähnen klingt irgendwie persönlich. Es ist keine Strategie, obwohl sie weiß, dass Gleichgültigkeit attraktiv, ja sogar das Wahre ist. Er entdeckt, wenn sie ihm etwas vorspielt; Strategien kann er sich widersetzen. Sie muss so weit gehen, dass ihr alles gleichgültig wird. Dann spürt sie, wie leicht und distanziert sie ist, und seine Liebe erwacht von neuem. Sie besitzt Macht. Aber sobald sie beginnt, ihre Macht zu genießen, schwindet sie. Das sind Robertas Gedanken, während sie gähnt und zwischen Gleichgültigkeit und Anteilnahme hin- und herschwankt. Wenn sie könnte, würde sie in diesem Zustand verharren.

Der Halbtonner mit George und Roberta vorne und Eva und Angela hinten fährt über die Landstraße von Weymouth Township, die man hier die Telefonstraße nennt. Es ist ein ziemlich breiter, viel befahrener, nicht asphaltierter Weg. Sie sind von der River Road hier eingebogen, einer noch kleineren Straße, die an Valeries Haus vorbeiführt. Von der Kreuzung bis zu Georges Farm sind es noch zweieinviertel Meilen. Zwei Nebenstraßen schneiden die Telefonstraße im rechten Winkel. An beiden Straßen stehen Stoppschilder; die Telefonstraße ist die Vorfahrtsstraße. Die erste Kreuzung liegt bereits hinter ihnen. Auf der zweiten Nebenstraße nähert sich von Westen ein dunkelgrüner Dodge Baujahr 1969 mit etwa achtzig bis neunzig Meilen in der Stunde. Zwei junge Männer fahren von einer Party nach Logan, wo sie zu Hause sind. Der eine ist total betrunken, der andere fährt. Er hat vergessen, die Scheinwerfer anzuschalten. Die Straße im Mondlicht ist hell genug.

Es bleibt keine Zeit, auch nur ein Wort zu sagen. Roberta schreit nicht. George tritt nicht auf die Bremse. Der große Wagen taucht blitzschnell vor ihnen auf, ein riesiger dunkler Blitz ohne Lichter, scheinbar geräuschlos. Er schießt zwischen dem dunklen Mais hervor und füllt die Luft vor ihnen wie ein großer flacher Fisch, der plötzlich in einem Aquarium wie aus dem Nichts auftaucht. Es sieht aus, als sei er kaum einen Meter vor ihren Scheinwerfern. Dann ist alles vorbei – er ist im Mais auf der anderen Straßenseite verschwunden. Sie fahren weiter. Sie fahren weiter auf der Telefonstraße, biegen in den Zufahrtsweg ein und halten an. Sie bleiben im Hof vor der dunklen Form des halb umgebauten Hauses im Auto sitzen und empfinden weder Entsetzen noch Dankbarkeit – noch nicht. Sie spüren eine eigentümliche Fremdheit. Sie fühlen sich so fremd, so platt gedrückt, so schwebend, so losgelöst von vergangenen und künftigen Ereignissen wie der Geisterwagen, der schwarze Fisch. Die struppigen Zweige der Kiefern schwanken über ihnen. Und durch diese Zweige fällt das klare Mondlicht auf das zögernd sprießende Gras ihres neuen Rasens.

»Seid ihr zwei tot?«, fragt Eva und reißt sie aus ihrer Erstarrung. »Sind wir nicht zu Hause?«

Mrs Cross und Mrs Kidd

Mrs Cross und Mrs Kidd kennen sich seit achtzig Jahren, schon seit dem Kindergarten, den man damals noch nicht Kindergarten, sondern Vorschule nannte. Die erste Erinnerung, die Mrs Cross an Mrs Kidd hat, ist Mrs Kidd, die vor der Klasse steht und ein Gedicht aufsagt. Sie hält die Hände hinter dem Rücken, hebt das kleine Gesicht mit den schwarzen Augen und lässt ihre selbstsichere Stimme hören. Wenn man in den folgenden zehn Jahren ein Konzert besuchte oder eine Versammlung mit einem Unterhaltungsprogramm, begegnete man Mrs Kidd (damals hieß sie noch nicht Mrs Kidd sondern Marian Botherton) mit ihrer dunklen, dichten Bubikopffrisur im gestärkten Kleid, dessen Rüschen an den Schultern wie Flügel wirkten, die mit großem Können und ohne jemals hängen zu bleiben ein Gedicht vortrug. Selbst heute, nachdem Mrs Kidd schon im Rollstuhl sitzt, legt sie los, ohne lange einen Vorwand zu suchen.

»*Heute haben wir Franzosen Regensburg gestürmt*«, hebt sie an, oder »*Was hör ich draußen vor dem Tor, was auf der Brücke schallen?*« Sie hält inne, aber nicht etwa, weil sie nicht weiter weiß, sondern um jemandem die Möglichkeit zu geben zu fragen: »Was war das?« oder: »Stammt das nicht aus unserem Lesebuch?« Und das bietet ihr Anlass, mit Verve fortzufahren: »*Lasst den Gesang vor unsrem Ohr im Saale widerhallen.*«

Die erste Erinnerung, die Mrs Kidd an Mrs Cross (damals Dolly Grainger) hat, ist ein kleines Mädchen mit breitem, gerötetem Gesicht in einem Kleid mit schiefem Saum, dicken blonden Zöpfen und einer schrillen Stimme. Sie drängen sich an einem regnerischen Tag im Unterstand auf dem Spielplatz. Die Mädchen spielen ein Spiel, das eigentlich ein Tanz ist, und Mrs Kidd weiß nicht, was sie tun soll. Es ist ein altes Lied mit folgendem Text:

Ringel, ringel Reihe,
wir sind der Kinder dreie,
sitzen unterm Hollerbusch,
machen alle husch, husch, husch.

Niemand hüpfte, stampfte und sang mit größerer Begeisterung als Mrs Cross. Sie war die Jüngste und Kleinste, die mitspielen durfte. Sie kannte das Lied von ihren älteren Schwestern; Mrs Kidd war ein Einzelkind.

Wenn jüngere Leute erfahren, dass diese beiden Frauen sich schon länger als ein drei viertel Jahrhundert kennen, scheinen sie zu glauben, sie besäßen nur Gemeinsamkeiten. Sie allein erinnern sich an alles, was sie trennte und bis zu einem gewissen Ausmaß noch immer trennt: die Wohnung über dem Postamt im Zollgebäude, in der Mrs Kidd mit ihrer Mutter und ihrem Vater lebte. Er war der Postmeister. Das Reihenhaus in der Newgate Street, wo Mrs Cross mit Mutter und Vater, zwei Schwestern und vier Brüdern lebte; Mrs Kidd besuchte die anglikanische Kirche, Mrs Cross ging zu den Freien Methodisten. Mrs Kidd heiratete mit dreiundzwanzig einen Naturkundelehrer von der High-

School; Mrs Cross heiratete mit siebzehn einen Mann, der bei der Binnenschifffahrt arbeitete, aber nie Kapitän wurde. Mrs Cross hatte sechs Kinder, Mrs Kidd drei. Der Mann von Mrs Cross starb plötzlich mit zweiundvierzig, ohne eine Lebensversicherung abgeschlossen zu haben; der Mann von Mrs Kidd wurde pensioniert, nachdem er jahrelang Direktor der High-School einer nahe gelegenen Stadt gewesen war, und ließ sich in Goderich nieder. Erst vor kurzem hat sich die Kluft zwischen ihnen geschlossen. Die Kinder haben den Ausgleich hergestellt. Die Kinder von Mrs Cross verdienen im Wesentlichen ebenso viel Geld wie die von Mrs Kidd, obwohl sie keine so gute Ausbildung haben. Die Enkelkinder von Mrs Cross verdienen mehr.

Mrs Cross lebt seit drei Jahren und zwei Monaten im Heim Waldfrieden, Mrs Kidd seit zwei Jahren und elf Monaten. Sie haben beide ein schwaches Herz und benutzen den Rollstuhl, um Kräfte zu sparen. Bei einem ihrer ersten Gespräche stellte Mrs Kidd fest: »Ich sehe keinen Wald.«

»Man sieht die Autobahn«, erwiderte Mrs Cross. »Ich glaube, das meinen sie mit Frieden.«

»Wo bist du denn untergebracht?«

»Ich weiß nicht so genau. Ich weiß gar nicht, ob ich wieder hinfinde. Aber es ist ein nettes Zimmer, ein Einzelzimmer.«

»Meins auch. Ich hab auch ein Einzelzimmer. Liegt es auf dieser oder auf der anderen Seite des Esssaals?«

»Oh … auf der anderen Seite.«

»Das ist gut. Es ist der beste Teil. Hier unten sind alle in ziemlich guter Verfassung. Aber es kostet auch mehr. Je besser man dran ist, desto mehr kostet es. Auf der anderen Seite vom Esssaal sind sie alle nicht ganz richtig im Kopf.«

»Senil?«

»Senil. Auf dieser Seite sind es die Jüngeren, denen etwas fehlt. Zum Beispiel ...« Sie wies mit dem Kopf auf einen etwa fünfzigjährigen mongoloiden Mann, der versuchte, Mundharmonika zu spielen. »In unserem Teil gibt es auch Jüngere, aber denen fehlt hier nichts.« Sie tippte sich an die Stirn. »Sie haben irgendeine Krankheit. Und wenn sie nicht mehr selbst zurechtkommen ... ab nach oben. Dort sind alle, bei denen es schon ziemlich weit ist. Die Verrückten sind ein Kapitel für sich. Die hält man im rückwärtigen Teil hinter Schloss und Riegel. Das heißt, die wirklich Verrückten. Ich glaube, es gibt auch eine Abteilung für alle, die noch laufen können, aber alles unter sich lassen.«

»Ja, wir sind die erste Garnitur«, erklärte Mrs Kidd mit einem verkniffenen Lächeln. »Ich wusste, dass es hier viele Senile gibt, aber auf die anderen war ich nicht vorbereitet. Zum Beispiel ...«

Sie nickte verstohlen in Richtung des mongoloiden Mannes, der am Fenster eine Steppnummer versuchte. Anders als die meisten Mongoloiden war er dünn und beweglich, allerdings wirkte er sehr blass und zerbrechlich.

»Er ist glücklicher dran als die meisten«, sagte Mrs Cross, die ihn beobachtete. »Es gibt nur dieses eine Heim im ganzen Bezirk. Hier wird alles abgeladen. Nach einer Weile macht es dir nichts mehr aus.«

»Mir *macht* es nichts aus.«

Mrs Kidds Zimmer ist voller Steine und Muscheln in Schachteln und Flaschen. Sie besitzt einen Schaukasten mit brüchigen Schmetterlingen und einen Schaukasten mit ausgestopften Singvögeln. In ihrem Bücherregal stehen *Farne und Moose Nordamerikas*, *Die Vögel Nordamerikas* von Peterson, *Stein- und Mineralienkunde* und ein Buch mit Sternkarten. Die Kästen mit den Schmetterlingen und Singvögeln hingen einmal im Klassenzimmer ihres Ehemanns und Naturkundelehrers. Die Singvögel hatte er gekauft, doch die Schmetterlinge sammelten er und Mrs Kidd. Mrs Kidd war gut in den Fächern Botanik und Zoologie gewesen. Wenn sie nicht so eine zarte Gesundheit gehabt hätte, wie man damals sagte, wäre sie an die Universität gegangen, um Zoologie zu studieren – obwohl das damals nur wenige Mädchen taten. Ihre Kinder leben alle weit entfernt und schicken ihr schöne Bücher über Themen, die Mrs Kidd, wie sie glauben, ganz bestimmt interessieren. Meist sind es große, schwere Bücher, und es ist für Mrs Kidd unmöglich, sie bequem zu betrachten. Deshalb verbannt sie sie sehr bald auf das unterste Bord. Ihren Kindern gegenüber würde sie es nicht zugeben, aber ihr Interesse hat erheblich nachgelassen. Sie sprechen in ihren Briefen davon, dass sie sich daran erinnern, wie sie ihnen die Pilze erklärte. »Weißt du noch, wie wir in Petrie's Bush den Todesengel sahen, als wir noch in Logan wohnten?« Ihre Briefe sind voll von Erinnerungen. Diese Kinder, die selbst älter werden, möchten Mrs Kidd dort festhalten, wo sie sich vor vierzig oder fünfzig Jahren befand. Sie haben eine Vorstellung von ihr, die so töricht und notwendig ist, wie eigentlich nur Eltern sie von ihren Kindern haben können. Sie loben an ihr überschwänglich das, was man bei einem Kind als Frühreife bezeichnen würde: ihre Aufgewecktheit, ihr angesammeltes Wissen, ihren Atheismus (ein Geheimnis in all den Jahren, in denen ihr Mann über die geistige Entwicklung seiner Schüler wachte), alles, worin sie sich von einer durchschnittlichen alten Dame unterscheidet, die man erwarten würde. Mrs Kidd empfindet es als ihre Pflicht, die vielen Hinweise zu verbergen, dass sie gar nicht so anders ist, wie sie glauben.

Auch Mrs Cross erhält Geschenke von ihren Kindern, allerdings keine Bücher. Sie denken eher an hübsche Dinge, Bilder und Kissen. Mrs Cross besitzt einen Strauß künstlicher Rosen mit kleinen Glühbirnen, die immer blühen und die Köpfe recken wie die Strahlen einer Fontäne. Sie hat eine Puppe, eine südliche Schöne, deren Satinröcke als ein übergroßes Nadelkissen dienen sollen. Bei ihr hängt auch ein Abendmahlbild, auf dem der Heiligenschein Jesu sich an- und ausschalten lässt. (In ihrem Brief, den Mrs Kidd nach ihrem ersten Besuch bei Mrs Cross einem ihrer Kinder schrieb, berichtete sie von dem Bild, beschrieb es und erklärte, sie habe versucht herauszufinden, was der HERR und seine JÜNGER aßen, und festgestellt, es seien Hamburger. Ihre Kinder lieben es, solche Dinge von ihr zu hören.) Neben der Tür steht ein lebensgroßer Collie aus Gips, der dem Cross'schen Familienhund, dem alten Bonnie ähnelt, den die damals kleinen Kinder so sehr liebten. Mrs Cross erkundigt sich bei ihren Kindern danach, was diese Dinge kosten, und erzählt es den Leuten. Sie erklärt, sie sei entsetzt.

Bald nach Mrs Kidds Ankunft nahm Mrs Cross sie mit zu einem Besuch im zweiten Stockwerk. Mrs Cross ging seit langem alle paar Wochen hinauf, um eine Cousine, die alte Lily Barbour zu besuchen.

»Lily hat nicht alle Tassen im Schrank«, warnte sie Mrs Kidd, während sie in ihren Rollstühlen in den Fahrstuhl rollten. »Noch etwas, es riecht nicht gerade nach Veilchen, obwohl sie dauernd Duftsprays verwenden. Sie tun ihr Möglichstes.«

Als sie den Fahrstuhl verließen, sah Mrs Kidd als Erstes eine kleine alte runzlige Frau mit ungekämmten weißen Haaren; ihr Kleid hatte sich hoch über die nackten Beine geschoben (Mrs Kidd blickte sofort zur Seite). Offensichtlich konnte sie ihre Zunge nicht mehr im Mund halten. Es roch nach warmem Urin – man hätte glauben können, er stehe auf dem Ofen – und nach blumigem Duftspray. Aber dann entdeckte sie eine vernünftig wirkende Frau mit glattem Gesicht, einem Haarknoten und einer Schürze über einem sauberen rosa Kleid.

»Haben Sie das Blatt?«, fragte sie Mrs Cross und Mrs Kidd, als seien sie alte Bekannte.

»Oh, wir bekommen es erst um fünf Uhr nachmittags«, erwiderte Mrs Kidd höflich, da sie annahm, die Frau spreche von der Zeitung.

»Beachte sie nicht«, sagte Mrs Cross.

»Ich muss es nämlich heute noch unterschreiben«, fuhr die Frau fort, »sonst gibt es eine Katastrophe. Sie können mich hinauswerfen. Ich wusste nicht, dass es illegal war, verstehen Sie?« Sie sprach so vernünftig, so normal und mit solcher Sicherheit, dass Mrs Kidd nicht daran zweifelte, die Frau sei bei Verstand. Aber Mrs Cross fuhr energisch weiter. Mrs Kidd folgte ihr. »Lass dich nicht auf diesen Blödsinn ein«, sagte Mrs Cross, als Mrs Kidd sie einholte. Eine Frau mit einem so schrecklichen Kropf, wie Mrs Kidd ihn seit Jahren nicht mehr gesehen hatte, lächelte ihnen gewinnend zu. Hier oben hatte niemand mehr Zähne.

»Ich dachte, es gäbe keine Kröpfe mehr«, sagte Mrs Kidd, »es gibt doch Jod.«

Sie näherten sich einer lauten, polternden Stimme.

»George!«, rief sie. »George! Jessie! Hier bin ich! Kommt und zieht mich hoch! George!«

Zwischen dem Geschrei ließ sich eine andere Stimme fröhlich vernehmen: »Pfui, pfui, pfui«, hörten sie, »pfui. Pfui, pfui! Pfui, pfui, pfui! Pfui, *pfui!*«

Die Besitzerinnen der beiden Stimmen saßen an einem langen Tisch vor einer Reihe von Fenstern etwa in der Mitte des Korridors. Insgesamt saßen dort etwa neun oder zehn Frauen. Manche murmelten und sangen leise vor sich hin. Eine zerriss das kleine Kissen, das eine andere bestickt hatte. Eine Dritte aß Eis am Stiel mit Schokoladenüberzug. Kleine Schokoladenstückchen hingen im Flaum über der Oberlippe, und Eiscreme tropfte ihr über das Kinn. Niemand blickte aus dem Fenster; sie sahen sich auch nicht gegenseitig an. Niemand achtete auf »George und Jessie« oder »Pfui, pfui, pfui«, die beide pausenlos weiterplapperten.

Mrs Kidd hielt den Rollstuhl an.

»Wo ist diese Lily?«

»Am Ende des Gangs. Sie holen sie nicht mehr aus dem Bett.«

»Geh du sie besuchen«, erklärte Mrs Kidd, »ich fahre zurück.«

»Du musst dich nicht aufregen«, sagte Mrs Cross, »sie leben alle in ihrer kleinen Welt und fühlen sich so wohl wie Fische im Wasser.«

»Schon möglich, aber ich nicht«, sagte Mrs Kidd. »Wir treffen uns im Aufenthaltsraum.« Sie drehte energisch den Rollstuhl auf der Stelle und fuhr zum Fahrstuhl zurück, wo die rosa Dame immer noch eifrig nach ihrem Blatt fragte. Mrs Kidd kam nie mehr hierher zurück.

Mrs Cross und Mrs Kidd spielten jeden Nachmittag im Aufenthaltsraum Karten. Sie trugen Ohrringe, Strümpfe,

Nachmittagskleider. Sie luden sich abwechselnd zum Tee ein.

Im Großen und Ganzen waren diese Nachmittage angenehm. Sie spielten beide gut; manchmal entschieden sie sich für Scrabble. Aber Mrs Cross nahm Scrabble nicht so ernst wie die Karten. Sie wurde leichtsinnig, streitsüchtig und beharrte auf selbst erfundenen Wörtern. Deshalb wendeten sie sich lieber wieder den Karten zu und spielten die meiste Zeit Rommé. Im Heim war es wie in einer Schule. Man fand zueinander, man hatte seine beste Freundin. Im Esssaal saßen immer dieselben an einem Tisch zusammen. Manche fanden niemanden.

Mrs Cross bemerkte Jack zum ersten Mal im Aufenthaltsraum, während sie und Mrs Kidd Karten spielten. Er war erst seit einer Woche hier. Mrs Kidd wusste bereits etwas über ihn.

»Siehst du diesen rothaarigen Mann am Fenster?«, fragte Mrs Kidd. »Er ist nach einem Schlaganfall hier eingeliefert worden. Er ist erst neunundfünfzig Jahre alt. Ich habe es im Esssaal gehört, als du noch nicht unten warst.«

»Der arme Kerl ... so jung.«

»Er hat Glück, dass er überhaupt am Leben ist. Seine Eltern leben noch und bewirtschaften eine Farm. Er hat sie besucht und bekam dort den Schlaganfall. Als sie ihn fanden, lag er mit dem Gesicht auf der Erde im Hof vor der Scheune. Er hat nicht hier gewohnt, sondern irgendwo im Westen.«

»Der arme Kerl«, sagte Mrs Cross, »was war er denn von Beruf?«

»Er hat bei einer Zeitung gearbeitet.«

»War er verheiratet?«

»Davon habe ich nichts gehört. Angeblich war er ein Trinker. Dann ging er zu den Anonymen Alkoholikern und gewöhnte es sich ab. Man kann nicht alles glauben, was man hier hört.«

(Das stimmte. Üblicherweise wurden über jeden Neuankömmling alle möglichen Geschichten erzählt. Geschichten darüber, wie viel Geld er besaß, wo er überall gewesen war, wie viele Operationen er hinter sich hatte, welche Prothesen und Geräte er im oder am Körper mit sich herumtrug. Ein paar Tage später berichtete Mrs Cross, Jack sei Redakteur bei einer Zeitung gewesen. Zuerst hörte sie, er komme aus Sudbury, dann aus Winnipeg. Sie erzählte, er habe vor Überarbeitung einen Nervenzusammenbruch gehabt, und das sei die Wahrheit. Er habe nie getrunken. Wie sie sagte, kam er aus einer guten Familie. Er hieß Jack MacNeil).

Im Augenblick fiel Mrs Cross auf, wie sauber und gepflegt er in seiner grauen Hose und dem dünnen Hemd wirkte. Zumindest für ihn sah es unnatürlich aus. Man dachte, er sei vom zu langen Liegen im Wasser aufgeweicht. Er war ein großer Mann; doch er konnte sich selbst im Rollstuhl nicht aufrecht halten. Die ganze linke Seite seines Körpers war schlaff, leer und kraftlos. Haare und Schnurrbart waren noch nicht grau, sondern blassbraun. Er war so weiß, als habe man ihn gerade aus einem Verband gewickelt.

Es gab eine Ablenkung. Der Laienprediger, der jede Woche eine Andacht hielt, bei der auch Lieder gesungen wurden (die richtigen Geistlichen kamen abwechselnd an den Sonntagen), ging dicht gefolgt von seiner Frau durch den Aufenthaltsraum. Die beiden überschütteten jeden, dessen Blick sie auf sich ziehen konnten, mit Lächeln und

Nicken. Als sie vorüber waren, blickte Mrs Kidd auf und sagte leise, aber deutlich vernehmbar:

»Freue dich, oh, Welt!«

Daraufhin lächelte Jack, der gerade ungeschickt mit dem Rollstuhl durch den Raum fuhr – er rollte immer wieder im Kreis. Es war ein intelligentes, ironisches Lächeln und passte nicht zu seinem hilflosen Aussehen. Mrs Cross winkte ihm zu und fuhr ihm ein Stück entgegen. Sie stellte sich vor und stellte Mrs Kidd vor. Er öffnete den Mund und sagte: »Anh-anh-anh.«

»Ja«, sagte Mrs Cross ermutigend, »ja?«

»Anh-anh-*anh*«, sagte Jack. Er fuchtelte mit der rechten Hand, Tränen standen ihm in den Augen.

»Ich denke, wir spielen Karten«, sagte Mrs Kidd.

»Ich muss jetzt weiter spielen«, erklärte Mrs Cross. »Sie können gerne hier sitzen und zusehen. Haben Sie Karten gespielt?«

Seine rechte Hand umklammerte ihren Rollstuhl; er senkte den Kopf und weinte. Er versuchte, die linke Hand zu heben und sich die Tränen abzuwischen. Er schaffte es ein paar Zentimeter, dann fiel sie in seinen Schoß zurück.

»Na ja«, sagte Mrs Cross freundlich. Dann erinnerte sie sich daran, was man üblicherweise tut, wenn Kinder weinen, und wie man sie über den Schmerz hinwegbringt. »Wie soll ich wissen, was Sie sagen, wenn sie anfangen zu weinen? Sie müssen einfach Geduld haben. Ich habe Leute gekannt, die nach einem Schlaganfall wieder sprechen lernten. Ja, das stimmt. Sie dürfen nicht weinen. Damit erreichen Sie nichts. Immer nur langsam. Buu-huu-huu«, sagte sie und beugte sich vor, »buu-huu-huu. Gleich fangen Mrs Kidd und ich auch an zu weinen.«

So kam es, dass Mrs Cross begann, sich für Jack verantwortlich zu fühlen. Sie brachte ihn dazu, ihnen beim Kartenspielen mit mehr oder weniger trockenen Augen zuzusehen und ein Geräusch hervorzubringen, das ein Ersatz für eine Unterhaltung war (an-*anh*) und kein verzweifelter Versuch zu sprechen (anh-anh-anh). Mrs Cross spürte, wie etwas in ihr erwachte: Ihre alte Kraft zu behüten und mit Menschen umzugehen, ihre strategische Fähigkeit, die, geschickt angewendet, niemand bemerkte, der sie zu spüren bekam.

Mrs Kidd bemerkte sie jedoch.

»Für mich ist das kein Kartenspielen«, sagte sie.

Mrs Cross fand bald heraus, dass man Jack nicht lange für Karten interessieren konnte. Und auch der Versuch, mit ihm zu spielen, nützte nichts. Er wollte sich unterhalten. Aber Versuche zu sprechen, führten nur zu Tränen.

»Die Tränen machen mir nichts aus«, sagte Mrs Cross, »ich habe Tränen und Tränen und Tränen gesehen. Aber bei vielen Leuten ist es nicht gut, wenn Sie bei den Leuten im Ruf stehen, eine Heulsuse zu sein.«

Sie begann ihm Fragen zu stellen, die er mit Ja oder Nein beantworten konnte. Das heiterte ihn auf und gab ihr die Möglichkeit, ihre Informationen zu überprüfen. Ja, er hatte bei einer Zeitung gearbeitet. Nein, er war nicht verheiratet. Nein, nicht bei der Zeitung in Sudbury. Mrs Cross begann, alle Städte aufzuzählen, die ihr einfielen. Doch es gelang ihr nicht, die richtige zu treffen. Er wurde ganz aufgeregt, versuchte zu sprechen, und diesmal wurde aus den Silben beinahe ein Wort. Aber sie verstand es nicht. Sie machte sich dafür verantwortlich, weil sie nicht genug Städte kannte. Dann kam ihr eine Idee. Sie befahl ihm zu bleiben, wo er war, sich nicht von der Stelle zu bewegen. Sie wollte gleich wieder zurückkommen. Dann rollte sie zu der Bibliothek am anderen Ende des Flurs. Dort suchte sie nach einem Buch mit Landkarten. Zu ihrem Ärger fand sie nichts – nichts außer Liebesromanen und Bücher religiösen Inhalts. Aber sie gab nicht auf. Sie machte sich auf den Weg zu Mrs Kidd. Seit das Kartenspiel ins Stocken geraten war (manchmal spielten sie noch, aber nicht mehr täglich), verbrachte Mrs Kidd viele Nachmittage in ihrem Zimmer. Dort lag sie jetzt in einem eleganten violetten Morgenmantel mit einem breiten bestickten Kragen auf ihrem Bett. Sie hatte Kopfschmerzen.

»Hast du eins von diesen … so etwas Ähnliches wie ein Geographiebuch?«, fragte Mrs Cross. »Ein Buch mit Landkarten.« Sie erklärte, sie wolle es für Jack.

»Einen Atlas meinst du«, sagte Mrs Kidd. »Könnte sein, ich weiß nicht genau. Sieh ganz unten im Regal nach. Ich kann mich nicht mehr daran erinnern, was dort steht.«

Mrs Cross parkte vor dem Bücherregal und hob eins der schweren Bücher nach dem anderen auf den Schoß, um die Titel aus der Nähe zu studieren. Die schnelle Fahrt hatte sie atemlos gemacht.

»Du verausgabst dich«, sagte Mrs Kidd, »du regst dich auf, du regst ihn auf – und wozu das Ganze?«

»Ich rege mich nicht auf. Ich finde, es ist einfach ein Verbrechen.«

»Was?«

»So ein intelligenter Mann … was hat er hier verloren? Sie hätten ihn irgendwohin bringen sollen, wo man den Leuten etwas beibringt, wo sie wieder Sprechen lernen. Wie sagt man dazu? Na, du weißt schon. Warum stecken sie ihn einfach hierher? Ich möchte ihm helfen und weiß nicht, was ich tun soll. Nun ja, ich muss es einfach versuchen. Wenn einer meiner Söhne in diesem Zustand irgendwo wäre, wo ihn niemand kennt, würde sich hoffentlich auch eine Frau seiner annehmen.«

»Rehabilitation«, sagte Mrs Kidd, »wahrscheinlich haben sie ihn hierher gebracht, weil er einen so schweren Schlaganfall hatte, dass sie nichts für ihn tun können.«

»Alles, was man will, aber kein Buch mit Landkarten«, sagte Mrs Cross, die es vorzog, nichts darauf zu antworten. »Er wird glauben, ich komme nicht mehr zurück.« Sie rollte aus dem Zimmer, ohne sich zu bedanken oder sich zu verabschieden. Mrs Cross fürchtete, Jack könne glauben, sie habe gar nicht zurückkommen wollen und beabsichtige nur, ihn loszuwerden. Und tatsächlich, als sie in den Aufenthaltsraum kam, war er verschwunden. Sie wusste nicht, was sie tun sollte. Am liebsten hätte sie auch geweint. Wo sein Zimmer war, wusste sie nicht. Sie wollte im Büro danach fragen. Dann sah sie, dass es fünf Minuten nach vier war: Das Büro würde geschlossen sein. Die Mädchen machen sich das Leben leicht. Um vier Uhr ziehen sie die Mäntel an und gehen, kann kommen, was will ... Mrs Cross rollte langsam durch den Flur und überlegte, was zu tun sei. Dann entdeckte sie Jack in der Nische eines Seitenflurs.

»Hier sind Sie! Gott sei Dank! Ich wusste nicht, wo ich Sie suchen sollte. Haben Sie geglaubt, ich würde nicht zurückkommen? Ich will Ihnen sagen, was ich vorhatte. Ich wollte Sie überraschen. Ich habe nach einem Buch mit Landkarten gesucht. Wie heißen die noch? Dann hätten Sie mir zeigen können, wo Sie gewohnt haben. Atlas!«

Er saß mit dem Gesicht vor einer rosa Wand und starrte darauf wie auf ein Fenster. An der Wand stand eine Etagere mit einer Vase voll Plastikosterglocken und ein paar Porzellanfigürchen – Zwerge und Hunde. Darüber hingen drei Bilder, die Heimbewohner im Bastelraum nach irgendwelchen Vorlagen ausgemalt hatten.

»Meine Freundin Mrs Kidd hat mehr Bücher, als in der Bibliothek stehen. Sie hat ein Buch nur über Käfer und eines nur über den Mond mit Nahaufnahmen von damals, als sie dort waren. Aber so etwas Einfaches wie eine Landkarte hat sie nicht.« Jack deutete auf eines der Bilder.

»Welches meinen Sie?«, fragte Mrs Cross, »das mit der Kirche und dem Kreuz? Nein? Das darüber? Die Kiefern? Ja? Was ist damit? Die Kiefern und die Rehe?« Er lächelte und winkte mit der Hand. Sie hoffte, er würde sich diesmal nicht zu sehr aufregen und dann wieder schrecklich enttäuscht sein. »Was ist damit? Es ist wie eine Sendung im Fernsehen. Bäume … Grün … Kiefern? Sind es die Rehe? Drei Rehe? Nein? Ja? Drei rote Rehe?« Er wedelte mit dem Arm, und sie sagte: »Ich weiß es wirklich nicht. Drei … rote … Rehe. Einen Moment mal. Das ist ein Ort. Ich habe es in den Nachrichten gehört. Reh und Wald … Rehwald! Das ist es! Dort haben Sie gewohnt! Dort haben Sie bei der Zeitung gearbeitet. In *Rehwald!*«

Sie jubilierten beide. Er fuchtelte überschwänglich mit den Armen, als dirigiere er ein Orchester, und sie beugte sich lachend vor und schlug sich auf die Knie.

»Ach, wenn alles so auf Bildern wäre, könnten wir eine Menge Spaß haben! Sie und ich, wir könnten großen Spaß miteinander haben. Nicht wahr?«

Mrs Cross ließ sich einen Termin beim Arzt geben.

»Ich habe gehört, dass manche Leute nach einem sehr schweren Schlaganfall ihre Sprache wieder gefunden haben. Stimmt das?«

»Es kann so sein, je nachdem. Machen Sie sich große Sorgen um den Mann?«

»Es muss ein furchtbares Gefühl sein. Kein Wunder, dass er weint.«

»Wie viele Kinder haben Sie?«

»Sechs.«

»Ich würde sagen, Sie haben sich genug Sorgen in Ihrem Leben gemacht.«

Mrs Cross erkannte, dass er nicht beabsichtigte, irgendetwas zu sagen. Entweder er erinnerte sich nicht gut genug an Jacks Fall, oder er gab vor, es nicht zu tun.

»Ich bin hier, damit ich mich um die Heimbewohner kümmere«, erklärte der Arzt, »dazu bin ich da, und dazu sind die Pflegerinnen da. Also können Sie die Sorgen uns überlassen. Wir werden dafür bezahlt. Verstehen Sie?«

Und wie viele Sorgen machen Sie sich?, wollte sie fragen.

Sie hätte gern Mrs Kidd von diesem Besuch erzählt, denn sie wusste, Mrs Kidd hielt den Arzt für einen Dummkopf. Aber wenn Mrs Kidd erfuhr, dass Jack der Grund für den Arztbesuch war, würde sie nur ungnädig reagieren. Mrs Cross sprach mit ihr nie mehr über Jack. Sie sprach mit anderen Leuten über ihn, stellte aber fest, dass es sie langweilte. Niemand kümmert sich hier um das Leid eines anderen, dachte sie. Selbst wenn jemand stirbt, macht es ihnen nichts aus. Es geht immer nur um *mich, ich lebe noch … was gibt es zum Abendessen?* Diese Selbstsucht! Sie sind alle genauso schlimm wie die im zweiten Stock. Sie zeigen es nur noch nicht so deutlich.

Seit sie sich mit Jack beschäftigte, war sie nicht mehr im zweiten Stock gewesen und hatte Lily Barbour nicht mehr besucht.

Sie saßen gern in der Nische vor dem Bild mit den drei Rehen, dem Ort ihres ersten Erfolgs. Es war ihr etablierter Platz, und dort blieben sie ungestört. Mrs Cross kaufte Bleistift und Papier, arretierte das Brett an seinem Rollstuhl und wollte sehen, wie es bei Jack mit dem Schreiben stand. Es ging nicht viel besser als mit dem Reden. Er kritzelte ein bisschen, drückte mit dem Bleistift so fest auf, dass er abbrach, und begann zu weinen. Sie machten keine Fortschritte, weder beim Schreiben noch beim Sprechen. Es war nutzlos. Aber sie lernte, sich mit ihm durch die Ja- und Nein-Methode zu unterhalten. Manchmal schien sie zu erraten, was er dachte.

»Wenn ich klüger wäre, könnte ich Ihnen besser helfen«, sagte sie, »ist das nicht die Höhe? Ich kann alles herauslassen, was in meinem Kopf ist. Aber es war nie so viel drin, und Sie haben den Kopf voll gestopft, können es aber nicht herauslassen. Macht nichts. Trinken wir eine Tasse Kaffee. Oder? Sie möchten eine Tasse Kaffee! Meine Freundin, Mrs Kidd, und ich haben immer Tee getrunken, aber jetzt trinke ich Kaffee. Ist mir eigentlich auch lieber.«

»Also, Sie haben nie geheiratet? Nie?«

Nie.

»Hatten Sie eine Freundin?«

Ja.

»Wirklich? Wirklich? Ist das schon lange her? Vor langer Zeit oder erst kürzlich?«

Ja.

»Vor langer Zeit oder kürzlich. Sowohl als auch. Vor langer Zeit und kürzlich. Verschiedene Freundinnen. Dieselbe? Dieselbe. Dieselbe Frau. Sie haben jahrelang dieselbe Frau geliebt. Sie aber nicht geheiratet. Oh, Jack! Weshalb nicht? Konnte sie nicht heiraten? Sie konnte es nicht. Warum nicht? War sie bereits verheiratet? Ja? Ja, ja. O je …«

Sie blickte ihm prüfend ins Gesicht, um zu sehen, ob das Thema zu schmerzlich war, oder ob er sich weiter damit beschäftigen wollte. Sie entschied, dass er es wollte. Sie hätte zu gern gefragt, wo diese Frau jetzt war. Aber irgendetwas warnte sie davor. Stattdessen erklärte sie fröhlich:

»Ob ich wohl ihren Namen erraten kann? Erinnern Sie sich an Rehwald? War das nicht lustig? Moment mal, ich könnte mit A anfangen und das Alphabet durchgehen. Anne? Audre? Annabelle? Nein, ich glaube, ich folge einfach meiner Eingebung. Jane? Mary? Louise?«

Sie hieß Pat, Patricia, und Mrs Cross erriet den Namen ungefähr nach dem dreißigsten Versuch.

»In meiner Vorstellung ist eine Pat immer blond und nie dunkel. Sie wissen ja, mit einem Namen verbindet man immer eine Vorstellung. War sie blond? Ja? Und groß. War sie groß? Gut! Ich habe es getroffen. Groß und blond. Eine gut aussehende Frau, eine hübsche Frau.«

Ja.

Sie schämte sich, denn einen Augenblick lang wünschte sie sich, sie könnte das jemandem erzählen.

»Also, es ist ein Geheimnis. Es bleibt unter uns. Wenn Sie Pat einmal einen Brief schreiben wollen, kommen Sie zu mir. Kommen Sie zu mir, und ich errate, was Sie sagen wollen, und schreibe es.«

Nein. Keinen Brief. Niemals.

»Nun gut, ich habe auch ein Geheimnis. Ich mochte einmal einen jungen Mann. Er fiel im Ersten Weltkrieg. Er brachte mich nach einer Schlittschuhparty nach Hause. Es war unser Schulfest. Ich war in der letzten Klasse. Ich war damals vierzehn. Es war vor dem Krieg. Ich mochte ihn, und ich dachte an ihn, wissen Sie. Als ich hörte, dass er gefallen war ... damals war ich schon verheiratet ... ich habe mit siebzehn geheiratet ... als ich hörte, dass er gefallen war, dachte ich, jetzt kann ich mich auf etwas freuen ... ich kann mich darauf freuen, ihn im Himmel wieder zu treffen. Das stimmt. So kindisch war ich ...

Marian war auch auf der Schlittschuhparty. Sie wissen, wen ich mit Marian meine ... Mrs Kidd. Sie war da und wunderschön angezogen. Sie trug einen himmelblauen, mit weißem Pelz besetzten Mantel mit einer Kapuze, und sie hatte einen Muff. Sie hatte einen weißen Pelzmuff. Ich habe mir nie etwas sehnlicher gewünscht als diesen weißen Muff.«

Im Dunkeln vor dem Einschlafen dachte Mrs Cross noch einmal über alles nach, was sie an diesem Tag mit Jack erlebt hatte: Wie hatte er ausgesehen? War er blass gewesen? Hatte er geweint? Wenn ja, wie lange und wie oft? War er im Esssaal schlecht gelaunt gewesen? Hatte er sich über die vielen Leute geärgert oder vielleicht das Essen nicht gemocht? Hatte er ihr mürrisch oder dankbar eine gute Nacht gewünscht?

Mrs Kidd hatte sich inzwischen eine neue Freundin gesucht. Es war Charlotte, die bislang in der Nähe des Esssaals gewohnt hatte, vor kurzem aber in ein Zimmer auf der anderen Seite des Flurs umgezogen war. Charlotte war eine große, dünne, ehrerbietige Frau Mitte vierzig. Sie hatte Multiple Sklerose. Zeitweilig blieb ihr Zustand stabil – wie jetzt –, und sie hätte nach Hause gehen können, wenn sie es gewünscht und wenn es dort einen Platz für sie gegeben hätte. Aber sie war hier glücklich. Das jahrelange Leben in Institutionen hatte sie kindlich, anhänglich und gutmütig gemacht. Sie half beim Friseur aus. Sie tat das gern. Sie liebte es, Mrs Kidds Haare zu bürsten und aufzustecken, und staunte dabei jedes Mal, wie viel schwarze Haare Mrs Kidd immer noch besaß. Sie färbte ihr eigenes Haar aschblond, toupierte es und benutzte zu viel Haarspray. Mrs Kidd konnte das Spray in ihrem Zimmer riechen und rief dann: »Charlotte! Hat man Sie hierher verlegt, um uns alle zu vergasen?«

Charlotte kicherte. Sie brachte Mrs Kidd ein Geschenk, eine rote Filzbörse mit applizierten grünen Blättern und blauen und gelben Blumen. Charlotte hatte sie im Bastelzimmer gemacht. Mrs Kidd dachte daran, wie sehr diese Börse den Rezepthaltern glich, die ihre Kinder von der Schule mit nach Hause gebracht hatten: ein ganzer Kuchenteller aus Pappe und ein halber Kuchenteller aus Pappe mit buntem Garn zusammengenäht. Sie waren zu schmal, um wirklich nützlich zu sein ... diese mit großer Sorgfalt gearbeiteten Nichtigkeiten wie die gehäkelten Topflappen, mit denen man sich die Finger verbrannte, oder der ausgesägte Pferdekopf mit einem Haken, der gerade zu klein war, um einen Hut daran zu hängen.

Charlotte machte Börsen für ihre verheirateten Töchter, für ihre kleine Enkelin und für die Frau, die mit ihrem Mann zusammenlebte und seinen Namen benutzte. Der Ehemann und diese Frau kamen regelmäßig, um Charlotte zu besuchen. Alle drei waren gute Freunde; es war eine angenehme Regelung für den Mann, die Kinder und vielleicht auch für Charlotte. Charlotte wurde nicht an der Nase herumgeführt. Vermutlich hatte sie klaglos eingewilligt und sich über diese Möglichkeit gefreut.

»Was erwartest du?«, fragte Mrs Cross, »Charlotte nimmt alles leicht.«

Mrs Cross und Mrs Kidd entzweiten sich nicht, und ihre Beziehung kühlte auch nicht wirklich ab. Sie unterhielten sich immer noch und spielten manchmal Karten miteinander. Aber es wurde schwierig. Sie saßen im Esssaal nicht länger am selben Tisch, denn Mrs Cross musste darauf achten, ob Jack beim Essen Hilfe brauchte; er ließ nicht zu, dass jemand ihm das Fleisch schnitt. Er gab einfach vor, es nicht zu mögen, und kam auf diese Weise nicht zu seinem Protein. Dann nahm Charlotte den von Mrs Cross geräumten Platz ein. Charlotte hatte beim Fleischschneiden keine Probleme. Im Gegenteil, sie schnitt Fleisch, Toast, Eier, Gemüse, Kuchen – was immer sie auch aß und sich schneiden ließ – in kleine, gleichmäßige Stückchen, ehe sie überhaupt einen Bissen zu sich nahm. Mrs Kidd erklärte ihr, das sei kein gutes Benehmen. Charlotte war geknickt, schnitt aber unbeirrt alles auch weiterhin.

»Weder du noch ich hätten uns so schnell damit abgefunden«, sagte Mrs Kidd und sprach mit Mrs Cross noch immer über Charlotte, »uns wäre gar nicht die Wahl geblieben.«

»Das stimmt. Damals gab es solche Heime wie dieses noch nicht ... keine angenehmen Heime. Sie hätten uns nicht am Leben halten können, wie sie es mit ihr tun ... ich meine, mit den Medikamenten und so. Vielleicht machen auch die Medikamente sie so einfältig.«

Mrs Kidd schwieg und runzelte die Stirn, als sie hörte, dass Charlotte als einfältig bezeichnet wurde; obwohl es nur auf unverblümte Weise dem entsprach, was sie selbst zu sagen versucht hatte. Nach einem Moment widersprach sie lahm.

»Ich glaube, Charlotte hat mehr im Kopf, als es den Anschein hat.«

Mrs Cross erwiderte ruhig: »Ich weiß nicht so recht.«

Mrs Kidd senkte nachdenklich den Kopf. So konnte sie mühelos eine halbe Stunde sitzen, während Charlotte ihr die Haare bürstete und sie frisierte. Wurde sie zu einer dieser alten Damen, die sich gerne bedienen ließen? Diese alten Damen brauchten auch jemanden, den sie herumkommandieren konnten. Sie gehörten zu der Sorte, die Kreuzfahrten um die ganze Welt unternahmen, in Hotels wohnten oder mit ihren Gesellschafterinnen in prächtigen, zerfallenden Häusern lebten. Es fiel so leicht, Charlotte herumzukommandieren, sie dazu zu bewegen, Scrabble zu spielen, und ihr zu sagen, wann ihr Benehmen etwas zu wünschen übrig ließ. Charlotte gierte danach, die Sklavin zu sein. Weshalb hoffte Mrs Kidd also, sich zurückhalten zu können? Sie wollte nicht erkennbar zu dieser Sorte alter Damen gehören. Außerdem kosteten Sklaven mehr, als sie wert waren. Am Ende hing einem die Ergebenheit der Leute wie ein Mühlstein am Hals. Erwartungen. Sie wollte sich von allen Lasten befreien. Manchmal gelang ihr das, indem sie auf dem Bett lag und im Geist alle Gedichte aufsagte, die sie kannte, oder die Fakten, die sie immer schwerer festhalten konnte. Dann wieder stellte sie sich ein Haus am Saum eines dunklen Waldes oder Moores vor, herrliche Felder, die sich von dort bis zum Meer hinunterzogen. Sie stellte sich vor, dort allein zu leben wie eine alte Frau im Märchen.

Mrs Cross wollte mit Jack Besuche machen. Sie dachte, es sei an der Zeit, dass er lernte, sich unter Menschen zu begeben. Er weinte jetzt nicht mehr so oft, wenn sie allein waren. Aber beim Essen schämte sie sich manchmal seinetwegen, und sie musste ihm das auch sagen. Er ärgerte sich über irgendetwas, und oft wusste sie gar nicht worüber. Manchmal steigerte er sich so weit in seine schlechte Laune hinein, dass er die Zuckerdose umstieß oder sein Besteck auf den Fußboden warf. Sie glaubte, er würde ruhiger werden und sich gesittet benehmen, wenn er sich an ein paar Leute so gewöhnen könnte wie an sie.

Als sie ihn zum ersten Mal zu Mrs Kidd brachte, erklärte Mrs Kidd, sie und Charlotte wollten gerade ausgehen – sie seien auf dem Weg ins Bastelzimmer. Sie forderte die beiden nicht auf, mitzukommen. Beim nächsten Mal spielten Mrs Kidd und Charlotte gerade Scrabble, und deshalb hatte sie keine Ausrede.

»Es macht dir doch nichts aus, wenn wir ein bisschen zusehen?«, fragte Mrs Cross.

»O nein, aber gib nicht mir die Schuld, wenn du dich langweilst. Charlotte braucht Tage, um sich zu entscheiden.«

»Wir haben es nicht eilig. Wir werden nirgends erwartet. Nicht wahr, Jack?«

Sie überlegte, ob sie Jack dazu bringen konnte, Scrabble zu spielen. Sie wusste eigentlich nicht, wie groß sein Problem war, wenn er versuchte zu schreiben. Konnte er nur nicht die Buchstaben bilden? Oder gelang es ihm nicht, aus Buchstaben Worte zusammenzusetzen? Vielleicht war Scrabble genau das Richtige für ihn.

Jedenfalls zeigte er Interesse. Er manövrierte seinen Rollstuhl neben Charlotte, die nach ein paar Buchstaben griff, sie wieder zurücklegte, wieder in die Hand nahm, sie ansah und schließlich, ausgehend vom D in Mrs Kidds Wort *Wind* das Wort *Dame* legte. Jack schien zu begreifen. Er freute sich so, dass er Charlotte anerkennend das Knie tätschelte. Mrs Cross hoffte, Charlotte würde begreifen, dass dies nur eine freundliche Geste und keine Beleidigung war.

Sie hätte sich keine Sorgen machen müssen. Niemand konnte Charlotte beleidigen.

»Gut für Sie«, sagte Mrs Kidd stirnrunzelnd und legte, ohne zu zögern, ausgehend vom E das Wort *Ellbogen.* »Tripelwort«, erklärte sie und schrieb ihre Punkte auf. »Ziehen Sie Ihre Buchstaben, Charlotte.«

Charlotte zeigte Jack jeden neuen Buchstaben, und er gab einen zustimmenden Laut von sich. Mrs Cross behielt ihn im Auge und hoffte, dass nichts geschehen würde, was ihn in schlechte Laune versetzte und den freundlichen Auftritt störte. Es geschah auch nichts. Aber Charlottes Konzentration litt unter seiner Anwesenheit.

»Wollen Sie mir helfen?«, fragte Charlotte und verrückte den kleinen Ständer mit den Buchstaben, dass er vor ihnen beiden stand. Jack beugte sich so weit vor, dass er beinahe ihre Schulter berührte.

»Anh-anh-anh«, sagte er, aber es klang fröhlich.

»Anh-anh-anh?«, fragte Charlotte belustigt, »was für ein Wort ist das denn? *Anh-anh-anh ...*«

Mrs Cross erwartete, der Himmel würde einstürzen. Aber Jack kicherte nur. Auch Charlotte kicherte, und die beiden kicherten um die Wette.

»Was sind sie doch für gute Freunde«, sagte Mrs Kidd.

Mrs Cross dachte, es sei unklug, Mrs Kidds Geduld zu sehr auf die Probe zu stellen, wenn sie auch in Zukunft zu Besuch kommen wollten.

»Jack, lenken Sie Charlotte nicht ab«, mahnte sie freundlich, »lassen Sie Charlotte jetzt spielen.«

Sie hatte kaum ausgesprochen, als sie sah, wie Jacks Hand ungeschickt auf das Scrabblebrett fiel. Die Buchstaben flogen durch die Luft. Er drehte sich um und warf ihr einen hässlichen Blick zu. Ein so verzerrtes Gesicht hatte sie an ihm noch nicht gesehen. Sie war verblüfft und sogar erschrocken, aber sie wollte es ihm nicht zeigen.

»Was haben Sie angerichtet?«, sagte sie, »das nenne ich wirklich gutes Benehmen.«

Er stieß einen wütenden Laut aus und schleuderte das Scrabblebrett und alle Buchstaben auf den Fußboden, ohne Mrs Cross aus den Augen zu lassen, so dass kein Zweifel bestehen konnte, dass sie seinen Abscheu, seinen Zorn und seine Wut erregt hatte. Sie wusste, es war wichtig, in diesem Moment kalt und entschlossen zu reagieren. Das musste man bei einem Kind oder einem Tier tun; man musste ihm zeigen, dass man die Kontrolle nicht verlor und von solchen Ausbrüchen weder verletzt noch erschrocken war. Aber es gelang ihr nicht, ein einziges Wort hervorzubringen, denn ihr Herz war von Trauer, Kummer und Hilflosigkeit erfüllt. Tränen stiegen ihr in die Augen, und bei diesem Anblick wurde sein Ausdruck noch hasserfüllter und drohender, als kochte seine Abneigung gegen sie über.

Charlotte lächelte, entweder weil sie sich aus ihrer Kicherlaune nicht befreien konnte oder weil sie nicht wusste, was sie außer Lächeln tun sollte, gleichgültig was geschah. Sie hatte ein rosiges Gesicht, wirkte aufgeregt und hilflos.

Mit einer heftigen, ungeschickten Bewegung gelang es Jack, den Rollstuhl umzudrehen. Charlotte stand auf. Mrs Cross zwang sich, etwas zu sagen.

»Ja, Sie schieben ihn jetzt besser in sein Zimmer. Er geht besser in sein Zimmer, beruhigt sich und bereut sein schlechtes Benehmen. Das ist besser so.«

Jack stieß einen höhnischen Laut aus, der zu bedeuten schien, dass Mrs Cross Charlotte aufforderte, etwas zu tun, was Charlotte ohnedies tun wollte. Mrs Cross gab nur vor, die Dinge in der Hand zu haben. Charlotte schob den Rollstuhl zur Tür und presste vor Anstrengung die lächelnden Lippen zusammen, während sie dem Bücherregal und dem Schaukasten mit den Schmetterlingen auswich. Vielleicht fiel ihr das Lenken schwer; vielleicht konnte sie sich auf die üblichen Reflexe und das Gleichgewicht ihres Körpers nicht verlassen. Doch sie wirkte erfreut. Sie hob die Hand, lächelte breit und verschwand im Flur. Sie erinnerte an eine dieser altmodischen Puppen, aber nicht von der Art, wie Mrs Cross und Mrs Kidd sie gehabt hatten, sondern eine Puppe, wie ihre Mütter sie besaßen, mit langen schlaffen Körpern, rosa und weißen Gesichtern, gewellten Porzellanhaaren und einem damenhaften Lächeln. Jack hielt das Gesicht abgewendet; das Wenige, was Mrs Cross sah, war hochrot.

»Jeder Mann könnte von Charlotte alles haben«, sagte Mrs Kidd, als die beiden gegangen waren.

»Da sehe ich bei ihm keine große Gefahr«, bemerkte Mrs Cross trocken, aber mit zitternder Stimme.

Mrs Kidd blickte auf das Scrabblebrett und auf die Buchstaben, die über den ganzen Fußboden verstreut waren.

»Wir können sie nicht aufheben«, sagte sie, »wenn eine von uns sich bückt, kippt sie um.« Das stimmte.

»Wir sind doch nutzloses altes Eisen«, sagte Mrs Cross. Sie hatte ihre Stimme jetzt besser unter Kontrolle.

»Wir versuchen es erst gar nicht. Wenn das Mädchen den Saft bringt, werde ich sie darum bitten. Wir müssen nicht sagen, wie es passiert ist. Ja, so machen wir es. Wir bücken uns nicht, sonst brechen wir uns am Ende die Nase.«

Mrs Cross spürte, wie ihr Herz einmal heftig schlug. Ihr Herz war wie eine alte verkrüppelte Krähe, die in ihrer Brust herumflatterte. Sie legte beide Hände auf das Herz, um es festzuhalten.

»Ich habe dir nie gesagt ... ich glaube, ich habe es nie gesagt«, begann Mrs Kidd, ohne Mrs Cross aus den Augen zulassen, »ich habe dir nie gesagt, was damals geschehen ist, als ich in meiner Wohnung zu schnell das Bett verließ und auf das Gesicht fiel. Ich wurde ohnmächtig. Glücklicherweise war die Frau in der Wohnung unter mir zu Hause. Sie hörte den Aufprall und holte den – wie heißt er noch ... den Mann mit den Schlüsseln, den Hausmeister. Sie fanden mich ohne Bewusstsein und riefen den Krankenwagen. Ich erinnere mich an nichts. Ich kann mich an nichts erinnern, was in den nächsten drei Wochen geschah. Ich war nicht bewusstlos. Ich wünschte, ich wäre es gewesen. Ich war bei Bewusstsein und redete eine Menge albernes Zeug. Weißt du, was das Erste ist, woran ich mich erinnere? An den Psychiater! Sie hatten einen Psychiater gerufen, der feststellen sollte, ob ich plemplem war. Aber niemand sagte mir, dass er ein Psychiater war. Das gehört dazu. Sie sagen es einem nicht. Er hatte etwas Ähnliches wie eine Militärjacke an. Er war noch ziemlich jung. Deshalb hielt ich ihn für jemanden, der gerade von der Straße hereinkam.

Wie heißt der Premierminister?, fragte er mich.

Also, ich dachte, *er* sei übergeschnappt. Deshalb antwortete ich: Wen interessiert das schon? Ich drehte ihm den Rücken zu, als wollte ich einschlafen, und von da an erinnere ich mich an alles.«

»Wen interessiert das schon!«

Mrs Cross hatte diese Geschichte tatsächlich schon einmal von Mrs Kidd gehört. Aber das lag lange zurück, und jetzt lachte sie nicht nur pflichtschuldig, sondern auch erleichtert. Mrs Kidds feste Stimme hatte eine schmerzstillende Salbe über ihr Leid gestrichen.

Während sie gemeinsam lachten, erkundigte sich Mrs Kidd plötzlich ernsthaft:

»Ist alles in Ordnung?«

Mrs Cross nahm die Hände von der Brust und wartete.

»Ich glaube ... ja. Aber ich glaube, ich werde mich jetzt hinlegen.«

Zu diesem Dialog gehörte auch, dass Mrs Kidd sagte: »Du hast ein schwaches Herz. Du solltest es nicht solchen Gefühlen ausliefern.« Mrs Cross erwiderte: »Ich bin nun mal, wie ich bin. Aber vielleicht ist etwas dran, an dem, was du sagst.«

»Du hast deinen Rollstuhl nicht hier«, sagte Mrs Kidd. Mrs Cross saß auf einem normalen Stuhl. Sie war langsam hinter Jacks Rollstuhl hergegangen, um ihm beim Steuern behilflich zu sein.

»Ich kann gehen«, sagte sie, »ich kann gehen, wenn ich mir Zeit lasse.«

»Nein, du fährst. Du setzt dich in meinen Rollstuhl, und ich werde dich schieben.«

»Das kannst du nicht.«

»Doch, ich kann es. Wenn ich meine Energie nicht verbrauche, ärgere ich mich über mein Scrabblespiel zu Tode.«

Mrs Cross stand mühsam auf und setzte sich in Mrs Kidds Rollstuhl. Dabei spürte sie eine solche Schwäche in ihren Beinen, dass sie wusste, Mrs Kidd hatte Recht. Sie hätte keine drei Meter gehen können.

»Also los«, sagte Mrs Kidd und schob den Rollstuhl aus dem Zimmer in den Flur.

»Überanstrenge dich nicht. Versuche nicht, zu schnell zu gehen.«

»Nein.«

Sie bewegten sich durch den Korridor, bogen nach links ab und bewältigten erfolgreich eine sehr flache Rampe. Mrs Cross hörte Mrs Kidds Atem.

»Vielleicht schaffe ich den Rest allein.«

»Nein.«

Am anderen Ende der Rampe bogen sie wieder links ab. Das Zimmer von Mrs Cross kam in Sicht. Es war die dritte Tür vor ihnen.

»Ich werde jetzt Folgendes tun«, erklärte Mrs Kidd mit Nachdruck, machte eine Pause, um ihre Atemnot zu verbergen, »ich gebe dir einen Stoß. Ich kann dir einen Stoß geben, der dich vor deine Zimmertür bringt.«

»Wirklich?«, fragte Mrs Cross zweifelnd.

»Sicher. Dann kannst du selbst ins Zimmer fahren und dich aufs Bett setzen. Lass dir Zeit, um dich richtig hinzulegen. Dann klingelst du nach dem Mädchen und sagst ihr, sie soll mir den Rollstuhl zurückbringen.«

»Werde ich auch nirgends anstoßen?«

»Du wirst schon sehen.«

Damit versetzte Mrs Kidd dem Rollstuhl einen genau berechneten, wohldosierten Stoß. Er rollte sanft vorwärts und blieb exakt an der richtigen Stelle vor der Zimmertür stehen, wie sie es vorausgesagt hatte. Mrs Cross hob für die kurze Fahrt schnell Beine und Hände und ließ sie jetzt wieder sinken. Mit einem zufriedenen, anerkennenden Nicken wendete sie den Rollstuhl und glitt sicher in ihr Zimmer.

Kaum war Mrs Cross verschwunden, sank Mrs Kidd zu Boden, lehnte sich an die Wand und streckte die Beine vorsichtig auf dem kühlen Linoleum aus. Sie betete darum, dass niemand vorbeikam, der Lärm schlug, bis sie wieder genug Kraft hatte, um sich auf den Rückweg zu machen.

Problem-Geschichten

Julie trägt ein rosa-weiß gestreiftes Hemdblusenkleid und einen durchbrochenen beigen Strohhut mit einer rosaroten Rose unter dem Rand. Der Hut fiel mir zuerst auf, als ich die Straße entlangging. Zunächst bemerkte ich gar nicht, dass Julie ihn trug. Im Laufe der letzten Jahre habe ich manchmal Momente des Unglaubens erlebt, wenn ich meinen Freunden in der Öffentlichkeit begegne. Sie wirken älter, als sie meiner Ansicht nach aussehen sollten. Julie sah nicht älter aus, aber sie zog meine Aufmerksamkeit auf eine Weise auf sich wie nie zuvor. Es lag am Hut. Ich fand ihn etwas sehr gewagt und absurd auf dem Kopf dieser großen temperamentvollen Frau. Dann erkannte ich Julie und eilte ihr entgegen, um sie zu begrüßen. Wir fanden einen Tisch unter einem Sonnenschirm in dem Straßenrestaurant, wo wir etwas zu Mittag essen. Wir haben uns seit zwei Monaten nicht gesehen, nicht seit der Konferenz im Mai. Ich bin nur heute in Toronto. Julie lebt hier. Bald erzählt sie mir, was so los ist. Im Sitzen wirkt sie hübsch, der Hut beschattet die Konturen ihres Gesichts und macht sie weich, ihre dunklen Augen glänzen.

»Das erinnert mich an eine Geschichte«, beginnt Julie, »an eine dieser ironischen Geschichten, bei denen sich am Ende alles ins Gegenteil verkehrt. Sie waren doch einmal sehr beliebt, nicht wahr? Ich glaubte wirklich, ich sei mitgenommen worden, um dich zu beschützen. Nein, nicht eigentlich beschützen, das ist zu ordinär. Aber ich glaubte, deine Gefühle seien im Spiel, und du seist zu vernünftig. Deshalb brauchtest du mich. Wäre das nicht eine gute Geschichte? Warum sind diese Geschichten eigentlich aus der Mode gekommen?«

»Alles schien zu genau voraussehbar zu sein«, erwiderte ich, »oder die Leute fanden, im Leben sei alles ganz anders. Oder sie wollten gar nicht wissen, wie das Leben so spielt.«

»Ich nicht! Für mich war nichts voraussehbar!«, erklärte Julie. Ein oder zwei Leute sehen zu uns herüber; die Tische stehen eng beisammen.

Julie schneidet eine Grimasse, zieht sich den Hut tief ins Gesicht und zerdrückt die Rose an ihrer Schläfe.

»Ich muss wohl zu laut sein«, sagt sie. »In letzter Zeit neige ich dazu, unbesonnen zu sein. Es kommt mir einfach so außergewöhnlich vor. Ist der Hut verrückt? Also im Ernst. Erinnerst du dich an die Rückfahrt? Du hast uns von dem Besuch bei den reichen Leuten erzählt, zu denen dieser Mann dich mitnahm. Zu dieser reichen Frau, dieser schrecklichen Frau. Weißt du noch? Damals hast du gesagt, es gibt zwei Arten von Liebe, und auf die eine möchte niemand verzichten. Damals dachte ich, mir sind beide Arten entgangen. Ich bin nicht einmal so weit gekommen, die Unterschiede zu erkennen.«

Ich will gerade »Leslie« sagen; er ist Julies Mann.

»Sprich jetzt nicht von Leslie«, bittet Julie. »Du weißt, das zählt nicht. Ich kann nichts dafür. Es zählt nicht. Das dachte ich damals und war bereit, einen Witz darüber zu machen. Aber ich dachte auch, ich würde gern etwas davon abbekommen, selbst wenn es nur ein paar Krümel sind!«

»Douglas ist mehr als ein Krümel«, entgegne ich.

»Ja, das stimmt.«

Am Ende der Konferenz im Mai standen bereits die Busse vor dem Eingang des Sommerhotels und warteten darauf, die Leute nach Toronto oder zum Flughafen zu bringen, als ich in Julies Zimmer ging und sah, dass sie gerade ihren Rucksack packte.

»Ich habe für uns eine Mitfahrgelegenheit nach Toronto«, sagte ich. »Wenn dir das lieber ist als der Bus. Erinnerst du dich an den Mann, den ich dir gestern Abend vorgestellt habe? Douglas Reider.«

»Gut«, erwiderte Julie, »ich habe diese Leute ziemlich satt. Müssen wir uns mit ihm unterhalten?«

»Wenig. Er wird reden.«

Ich half ihr, den Rucksack zu schultern. Vermutlich besitzt sie keine Reisetasche. Sie trug ihre Wanderstiefel und eine Jeansjacke. Sie meinte es ernst; sie hätte bis Toronto wandern können. Sommer für Sommer erwandert sie sich mit ihrem Mann und einigen ihrer Kinder den Bruce Trail. Andere Dinge passen ins Bild. Julie macht ihren eigenen Joghurt, backt Vollkornbrot und isst Körner. Man könnte annehmen, ich hätte Bedenken gehabt, sie mit Douglas bekannt zu machen, den tugendhafte Leute zu den ungewöhnlichsten Provokationen verleiten. Ich habe gehört, wie er erklärte, Joghurt verursache Krebs, Rauchen sei gut für das Herz, und Wale seien abscheuliche Tiere. Er sagt das unbekümmert, aber mit großer Sicherheit, und ergänzt seine Behauptungen mit schockierenden, arroganten, erfundenen Details und falschen Statistiken. Die Leute, die er sich vornimmt, werden wütend, sind verwirrt oder verletzt, manchmal alles gleichzeitig. Ich erinnere mich nicht, mir überlegt zu haben, wie Julie mit ihm fertig werden würde. Aber wenn ich darüber nachgedacht habe, muss ich wohl zu dem Schluss gekommen sein, sie würde es schon schaffen. Julie ist nicht naiv. Sie hat ihre Tricks, ihren Zweifel und ihren Ehrgeiz. Ihre Überzeugungen machen sie nicht verwundbar.

Julie und ich sind seit Jahren befreundet. Sie ist Bibliothekarin der Kinderbibliothek in Toronto. Sie verhalf mir zu meiner Arbeit, zumindest erzählte sie mir von der freien Stelle. Ich fahre mit einem Bücherbus durch das Ottawa Valley. Ich bin schon lange geschieden, und deshalb ist es ganz natürlich, dass Julie mit mir ein Problem bespricht, über das sie mit vielen Leuten nicht sprechen kann, wie sie sagt. Es ist mehr eine Frage als ein Problem. Die Frage ist: Soll Julie versuchen, allein zu leben? Ihr Mann Leslie sei herzlos, oberflächlich, halsstarrig, gefühlsarm, treu, ehrlich, edel und verletzlich, sagt sie. Eigentlich will sie ihn gar nicht. Sie sagt, vermutlich wird er ihr so fehlen, dass sie es nicht ertragen kann; vielleicht wird aber auch das Alleinsein über ihre Kräfte gehen. Sie macht sich keine Illusionen, einen anderen Mann zu finden. Aber manchmal hat sie das Gefühl, ihre Emotionen, ihr Leben, mehr oder minder alles sei einfach vergeudet.

Ich höre zu und finde, es klingt wie die Klagen vieler Frauen, und tatsächlich erinnert es mich auch sehr an meine Klagen als Ehefrau. Wie ehrlich ist es gemeint, wie tief geht es? Inwieweit ist es eine Übung, die die Ehe im Gleichgewicht und in Gang hält? Ich habe sie gefragt, ob sie jemals verliebt war, ob sie in einen anderen verliebt war. Sie antwortet, einmal habe sie geglaubt, in einen Jungen verliebt zu sein, den sie am Strand kennen lernte, aber es sei alles Unsinn gewesen. Und in den letzten Jahren habe ein

Mann geglaubt, in sie verliebt zu sein, aber auch das sei Unsinn gewesen. Ich mache sie darauf aufmerksam, dass das Alleinsein auch seine bittere Seite hat. Ich rate ihr, über die Sache gut nachzudenken. Ich glaube in gewisser Weise mutiger zu sein als Julie, denn ich habe das Risiko auf mich genommen. Ich habe mehr als *ein* Risiko auf mich genommen.

Julie, Douglas Reider und ich saßen beim Mittagessen in einem Restaurant, einem alten weißen Holzhaus direkt am See. Der See gehört zu einer Seenkette, und es gab einen Pier, wo die Schiffe angelegt hatten, ehe die Straße gebaut worden war. Damals brachten die Schiffe Urlauber und Lebensmittel. Die Bäume standen auf beiden Seiten des Hauses bis hinunter zum Seeufer, meist Birken und Pappeln. Und obwohl es bereits Mai war, zeigten sich erst die Blattspitzen. Ein Anflug von Grün umgab die Äste, als sei es die Farbe der Luft. Unter den Bäumen blühten Hunderte von weißen Wachslilien. Es war ein wolkiger Tag, obwohl die Sonne versucht hatte, durchzubrechen. Das Wasser wirkte klar und kalt.

Wir saßen auf alten, unterschiedlichen, bunt gestrichenen Küchenstühlen in einer verglasten Veranda. Wir waren die einzigen Gäste, und es war zum Mittagessen schon etwas spät. Es gab Brathähnchen.

»Ein richtiges Sonntagsessen«, sagte ich, »das Sonntagsessen nach der Kirche.«

»Es ist schön hier«, erklärte Julie und fragte Douglas, woher er das Restaurant kenne.

Douglas erwiderte, er müsse sich auskennen, schließlich reise er die meiste Zeit durch die ganze Provinz. Er hat die Aufgabe, für die Provinzarchive alle möglichen Tagebücher, Briefe, Dokumente aufzukaufen, die sonst vernichtet oder an Sammler außerhalb der Provinz oder ins Ausland verkauft werden würden. Er geht allen möglichen Hinweisen und Anregungen nach, und wenn er einen Schatz entdeckt, gehört er nicht immer gleich ihm. Oft muss er zögernde, argwöhnische oder geldgierige Besitzer überreden und Händlern zuvorkommen.

»Eigentlich ist er ein Pirat«, sagte ich zu Julie.

Douglas erzählte von Händlern und gab Geschichten über seine Rivalen wieder. Manchmal fiel ihnen wertvolles Material in die Hände, und sie versuchten schamlos, es an ihn weiterzuverkaufen. Oder sie unternahmen alles, um es zum höchstmöglichen Preis im Ausland loszuwerden. Und Douglas hatte geschworen, solche nicht wieder gutzumachenden Katastrophen zu verhindern.

Douglas ist groß, und die meisten Leute würden ihn als schlank bezeichnen, obwohl sich über seinem Gürtel eine leichte Wölbung abzeichnet, die man als neuere, unpassende, möglicherweise vorübergehende Entwicklung betrachten kann. Er trägt die grauen Haare kurz geschnitten, vielleicht um bei älteren und konservativen Tagebuchbesitzern einen seriösen Eindruck zu machen. Auf mich wirkt er jungenhaft. Ich will damit nicht sagen, er sei ein scheuer Mann mit einem offenen, rosigen Gesicht. Ich denke mehr an die harte Jugendlichkeit, an die fröhlichen, entschlossenen Gesichter, die man so oft auf Fotografien von Soldaten im Zweiten Weltkrieg sieht. Douglas gehörte zu ihnen. Er ist konserviert, nicht gereift. Oh, die Bescheidenheit und Zufriedenheit dieser Gesichter, die ihre Geheimnisse wahren. Bei solchen Männern ist das Eintauchen in die Liebe schnell, intim und erstaunlich – und ebenso ihr Auftauchen daraus. Ich beobachtete ihn, während er Julie von den Leuten erzählte, die mit alten Büchern und Dokumenten handeln. Sie seien nicht verstaubte und dubiose, mysteriöse alte Krähen, wie man sie sich allgemein vorstellt, sondern waghalsige Betrüger mit dem Instinkt von Spielern und Spionen. Wie in allen anderen Unternehmungen, bei denen viel Geld winkt, gab es auch hier Intrigen, Lügen, Täuschungen und Einschüchterungsversuche im Übermaß.

»Solche Vorstellungen haben die Leute von jedem, der mit Büchern zu tun hat«, sagte Julie. »Natürlich auch von Bibliothekaren. Man denke nur daran, wie oft die Leute sagen, jemand sei kein typischer Bibliothekar, keine typische Bibliothekarin. Wollten Sie das nicht auch für sich selbst in Anspruch nehmen?«

Julie trank angeregt von ihrem Wein. Ich führte es darauf zurück, dass sie auf der Konferenz geglänzt hatte. Sie besitzt ein Talent für Konferenzen und macht sich gern nützlich. Sie kann in großen Versammlungen das Wort ergreifen, ohne dass ihr der Mund trocken wird und ihr die Knie zittern. Sie weiß, was ein Punkt der Tagesordnung ist. Nach einigen Worten muss sie gestehen, eine Schwäche für Konferenzen, Ausschüsse und Rundschreiben zu haben. Sie hat für den Elternbeirat und für die Demokraten, für die Unitarian Church, für den Mieterschutzverein und einen Buchclub gearbeitet. Sie hat viel Zeit für Organisationen aufgewendet. Vielleicht ist es eine Sucht, sagt sie, aber wenn sie sich auf Versammlungen umblickt, wird sie den Eindruck nicht los, dass Versammlungen für die Leute gut sind. Sie geben ihnen das Gefühl, dass nicht alles ein einziger Sumpf ist.

Auf dieser Konferenz hat Julie gefragt: Wer, wer waren die typischen Bibliothekare? Wo fand man sie? Man könnte glauben, man habe sich zu große Mühe gegeben, dieses Image zu demontieren.

»Aber es ist keine kalkulierte Demontage«, erklärte sie. »Im Grunde sind wir ein Fluchtberuf.« Das bedeutet nicht, fügte sie hinzu, dass alle Bibliothekare verängstigt und entmutigt seien. Weit davon entfernt. Unter den Bibliothekaren gebe es viele echte Originale und farbige, weltoffene Persönlichkeiten.

»Alte Käuze«, stellte Douglas fest.

»Trotzdem hält sich das Image irgendwie«, sagte Julie, »der Direktor des Konferenzzentrums kam heute Morgen zur Präsidentin und fragte, ob sie an einer Liste der Konferenzteilnehmer interessiert sei, die die Nacht nicht in ihrem Zimmer verbracht hatten. Man muss sich vorstellen, sie glauben wirklich, wir seien an so etwas interessiert!«

»Sind wir es?«, fragte ich.

»Ich meine offiziell. Wie kommen sie überhaupt zu solchen Informationen über die Leute?«

»Spione«, sagte Douglas. »A. H. Ö. M. Amateur-Hüter der öffentlichen Moral. Ich bin selbst Mitglied. Es ist so etwas wie die Feuerwehr.«

Julie ging nicht darauf ein. Stattdessen sagte sie trübsinnig: »Ich vermute, es sind die jüngeren.«

»Neidisch auf die sexuelle Revolution«, sagte Douglas kopfschüttelnd. »Ich dachte jedenfalls, sie sei vorbei. Ist sie nicht vorbei?«, fragte er und sah mich dabei an.

»Soweit ich weiß«, antwortete ich.

»Das ist nicht fair«, erklärte Julie. »Für mich hat sie nie stattgefunden. Nein, wirklich, ich wünschte, ich wäre jünger. Ich meine, später geboren. Warum sollte man da nicht ehrlich sein?« Manchmal gibt sie sich absurd offen. Es lag etwas Bewusstes, Kokettes – kindlich Kokettes – in dieser Äußerung, aber sie wirkte nicht spielerisch, sondern im Augenblick notwendig. Ich wurde für sie nervös. Wir leerten bereits die zweite Flasche, und sie hatte mehr getrunken als Douglas oder ich.

»Also gut«, sagte sie. »Ich weiß, es ist komisch. Zweimal im Leben boten sich mir Möglichkeiten, und beide Male erwiesen sie sich als sehr komisch, ich meine sehr merkwürdig. Deshalb glaube ich, es soll nicht sein. Nein. Es ist nicht Gottes Wille.«

»Oh, Julie«, mahnte ich.

»Du kennst nicht die ganze Geschichte«, erklärte sie.

Ich glaubte, sie sei inzwischen tatsächlich betrunken, und ich müsse mir Mühe geben, den leichten Ton des Gesprächs zu halten. Deshalb sagte ich: »Doch, ich weiß schon. Du hast einen Psychologiestudenten kennen gelernt, als du dabei warst, eine Torte ins Meer zu werfen.«

Ich freute mich, als Douglas lachte.

»Tatsächlich?«, fragte er. »Werfen Sie öfter Torten ins Meer? War sie so schlecht?«

»Sie war sehr gut.« Julie sprach gekünstelt ernsthaft. »Sehr gut und sehr aufwendig. Gâteau St. Honoré. Ein Ungetüm mit Sahne, Pudding und Buttertoffee. Nein. Ich habe sie ins Meer geworfen ... und das habe ich dir erzählt ...«, erklärte sie an mich gewandt, »... weil ich damals insgeheim Probleme hatte. Probleme mit dem Essen. Ich war jung verheiratet, und wir wohnten in Vancouver, in der Nähe von Kitsilano Beach. Ich gehörte zu den Leuten, die erst schlemmen und dann abführen. Ich machte Windbeutel und aß dann einen nach dem anderen. Ich machte Karamellbonbons und aß den ganzen Topf leer. Dann trank ich Senfwasser, um mich zu übergeben, oder schluckte eine Überdosis Bittersalz, um das Ganze schnell wieder loszuwerden. Schrecklich! Die Schuldgefühle. Ich stand unter einem Zwang. Es muss etwas mit Sex zu tun gehabt haben. Heute sagt man das doch, nicht wahr?

Also, ich machte diese schreckliche Torte und redete mir ein, sie sei für Leslie. Aber als sie schließlich vor mir stand, wusste ich, dass ich sie für mich gebacken hatte und dass ich sie auch allein aufessen würde. Ich ging damit zur Mülltonne, wusste aber, ich würde sie wieder herausfischen. Ist das nicht ekelhaft? Also stopfte ich das ganze Zeug in eine Papiertüte, ging damit bis zum steinigen Ende des Strandes und warf sie ins Meer. Dabei beobachtete mich dieser junge Mann. Er warf mir einen merkwürdigen Blick zu, und ich wusste, was er dachte. Woran denkt man schon, wenn man sieht, wie eine Frau eine braune Papiertüte ins Meer wirft! Ich musste ihm sagen, dass es sich um eine Torte handelte. Ich erzählte ihm, ich hätte mich bei den Zutaten vergriffen und schämte mich wegen des peinlichen Missgeschicks. Wir unterhielten uns, und nach einer Viertelstunde gestand ich ihm die Wahrheit. Ich hätte mir nie träumen lassen, dass ich sie jemals einem Menschen gestehen könnte. Er erzählte, er studiere Psychologie an der University of British Columbia, habe das Studium aber abgebrochen, weil es dort nur Behavioristen gebe. Das hatte ich nicht gewusst, ich wusste nicht einmal, was ein Behaviorist ist …

Und so«, fuhr Julie resigniert und gleichzeitig verwundert fort, »und so wurde er mein Liebhaber … ungefähr sechs Wochen lang. Er wollte mich überreden, Jung zu lesen. Er hatte krause, mausbraune Haare. Wir lagen hinter den Felsen und knutschten wie wild. Es war Februar oder März und immer noch ziemlich kalt. Er konnte mich nur einmal in der Woche treffen, immer am gleichen Tag. Wir kamen nicht sehr weit. Das Tollste war, und das war wirklich toll, ich fand heraus, dass er in der Irrenanstalt war. Wir trafen uns an dem Tag, an dem er Ausgang hatte. Ich weiß nicht, ob ich das zuerst entdeckte oder die Narbe an seinem Hals. Habe ich schon gesagt, dass er einen Bart trug?

Damals war ein Bart noch etwas Ungewöhnliches. Leslie fand Bärte abscheulich. Inzwischen trägt er selbst einen. Er hatte versucht, sich die Kehle durchzuschneiden ... nicht Leslie.«

»Oh, Julie«, sagte ich, obwohl ich das alles bereits kannte. Wenn jemand von Selbstmord redet, ist das etwa so, als ob Innereien aus einer Wunde hervorquellen. Man muss sie sofort zurückdrücken und ein Pflaster darüber kleben.

»Es war nicht so schlimm. Er erholte sich wieder. Ich bin sicher, er erholte sich davon. Der Junge war nur sehr sensibel und hatte eine Krise nicht verkraftet. Aber ich bekam es mit der Angst zu tun. Ich bekam es mit der Angst zu tun, weil ich glaubte, ich würde auch bald durchdrehen. Wegen des Fressens und Erbrechens und so. Gleichzeitig gestand er mir, er sei erst siebzehn. Er hatte mich angeschwindelt. Das reichte! Sich vorzustellen, dass ich mich mit einem Jungen abgegeben hatte, der drei Jahre jünger war als ich. Ich schämte mich. Ich log ihm etwas vor, wie sehr ich ihn verstehe, dass alles nicht so wichtig sei und ich ihn in der folgenden Woche wieder treffen werde. Dann lief ich nach Hause und erklärte Leslie, ich könne keine Minute länger im Souterrain wohnen. Ich bestand darauf umzuziehen. Ich heulte, und innerhalb einer Woche fand ich eine Wohnung für uns in North Shore. Ich ließ mich am Kits Beach nie wieder blicken. Als die Kinder klein waren, bestand ich darauf, mit ihnen entweder an den Strand von Spanish Banks oder Ambleside zu gehen. Ich frage mich, was aus ihm geworden ist.«

»Vermutlich geht es ihm gut«, sagte ich. »Vielleicht ist er inzwischen ein gefeierter Jungianer.«

»Oder ein gefeierter Behaviorist«, ergänzte Douglas. »Oder Betreuer unserer Eishockeymannschaft. Sie sehen nicht aus, als hätten Sie in letzter Zeit zu viele Windbeutel gegessen.«

»Ich bin darüber hinweggekommen. Ich glaube damals, als ich schwanger wurde. Das Leben ist schon verrückt.«

Douglas verteilte feierlich den letzten Wein.

»Sie haben von zwei Fällen gesprochen«, sagte er an Julie gewandt. »Wollen Sie uns den anderen vorenthalten?«

Es ist alles in Ordnung, dachte ich. Er langweilt sich nicht und mag sie. Während Julies Erzählung hatte ich ihn nachdenklich beobachtet. Weshalb entsteht immer diese Verkrampftheit, diese Unruhe, wenn man einen Mann mit einer Freundin bekannt macht? Wird sie ihn langweilen, oder wird er sie ablehnen?

»Der andere war noch verrückter«, begann Julie. »Zumindest begreife ich es noch weniger. Ich sollte nicht so dummes Zeug erzählen, aber da ich schon einmal dabei bin, werde ich es doch tun. Also. Die Sache ist mir ein Rätsel. Ich kann es einfach nicht fassen. Es war auch in Vancouver, aber ein paar Jahre später. Ich ging in eine Encountergruppe, wie man das damals nannte. So eine Gruppentherapiegeschichte für normal funktionierende unglückliche Leute, die durcheinander sind. Damals war das gerade in, schließlich wohnten wir an der Westküste. Es war viel die Rede davon, die Masken abzuwerfen und sich den andern nahe zu fühlen. Na ja, man kann sich leicht darüber lustig machen, aber meiner Meinung nach bewirkte es mehr Gutes als Schlechtes. Und es war alles irgendwie neu. Das klingt wahrscheinlich, als wollte ich mich rechtfertigen. Etwa so, als wenn jemand sagt: ›Ich habe Makramee gemacht, fünfzehn Jahre bevor es Mode wurde.‹ Obwohl es vermutlich besser wäre, nie Makramee gemacht zu haben.«

»Ich weiß nicht einmal, was Makramee ist«, verkündete Douglas.

»Das ist am allerbesten«, sagte ich.

»Ein Kalifornier leitete mehrere solcher Gruppen. Er hieß Stanley. Wahrscheinlich hätte er nicht gesagt, dass er sie leitete. Er war sehr bescheiden. Aber er wurde dafür bezahlt, wir bezahlten ihn. Er war Psychologe, hatte schöne lange dunkle Locken und natürlich auch einen Bart. Aber Bärte waren inzwischen nichts Besonderes mehr. Er mischte sich irgendwie unbeholfen und unschuldig in alles ein. Er sagte: ›Ich weiß, es klingt wahrscheinlich verrückt, aber ich denke …‹ Er beherrschte die Technik, jedem das Gefühl zu geben, klüger als er zu sein. Er war sehr ehrlich. Er sagte zum Beispiel: ›Du … weißt … gar nicht … wie *liebenswert* du bist.‹ Nein, das klingt, als sei er ein richtiger Lügner gewesen. Es kann nicht so einfach gewesen sein. Jedenfalls dauerte es nicht lange, und er schrieb mir einen Brief … Stanley. Er schwärmte von meinen intellektuellen, körperlichen und seelischen Qualitäten und erklärte, er habe sich in mich verliebt.

Ich benahm mich sehr erwachsen und schrieb zurück, er kenne mich doch kaum. Er antwortete, o doch, und wie gut er mich kenne. Er rief an, entschuldigte sich für seine Aufdringlichkeit und behauptete, er könne nicht anders.

Er lud mich zum Kaffeetrinken ein. Das war harmlos. Wir trafen uns öfter zu einem Kaffee. Ich bemühte mich um ein heiteres Gespräch, und er fiel mir ins Wort mit der Feststellung, ich hätte wunderschöne Augenbrauen. Er überlegte, wie meine Brustwarzen aussähen. Meine Augenbrauen sind wirklich nichts Besonderes. Ich traf mich nicht mehr mit ihm zum Kaffeetrinken, und er trieb sich in seinem alten VW Bus in der Nähe unserer Wohnung herum. Wirklich! Beim Einkaufen stand er im Supermarkt manchmal plötzlich neben mir und starrte mit tieftraurigem Blick ins Käseregal. An manchen Tagen bekam ich drei Briefe von ihm, Lobgesänge auf mich, Beteuerungen, wie viel ich ihm bedeute, Eingeständnisse von Selbstzweifeln. Er wolle kein Guru werden, und ich sei gut für ihn, weil ich so klug und distanziert sei. Was für ein Quatsch! Ich wusste, es war alles lächerlich; doch ich kann nicht leugnen, dass ich in gewisser Hinsicht abhängig wurde. Ich wusste genau, wann der Postbote kam, und entschied, ich sei nicht zu alt, um meine Haare lang zu tragen.

Nachdem das etwa ein halbes Jahr so gegangen war, rief mich eine Frau aus unserer Gruppe an. Sie sagte, die Hölle sei los. Eine Frau aus einer anderen Gruppe habe ihrem Mann gestanden, dass sie mit Stanley schlief. Der Mann regte sich fürchterlich auf, er gehörte nicht zur Gruppe. Die Geschichte kam heraus, und dann gestand eine Frau nach der anderen, mit Stanley zu schlafen. Und bald galt das auch nicht mehr als Schande, es war, als seien sie einer Hexerei zum Opfer gefallen. Wie sich herausstellte, war er ziemlich systematisch vorgegangen. Er suchte sich in jeder Gruppe eine Frau aus. In meiner Gruppe hatte er bereits eine, und deshalb hatte er es vermutlich nicht auf mich abgesehen. Er wählte immer verheiratete Frauen, nie allein stehende, die ihm hätten lästig werden können. Neun Frauen. Wirklich und wahrhaftig neun Frauen!«

Douglas sagte: »Tüchtig.«

»Das sagten alle Männer«, erwiderte Julie. »Sie frohlockten alle, mit Ausnahme der Ehemänner natürlich. Im Haus einer der Frauen fand eine Art offizielle Versammlung der Gruppenmitglieder statt. Die Frau hatte eine hübsche Küche mit einem großen Hackklotz in der Mitte, und ich weiß noch, dass ich überlegte, ob sie es wohl darauf getrieben hatten. Alle blieben ganz cool, und niemand wollte von Ehebruch reden. Und weil niemand gestehen wollte, dass er schockiert war, mussten wir sagen, wir seien wütend, weil Stanley unser Vertrauen missbraucht hatte. Ich glaube, in Wirklichkeit ärgerten sich ein paar der Frauen, weil sie übergangen worden waren. Ich sagte das auch als eine Art Witz. Ich erwähnte mit keinem Wort, wie er sich mir gegenüber verhalten hatte, und wenn noch eine Frau diese Art Zuwendung bekommen hatte, schwieg sie ebenfalls. Ein paar Frauen weinten. Dann trösteten sie sich gegenseitig und verglichen Stanleys Briefe. Welch eine Szene! Wenn ich es mir heute vorstelle ... Und ich war total verwirrt. Ich konnte es mir nicht zusammenreimen. Wie kann man das? Ich dachte an Stanleys Frau, ein hübsches, etwas nervöses Mädchen mit schönen langen Beinen. Wenn ich ihr manchmal begegnete, dachte ich: Du hast keine Ahnung davon, was dein Mann mir alles sagt. Und dann waren da all die anderen Frauen, die ihr begegneten und dachten: Du hast keine Ahnung, etc., etc. Aber vielleicht wusste sie Bescheid, wusste über uns alle Bescheid und dachte ihrerseits: Du hast keine Ahnung, wie viele es außer dir gibt. Ist das möglich? Ich sagte einmal zu ihm: ›Weißt du, es ist wirklich eine Farce.‹ Und er antwortete: ›Sag das nicht. Sag so etwas nicht zu mir.‹ Ich glaubte, er würde gleich anfangen zu weinen. Also, was soll man davon halten? All die Energie. Ich meine nicht nur den körperlichen Aspekt. In gewisser Hinsicht war das noch das wenigste.«

»Haben die Ehemänner ihn sich vorgeknöpft?«

»Eine Abordnung besuchte ihn. Er leugnete nichts. Er behauptete, er habe in gutem Glauben und aus guten Motiven heraus gehandelt. Das eigentliche Problem seien ihre Besitzansprüche und ihre Eifersucht. Aber er musste die Stadt verlassen.

Die Gruppen lösten sich auf. Er verließ mit Frau und Kindern im VW Bus die Stadt. Aber er schickte Rechnungen. Jeder bekam eine Rechnung. Die Frauen, mit denen er geschlafen hatte, ebenso wie alle anderen. Ich auch. Keine Briefe mehr, sondern nur die Rechnung. Ich bezahlte. Ich glaube, die meisten haben bezahlt. Man musste an die Frau und die kleinen Kinder denken.

Also bitte. Ich ziehe nur Exzentriker an. Und das ist ganz gut. Denn ich bin schließlich verheiratet und trotz allem, was ich gesagt habe, tugendsam. Ich glaube, wir sollten einen Kaffee trinken.«

Wir fuhren auf Seitenstraßen durch das sandige Land, das arme Land südlich von Lake Simcoe. Das Gras wiegte sich auf den Dünen. Wir begegneten kaum einem anderen Auto. Wir studierten die Landkarte, um herauszufinden, wo wir uns befanden. Douglas machte einen Umweg, um uns ein Dorf zu zeigen, wo er beinahe einmal ein wertvolles Tagebuch erstanden hatte. Er zeigte uns das Haus. Eine alte Frau hatte es schließlich verbrannt – zumindest erzählte sie ihm das –, weil gewisse Teile skandalös waren.

»Sie fürchten die Bloßstellung«, sagte Douglas, »bis in die dritte und vierte Generation.«

»Im Gegensatz zu mir«, sagte Julie, »ich gebe meine lächerlichen Beinahe-Affären preis. Mich kümmert es nicht.«

»Rücken und Seite sind aufgedeckt, aufgedeckt«, sang Douglas, »Fuß und Hand werden kalt …«

»Ich kann alles aufdecken«, sagte ich. »Es ist vielleicht nicht sehr unterhaltsam …«

»Wollen wir es riskieren?«, fragte Douglas.

»Aber interessant«, fuhr ich fort. »Im Restaurant dachte ich an einen Besuch, den ich mit einem Mann machte, den ich liebte. Das war, ehe du nach Toronto gezogen bist, Julie. Wir wollten Freunde von ihm besuchen, die ein Haus in den Hügeln am Ottawa River auf der anderen Seite in Quebec haben. Ich hatte noch nie ein ähnliches Haus gesehen. Es war, als habe man mehrere Glaswürfel durch Terrassen und Rampen miteinander verbunden. Die Freunde hießen Keith und Caroline. Sie waren verheiratet und hatten Kinder, aber die Kinder waren nicht da. Mein Begleiter war nicht verheiratet, schon lange nicht mehr. Unterwegs fragte ich ihn nach Keith und Caroline, und er sagte, sie seien reich. Ich erwiderte, das sei eine spärliche Beschreibung. Er erzählte, Caroline habe das Geld, ihr Vater besitze eine Brauerei. Er verriet mir auch welche. Etwas an der Art, wie er ›ihr Daddy‹ sagte, ließ mich das Geld an ihr sehen, wie er es sah – etwas Ähnliches wie lange Wimpern oder ein großer Busen, etwas Üppiges, Physisches. Ererbtes Geld kann Frauen zu einem Schatz machen. Selbst verdientes Geld ist etwas anderes, das ist nur billig und gewöhnlich. Aber dann sagte er: ›Sie ist sehr neurotisch, sie ist ein richtiges Biest und Keith nur ein armer ehrlicher

Wicht im Staatsdienst. Er ist ein A.D.M.‹ Ich wusste nicht, was das ist.«

»Assistant Deputy Minister«, erklärte Julie.

»Selbst Katzen und Kinder wissen das«, sagte Douglas.

»Danke«, erwiderte Julie.

Ich saß in der Mitte, und beim Reden wendete ich mich meist Julie zu.

»Er sagte, sie hätten gerne Freunde, die nicht reich oder im Staatsdienst seien, Leute, die sie für exzentrisch, unabhängig oder künstlerisch veranlagt halten konnten, manchmal auch einen hungernden Künstler, den Caroline in ihre Krallen bekam, um jemanden zu haben, den sie quälen, mit dem sie angeben und durch den sie sich als großzügig darstellen konnten.«

»Das klingt, als hätte er diese Freunde nicht sehr gemocht«, stellte Julie fest.

»Ich weiß nicht, ob er es so sah. Ich meine, ob er sie mochte oder ablehnte. Ich erwartete, sie seien in ihrem Auftreten einschüchternd, zumindest stellte ich mir die Frau so vor. Aber sie waren klein und unscheinbar. Keith war sehr geschäftig und sehr gastfreundlich. Er besaß kleine, sommersprossige Hände. Ich erinnere mich an seine Hände, denn er reichte einem ständig etwas zu trinken oder zu essen oder schob einem ein Kissen in den Rücken. Caroline war dünn und schmächtig mit langen dünnen Haaren und einer hohen weißen Stirn. Sie trug ein graues Baumwollkleid mit einer Kapuze. Kein Make-up. Ich kam mir groß und geschmacklos vor. Sie stand mit gesenktem Kopf, die Hände in den Ärmeln ihres Kleides vergraben, dabei, als die Männer über das Haus sprachen. Dann hauchte sie, wie sehr sie es im Winter liebe mit seinen weißen Teppichen und den weißen Möbeln, wenn draußen hoher Schnee lag. Keith schien das eher peinlich zu berühren, und er erklärte, ihn erinnere es eher an einen Squashplatz ohne jede Tiefe. Ich bemitleidete sie, denn sie schien dicht davor zu sein, sich lächerlich zu machen. Sie schien um Sicherheit zu flehen, doch wenn man ihr diese Sicherheit gab, schien man sich auf eine Art Schwindel einzulassen. So war sie. Von ihr ging eine solche Spannung aus und diese emotionale Überspanntheit; dieser Schwindel schien sich auf jeden Gegenstand zu übertragen. Mein Begleiter behandelte sie eher grob, und ich fand das gemein. Ich dachte, selbst wenn alles nur vorgetäuscht ist, beweist das doch, dass sie etwas empfinden möchte. Sollten anständige Leute ihr da nicht helfen? Sie scheint einfach nicht zu wissen, wie sie es anstellen soll.

Wir saßen bei Drinks auf einer der Terrassen. Der Hausgast erschien. Er hieß Martin und war Anfang zwanzig, vielleicht aber auch etwas älter. Er benahm sich ziemlich arrogant. Caroline bat ihn sehr unterwürfig, ein paar Decken zu holen; es wurde kühl im Freien. Als er gegangen war, erzählte sie, er schreibe Theaterstücke. Er sei ein so wunderbarer, wunderbarer Autor, aber seine Stücke seien zu europäisch, um hier Erfolg zu haben. Sie seien einfach zu spartanisch und rigoros, ja zu spartanisch und zu rigoros. Dann erklärte sie: ›Ach ja, der Zustand des Theaters, der Zustand der Literatur in diesem Land ist beschämend, nicht wahr? Hier triumphiert das Mittelmaß.‹ Ich dachte, sie darf nicht erfahren, dass ich zu dieser bedauerlichen Situation einen Beitrag leiste, denn damals arbeitete ich als Redakteurin bei einer kleinen Zeitschrift, müsst ihr wissen; *Thousand Islands* hieß sie, und ich hatte ein oder zwei Gedichte veröffentlicht. Doch im nächsten Moment fragte sie mich, ob ich Martin nicht mit ein paar Leuten bekannt machen könne, die ich durch die Zeitschrift kannte. Gerade eben hatte sie noch klagend Beschimpfungen hervorgebracht, und im nächsten Moment bat sie mich in derselben leidenden, empfindsamen dünnen Stimme um einen Gefallen. Also gut, dachte ich, sie ist wirklich ein Biest. Als Martin mit den Decken zurückkam, begann sie so sichtbar zu zittern und zu frösteln, dass es einer Ballettnummer glich, und als sie sich bei ihm bedankte, glaubte ich, sie würde anfangen zu weinen. Er warf ihr einfach eine Decke über, und daran erkannte ich, dass sie ein Verhältnis hatten. Von meinem Begleiter wusste ich, dass sie Liebhaber hatte. ›Caroline ist ein sexuelles Ungeheuer‹, hatte er gesagt. Ich fragte ihn, ob er auch mit ihr geschlafen habe, und er erwiderte: ›O ja, vor langer Zeit.‹ Ich wollte ihn danach fragen, weshalb er sie nicht mochte, und ob das kein Hindernis gewesen sei, doch ich wusste, es wäre eine törichte Frage gewesen, und deshalb schwieg ich.

Martin forderte mich zu einem Spaziergang auf. Wir gingen eine Treppe mit vielen Stufen hinunter und setzten uns auf eine Bank am Wasser. Er entpuppte sich als bösartig. Er machte giftige Bemerkungen über Leute, die er angeblich kannte, und das Theater in Montreal. Er sagte, Caroline sei früher dick gewesen, und nach dem Abnehmen habe sie sich den Bauch straffen lassen müssen, weil die Haut zu schlaff geworden war. Er roch unangenehm; er rauchte Zigarillos. Und wieder begann ich, Caroline zu bemitleiden. Das muss man ertragen, wenn man seine Träume nicht aufgeben will. Wenn man unbedingt ein literarisches Genie als Liebhaber haben will, endet man vermutlich bei so jemandem. Wenn man nicht ehrlich ist, fällt man noch größeren Betrügern zum Opfer. Das waren meine Gedanken.

Nun ja, das Abendessen. Es gab viel Wein und anschließend Cognac. Keith tanzte ständig um alle herum, und niemand fühlte sich wohl. Martin benahm sich unverhüllt boshaft und giftig und versuchte, jeden zu reizen. Caroline war giftig auf eine exquisit moralische Weise; sie griff jedes Thema auf und wusste es so zu drehen, dass ein anderer der Dumme zu sein schien. Martin und mein Begleiter gerieten schließlich in einen widerwärtigen Streit. Es war alles schmutzig und gemein, und Caroline gurrte und wimmerte. Mein Begleiter erhob sich und erklärte, er gehe schlafen. Martin hüllte sich in trotziges Schweigen, und Caroline wurde plötzlich Keith gegenüber sehr liebenswürdig. Sie trank Cognac mit ihm und ignorierte Martin.

Ich ging in mein Zimmer und fand meinen Begleiter im Bett, obwohl man uns getrennte Zimmer gegeben hatte. Caroline legte trotz allem großen Wert auf Formen. Er blieb die ganze Nacht bei mir. Er war wütend. Während wir uns liebten, davor und danach beschäftigte ihn das Thema Martin. Was war er doch für ein schleimiger Heuchler. Ich stimmte ihm zu. ›Aber das ist ihr Problem‹, sagte ich. Er stimmte mir zu. ›Sie verdienen nichts anderes als theatralische Scheiße.‹ Schließlich schliefen wir beide ein, aber mitten in der Nacht wachte ich auf. Ich wachte mit einer Erkenntnis auf. Das kommt manchmal vor. Ich suchte mir eine bequeme Lage, lauschte auf seinen Atem und dachte:

Er liebt Caroline. Ich wusste es. Ich wusste es. Ich versuchte, dieser Erkenntnis auszuweichen, nicht nur, weil sie wenig ermutigend war, sondern es erschien mir auch unanständig, es zu wissen. Doch wenn man so etwas erst einmal weiß, kann man es einfach nicht mehr leugnen. Jetzt schien mir alles klar zu sein. Zum Beispiel Martin. Das war arrangiert. Sie hatte es so eingerichtet, dass der alte und der neue Liebhaber zusammentrafen, und nur, um alles wieder aufzurühren. Es war so plump, aber das beeinträchtigte die Wirkung keineswegs. An *ihr* war etwas Plumpes, Rohes. Das ganze poetische Zeug, die ganze Sensibilität, alles war plump; sie war keine talentierte Schauspielerin. Aber darauf kam es auch nicht an. Nur der Wille zählte, der Wille, Unruhe zu stiften. Um eine Femme fatale zu sein, muss man nicht raffiniert, sinnlich und betörend schön sein. Man muss nur den Willen haben, Unruhe zu stiften.

Weshalb sollte mich das überraschen?, dachte ich. Ist es nicht genau das, was ich immer höre? Liebe ist nicht rational, ist auch nicht immer das Beste für dich und hat auch nichts mit den normalen Neigungen zu tun.«

»Wo hörst du das immer?«, fragte Douglas.

»Das ist doch die Regel. Es gibt eine intelligente Art Liebe, die eine intelligente Wahl trifft. Diese Art Liebe führt angeblich zur Heirat. Dann gibt es die Art, die alles andere als intelligent, die eine Art Sucht ist. Und diese Liebe, diese Liebe steht bei allen hoch im Kurs. Niemand möchte sie missen.«

»In der Regel«, sagte Douglas.

»Du weißt, was ich meine. Du weißt, dass es wahr ist. Alle möglichen Allgemeinplätze enthalten Wahrheiten.«

»Allgemeinplätze«, sagte er. »Das hört man nicht oft.«

»Eine traurige Geschichte«, sagte Julie.

»Deine waren auch traurig«, erwiderte ich.

»Meine Geschichten waren eigentlich lächerlich. Hast du ihn gefragt, ob er in sie verliebt war?«

»Fragen hätten zu nichts geführt«, antwortete ich. »Er hatte mich mitgenommen, um sich an ihr zu rächen. Ich war seine vernünftige Wahl. Ich war die Frau, die er mochte. Das konnte ich nicht ertragen. Ich konnte es nicht ertragen. Es war zu demütigend. Ich wurde sehr reizbar und deprimiert. Ich sagte ihm, dass er mich eigentlich nicht liebe. Das genügte. Er konnte es nicht ertragen, dass ihm jemand etwas über ihn erzählte.«

Wir hielten an einer Kirche in Sichtweite der Autobahn.

»Etwas, um nach all den Problem-Geschichten den Geist zu beruhigen und sich auf den Sonntagsverkehr vorzubereiten«, sagte Douglas.

Wir gingen zuerst über den Friedhof, betrachteten die ältesten Grabsteine und lasen die Namen und Daten vor.

Ich entdeckte einen Vers und las ihn:

Viel Leid musst sie erdulden zeit ihres Lebens,
All Mühen der Ärzte waren vergebens
Bis Gott es gefiel, sie zu erlösen hienieden
Und sie aufnahm in seinen ewigen Frieden.

»Erlösen«, sagte ich. »Das klingt nett.«

Dann fühlte ich, wie etwas über mich hinwegzog – ein Schatten, eine Läuterung. Ich hörte den albernen Klang meiner Stimme im Angesicht der Wahrheit dieser Leben, die hier in der Erde lagen. Zusammengepresste Leben, wie Lagen verwesender Stoffe und verrottender dunkler Blätter. Der alte Schmerz und die Entbehrung. Wie befremdlich, verwöhnt und jämmerlich würden wir auf sie wirken – drei Menschen in den mittleren Jahren, die sich immer noch über Leute oder Sex erregen.

Die Kirche war nicht verschlossen. Julie sagte, die Gemeinde sei sehr vertrauensselig. Selbst die anglikanischen Kirchen, die eigentlich den ganzen Tag geöffnet sein sollten, seien heutzutage aus Furcht vor Vandalismus abgeschlossen. Sie sei überrascht, dass die Diözese erlaube, die Kirche offen zu lassen.

»Woher wissen Sie etwas über Diözesen?«, fragte Douglas.

»Mein Vater war Pfarrer. Haben Sie das nicht erraten?«

In der Kirche war es kühler als draußen. Julie ging vor uns her und studierte die Tafel mit den Namen der Kriegsgefallenen und die Gedenktafeln an den Wänden. Ich lehnte mich auf die letzte Kirchenbank und entdeckte eine Reihe von Schemeln, auf denen die Leute beim Beten knieten. Jeder Schemel hatte einen bestickten Überzug mit einem anderen Muster.

Douglas legte mir die Hand auf mein Schulterblatt, nicht den Arm um die Schulter. Wenn Julie sich umdrehte, würde sie es nicht sehen. Er fuhr mir mit der Hand leicht über den Rücken und legte sie um meine Taille. Mit einem sanften Druck gegen die Rippen trat er hinter mich und ging den Gang entlang zu Julie, um ihr etwas zu erklären. Sie versuchte das Latein auf einem der bunten Glasfenster zu entziffern.

Auf einem Schemel entdeckte ich das Georgskreuz, auf einem anderen das Andreaskreuz.

Ich hatte nicht erwartet, dass er sich äußern würde, während ich die Geschichte erzählte oder danach. Ich glaubte nicht, er würde mir sagen, ich hätte mich geirrt oder nicht geirrt. Ich hörte, wie er übersetzte und Julie lachte, doch ich konnte nichts aufnehmen. Ich hatte das Gefühl, besiegt zu sein – von einer Wahrheit über mich selbst, oder zumindest einer Tatsache, an der ich nichts ändern konnte, in die Enge getrieben zu sein. Ein Druck mit der Hand, ohne ein Versprechen, konnte mich ermahnen und trösten. Etwas Ungelöstes konnte dauerhaft werden. Ich konnte mich mit aller Kraft darum bemühen zu wissen, was für ihn wichtig und unwichtig war, und doch immer im Dunkeln tappen.

Auf einem Schemel sah ich eine Taube mit einem Olivenzweig im Schnabel auf blauem Hintergrund; auf einem anderen eine Lampe, deren glänzenden Schein viele gestickte goldene Strahlen bildeten; wieder auf einem anderen eine weiße Lilie. Nein, es war eine Wachslilie. Als ich sie entdeckte, rief ich Douglas und Julie herbei, um sie ihnen zu zeigen. Ich freute mich über diese schlichte Stickerei inmitten all dieser alten und exotischen Symbole. Ich glaube, von diesem Moment an wurde ich ziemlich übermütig. Wir wurden es alle drei, als sei jeder insgeheim und uneingestanden auf eine Quelle der Hoffnung gestoßen. Als wir an einer Tankstelle anhielten, brachen wir über die vielen Kreditkarten in Begeisterung aus, die Douglas besaß, und erklärten, wir wollten nicht nach Toronto zurückkehren. Wir redeten davon, alle drei nach Nova Scotia zu entfliehen und von den Kreditkarten zu leben. Und wenn das Ganze platzte, würden wir untertauchen, unsere Namen ändern und ganz bescheidene Jobs annehmen. Julie und ich konnten in einer Bar arbeiten; Douglas würde Hummerreusen legen. Dann würden wir alle glücklich sein.

Gäste

Mildred war gerade in die Küche gekommen und blickte auf die Uhr. Es war fünf vor zwei. Sie hatte geglaubt, es sei mindestens halb drei. Wilfred kam durch die Abstellkammer von der Rückseite und sagte: »Solltest du nicht draußen sein und ihnen Gesellschaft leisten?«

Grace, die Frau seines Bruders Albert und ihre Schwester Vera saßen im Schatten des Autoabstellplatzes und häkelten Spitzentischtücher. Albert saß an der Rückseite des Hauses vor dem kleinen Garten, in dem Wilfred Bohnen, Tomaten und Gurken zog. In halbstündigem Abstand prüfte Wilfred, welche Tomaten reif zum Pflücken waren. Er pflückte sie halbreif und legte sie auf das Fensterbrett in der Küche, um sie vor Schädlingen zu schützen.

»War ich«, erwiderte Mildred und füllte ein Glas mit Wasser. »Vielleicht fahre ich mit ihnen ein bisschen durch die Gegend«, sagte sie, als sie das Glas ausgetrunken hatte.

»Eine gute Idee.«

»Was macht Albert?«

Albert hatte den größten Teil des Vortags, dem ersten Tag ihres Besuches, gelegen.

»Ich weiß nicht so recht.«

»Wenn er krank wäre, würde er es sicher sagen.«

»Genau das«, erklärte Wilfred, »genau das würde er nicht tun.«

Wilfred sah seinen Bruder zum ersten Mal seit über dreißig Jahren wieder.

Wilfred und Mildred waren pensioniert. Ihr Haus war klein; sie waren es nicht, aber trotzdem kamen sie mit dem vorhandenen Platz gut zurecht. Die Küche war nicht viel breiter als ein Flur; das Badezimmer hatte in etwa die übliche Größe, und in den beiden Schlafzimmern mit je einem Doppelbett und einer Kommode blieb nur noch wenig Platz. Im Wohnzimmer stand etwa zwei Meter vor einem großen Fernsehapparat ein großes Sofa. Dazwischen gab es einen niedrigen Tisch von der Größe eines Sargs. Außerdem gab es eine kleine verglaste Veranda.

Mildred hatte einen Tisch auf die Veranda gestellt, um das Essen dort zu servieren. Wilfred und sie aßen normalerweise am Küchentisch vor dem Fenster. Wenn einer aufstand und sich in der Küche bewegte, musste der andere sitzen bleiben. Es war einfach unmöglich, fünf Personen dort unterzubringen, selbst wenn drei so dünn waren wie ihre Gäste.

Glücklicherweise stand auf der Veranda eine Liege, und dort schlief Schwägerin Vera. Die Schwägerin war für Mildred und Wilfred eine Überraschung gewesen. Wilfred hatte das Telefongespräch geführt (er sagte, niemand in seiner Familie habe jemals einen Brief geschrieben); nach seiner Aussage war von einer Schwägerin nie die Rede gewesen, sondern nur von Albert und seiner Frau. Vielleicht, dachte Mildred, hatte Wilfred es in seiner Aufregung überhört. Die Unterhaltung, die er von Logan, Ontario, aus mit seinem Bruder Albert in Elder, Saskatchewan, führte, der den Besuch ankündigte, versetzte Wilfred in helle Aufregung und in Staunen. Wilfred beteuerte immer wieder seine Gastfreundschaft.

»Kommt nur sofort«, schrie er über das Telefon nach Saskatchewan, »ihr könnt hier bleiben, solange ihr wollt. Wir können euch bequem unterbringen. Wir haben genug Platz. Wir freuen uns. Denkt nicht gleich an die Rückfahrkarten. Kommt her und genießt den Sommer.« Möglicherweise hatte Albert die Sache mit der Schwägerin erklärt, während Wilfred auf ihn einredete.

»Wie kannst du sie auseinander halten?«, erkundigte sich Wilfred, als er Grace und Vera zum ersten Mal sah. »Machst du dir überhaupt jedes Mal die Mühe?« Die Frage sollte ein Scherz sein.

»Sie sind keine Zwillinge«, erwiderte Albert, ohne eine der beiden Frauen dabei anzusehen. Albert war ein kleiner, dünner, dunkel gekleideter Mann, der aussah, als könne er so schwer sein wie Hartholz. Er trug eine Schnürsenkelkrawatte und einen Westernhut, aber er wirkte keineswegs flott. Seine blassen Hängebacken hingen auf beiden Seiten tiefer als das Kinn.

»Aber wie Schwestern seht ihr aus«, sagte Mildred freundlich zu den beiden vertrockneten, grauhaarigen Frauen mit der fleckigen Haut. Da sieht man, was die Prärie der Haut einer Frau antut, dachte sie. Mildred war stolz auf ihre Haut und kompensierte damit ihre Unförmigkeit. Außerdem tönte sie die Haare aschgold und trug dazu passende pastellfarbene Hosen und Oberteile. Grace und Vera trugen im Sommer weite plissierte Kleider und Wolljacken über ihren flachen Busen. »Ihr seht weit mehr wie Schwestern aus als diese beiden wie Brüder.«

Das stimmte. Wilfred hatte einen große Kopf, einen dicken Bauch und ein besorgtes, eifriges, bewegliches Gesicht. Er erweckte den Anschein, als halte er viel von Späßen und Unterhaltung – und so war es auch.

»Wie gut, dass niemand von euch viel Fleisch auf den Knochen hat, denn so passt ihr alle in ein Bett«, sagte Wilfred, »Albert bekommt natürlich den Platz in der Mitte.«

»Hört nicht auf ihn«, schaltete sich Mildred ein, »auf der Veranda steht eine gute Liege, wenn es dir nichts ausmacht, dort zu schlafen«, sagte sie zu Vera. »Wir haben dort Jalousien, und da hat man am meisten frische Luft.« Gott weiß, ob die Frauen Wilfreds Scherz überhaupt begriffen.

»Das ist schon in Ordnung«, sagte Albert.

Da Albert und Grace das Gästezimmer bekamen, wo Mildred üblicherweise schlief, mussten sie und Wilfred ein Doppelbett teilen. Daran waren sie nicht gewöhnt. In der Nacht hatte Wilfred einen seiner wilden Träume, die der Grund waren, weswegen Mildred generell im Gästezimmer schlief.

»Festhalten!«, schrie Wilfred angstvoll. Stand er auf einem Schiff und versuchte, jemanden aus dem See zu ziehen?

»Wach auf, Wilfred! Hör auf zu brüllen und uns alle zu erschrecken.«

»Ich bin wach«, widersprach Wilfred, »ich habe doch gar nicht geschrien.«

»Dann bin ich Ihre Majestät die Königin.«

Sie lagen auf dem Rücken. Beide drehten sich mit dem Gesicht zum Bettrand – jeder zu seinem. Sie hielten beide die Bettdecke zwar höflich, aber entschlossen fest.

»Ich glaube, Wale können sich nicht mehr umdrehen, wenn sie an den Strand geschwemmt werden«, murmelte Mildred.

»Ich kann mich immer noch umdrehen«, erwiderte er.

Sie streckten sich Rücken an Rücken aus. »Vielleicht glaubst du, es sei das Einzige, wozu ich noch fähig bin.«

»Sei jetzt still. Sie hören uns doch.«

Am nächsten Morgen fragte sie: »Hat Wilfred euch aufgeweckt? Er schläft schrecklich unruhig und redet so laut im Schlaf.«

»Ich war sowieso noch nicht eingeschlafen«, erwiderte Albert.

Mildred ging hinaus und lud die beiden Frauen ins Auto. »Wir machen einen kleinen Ausflug, und der Fahrtwind wird uns etwas Kühlung verschaffen«, sagte sie. Die beiden saßen auf den hinteren Sitzen, denn selbst für zwei so Dünne blieb vorne kein Platz mehr.

»Ich bin euer Chauffeur«, rief Mildred munter, »wohin, meine Damen?«

»Wohin du willst«, erwiderte eine von ihnen. Wenn Mildred nicht hinsah, wusste sie nie ganz genau, wer von den beiden redete.

Sie fuhr mit ihnen durch Winter Court und den Chelsea Drive entlang, um ihnen die neuen Häuser mit den gepflegten Gärten und den Swimmingpools zu zeigen. Dann ging sie mit ihnen in den Tierpark. Da gab es ein paar Rehe, Waschbären, einen Luchs im Käfig und hübsches Federvieh. Mildred fühlte sich so erschöpft, als sei sie nach Toronto gefahren. Sie brauchte eine Erfrischung. Deshalb steuerte sie die Eisbude am Highway an. Die beiden wünschten sich ein kleines Vanilleeis, Mildred entschied sich für ein doppeltes gemischtes Eis: Rum mit Vanille und Nusssahne. Sie setzten sich an einen Picknicktisch, leckten ihr Eis und blickten dabei auf ein Maisfeld.

»Hier in der Gegend bauen sie viel Mais an«, erklärte

Mildred. Vor seiner Pensionierung war Albert Verwalter eines Getreidesilos gewesen. Deshalb nahm sie an, die beiden würden sich für Getreide interessieren. »Bauen sie bei euch im Westen auch viel Mais an?«

Sie dachten nach. Grace antwortete: »Na ja, ein bisschen.« Vera sagte: »Ich überlege.«

»Was überlegst du?«, fragte Mildred munter.

»Habt ihr hier in Logan vielleicht eine Kirche der Pfingstgemeinde?«

Sie fuhren wieder los, und nachdem Mildred sich ein paar Mal verfahren hatte, fand sie schließlich die Kirche der Pfingstgemeinde. Sie gehörte nicht gerade zu den hübschesten Kirchen der Stadt: ein hässlicher Betonbau mit orange angestrichenen Fenster- und Türrahmen. Auf einer Tafel standen der Name des Pfarrers und die Gottesdienstzeiten. Es gab hier weder Bäume, Büsche oder Blumen, nur einen trockenen, schattenlosen Hof. Vielleicht erinnerte sie das an Saskatchewan …

»Kirche der Pfingstgemeinde«, las Mildred auf dem Schild, »ist das eure Kirche?«

»Ja.«

»Wilfred und ich sind keine regelmäßigen Kirchgänger. Wenn wir es wären, würden wir vermutlich zu den Presbyterianern gehen. Wollt ihr aussteigen und nachsehen, ob sie offen ist?«

»O nein.«

»Wenn sie zugeschlossen ist, können wir versuchen, den Pfarrer ausfindig zu machen. Ich kenne ihn nicht, aber in Logan gibt es eine Menge Leute, die ich nicht kenne. Ich kenne die Kegelspieler und alle, die in unserem Verein spielen. Sonst kenne ich nicht viele. Möchtet ihr ihn besuchen?«

Nein, das wollten sie nicht. Mildred dachte über die Pfingstgemeinde nach, und sie glaubte, die Leute redeten dort in fremden Zungen. Sie wollte wenigstens auch etwas vom Nachmittag haben und fragte die beiden, ob das wahr sei.

»Ja, es stimmt.«

»Aber was sind Zungen?«

Schweigen. Eine sagte schließlich mit Mühe: »Es ist die Stimme Gottes.«

»Um Himmels willen«, rief Mildred. Sie wollte noch mehr fragen – sprachen sie auch in fremden Zungen? –, aber die beiden machten sie nervös. Es war unübersehbar, dass sie sie auch nervös machte. Sie wartete noch ein paar Minuten und erkundigte sich dann, ob sie jetzt genug gesehen hätten.

»Ja«, erwiderten sie und bedankten sich bei ihr.

Wenn sie Wilfred jung geheiratet hätte, dachte Mildred, wüsste sie etwas über seine Familie und auch, was sie von ihr zu erwarten hatte. Mildred und Wilfred hatten spät in den mittleren Jahren geheiratet, nachdem sie sich nur sechs Wochen lang kannten. Sie waren beide vorher nicht verheiratet gewesen. Wilfred hatte ein zu unstetes Leben geführt – zumindest sagte er das. Er hatte auf Binnenschiffen und bei den Holzfällern gearbeitet; er hatte beim Häuserbau geholfen, war Tankwart gewesen und hatte Obstbäume beschnitten – von Kalifornien bis zum Yukon und von der Ostküste bis zur Westküste. Mildred verbrachte den größten Teil ihres Lebens in McGaw – zwanzig Meilen von Logan entfernt, wo sie jetzt wohnten. Als Einzelkind erhielt sie Steppunterricht und wurde auf die Handelsschule geschickt. Von der Handelsschule wechselte sie über in das

Büro der Schuhfabrik Toll, die sich ebenfalls in McGaw befand. Nach kurzer Zeit wurde sie die Geliebte von Mr Toll, dem Besitzer. Dort blieb sie.

In den letzten Tagen von Mr Tolls Leben lernte sie Wilfred kennen. Mr Toll befand sich in der psychiatrischen Klinik am Huron See. Wilfred arbeitete dort als Gärtner und Wachmann. Mr Toll war zweiundachtzig Jahre alt und wusste nicht mehr, wer Mildred war. Doch sie besuchte ihn trotzdem. Er nannte sie Sadie. So hatte seine Frau geheißen. Seine Frau war jetzt tot, doch als Mr Toll und Mildred ihre kleinen Reisen zusammen unternahmen, im Hotel wohnten oder im Cottage, das Mr Toll für Mildred am Amberley Beach gekauft hatte, lebte sie noch. Solange sie ihn kannte, hatte Mildred ihn nur trocken und ungeduldig über seine Frau sprechen hören. Nun musste sie sich anhören, wie er Sadie beteuerte, er liebe sie, und Sadie um Vergebung bat. Mildred spielte Sadie und vergab ihm. Sie fürchtete Geständnisse im Zusammenhang mit einem rücksichtslosen Flittchen namens Mildred. Trotzdem besuchte sie ihn auch weiterhin. Sie brachte es nicht übers Herz, ihn allein zu lassen. Darin hatte schon immer ihr Problem bestanden. Doch wenn die Söhne oder Töchter oder Sadies Schwestern auftauchten, musste sie sich zurückziehen. Einmal wurde sie überrascht und musste Wilfred bitten, sie durch den Hintereingang hinauszulassen. Sie setzte sich auf eine Betonmauer neben der Haustür und rauchte eine Zigarette. Wilfred fragte sie, ob sie Probleme habe. Mildred war verstört, und da sie niemanden in McGaw hatte, mit dem sie reden konnte, erzählte sie ihm, was sich hier ereignete. Sie berichtete sogar von dem Brief eines Anwalts, in dem sie aufgefordert wurde, das Cottage im Amberley zu räumen. Sie hatte immer geglaubt, es sei auf ihren Namen eingetragen. Aber das stimmte nicht.

Wilfred ergriff ihre Partei. Er ging ins Haus, beobachtete den Familienbesuch und berichtete, dass sie um das Bett des alten Mannes saßen wie Krähen auf einem Zaun und ihn anstarrten. Er verzichtete darauf, ihr zu sagen, was sie bereits wusste: Sie hätte die Schrift auf der Wand sehen sollen. Mildred sprach es selbst aus.

»Ich hätte Schluss machen sollen, solange er noch was von mir wollte.«

»Sie müssen in ihn vernarrt gewesen sein«, sagte Wilfred vernünftig.

»Es war niemals Liebe«, erwiderte Mildred traurig. Wilfred machte vor Verlegenheit ein düsteres Gesicht. Mildred war vernünftig genug, nicht weiter darüber zu sprechen. Sie hätte ohnedies nicht erklären können, wie Mr Toll sie in seinen vitaleren Zeiten verhext hatte. Damals brauchte er sie so verzweifelt, dass sie glaubte, er würde durchdrehen, wenn sie sich seinem Willen nicht beugte.

Mr Toll starb mitten in der Nacht. Um sieben Uhr morgens rief Wilfred Mildred an.

»Ich wollte Sie nicht aufwecken«, sagte er, »aber ich wollte sicher sein, dass Sie es wissen und es nicht von Fremden erfahren.«

Dann lud er sie zum Abendessen in ein Restaurant ein. An Mr Toll gewöhnt, staunte sie über Wilfreds Tischmanieren. Er war nervös, entschied sie. Er regte sich auf, weil die Kellnerin die Gläser mit Wasser nicht brachte. Mildred erzählte, sie würde ihre Stelle kündigen. Sie wolle aus McGaw weg und werde vielleicht irgendwo im Westen landen.

»Warum nicht in Logan?«, fragte Wilfred. »Ich habe

dort ein Haus. Es ist kein großes Haus, aber für zwei reicht es.«

Allmählich dämmerte es ihr. Seine Nervosität, seine Ungeduld mit der Kellnerin, seine Fahrigkeit beim Essen ... alles hing mit ihr zusammen. Sie fragte ihn, ob er schon einmal verheiratet gewesen sei und wenn nein, weshalb nicht?

Er erwiderte, er sei immer unterwegs gewesen, und außerdem begegne man nicht oft einer Frau mit einem guten Herzen. Sie wollte eigentlich einiges klarstellen und darauf hinweisen, dass sie nicht erwartete, etwas von Mr Toll zu erben (sie bekam auch nichts). Aber sie erkannte gerade noch rechtzeitig, Wilfred war ein Mann, der das als Beleidigung empfinden würde.

Stattdessen sagte sie: »Wissen Sie, dass ich gebrauchte Ware bin?«

»Kein Wort davon«, sagte er. »Solches Gerede wollen wir in unserem Haus erst gar nicht haben. Ist das klar?«

Mildred sagte ja. Erfreut stellte sie fest, dass sich sein Verhalten der Kellnerin gegenüber sofort besserte. Er überschlug sich geradezu, entschuldigte sich wegen seiner Ungeduld bei ihr und erzählte, er habe selbst einmal in einem Restaurant gearbeitet. Er sagte sogar, wo das gewesen war – irgendwo weit oben im Norden am Alaska Highway. Die Frau hatte Schwierigkeiten, sich loszureißen, um Kaffee an den anderen Tischen servieren zu können.

An Wilfreds Tischmanieren besserte sich nichts. Sie vermutete, es war eine der Junggesellengewohnheiten, mit denen sie in Zukunft lernen musste zu leben.

»Du erzählst mir besser etwas über dich. Wo bist du geboren und so weiter?«, forderte Mildred ihn auf.

Er sagte, er sei auf einer Farm in Hullett Township geboren worden, habe sie aber als drei Tage altes Baby verlassen.

»Ein unruhiger Geist.« Er lachte. Dann wurde er ernst und erklärte, seine Mutter sei wenige Stunden nach der Geburt gestorben, und eine Tante habe ihn zu sich genommen. Der Mann der Tante arbeitete bei der Bahn. Sie zogen öfter um, und als er zwölf war, starb die Tante. Ihr Mann warf einen Blick auf Wilfred und sagte: »Du bist ein großer Junge. Was für eine Schuhgröße hast du?«

»Dreiundvierzig«, erwiderte Wilfred.

»Dann bist du groß genug, um deinen Lebensunterhalt selbst zu verdienen.«

»Er und meine Tante hatten acht Kinder«, sagte Wilfred, »also kann ich es ihm nicht verübeln.«

»Hattest du auch Brüder und Schwestern?« Mildred dachte voll Behagen an ihre eigene Kindheit zurück: Die Mutter steckte ihr morgens die Locken auf; der Katze namens Pansy zog sie Puppenkleider an und schob sie im Kinderwagen auf der Straße entlang.

»Ich hatte zwei ältere, verheiratete Schwestern, aber sie sind beide tot, und einen Bruder. Er lebt in Saskatchewan. Er hat eine Stelle als Verwalter eines Getreidesilos. Er war auch auf der Handelsschule wie du. Ich weiß nicht, was er verdient, aber ich denke, nicht wenig. Er war auf der Handelsschule wie du. Er ist anders als ich … ganz anders.«

Als Albert den Tag im Bett verbrachte, wollte er die Vorhänge zugezogen haben. Einen Arzt wollte er nicht. Wilfred bekam nicht aus ihm heraus, was ihm fehlte. Albert behauptete, er sei einfach müde.

»Dann ist er vielleicht auch müde«, sagte Mildred, »soll er sich nur ausruhen.«

Doch Wilfred ging den ganzen Tag im Gästezimmer ein und aus. Er redete, rauchte, erkundigte sich nach Alberts Befinden. Er berichtete Albert, er habe seine Migräne dadurch geheilt, dass er im Frühjahr wilden Lauch aß. Albert erklärte, er habe keine Migräne, auch wenn er bei geschlossenen Vorhängen im Bett liegen wolle. Er sagte, er habe noch nie im Leben starke Kopfschmerzen gehabt. Wilfred erklärte ihm, dass man Migräne haben könne, ohne es zu wissen – dass heißt, ohne tatsächlich Kopfschmerzen zu haben. Vielleicht sei das bei Albert der Fall. Albert erklärte, das könne er sich nicht vorstellen.

Am frühen Nachmittag dieses Tages hörten sie, wie Wilfred im Kleiderschrank wühlte. Er tauchte auf und rief nach ihr.

»Mildred! Mildred! Wo ist mein texanischer Flachmann?«

»Im Buffet«, erwiderte Mildred und holte die Flasche heraus, damit Wilfred nicht das Porzellan ihrer Mutter gefährdete. Sie befand sich in einer großen Schachtel mit dem goldenen Wappen des Vereins. Mildred brachte sie ins Schlafzimmer und stellte sie auf die Kommode, damit Albert sie sah.

»Was glaubst du, was das ist, und wie ich das bekommen habe?«

In der Schachtel befand sich eine Flasche Whiskey, eine vier Liter Flasche Whiskey. Wilfred hatte ein Wurfpfeilturnier in Owen Sound gewonnen. Das Turnier hatte im Februar vor drei Jahren stattgefunden. Wilfred beschrieb die schreckliche Fahrt von Logan nach Owen Sound. Er saß am Steuer. Die anderen Teilnehmer bestürmten ihn, in jeder Stadt anzuhalten und nicht weiterzufahren. Ein Schneesturm zog über den Huron See. Sie blieben in Schneeverwehungen stecken. Aus der weißen Wand tauchten drohend direkt vor ihnen Lastwagen und Busse auf. Es gab keinen Platz zum Ausweichen, denn der Schnee türmte sich rechts und links drei Meter hoch. Wilfred fuhr weiter. Er fuhr blind durch Schnee und Eis, er geriet ins Schleudern und stoppte auch nicht vor Schneebergen, die die Straße blockierten. Endlich blinkte auf dem Highway Nr. 6 ein blaues Licht, ein sich drehendes blaues Licht: die Rettung, ein Schneepflug fuhr vor ihnen! Die Straße war beinahe ebenso schnell wieder zugeschneit, wie der Schneepflug sie räumte. Aber sie hielten sich dicht hinter dem Fahrzeug und erreichten sicher Owen Sound. Dort nahmen sie an dem Turnier teil und gewannen.

»Hast du schon einmal Pfeilwerfen gespielt?«, hörte Mildred Wilfred seinen Bruder fragen.

»In der Regel gibt es die Wurfscheiben dort, wo Alkohol ausgeschenkt wird«, erwiderte Albert, »in der Regel findet man mich nicht an solchen Orten.«

»Das hier ist Alkohol, den ich niemals trinken würde. Ich hebe ihn auf, das ist Ehrensache.«

Es entstand eine Sitzordnung. Nachmittags saßen Grace und Vera in der Einfahrt und häkelten ihre Tischdecken. Mildred setzte sich hin und wieder dazu. Albert und Wilfred saßen hinter dem Haus beim Gemüse. Nach dem Abendessen trugen sie alle ihre Stühle zu den Blumenbeeten auf den Rasen und saßen dort im Schatten zusammen. Grace und Vera häkelten, solange sie noch etwas sehen konnten.

Wilfred bewunderte die Häkelarbeiten.

»Wie viel würdet ihr für so ein Ding bekommen?«

»Hunderte von Dollars«, erwiderte Albert.

»Es wird für die Kirche verkauft«, sagte Grace.

»Blanche Black«, erzählte Wilfred, »war die beste Häklerin, Strickerin, Nähern, Köchin und weiß Gott noch was alles, die ich kannte.«

»Was für ein Name«, bemerkte Mildred.

»Sie lebte im Staat Michigan. Es war, als ich keine Lust mehr hatte, auf den Schiffen zu arbeiten, und dort drüben einen Job auf einer Farm fand. Sie konnte Quilts nähen und alles andere auch. Sie konnte Brot backen und auch köstliche Kuchen. Sie sah nicht besonders gut aus. Eigentlich sah sie etwa so gut aus wie eine Rübe und hatte auch eine ähnliche Figur.«

Es folgte eine Geschichte, die Mildred bereits kannte. Sie wurde immer erzählt, wenn das Gespräch auf hübsche und hässliche Mädchen kam, oder auf Backen, oder auf Tombolas oder auf Stolz. Wilfred berichtete, wie er und ein Freund zu einem Fest gingen, auf dem man in den Tanzpausen Pakete versteigerte. In diesen Paketen befand sich ein Essen, das man zusammen mit dem Mädchen aß, deren Paket man ersteigert hatte. Blanche Black brachte ein Paket und ein hübsches Mädchen, eine Miss Buchanan, ebenfalls. Wilfred und sein Freund schlichen sich ins Hinterzimmer und vertauschten die Verpackung der beiden Schachteln. Als die Versteigerung begann, bot ein Mann namens Jack Fleck, der sehr von sich eingenommen war und ein Auge auf Miss Buchanan geworfen hatte, für das Paket, das, wie er glaubte, von ihr stammte. Wilfred und sein Freund ersteigerten das Paket, das nach allgemeiner Ansicht Blanche Black beigesteuert hatte. Die Käufer erhielten ihre Pakete, und Jack Fleck war zu seiner Bestürzung gezwungen, sich zu Blanche Black an einen Tisch zu setzen. Wilfred und sein Freund dagegen leisteten Miss

Buchanan Gesellschaft. Wilfred warf einen Blick in die Schachtel und entdeckte, dass nur Sandwiches, bestrichen mit einer Art rosa Paste, darin lagen.

»Ich geh hinüber zu Jack Fleck und sage: ›Ich tausche das Paket und das Mädchen mit dir.‹ Ich tat es nicht nur wegen des Essens, sondern weil ich voraussah, wie er das arme Geschöpf behandeln würde. Er willigte auf der Stelle ein, und wir setzten uns. Wir aßen Brathähnchen, selbstgeräucherten Schinken und Brötchen, danach gab es Dattelkuchen. In meinem ganzen Leben habe ich nie besser gegessen. Ganz unten im Paket lag ein Flachmann mit Whiskey. Ich saß da, aß und trank und sah ihm zu, wie er an seinen Sandwiches mit der Paste kaute.«

Wilfred musste mit dieser Geschichte beabsichtigen, Damen ein Kompliment zu machen, deren Häkel- und Kochkünste sie weit über Frauen stellten, die besser aussahen. Aber Mildred glaubte, selbst jemand wie Grace und Vera würden sich nicht darüber freuen, in eine Reihe mit Blanche Black gestellt zu werden, die wie eine Rübe aussah. Außerdem war es ein Fehler gewesen, den Whiskey zu erwähnen; auch was sie betraf, war es ein Fehler. Sie dachte daran, wie gern sie im Augenblick etwas trinken würde ... sie dachte an Old Fashioneds, Brown Cows, Pink Ladys, an alle möglichen Cocktails, die ihr einfielen.

»Ich kümmere mich besser um die Klimaanlage«, verkündete Wilfred, »sonst werden wir heute Nacht gebraten.«

Mildred blieb sitzen. In einem Haus auf der anderen Straßenseite brannte ein blaues Licht, das Insekten anlockte, die laut zischend verbrannten.

»Ich nehme an, diese Dinger sind gut gegen Fliegen«, sagte sie.

»Es brät sie«, sagte Albert.

»Aber ich mag das Geräusch nicht.«

Sie glaubte, er würde darauf nichts antworten, doch schließlich sagte er: »Wenn es kein Geräusch macht, kann es keine Insekten vernichten.«

Als Mildred ins Haus ging, um Kaffeewasser aufzusetzen (wie gut, dass die Pfingstgemeinde Kaffee nicht in Acht und Bann tat!), hörte sie das Summen der Klimaanlage. Sie warf einen Blick ins Schlafzimmer, wo Wilfred ausgestreckt auf dem Bett lag und erschöpft schlief.

»Wilfred?«

Er fuhr hoch. »Ich habe nicht geschlafen!«

»Sie sitzen immer noch vor dem Haus. Ich dachte, ich mach uns einen Kaffee.« Dann konnte sie nicht widerstehen und fügte hinzu: »Ich bin froh, dass die Klimaanlage nicht kaputt ist.«

Am vorletzten Tag des Besuches beschlossen sie, die fünfundvierzig Meilen nach Hullett Township zu fahren, um den Ort zu sehen, in dem Wilfred und Albert geboren worden waren. Es war Mildreds Idee. Sie hatte geglaubt, Albert würde es vorschlagen, und wartete ab, denn sie wollte Albert nicht zu etwas drängen, das ihn zu sehr anstrengte. Aber schließlich sprach sie doch davon. Sie sagte, sie habe seit langem versucht, Wilfred zu überreden, es ihr zu zeigen. Aber er behauptete, er habe keine Ahnung, wo es genau sei. Man hatte ihn als Baby weggebracht, und er war nie mehr zurückgekehrt. Die Häuser waren alle verschwunden, die Farmen gab es nicht mehr; die ganze Gegend war Naturschutzgebiet geworden.

Grace und Vera trennten sich nicht von ihren Tischdecken. Mildred wunderte sich, dass es ihnen nicht schlecht wurde, wenn sie mit gesenktem Kopf in einem fahrenden Auto häkelten. Sie saß zwischen den beiden auf dem Rücksitz und kam sich eingeklemmt vor, obwohl sie wusste, dass sie den beiden wenig Platz ließ. Wilfred fuhr, und Albert saß neben ihm.

Wilfred geriet beim Fahren immer leicht ins Disputieren.

»Was ist schon falsch daran, eine Wette einzugehen?«, fragte er. »Ich meine nicht Spielen. Ich meine, nicht dass man nach Las Vegas geht und das ganze Geld in diese Maschinen stopft oder verspielt. Beim Wetten kann man Glück haben. Eine Wette hat mir einmal einen kostenlosen Winter im Soo eingebracht.«

»Sault Ste. Marie«, klärte Albert die anderen auf.

»Wir sagten immer Soo. Ich kam gerade von der *Kamloops*, ich hatte für den Winter abgemustert. Die alte *Kamloops* war ein furchtbares Schiff. Eines Abends hörten sie in der Bar im Radio das Hockeyspiel. Fernsehen gab es noch nicht. Sudbury spielte. Sudbury hatte vier, Soo nichts.«

»Wir sind bald da, wo wir von der Autobahn abfahren müssen«, sagte Albert.

Mildred mahnte: »Gib auf die Ausfahrt Acht, Wilfred!«

»Ich passe schon auf.«

Albert sagte: »Es ist nicht die, sondern die nächste.«

»Ich half dort aus. Ich servierte gegen Trinkgelder Bier, denn ich hatte keine Gewerkschaftskarte. Und so ein Nörgler fluchte über Soo. Sie können es noch schaffen, sagte ich, Soo kann sie durchaus noch schlagen!«

»Hier«, sagte Albert.

Wilfred bog scharf ab. »Stehst du zu deinem Wort, wenn es um Geld geht? Ja, stehst du dazu, wenn es um Geld geht? Das hat er zu mir gesagt. Zehn zu eins. Ich hatte das

Geld nicht. Aber der Mann, dem das Hotel gehörte, war ein netter Bursche. Ich half ihm aus. Also sagt er: Nimm die Wette an, Wilfred! Er sagt: Geh ruhig auf die Wette ein!«

»Hullett Nationalpark«, las Mildred auf einer Tafel. Sie fuhren am Rand eines dunklen Sumpfgebiets entlang.

»Meine Güte, ist das düster hier!«, sagte sie. »Und da steht Wasser um diese Jahreszeit.«

»Der Sumpf von Hullett«, sagte Albert, »erstreckt sich meilenweit.«

Sie ließen den Sumpf hinter sich und fuhren durch Ödland: aufgewühlte schwarze Erde, Gräben, entwurzelte Bäume. Die Straße wurde sehr holprig.

»Ich zahle, wenn du verlierst. Also nahm ich die Wette an.« Mildred las die Schilder an der Kreuzung: »Sackgasse. Räumdienst im Winter endet hier!«

Albert sagte: »Jetzt biegen wir nach Süden ab.«

»Süden?«, fragte Wilfried. »Süden. Also, ich nahm an, und wisst ihr, was geschah? Soo hat es geschafft und Sudbury mit sieben zu vier geschlagen!«

Sie kamen an einen großen Teich und einen Beobachtungsstand mit einem Schild: »Wildvögel-Beobachtungspunkt.«

»Wildvögel«, sagte Mildred, »was es da wohl zu sehen gibt?« Wilfred war nicht in der Stimmung, anzuhalten. »Du könntest eine Krähe nicht einmal von einem Falken unterscheiden, Mildred! Soo schlug Sudbury sieben zu vier, und ich hatte meine Wette gewonnen. Der Kerl schlich sich davon, als ich gerade viel zu tun hatte, aber der Geschäftsführer wusste, wo er wohnte, und am nächsten Tag hatte ich hundert Dollar. Als sie mich wieder auf die *Kamloops* zurückriefen, hatte ich bis auf den Penny genauso viel Geld wie vor Weihnachten, als ich abmusterte. Ich hatte einen freien Winter in Soo.«

»Hier könnte es sein«, sagte Albert.

»Wo?«, fragte Wilfred.

»Hier.«

»Hier? Ich hatte einen freien Winter und alles durch eine kleine Wette.«

Sie bogen von der Straße in einen holprigen Feldweg ein, an dem ein Holzpfosten mit Hinweispfeilen stand. »Weißdornwanderweg. Zuckerahornpfad. Lärchenweg. Für Kraftfahrzeuge Durchfahrt verboten!« Wilfred hielt an, er und Albert stiegen aus. Grace stieg aus, um Mildred hinauszulassen, und setzte sich dann wieder auf ihren Platz. Die Pfeile wiesen alle in eine Richtung. Mildred vermutete, dass Kinder daran herumgespielt hatten. Mildred sah keinen einzigen Weg. Sie befanden sich zwischen niedrigen, felsigen Hügeln. Das Sumpfgebiet lag unter ihnen.

»Hier war eure Farm?«, fragte sie Albert.

»Das Haus stand dort oben«, erwiderte er und wies den Hügel hinauf, »der Weg führte hinauf. Da hinten stand die Scheune.«

An dem Pfosten hing unter den Pfeilen ein brauner Holzkasten. Mildred öffnete ihn und nahm eine Hand voll Broschüren heraus, die sie überflog.

»Sie beschreiben die verschiedenen Wege.«

»Vielleicht wollen sie etwas lesen, wenn sie schon nicht aussteigen«, sagte Wilfred mit einem Kopfnicken in Richtung Grace und Vera. »Vielleicht fragst du sie.«

»Sie sind beschäftigt«, erwiderte Mildred. Sie dachte daran, den beiden zu empfehlen, die Fenster herunterzukurbeln, damit sie nicht erstickten, beschloss dann aber, sie sollten selbst darauf kommen. Albert machte sich auf den Weg den Hügel hinauf, und sie und Wilfred folgten ihm. Sie bahnten sich ihren Weg durch die Goldruten. Zu ihrer Überraschung ging es leichter, als wenn es hohes Gras gewesen wäre. Sie gerieten einem zwischen die Beine, und sie fühlten sich seidig an. Sie kannte Goldruten und wilde Möhren. Aber was waren das für kleine weiße Blüten an dem niedrigen Busch? Und wie hieß diese blaue Blume mit den rauen Blütenblättern und die fedrige purpurfarbene? Man hörte immer so viel von den Frühlingsblumen: Butterblumen, Wachslilien und Sumpfdotterblumen. Aber hier blühten am Ende des Sommers mindestens ebenso viele Blumen, deren Namen sie nicht kannte. Vor ihren Füßen hüpften kleine Frösche auf; kleine, weiße Schmetterlinge schwebten in der Luft, und Hunderte von Insekten, die sie nicht sah, setzten sich auf die nackten Arme und stachen sie.

Albert ging im Gras hin und her. Er kam zurück, blieb stehen, sah sich um und setzte sich wieder in Bewegung. Er versuchte, den Grundriss des Hauses zu rekonstruieren. Wilfred blickte stirnrunzelnd ins Gras und sagte: »Sie lassen nicht viel übrig.«

»Wer?«, fragte Mildred erschöpft. Sie fächelte sich mit Goldrutenzweigen.

»Die Landschaftsschützer. Sie lassen keinen Backstein, keinen Balken, nichts vom Fundament und nichts vom Keller übrig. Sie graben alles auf, schütten das Loch zu und fahren alles weg.«

»Sie können schlecht einen Schuttberg zurücklassen, über den die Leute stolpern.«

»Bist du sicher, dass es hier war?«, fragte Wilfred.

»Genau hier«, erwiderte Albert, »mit der Front nach Süden. Hier wäre die Haustür.«

»Vielleicht stehst du auf der Treppe«, sagte Mildred mit so viel Interesse, wie ihre Kräfte zuließen.

Aber Albert entgegnete: »Wir hatten keine Treppe vor der Haustür. Ich kann mich nur einmal daran erinnern, dass die Haustür geöffnet wurde, und zwar für Mutters Sarg. Wir legten ein paar Holzklötze als Stufen vor die Tür.«

»Da steht ein Flieder«, sagte Mildred und entdeckte einen Busch in Alberts Nähe. »Gab es den damals schon? Es muss ihn schon gegeben haben.«

»Ich glaube.«

»Blüht er weiß oder lila?«

»Kann ich nicht sagen.«

Er ist anders als Wilfred, dachte sie. Wilfred hätte etwas gesagt, ob er sich erinnerte oder nicht, er hätte etwas gesagt und es selbst geglaubt. Brüder und Schwestern waren ihr ein Rätsel. Da gab es Grace und Vera, die wie die zwei Münder eines Kopfs sprachen, während zwischen Wilfred und Albert nicht die Spur einer Ähnlichkeit bestand.

Im Café unten an der Straße aßen sie zu Mittag. Es hatte keine Alkohollizenz, sonst hätte Mildred ein Bier bestellt, gleichgültig wie sie Grace und Vera schockiert oder Wilfred sie angefunkelt hätte. Ihr war entsetzlich heiß. Alberts Gesicht leuchtete rosa, und in seinen Augen lag ein wilder, konzentrierter Blick. Wilfred wirkte gereizt und streitsüchtig.

»Früher war der Sumpf viel größer«, erklärte Albert, »sie haben ihn trockengelegt.«

»Damit die Leute hindurchgehen und sich alles ansehen können«, sagte Mildred. Sie hielt immer noch die roten, grünen und gelben Broschüren in der Hand, die sie jetzt glatt strich und betrachtete.

»Durch den Busch hallt das Kreischen, Krächzen, Schreien und Rufen seiner Bewohner«, las sie. »Wer sind sie? Die meisten Laute stammen von Vögeln.« Von wem sollten sie sonst stammen, fragte sich Mildred.

»Einmal ist ein Mann in den Sumpf gegangen und dort geblieben«, sagte Albert.

Wilfred verrührte Ketchup mit Sauce und nahm die Pommes frites zwischen die Finger und tauchte sie hinein.

»Wie lange?«, fragte er.

»Für immer.«

»Isst du sie?«, fragte Wilfred und wies auf Mildreds Pommes frites.

»Für immer?«, wiederholte Mildred, teilte ihre Portion und schob die Hälfte auf Wilfreds Teller. »Hast du ihn gekannt, Albert?«

»Nein, das ist schon zu lange her.«

»Weißt du, wie er hieß?«

»Lloyd Sallows.«

»Wie?«, fragte Wilfred.

»Lloyd Sallows«, sagte Albert, »er arbeitete auf einer Farm.«

»Ich habe nie von ihm gehört«, erklärte Wilfred. »Wie meinst du das: Er ist in den Sumpf gegangen?«, erkundigte sich Mildred.

»Sie fanden seine Kleider neben dem Bahngleis, und dann sagten sie: Er ist in den Sumpf gegangen.«

»Weshalb sollte er ohne Kleider in den Sumpf gehen?« Albert dachte ein paar Minuten nach und sagte: »Vielleicht wollte er verwildern.«

»Hat er auch seine Schuhe zurückgelassen?«

»Ich denke schon.«

»Vielleicht hat er Selbstmord begangen«, sagte Mildred munter. »Haben sie die Leiche gesucht?«

»Ja.«

»Vielleicht ist er auch ermordet worden. Hatte er Feinde? War er in Schwierigkeiten? Vielleicht hatte er Schulden oder Schwierigkeiten wegen eines Mädchens?«

»Nein«, sagte Albert.

»Und sie haben nie eine Spur von ihm gefunden?«

»Nein.«

»Trieben sich damals irgendwelche verdächtigen Leute in der Gegend herum?«

»Nein.«

»Es muss eine Erklärung geben«, sagte Mildred. »Wenn man nicht tot ist, lebt man irgendwo weiter.«

Albert holte mit der Gabel den Hamburger zwischen dem Brötchen heraus auf den Teller und schnitt das Fleisch in kleine Stücke. Er hatte noch nichts gegessen.

»Man nahm an, dass er im Sumpf lebte.«

»Dann hätten sie ihn eben im Sumpf suchen sollen«, sagte Wilfred.

»Sie begannen die Suche von zwei Seiten und wollten sich in der Mitte treffen, schafften es aber nicht.«

»Warum nicht?«, fragte Mildred.

»Man kann diesen Sumpf nicht einfach durchqueren … damals konnte man es nicht.«

»Also glaubten sie, er sei dort«, bohrte Wilfred weiter. »Glaubten sie das wirklich?«

»Die meisten«, knurrte Albert. Wilfred schnaubte.

»Und wovon lebte er?«

Albert legte Messer und Gabel beiseite und erklärte düster:

»Von Fleisch.«

Nachdem es Mildred die ganze Zeit über heiß gewesen war, bekam sie jetzt an den Armen plötzlich Gänsehaut.

»Hat ihn jemand gesehen?«, fragte sie etwas zurückhaltender und nachdenklicher als vorher.

»Zwei Leute behaupteten es.«

»Wer?«

»Eine Frau, die schon über fünfzig war, als ich sie kannte, und damals war sie ein kleines Mädchen gewesen. Sie sah ihn, als man sie zurückschickte, um die Kühe zu suchen. Sie sah eine große weiße Gestalt zwischen den Bäumen.«

»Konnte sie erkennen, ob es ein Mann oder eine Frau war?«, erkundigte sich Wilfred.

Albert nahm die Frage ernst.

»Ich weiß nicht, wie weit die Gestalt von ihr entfernt war.«

»Das war eine«, sagte Mildred, »und wer noch?«

»Ein Junge beim Angeln ... Jahre später. Er blickte auf und sah einen weißen Mann, der ihn vom anderen Ufer aus beobachtete. Der Junge glaubte, er haben einen Geist gesehen.«

»Ist das alles?«, fragte Wilfred. »Hat man nie herausgefunden, was wirklich geschah?«

»Nein.«

»Ich nehme an, inzwischen wäre er ohnedies tot«, sagte Mildred.

»Schon lange«, sagte Albert.

Hätte Wilfred diese Geschichte erzählt, dachte Mildred, hätte sie zu irgendetwas geführt, hätte sie irgendein Ende gefunden.

Vielleicht wäre Lloyd Sallow splitternackt wieder aufgetaucht, um das Geld für eine gewonnene Wette zu kassieren, oder er wäre wie ein Millionär gekleidet zurückgekommen, nachdem er irgendwelche Gangster ausgetrickst hatte, die ihn überfallen und beraubt hatten. Man konnte sich darauf verlassen, dass in Wilfreds Geschichten auf das Traurige immer etwas Besseres folgte, und wenn jemand sich merkwürdig benahm, gab es eine Erklärung dafür. Wenn Wilfred in seinen Geschichten selbst auftauchte, was üblicherweise der Fall war, ging es immer um einen glücklichen Zufall, der ihm ein gutes Essen, eine Flasche Whiskey oder Geld einbrachte. In dieser Geschichte spielten weder Geld noch Glück eine Rolle. Sie fragte sich, weshalb Albert sie erzählt hatte. Was bedeutete sie für ihn?

»Wie kommt es, dass du dich an diese Geschichte erinnerst, Albert?«

Als sie das sagte, wusste sie, sie hätte besser schweigen sollen. Die Sache ging sie nichts an.

»Ich sehe, es gibt hier Apfel- oder Rosinenkuchen«, sagte sie. »Im Hullett Sumpf gibt es keinen Apfel- oder Rosinenkuchen«, sagte Wilfred heiser, »ich nehme Apfelkuchen.«

Albert spießte ein kaltes Stück von dem Hamburger auf, legte es wieder auf den Teller zurück und sagte: »Es ist keine Geschichte, sondern etwas, das wirklich geschehen ist.«

Mildred zog das Bett ab, in dem die Gäste geschlafen hatten, und da sie nicht dazu kam, es gleich wieder neu zu beziehen, legte sie sich am ersten Abend zu Wilfred ins Bett.

Ehe sie einschlief, sagte sie zu Wilfred: »Niemand, der bei klarem Verstand ist, würde in einen Sumpf gehen, um dort zu leben.«

»Wenn man schon in der Wildnis leben wollte«, sagte Wilfred, »wäre der Busch der richtige Platz, denn da hätte man keine so großen Probleme, ein Feuer zu machen, wenn man das will.«

Er schien seine gute Laune wieder gefunden zu haben. Aber sie wachte in der Nacht auf, weil er weinte. Sie erschrak nicht sehr, weil sie schon früher erlebt hatte, dass er weinte; und das war meist nachts gewesen. Es ließ sich nur schwer sagen, woher sie das wusste. Er machte keine Geräusche und bewegte sich nicht. Vielleicht war das so ungewöhnlich. Sie wusste, er lag neben ihr auf dem Rücken, die Tränen stiegen in ihm auf und liefen über sein Gesicht.

»Wilfred?«

Wenn er sich früher bereit fand, ihr zu erzählen, weshalb er weinte, waren ihr die Gründe immer sehr merkwürdig vorgekommen. Es schien, als habe er sich seine Antwort gerade ausgedacht, oder sie habe nur entfernt etwas mit dem wahren Grund zu tun. Aber vielleicht kam er an die Ursache nicht näher heran …

»Wilfred.«

»Vermutlich werden Albert und ich uns nie wieder sehen«, sagte Wilfred laut, und in seiner Stimme lag weder eine Spur von Tränen noch ein deutlicher Hinweis auf Befriedigung oder Bedauern.

»Es sei denn, wir besuchen sie in Saskatchewan«, sagte Mildred. Ihre Gäste hatten sie eingeladen, und Mildred dachte damals, ebenso wahrscheinlich würde sie nach Sibirien fahren.

»Irgendwann«, fügte sie hinzu.

»Irgendwann, vielleicht«, sagte Wilfred und atmete tief und geräuschvoll. Daraus schien Zufriedenheit zu sprechen. »Aber noch nicht in der nächsten Woche.«

Die Jupitermonde

Ich fand meinen Vater auf der Herzstation im achten Stock des städtischen Krankenhauses von Toronto. Er lag zweiter Klasse. Das andere Bett im Zimmer war leer. Er sagte, seine Versicherung übernehme nur die Kosten für die dritte Klasse, und er mache sich Sorgen, dass er zuzahlen müsse.

»Ich habe kein Bett in der zweiten Klasse verlangt«, sagte er.

Ich sagte, die Mehrbettzimmer seien vielleicht alle belegt.

»Nein, ich habe leere Betten gesehen, als sie mich durch den Gang rollten.«

»Dann hängt es damit zusammen, dass sie dich an dieses Ding anschließen müssen«, erwiderte ich, »mach dir keine Sorgen, wenn sie Geld von dir wollen, werden sie es dir schon sagen.«

»Wahrscheinlich hast du Recht«, sagte er, »sie wollen diese Apparate nicht in den großen Zimmern haben. Ich nehme an, das zahlt die Versicherung.«

»Ganz bestimmt«, sagte ich.

Kabel führten zu seiner Brust. Über seinem Kopf hing ein kleiner Bildschirm. Über den Bildschirm lief ständig eine leuchtende, gezackte Linie. Ein nervöses elektronisches Piepsen begleitete den Vorgang. Seine Herztätigkeit wurde sichtbar gemacht. Ich versuchte es zu ignorieren. Mir schien, einer Sache so große Aufmerksamkeit zu schenken – ja, etwas zu dramatisieren, was eigentlich ein verborgener Vorgang sein sollte –, hieß, das Übel heraufzubeschwören. Alles, was man so zur Schau stellte, neigte dazu, durcheinander zu geraten und verrückt zu spielen.

Meinem Vater schien es nichts auszumachen. Er sagte, man habe ihm Beruhigungsmittel gegeben. »Du weißt schon«, erklärte er, »die Glückspillen.« Er wirkte ruhig und optimistisch.

Am Abend zuvor hatte es anders ausgesehen. Als ich ihn in die Notaufnahme brachte, war er blass und einsilbig gewesen. Er öffnete die Wagentür, stieg aus und sagte: »Vielleicht holst du mir besser einen Rollstuhl.« Seine Stimme klang wie immer in einer Krise. Einmal hatten wir einen Kaminbrand, an einem Sonntagnachmittag. Ich steckte im Esszimmer ein Kleid ab, das ich nähte. Er kam herein und sagte in dieser sachlichen, warnenden Stimme: »Janet. Weißt du, wo wir Backpulver haben?« Er wollte es auf die Flammen streuen. Hinterher sagte er: »Wahrscheinlich war es deine Schuld ... an einem Sonntag zu nähen.«

Ich musste über eine Stunde im Wartezimmer der Notaufnahme sitzen. Man rief einen Herzspezialisten, der Dienst hatte, einen jungen Mann. Er ging mit mir auf den Flur hinaus und erklärte, eine der Herzklappen meines Vaters sei so degeneriert, dass er sofort operiert werden müsse.

Ich fragte ihn, was sonst geschehen würde. »Er müsste im Bett bleiben«, sagte der Arzt.

»Wie lange?«

»Vielleicht drei Monate.«

»Ich meine, wie lange würde er noch leben?«

»Genau das wollte ich sagen«, erwiderte der Arzt.

Ich ging zu meinem Vater. Er saß in einem Bett hinter einem Wandschirm. »Es sieht schlecht aus, nicht wahr?«, fragte er. »Hat er dir das mit der Herzklappe gesagt?«

»Es ist nicht so schlimm, wie es sein könnte«, sagte ich. Dann wiederholte ich, ja übertrieb sogar alles Beruhigende, was der Arzt gesagt hatte. »Es besteht keine unmittelbare Gefahr. Abgesehen davon ist dein Zustand gut.«

»Abgesehen davon«, wiederholte mein Vater düster.

Ich war müde von der Fahrt – mittags den ganzen Weg hinauf nach Dalgleish, um ihn abzuholen, und dann wieder nach Toronto –, dachte besorgt daran, wie ich es schaffen sollte, den Leihwagen rechtzeitig zurückzubringen, und ärgerte mich über einen Artikel, den ich im Wartezimmer in einer Zeitschrift gelesen hatte. Er beschäftigte sich mit einer anderen Schriftstellerin, einer Frau, die besser aussah, jünger und vermutlich talentierter war als ich. Ich war zwei Monate in England gewesen und hatte den Artikel deshalb noch nicht gesehen. Doch beim Lesen dachte ich daran, dass mein Vater ihn wohl kannte. Ich konnte hören, wie er sagte: »Also, über dich habe ich in *Maelean's* noch nichts gesehen.« Und wenn er etwas über mich gelesen hatte, sagte er: »Also, ich fand diese Besprechung nicht besonders gut.« Seine Stimme klang dann humorvoll und nachsichtig, aber sie machte mich üblicherweise trübsinnig. Was er mir vermitteln wollte, war einfach genug: Um Ruhm muss man kämpfen und sich dann dafür entschuldigen. Berühmt oder nicht, Vorwürfe bleiben dir nicht erspart!

Die Aussage des Arztes überraschte mich nicht. Ich hatte mich darauf vorbereitet, etwas Ähnliches zu hören. Ich blieb ruhig, und das machte mich zufrieden – so zufrieden, wie ich war, wenn ich eine Wunde verband oder vom Balkon eines hohen Hauses hinunterblickte. Ich dachte, ja, es ist Zeit, es muss etwas geschehen, und das ist es. Ich lehnte mich nicht dagegen auf, wie es vor zwanzig, sogar noch vor zehn Jahren der Fall gewesen wäre. Als ich im Gesicht meines Vaters sah, dass er es spürte – er wehrte sich so selbstverständlich, als sei er dreißig oder vierzig Jahre jünger –, verhärtete sich mein Herz, und ich sagte mit einer Art penetranten Fröhlichkeit: »Abgesehen davon ist schon sehr viel.«

Am nächsten Tag war er wieder der Alte.

So hätte ich das ausgedrückt. Er sagte, der junge Mann, der Arzt, sei seiner Meinung nach vielleicht ein bisschen zu schnell mit dem Operieren zur Hand. »Ein bisschen schneidfreudig«, sagte er. Es klang spöttisch, und gleichzeitig gab er mit dem Krankenhausjargon an. Er erzählte, ein anderer Arzt habe ihn untersucht, ein älterer Mann, und ihm gesagt, der Trick bei der Sache seien vermutlich Ruhe und Medikamente.

Ich fragte nicht welcher Trick.

»Er sagte, ich habe einen Herzklappenfehler. Ganz bestimmt ist da etwas nicht in Ordnung. Sie wollten wissen, ob ich als Kind Gelenkrheumatismus hatte. Ich habe ihnen gesagt, davon weiß ich nichts. Aber damals wurde selten diagnostiziert, was einem wirklich fehlte, wenn man krank war. Mein Vater gehörte nicht zu denen, die schnell einen Arzt holen.«

Beim Gedanken an die Kindheit meines Vaters, die ich mir immer freudlos und gefährlich vorstellte – die Armut auf der Farm, die verängstigten Schwestern und der harte Vater –, konnte ich mich nicht so leicht mit seinem Sterben abfinden. Ich dachte daran, wie er davongelaufen war, um auf den Schiffen, die die großen Seen befuhren, Arbeit zu finden, wie er im Abendlicht an den Bahngleisen entlang in Richtung Goderich rannte. Er hatte oft davon erzählt. Irgendwo unterwegs entdeckte er einen Quittenbaum. In unserer Gegend sind Quittenbäume selten. Ich habe nie einen gesehen, nicht einmal den, den mein Vater gefunden hatte, obwohl er einmal einen Ausflug mit uns machte, um ihn zu suchen. Er glaubte, die Kreuzung zu kennen, in deren Nähe er stand. Aber wir fanden ihn nicht. Die Früchte hatte er natürlich nicht essen können. Aber der Baum an sich beeindruckte ihn. Er gab ihm das Gefühl, in einen neuen Teil der Welt zu kommen.

Der kleine Ausreißer, der Überlebende, ein alter Mann, den sein krankes Herz hier ans Bett fesselte ... Ich verfolgte diese Gedanken nicht weiter. Ich wollte nicht an seine jüngeren Ichs denken. Selbst sein nackter kräftiger und weißer Oberkörper – er besaß den Körper eines Arbeiters seiner Generation, den selten die Sonne beschien – bedeutete für mich eine Gefahr. Er wirkte so stark und jung. Ich war mehr an den faltigen Hals, an die Hände und Arme mit den Altersflecken und an den schmalen, freundlichen Kopf mit den dünnen grauen Haaren und dem Schnurrbart gewöhnt.

»Also, warum sollte ich mich operieren lassen wollen?«, sagte mein Vater vernünftig. »Denk an das Risiko in meinem Alter ... und wozu? Höchstens für ein paar Jahre. Ich glaube, am besten gehe ich nach Hause und rege mich nicht weiter auf. Man muss sich einfach damit abfinden. Mehr kann man in meinem Alter nicht tun. Weißt du, die Einstellung ändert sich. Man verändert sich innerlich, und es kommt einem natürlicher vor.«

»Was?«, fragte ich.

»Nun ja, der Tod. Natürlicher kann man es nicht sehen. Nein, ich will damit sagen, ich lasse mich nicht operieren.«

»Das erscheint dir natürlicher?«

»Ja.«

»Das musst du entscheiden«, sagte ich, aber ich stimmte ihm zu. Etwas anderes hatte ich von ihm nicht erwartet. Wenn ich von meinem Vater erzählte, betonte ich immer seine Unabhängigkeit, seine Eigenständigkeit und seine Gelassenheit. Er arbeitete in einer Fabrik, er arbeitete in seinem Garten, er las Geschichtsbücher. Er konnte über die römischen Cäsaren oder die Balkankriege erzählen. Er machte nie viel Aufhebens um sich.

Meine jüngere Tochter Judith hatte mich vor zwei Tagen am Flughafen in Toronto abgeholt. Sie kam mit dem jungen Mann, mit dem sie zusammenlebt. Er heißt Don. Sie fuhren am nächsten Morgen nach Mexiko, und ich sollte in ihrem Apartment wohnen, solange ich mich in Toronto aufhielt. Zurzeit lebe ich in Vancouver. Manchmal sage ich, mein Hauptquartier ist in Vancouver.

»Wo ist Nichola?«, fragte ich und dachte sofort an einen Unfall oder an eine Überdosis. Nichola ist meine ältere Tochter. Sie studierte am Konservatorium; danach war sie Kellnerin und dann arbeitslos. Wäre sie am Flughafen gewesen, hätte ich vermutlich etwas Falsches gesagt und sie nach ihren Plänen gefragt. Sie hätte sich anmutig die Haare aus der Stirn gestrichen und gesagt: »Pläne?« – als hätte ich dieses Wort gerade erfunden.

»Ich wusste, du würdest als Erstes nach Nichola fragen«, sagte Judith.

»Das stimmt nicht. Ich habe guten Tag gesagt und ich …«

»Wir holen Ihr Gepäck«, sagte Don neutral.

»Geht es ihr gut?«

»Bestimmt«, erwiderte Judith mit gespielter Belustigung, »du würdest nicht so ein Gesicht machen, wenn ich nicht hier wäre.«

»Aber natürlich.«

»Nein. Nichola ist das Baby in der Familie, und dabei ist sie vier Jahre älter als ich.«

»Das sollte ich eigentlich am besten wissen.«

Judith erzählte, sie wisse nicht genau, wo Nichola sei. Sie sagte, Nichola sei aus ihrem Apartment ausgezogen (diesem Loch!) und habe tatsächlich angerufen (das will wirklich etwas heißen, könnte man sagen, dass Nichola telefoniert), um zu sagen, sie sei für eine Weile nicht zu erreichen, aber es gehe ihr gut.

»Ich habe ihr gesagt, du würdest dir Sorgen machen«, berichtete Judith etwas freundlicher auf dem Weg zu ihrem Kombi. Don ging mit meinem Koffer voraus. »Aber das ist nicht nötig. Glaub mir, es geht ihr gut.«

Dons Anwesenheit bereitete mir Unbehagen. Es gefiel mir nicht, dass er diese Dinge hörte. Ich dachte an die Gespräche, die Don und Judith geführt haben mussten, oder Don, Judith und Nichola – denn Nichola und Judith verstanden sich manchmal gut – oder Don, Judith, Nichola und andere, deren Namen ich noch nicht einmal kannte. Bestimmt hatten sie über mich gesprochen. Judith und Nichola tauschten Erinnerungen aus, erzählten Anekdoten, analysierten, bedauerten, beschuldigten und vergaben. Ich wünschte, ich hätte einen Jungen und ein Mädchen gehabt … oder zwei Jungen. Sie hätten so etwas nicht getan. Jungen konnten unmöglich so viel über ihre Mutter wissen.

In diesem Alter war ich genauso. Als ich so alt wie Judith war, saß ich mit meinen Freunden in der Cafeteria im College oder spätabends bei Kaffee in unseren billigen Zimmern, und wir redeten. Als ich so alt war, wie Nichola jetzt ist, schob ich Nichola im Kinderwagen – oder sie zappelte auf meinem Schoß – und trank an den vielen verregneten Nachmittagen in Vancouver Kaffee mit meiner Freundin aus der Nachbarschaft. Sie hieß Ruth Boudreau, las viel und begriff ihre Situation ebenso wenig wie ich meine. Wir sprachen über unsere Eltern, unsere Kindheit, vermieden jedoch eine Zeit lang, unsere Ehen zum Thema zu machen. Wir rechneten gründlich mit unseren Vätern und Müttern ab, bedauerten ihre Ehen, ihren falschen Ehrgeiz oder die Furcht vor dem Ehrgeiz. Wir ordneten sie ein, sprachen ihnen jede Möglichkeit der Veränderung ab. Welch eine Anmaßung! Ich blickte auf Don, der vor uns ging: ein großer, asketisch wirkender junger Mann mit einer schwarzen Franziskanerfrisur und einem ausrasierten Backenbart. Welches Recht hatte er, etwas über mich zu hören, Dinge zu wissen, die ich vielleicht vergessen hatte? Ich entschied, sein Bart und seine Frisur seien affektiert.

Mein Vater sagte einmal zu mir – damals waren meine Kinder noch klein: »Weißt du, die Jahre, in denen du groß geworden bist … verwischen sich für mich in der Erinnerung. Ich kann ein Jahr vom anderen nicht unterscheiden.« Ich fühlte mich beleidigt. Ich erinnerte mich schmerzlich und klar an jedes einzelne Jahr. Ich wusste noch, wie alt ich war, als ich die Abendkleider im Schaufenster von Benbow's Damenmoden betrachtete. Den ganzen Winter hindurch jede Woche ein neues Kleid im Scheinwerferlicht –

Pailletten und Tüll, Rosa und Lila, Saphirblau und Narzissengelb – und ich, eine frierende Verehrerin auf dem matschigen Gehweg. Ich hätte sagen können, wie alt ich war, als ich die Unterschrift meiner Mutter unter einem schlechten Zeugnis fälschte, als ich Masern hatte, und als wir das vordere Zimmer tapezierten. Aber die Jahre, in denen Judith und Nichola klein waren, als ich mit ihrem Vater lebte – verwischten sich, ja, das ist das richtige Wort. Ich erinnere mich, dass ich Windeln aufhängte, sie von der Leine nahm, sie zusammenlegte; ich weiß noch, wie die Küchenmöbel in zwei Häusern aussahen und wo der Wäschepuff stand. Ich erinnere mich an die Fernsehsendungen – *Popeye, The Three Stooges, Panorama.* Wenn *Panorama* begann, war es Zeit, das Licht einzuschalten und Abendessen zu kochen. Aber ich kann die Jahre nicht auseinander halten. Wir lebten in einem Vorort, einer Schlafstadt: Dormir, Dormer, Dormouse – oder so ähnlich. Ich war damals die ganze Zeit müde; die Schwangerschaft, das Stillen nachts und der Regen an der Westküste machten mich müde. Dunkle, tropfende Zedern, glänzende, tropfende Lorbeerbüsche, Ehefrauen, die gähnten, ein Nickerchen machten, sich gegenseitig besuchten, Kaffee tranken und Windeln zusammenlegten. Ehemänner, die abends über das Wasser aus der Stadt nach Hause kamen. Ich küsste meinen zurückkommenden Mann in seinem feuchten Burberry jeden Abend und hoffte, er würde mich aufwecken. Ich stellte Fleisch, Kartoffeln und eines der vier Gemüse auf den Tisch, die er duldete. Er aß mit großem Appetit und schlief dann auf dem Sofa im Wohnzimmer ein. Wir waren die Karikatur eines Ehepaars geworden. Zwischen zwanzig und dreißig waren wir älter, als wir es in unseren mittleren Jahren sein würden.

Diese kleinbürgerlichen Jahre sind die Jahre, an die unsere Kinder sich ihr ganzes Leben lang erinnern werden. Ecken der Gärten, in die ich nie kam, haften in ihrem Gedächtnis.

»Wollte Nichola mich nicht sehen?«, fragte ich Judith.

»Meistens will sie überhaupt niemanden sehen«, antwortete sie. Judith ging schneller und berührte Don am Arm. Ich kannte diese Berührung – eine Entschuldigung, eine ängstliche Versicherung. So berührt man einen Mann, um ihn daran zu erinnern, dass man dankbar ist, dass man erkennt, er tut einem etwas zu Gefallen, etwas, das ihn langweilt oder beinahe unter seiner Würde ist. Mit anzusehen, wie meine Tochter einen Mann – einen Jungen – auf diese Weise berührte, gab mir mehr das Gefühl, alt zu sein, als Enkelkinder es getan hätten. Ich spürte ihre bedrückte Nervosität, sah ihre Gesten unterwürfiger Aufmerksamkeit voraus. Mein derbes und kräftiges, blondes und offenes Kind. Weshalb sollte ich glauben, sie sei dafür nicht anfällig, würde immer geradeheraus, schwerfällig und selbstsicher bleiben? Genau wie ich überall erzählte, Nichola sei durchtrieben, einzelgängerisch, kalt und verführerisch. Viele Leute müssen Dinge wissen, die dem widersprechen, was ich sage.

Am nächsten Morgen fuhren Don und Judith nach Mexiko. Ich beschloss, mich mit jemandem zu treffen, der nicht mit mir verwandt war und nicht etwas Bestimmtes von mir erwartete. Ich rief einen alten Liebhaber an, aber es meldete sich nur der Anrufbeantworter: »Hier spricht Tom Shepherd. Ich bin den September über nicht in der Stadt. Bitte hinterlassen Sie eine Nachricht, Namen und Telefonnummer.«

Toms Stimme klang so angenehm und vertraut, dass

ich den Mund öffnete, um ihn zu fragen, was diese alberne Spielerei zu bedeuten habe. Dann legte ich auf. Mir kam es vor, als habe er mich bewusst enttäuscht, als hätten wir uns in der Stadt verabredet und er sei nicht gekommen. Einmal hatte er das getan, fiel mir wieder ein.

Ich schenkte mir ein Glas Wermut ein, obwohl es noch Vormittag war, und rief meinen Vater an.

»Also so etwas«, sagte er, »eine Viertelstunde später hättest du mich nicht mehr erreicht.«

»Wolltest du in die Stadt?«

»Nach Toronto.«

Er erzählte, er müsse ins Krankenhaus. Sein Arzt in Dalgleish wollte, dass die Ärzte in Toronto ihn untersuchten, und hatte ihm einen Brief mitgegeben, den er in der Notaufnahme abgeben sollte.

»Notaufnahme?«, fragte ich.

»Es ist kein Notfall. Er hält es einfach für das Beste. Er kennt dort nämlich einen Kollegen. Wenn er einen Termin für mich ausmachen wollte, könnte es vielleicht Wochen dauern.«

»Weiß der Arzt, dass du in deinem Wagen nach Toronto fährst?«, fragte ich.

»Na ja, er hat nicht gesagt, dass ich das nicht soll.«

Das Ergebnis war, dass ich einen Wagen mietete, nach Dalgleish fuhr, meinen Vater nach Toronto brachte und ihn um sieben Uhr abends in der Notaufnahme ablieferte.

Ehe Judith abreiste, fragte ich sie: »Bist du sicher, Nichola weiß, dass ich hier wohne?«

»Ich habe es ihr gesagt«, antwortete sie.

Ab und zu klingelte das Telefon, aber es waren immer Freunde von Judith am Apparat.

»Also, wie es aussieht, lasse ich es doch machen«, erklärte mein Vater. Das war am vierten Tag. Über Nacht hatte er seine Meinung völlig geändert. »Es sieht so aus, als sei es doch besser.«

Ich wusste nicht, was ich seiner Meinung nach dazu sagen sollte. Ich dachte, vielleicht erwartet er, dass ich ihm widerspreche und versuche, ihn davon abzubringen.

»Wann wollen sie es tun?«, fragte ich.

»Übermorgen.«

Ich sagte, ich wolle zur Toilette. Ich ging ins Schwesternzimmer und fand dort eine Frau, die ich für die Oberschwester hielt. Jedenfalls hatte sie graue Haare und wirkte ernst und freundlich.

»Mein Vater soll übermorgen operiert werden?«, fragte ich.

»O ja.«

»Ich möchte mit jemandem darüber sprechen. Ich glaubte, es sei irgendwie entschieden worden, dass man ihn besser nicht operiert ... in Anbetracht seines Alters, dachte ich.«

»Nun, es ist seine Entscheidung und die des Arztes.« Sie lächelte mich an, doch es lag nichts Herablassendes darin. »Solche Entscheidungen fallen schwer.«

»Was haben die Untersuchungen ergeben?«

»Ich habe noch nicht alle Ergebnisse gesehen.«

Ich war sicher, dass sie sie gesehen hatte. Sie schwieg einen Moment und sagte dann: »Wir müssen realistisch sein. Aber die Ärzte hier sind sehr gut.«

Als ich zu meinem Vater zurückkam, sagte er erstaunt: »Uferloses Meer.«

»Wie bitte?«, fragte ich. Ich überlegte, ob er herausgefunden hatte, wie viel oder wie wenig Zeit ihm noch blieb.

Ich überlegte, ob die Tabletten ihn in eine künstliche Euphorie versetzt hatten oder ob er einfach ein Spiel versuchen wollte. Einmal hatte er mir von seinem Leben erzählt und gesagt: »Leider habe ich mich immer gefürchtet, etwas zu riskieren.«

Ich erklärte anderen Leuten immer, dass er nie mit Bedauern von seinem Leben sprach. Aber das stimmte nicht. Ich hörte einfach nicht richtig zu. Er sagte, er hätte als Handwerker zum Militär gehen sollen – »dann wäre es mir besser gegangen«. Er sagte, er hätte sich nach dem Krieg als Schreiner selbstständig machen sollen. Er hätte Dalgleish verlassen sollen. Einmal sagte er: »Ein vertanes Leben, hm?« Aber damit machte er sich nur über sich selbst lustig, denn das war sehr dramatisch, so etwas zu sagen. Auch wenn er Gedichte rezitierte, lag immer etwas Spöttisches in seiner Stimme, wie um sich für sein Wissen und das Vergnügen daran zu entschuldigen.

»Uferloses Meer«, wiederholte er. »Hinter ihm lagen die grauen Azoren / Hinter den Toren des Herkules / Vor ihm nicht die Ahnung einer Küste / Vor ihm nur das uferlose Meer. Das ging mir gestern Abend durch den Kopf. Aber glaubst du, ich hätte mich daran erinnert, um was für ein Meer es sich handelt? Es ist mir nicht gelungen. Das einsame Meer? Das leere Meer?

Ich war auf dem richtigen Weg, aber ich konnte es einfach nicht finden. Aber als du gerade ins Zimmer gekommen bist und ich überhaupt nicht daran dachte, schoss mir das Wort durch den Kopf. So geht es immer. Das ist nicht weiter überraschend. Ich stelle mir eine Frage. Ich habe die Antwort im Kopf, aber ich kann nicht alle Verbindungen herstellen, um an sie heranzukommen. Es ist wie bei einem Computer. Nichts Besonderes. Weißt du, in meiner Situation gerät man stark in Versuchung, ein Geheimnis daraus zu machen, wenn man etwas nicht sofort erklären kann. Es überkommt einen die große Versuchung, daran zu glauben ... du weißt schon.«

»An die Seele?«, fragte ich. Ich sagte das leichthin und spürte dabei eine erschreckende Woge von Liebe und Anerkennung in mir aufsteigen.

»Oh, ich glaube, so kann man es nennen. Weißt du, als ich in dieses Zimmer kam, lag ein Stapel Zeitschriften neben dem Bett. Jemand hatte sie liegen lassen ... so eine von diesen Illustrierten, die ich mir nie ansehe. Ich begann, darin zu lesen. Ich lese alles, was mir in die Hände fällt. Es gab da eine Serie über persönliche Erfahrungen von Menschen, die klinisch tot gewesen waren ... meist infolge von Herzstillstand ... und die man wieder ins Leben zurückgeholt hatte. Sie berichteten von ihren Erinnerungen an die Zeit, in der sie tot waren, über ihre Erfahrungen.«

»Angenehme oder un...?«, fragte ich.

»Angenehme. O ja. Sie schwebten an die Decke, blickten auf sich hinunter und sahen die Ärzte, die sich um ihren Körper bemühten. Dann schwebten sie weiter und trafen Menschen, die sie kannten und von denen sie wussten, dass sie schon tot waren. Sie konnten sie nicht genau sehen, sondern gewissermaßen nur spüren. Manchmal hörten sie ein Summen oder bemerkten eine Art ... wie heißt das Licht oder die Farbe, die einen Menschen umgibt?«

»Aura?«

»Ja. Aber ohne den Körper. Für viel mehr reichte die Zeit nicht, dann waren sie wieder in ihrem Körper und spürten all die Schmerzen ... sie waren ins Leben zurückgeholt worden.«

»Fandest du es ... überzeugend?«

»Ach, ich weiß nicht. Das hängt ganz davon ab, ob man daran glauben will oder nicht. Wenn man daran glaubt und es ernst nimmt, dann nehme ich an, dass man alles ernst nehmen muss, was sie in diesen Zeitschriften drucken.«

»Was steht sonst noch drin?«

»Quatsch ... Krebskuren, Glatzenkuren, das Unbehagen über die junge Generation und die Sozialhilfeempfänger. Gewäsch über Filmstars.«

»O ja, ich weiß.«

»In meiner Situation muss man aufpassen«, erklärte er, »sonst fängt man an, sich selbst etwas vorzumachen.« Dann sagte er:

»Es gibt ein paar praktische Dinge, über die wir reden sollten«, und er erzählte mir von seinem Testament, dem Haus, dem Platz für das Grab. Alles war ganz einfach.

»Soll ich Peggy anrufen?«, fragte ich. Peggy ist meine Schwester. Sie ist mit einem Astronomen verheiratet und lebt in Victoria.

Er dachte nach. »Ich vermute, wir sollten es ihnen sagen«, erklärte er schließlich. »Aber sag ihnen, sie sollen sich nicht aufregen.«

»In Ordnung.«

»Nein, warte. Sam wird Ende dieser Woche zu einer Konferenz fahren, und Peggy wollte ihn begleiten. Ich möchte nicht, dass sie überlegen, ob sie ihre Pläne ändern sollen.«

»Wo findet die Konferenz statt?«

»In Amsterdam«, antwortete er stolz. Er war stolz auf Sam und verfolgte seine Bücher und Artikel. Es gehörte zu seinen Gewohnheiten, nach einer von Sams Arbeiten zu greifen und zu sagen: »Sieh dir das einmal an. Ich verstehe kein einziges Wort davon!« Seine Stimme klang dann bewundernd, aber trotzdem lag auch etwas Spöttisches darin.

»Professor Sam«, sagte er dann, »und die drei kleinen Sams.« So nannte er seine Enkel, die ihrem Vater in punkto Intelligenz und einer beinahe liebenswerten Unverfrorenheit – einer unschuldigen, vitalen Angeberei – ähnelten. Sie besuchten eine Privatschule, in der man viel von altmodischer Disziplin hielt, und wo man in der fünften Klasse mit höherer Mathematik begann. »Und die Hunde«, ergänzte er seine Aufzählung vielleicht, »die abgerichtet sind. Und Peggy ...«

Aber wenn ich sagte: »Glaubst du, sie ist auch abgerichtet?«, spielte er nicht mehr mit. Ich vermute, wenn er mit Sam und Peggy über mich sprach, tat er es in der gleichen Art – er machte Bemerkungen über meine Unbeständigkeit, wie bei mir über ihre Schwerfälligkeit. Er machte harmlose Witze auf meine Kosten und verheimlichte seine Verwunderung darüber nicht (oder gab vor, sie nicht zu verheimlichen), dass es Menschen gab, die Geld für etwas bezahlten, was ich geschrieben hatte. Er musste das tun, damit es nie aussah, als wolle er angeben. Aber wenn der Spaß zu weit ging, blockte er ab. Und natürlich fand ich später im Haus Sachen von mir, die er aufbewahrt hatte – ein paar Zeitschriften, Artikel, Dinge, die mir nicht viel bedeuteten.

Jetzt wanderten seine Gedanken von Peggys Familie zu meiner. »Hast du etwas von Judith gehört?«, fragte er.

»Noch nicht.«

»Nun ja, es ist noch zu früh. Wollen sie im Kombi schlafen?«

»Ja.«

»Ich vermute, es ist sicher, wenn sie sich die richtigen Stellen aussuchen.«

Ich wusste, er hatte noch etwas zu sagen, und ich wusste, er würde einen Spaß daraus machen.

»Ich vermute, sie werden ein Brett in die Mitte stellen wie die Pioniere.«

Ich lächelte, gab aber keine Antwort.

»Wie ich sehe, hast du nichts dagegen.«

»Nein«, sagte ich.

»Also, so habe ich es auch immer gehalten. Man soll sich nicht in die Angelegenheiten seiner Kinder einmischen. Ich habe versucht, nie etwas zu sagen. Ich habe nichts gesagt, als du dich von Richard getrennt hast.«

»Was meinst du mit nichts gesagt? Kritik?«

»Es ging mich nichts an.«

»Nein.«

»Aber das heißt nicht, dass ich mich darüber gefreut hätte.«

Das überraschte mich – nicht nur seine Worte, sondern dass er offensichtlich das Gefühl hatte, selbst jetzt noch ein Recht zu haben, darüber zu reden. Ich musste aus dem Fenster auf den Verkehr hinunterblicken, um meine Fassung wiederzugewinnen.

»Ich wollte nur, dass du es weißt«, fügte er hinzu.

Vor langer Zeit sagte er mir einmal in seiner freundlichen Art:

»Es ist komisch. Als ich Richard zum ersten Mal sah, erinnerte ich mich an etwas, was mein Vater zu sagen pflegte. Er sagte, wenn ein Mann halb so klug wäre, wie er zu sein glaubt, dann wäre er doppelt so klug, wie er in Wirklichkeit ist.«

Ich wendete mich ihm zu, um ihn daran zu erinnern, aber stattdessen blickte ich auf die Linie, die sein Herz schrieb. Es schien nichts Ungewöhnliches daran zu sein, keinen Unterschied in den Piepsern und Punkten zu geben, aber sie war da.

Er bemerkte meinen Blick: »Ein unfairer Vorteil«, sagte er.

»Das stimmt«, sagte ich, »ich werde mich wohl auch anschließen lassen müssen.«

Wir lachten; wir küssten uns förmlich; ich ging. Immerhin hat er mich nicht nach Nichola gefragt, dachte ich.

Am nächsten Nachmittag ging ich nicht ins Krankenhaus, denn mein Vater musste sich als Vorbereitung auf die Operation noch ein paar Untersuchungen unterziehen. Ich wollte ihn dafür abends besuchen. Ich wanderte durch die Modegeschäfte in der Bloor Street und probierte Kleider an. Die Beschäftigung mit Mode und mit meinem Aussehen hatte mich wie bohrende Kopfschmerzen überfallen. Ich betrachtete die Frauen auf der Straße, die Kleider in den Geschäften und versuchte mir vorzustellen, wie ich eine Verwandlung vollziehen konnte und was ich dazu kaufen musste. Ich erkannte, worum es sich bei dieser Besessenheit handelte, aber es war schwer, sie ins Wanken zu bringen. Leute hatten mir erzählt, dass sie am offenen Kühlschrank standen und alles in sich hineinstopften, was ihnen in die Hände fiel – kalte gekochte Kartoffeln, Chilisauce, Schüsseln voll Schlagsahne –, während sie auf Nachrichten warteten, bei denen es um Leben oder Tod ging. Oder sie konnten nicht aufhören, Kreuzworträtsel zu lösen. Die ganze Aufmerksamkeit richtet sich auf etwas Bestimmtes – eine Ablenkung –, man klammert sich daran und nimmt sie fanatisch ernst. Ich wühlte in den Kleidern an den Stangen, probierte sie in winzigen, heißen Umkleidekabinen vor grausamen Spiegeln an. Ich schwitzte; einoder zweimal glaubte ich, ohnmächtig zu werden. Wieder auf der Straße dachte ich, ich müsse Bloor Street unter allen Umständen verlassen, und beschloss, ins Museum zu gehen.

Ich erinnerte mich an eine ähnliche Situation in Vancouver. Nichola ging damals in den Kindergarten, und Judith war noch ein Baby. Nichola war wegen einer Erkältung beim Arzt gewesen – vielleicht hatte es sich aber auch nur um eine Routineuntersuchung gehandelt –, und die Blutprobe zeigte, dass etwas mit ihren weißen Blutkörperchen nicht stimmte – entweder waren es zu viele, oder sie waren zu groß. Der Arzt ordnete weitere Untersuchungen an, und ich brachte Nichola ins Krankenhaus. Niemand sprach von Leukämie, aber natürlich wusste ich, worum es bei den Untersuchungen ging. Als ich Nichola nach Hause brachte, bat ich den Babysitter, der sich um Judith gekümmert hatte, noch den Nachmittag über zu bleiben, und ging einkaufen. Ich erstand das gewagteste Kleid, das ich je besessen habe, ein hautenges schwarzes Samtkleid mit Spitzen am Ausschnitt. Ich erinnerte mich an diesen strahlenden Frühlingsnachmittag, an die Schuhe mit den Pfennigabsätzen im Kaufhaus und an die Unterwäsche mit dem Leopardenmuster.

Ich erinnerte mich auch an die Rückkehr vom St.-Paul-Krankenhaus über die Lions Gate Bridge im überfüllten Bus. Ich hielt Nichola auf den Knien. Plötzlich fiel ihr ihr Babyname für Brücke wieder ein, und sie flüsterte mir zu: »Dada ... über die Dada.« Ich vermied nicht, mein Kind zu berühren – Nichola war selbst damals schlank und anmutig, mit einem hübschen Rücken und feinen dunklen Haaren. Aber mir entging nicht, dass ich sie anders berührte, obwohl ich nicht glaubte, dass jemand es bemerken konnte. Es lag darin eine Vorsicht – kein sich Zurückziehen, sondern eine Vorsicht davor, zu viel zu empfinden. Ich sah, dass die Formen der Liebe einem zum Tode Verurteilten gegenüber aufrechterhalten werden konnten, doch die Liebe wurde dosiert und diszipliniert, denn man musste überleben. Das konnte so behutsam geschehen, dass der Gegenstand dieser Liebe keinen Verdacht schöpfte, so wenig, wie Nichola ihr Todesurteil ahnen konnte. Sie wusste nichts und würde nichts wissen. Wir würden sie mit Spielzeug, Küssen und Späßen überschütten; sie würde nie etwas erfahren, obwohl ich mir Sorgen darüber machte, dass sie den Wind durch die Risse in den künstlich hergestellten Ferien, den künstlich hergestellten normalen Tagen spüren würde. Aber alles war in Ordnung, Nichola hatte keine Leukämie. Sie wuchs heran – lebte immer noch und war vermutlich glücklich. Unerreichbar.

Im Museum gab es nichts, was ich mir unbedingt ansehen wollte, und deshalb ging ich zum Planetarium. Ich war noch nie in einem Planetarium gewesen. Die Vorführung sollte in zehn Minuten beginnen. Ich ging hinein, kaufte eine Karte und stellte mich in die Schlange. Vor mir wartete eine Klasse von Schulkindem – vielleicht waren es auch mehrere Klassen – in Begleitung ihrer Lehrer und ein paar Müttern, die sich bereit erklärt hatten, sie zu beaufsichtigen. Ich sah mich nach anderen, einzelnen Erwachsenen um, entdeckte aber nur einen Mann mit einem roten Gesicht und verquollenen Augen. Er wirkte, als sei er hier, um der Versuchung zu widerstehen, in eine Bar zu gehen.

Drinnen saßen wir in wunderbar bequemen Sesseln, die

so weit zurückgeneigt waren, dass man darin wie in einer Art Hängematte lag und seine Aufmerksamkeit auf die Kuppel richtete, die sich bald dunkelblau färbte. Nur ein schwaches Lichtband erhellte den Rand. Großartige, eindrucksvolle Musik erklang. Die Erwachsenen versuchten, die Kinder zum Schweigen zu bringen und zu erreichen, dass sie aufhörten, mit den Tüten voll Kartoffelchips zu rascheln. Dann ertönte die Stimme eines Mannes aus der Wand. Er sprach langsam und beredt. Die Stimme erinnerte mich an die Rundfunksprecher, die klassische Musik ansagen oder den Zug der königlichen Familie nach Westminster Abbey bei einem der großen Anlässe kommentieren. Im Raum entstand ein leichter Echoeffekt.

Die dunke Kuppel füllte sich mit Sternen. Sie erschienen nicht alle auf einmal, sondern nacheinander, wie Sterne abends wirklich aufgehen, allerdings schneller. Die Milchstraße tauchte auf, kam näher; Sterne strahlten auf, zogen weiter und verschwanden am Rand der Himmelskuppel oder hinter meinem Kopf. Während der Zug der Lichter weiterging, lieferte die Stimme erstaunliche Informationen. Sie verkündete, dass die Sonne ein paar Lichtjahre weiter als leuchtender Stern erscheint und die Planeten nicht mehr sichtbar sind. Ein paar Dutzend Lichtjahre weiter ist selbst die Sonne für das bloße Auge nicht mehr sichtbar. Und diese Entfernung – ein paar Dutzend Lichtjahre – entspricht eben einem Tausendstel der Strecke, die unsere Sonne vom Mittelpunkt unserer Galaxis entfernt ist – eine Galaxis, die ungefähr zweihundert Milliarden Sonnen umfasst. Und selbst eine von Millionen, vielleicht Milliarden Galaxien ist. Unzählige Wiederholungen, unzählige Variationen. Auch dies rollte wie Kugelblitze über meinen Kopf hinweg.

Nun wurde der Realismus von vertrauter Künstlichkeit verdrängt. Ein Modell des Sonnensystems kreiste elegant vorüber. Ein leuchtender Lichtpunkt löste sich von der Erde und zog in Richtung Jupiter. Ich zwang meinen widerwilligen, sich verschließenden Geist, die Fakten aufzunehmen. Die Masse von Jupiter ist zweieinhalbmal so groß wie die aller anderen Planeten zusammengenommen. Die große rote Leuchtkugel. Die dreizehn Monde. An Jupiter vorbei ein Blick auf die exzentrische Umlaufbahn von Pluto, die eisigen Ringe von Saturn. Zur Erde zurück und dann hinein in die heiße, blendende Venus. Der atmosphärische Druck neunzig Mal so hoch wie der unsere. Der mondlose Merkur dreht sich dreimal um die eigene Achse, während er zweimal um die Sonne kreist; eine merkwürdige Angelegenheit, nicht so befriedigend wie das, was man uns früher erzählte – dass er sich einmal um die eigene Achse dreht, während er die Sonne umkreist. Also doch keine ewige Dunkelheit. Warum stellte man uns das als Tatsache hin, nur um später zu verkünden, es sei falsch? Schließlich das Bild, das man bereits aus Zeitschriften kennt: die rote Erde auf dem Mars, der blühende rosa Himmel.

Nach der Vorführung blieb ich sitzen, während die Kinder über mich hinwegkletterten. Sie machten keinerlei Bemerkungen zu dem, was sie gesehen und gehört hatten. Sie bestürmten die Erwachsenen nach noch mehr Essbarem und weiteren Vergnügungen. Man hatte sich darum bemüht, ihre Aufmerksamkeit zu erregen, sie von Popcorn und Kartoffelchips abzulenken, und sie auf alles mögliche Bekannte und Unbekannte, auf die erschreckende Unendlichkeit zu richten. Aber es schien misslungen zu sein. Ganz gut so, dachte ich. Die meisten Kinder besitzen eine natürliche Immunität, und damit sollte man nicht spielen.

Und die Erwachsenen, die das bedauerten, die diese Vorführung veranstalteten, waren sie nicht selbst so immun, dass sie den Echoeffekt, die Musik, die kirchenähnliche Feierlichkeit benutzten, um die Ehrfurcht zu simulieren, die sie empfinden sollten? Ehrfurcht – was sollte das sein? Eine Art Schauer, wenn man aus dem Fenster blickt? Wenn man erst wusste, was es war, würde man sich nicht mehr darum bemühen.

Zwei Männer mit Besen kamen herein, um den Abfall aufzufegen, den die Zuschauer zurückgelassen hatten. Sie sagten mir, die nächste Vorführung würde in vierzig Minuten beginnen. Bis dahin müsse ich den Saal verlassen.

»Ich habe mir die Vorführung im Planetarium angesehen«, sagte ich zu meinem Vater. »Es war sehr aufregend ... über das Sonnensystem.« Ich dachte, was für ein albernes Wort – aufregend. »Es erinnert mich ein bisschen an einen kitschigen Tempel«, fügte ich hinzu.

Er redete bereits. »Ich weiß noch, wie sie Pluto entdeckten. Und zwar genau dort, wo sie ihn vermutet hatten. Merkur, Venus, Erde, Mars«, zählte er auf, »Jupiter, Saturn, Nept... nein Uranus, Neptun, Pluto. Richtig?«

»Ja«, sagte ich. Ich war froh, dass er meine Bemerkung vom kitschigen Tempel nicht gehört hatte. Ich hatte aufrichtig sein wollen, aber es klang lässig und überheblich. »Sag mir, wie die Jupitermonde heißen.«

»Also, die neuen kenne ich nicht. Es gibt doch eine ganze Menge neue, nicht wahr?«

»Zwei. Aber sie sind nicht neu.«

»Neu für uns«, sagte mein Vater. »Du bist ganz schön frech, jetzt, wo ich unter das Messer komme.«

»Unter das Messer! Was für ein Ausdruck.«

Er lag heute Abend, an seinem letzten Abend, nicht im Bett. Man hatte ihn auch nicht mehr an das Gerät angeschlossen. Er saß in einem Sessel am Fenster und trug einen Morgenmantel, der dem Krankenhaus gehörte, unter dem die nackten Beine zum Vorschein kamen. Doch er wirkte keineswegs befangen oder deplatziert. Er wirkte nachdenklich, aber gut gelaunt, ein freundlicher Gastgeber.

»Du hast nicht einmal die alten aufgezählt«, sagte ich.

»Warte. Galileo hat ihnen die Namen gegeben. Io.«

»Das ist schon ein Anfang.«

»Die Jupitermonde waren die ersten Himmelskörper, die man mit dem Teleskop entdeckte.« Er sagte das so ernst, als sähe er den Satz in einem alten Buch vor sich. »Und nicht Galileo hat sie benannt, sondern irgendein Deutscher. Io, Europa, Ganymed, Callisto. Bitte!«

»Ja.«

»Io und Europa waren Jupiters Freundinnen, nicht wahr? Ganymed war ein Junge. Ein Schafhirte? Wer Callisto war, weiß ich nicht.«

»Ich glaube, sie war auch eine der Freundinnen«, erwiderte ich. »Jupiters Frau ... die Frau von Zeus ... verwandelte sie in einen Bären und verbannte sie an den Himmel. Der Große Bär und der Kleine Bär. Der Kleine war ihr Kind.«

Über den Lautsprecher wurden die Besucher zum Gehen aufgefordert.

»Also sehe ich dich, wenn du aus der Narkose aufwachst«, sagte ich.

»Ja.«

Als ich an der Tür war, rief er mir nach: »Ganymed war kein Schafhirte. Er war Jupiters Mundschenk.«

Als ich an diesem Nachmittag aus dem Planetarium kam, ging ich durch das Museum in den Chinesischen Garten. Ich sah wieder die steinernen Kamele, die Krieger, das Grabmal. Ich setzte mich auf eine Bank und blickte hinüber zur Bloor Street. Durch die immergrünen Büsche und den hohen schmiedeeisernen Zaun beobachtete ich die Menschen, die im Sonnenlicht des späten Nachmittags vorbeigingen. Die Vorführung im Planetarium hatte bewirkt, was ich mir erhoffte – sie hatte mich beruhigt, mich leer gemacht. Ich sah ein Mädchen, das mich an Nichola erinnerte. Sie hatte einen Trenchcoat an und trug eine Tüte mit Lebensmitteln. Sie war kleiner als Nichola – und sah ihr eigentlich überhaupt nicht ähnlich –, aber ich dachte, ich könnte ebenso gut Nichola sehen. Vielleicht ging sie nicht weit von hier eine Straße entlang – bepackt, in Gedanken versunken und allein. Sie war jetzt einer der erwachsenen Menschen in der Welt, eine Frau, die vom Einkaufen nach Hause ging.

Würde ich sie sehen, bliebe ich vielleicht einfach sitzen und würde sie beobachten, beschloss ich. Ich fühlte mich wie einer von denen, die während eines kurzen Todes an die Decke geschwebt waren. Es war eine Erleichterung, solange es dauerte. Mein Vater hatte gewählt, und Nichola hatte gewählt. Eines Tages, vielleicht bald, würde ich von ihr hören. Aber es lief auf dasselbe hinaus.

Ich wollte aufstehen und hinüber zu dem Grabmal gehen, die Reliefarbeiten, die in Stein gehauenen Bilder betrachten, die es überall schmückten. Ich will sie mir immer ansehen, aber ich tue es nie. Ich tat es auch diesmal nicht. Es wurde kalt im Freien. Deshalb ging ich hinein, um Kaffee zu trinken und etwas zu essen, bevor ich ins Krankenhaus zurückging.

Rosa Chacel

Leticia Valle

Memoiren einer Elfjährigen

Roman · Aus dem Spanischen von
Maralde Meyer-Minnemann

Der Roman einer »Verführung«. Von einer der bedeutendsten spanischen Autorinnen des 20. Jahrhunderts.

»Der entscheidende Unterschied zwischen diesem schon während des Spanischen Bürgerkrieges begonnenen, doch erst 1945 im südamerikanischen Exil fast unbemerkt erschienenen Roman und Nabokovs weltberühmtem ›Nachfolger‹ ist, dass Leticia/Lolita selbst, in Ich-Form, ihre Geschichte erzählt.« Neue Zürcher Zeitung

»Einer der aufgewecktesten und scharfsinnigsten Menschen, die ich je kennen gelernt habe.«
Javier Marías, Nachruf auf Rosa Chacel

Berliner Taschenbuch Verlag

Rosa Chacel

Teresa

Roman · Aus dem Spanischen von
Michael von Killisch-Horn

Der ewige Widerspruch zwischen Erotik und gesellschaftlicher Konvention: ein großer Roman der wiederentdeckten spanischen Autorin Rosa Chacel.

»Das weit ausgreifende Porträt einer ›spanischen Madame Bovary‹. In der Radikalität seiner Kritik an den – wie sich aus dem Text unschwer folgern lässt – auch im zeitgenössischen Spanien weiterhin gültigen Geschlechterverhältnissen lässt es seinen berühmten Vorgänger, Leopoldo Alas Clarins skandalumwitterten Roman La Regenta *(1884), weit hinter sich. Ironischerweise bedeutet hier gerade die Rückkehr aus dem französischen Exil die Katastrophe bzw. das Ende jeder Entwicklungsmöglichkeit der weiblichen Hauptfigur.«* Neue Zürcher Zeitung

Berliner Taschenbuch Verlag

Jean Rhys

Guten Morgen, Mitternacht

Roman · Aus dem Englischen von Grete Felten

Die junge Frau, die eines Tages »die großartige Idee hatte, sich zu Tode zu trinken«, wird von einer besorgten Londoner Freundin mit geborgtem Geld für zwei Wochen nach Paris geschickt – in jene Stadt, in der die Frau vor Jahren glücklich war, in der ihr Kind geboren wurde und starb, in der sie ihren Mann verlor. Die Tage in Paris sind ein einziger Balanceakt: sie wehrt sich gegen Erinnerung und Vergangenheit und ist doch unfähig, ein neues Lebensgefühl zu gewinnen.

»Jean Rhys verhalten-elegischer, von aller mondänen Tristesse à la Francoise Sagan weit entfernter Roman erlebte 1967 in Amerika und England seine Wiederentdeckung, die fast vergessene Autorin ein sensationelles Comeback.« Der Spiegel

»Jean Rhys hat Großartiges geleistet. Ihre Bücher mögen aktuellen Anliegen dienen, aber sie steht über allen Anliegen. Worüber sie geschrieben hat, das hat sie erlitten, ein langes Leben lang.« V. S. Naipaul

Berliner Taschenbuch Verlag